I0762464

HEREDERAS DE SOMBRAS

IGUAZEL SERÓN

HEREDERAS DE SOMBRAS

MOLINO

Papel certificado por el Forest Stewardship Council®

Primera edición: noviembre de 2025

Printed in Spain – Impreso en España

ISBN: 978-84-272-5083-3
Depósito legal: B-14.556-2025

Compuesto por Fotoletra, S. L.
Impreso en Black Print CPI Ibérica
Sant Andreu de la Barca (Barcelona)

MO 50833

Para mi padre y mi madre

«El poder de tres nos liberará»,
Embrujadas (1998)

PRÓLOGO

Septiembre de 1694

El viento sacude los cabellos de las tres mujeres que claman venganza. Oro, fuego y oscuridad. Ese mismo viento se lleva las voces cuando estas resuenan en el valle, en un cántico que su público, más allá del muro del jardín, poco puede hacer salvo escuchar con terror.

Sus palabras son como dardos, como flechas sin blanco que dibujan un trazado que cose sus destinos, que los une y separa por toda la eternidad. Ya no importan el perdón, la clemencia o la súplica, porque la decisión está tomada.

Cae la maldición, y mientras una de ellas abraza a la muerte, los demás lo pierden todo. Y una figura las contempla desde las sombras, dispuesta a no admitir su derrota.

PRIMERA PARTE

SEPTIEMBRE DE 1993

CAPÍTULO I

Victoria

La primera vez que Victoria Lanau creyó que un cadáver podía estar vivo solo tenía cinco años. Le estaba untando una tostada a Emma cuando su madre entró en la cocina y dijo:

—Ya sabes que a tu hermana no le sienta bien la mantequilla.

Y esa fue la última vez que Victoria la oyó hablar. Sí que la oiría gritar después, llorar y lamentarse cada vez que su padre la tomara con ella, pero nunca volvió a decir una sola palabra coherente. Victoria tardaría mucho tiempo en descubrir que estaba equivocada y que su madre todavía no estaba muerta. Le costó entender que los muertos ni gritan ni lloran, por mucho que te sobrepases con ellos, y eso era todo lo que su madre hacía: gritar y llorar. Comprendió por fin que los muertos no pueden estar vivos.

—La encontró la vecina.

La voz de Darío la arranca de esos recuerdos, que últimamente no acaba de quitarse de la cabeza, de golpe, y la devuelve a la realidad: a una habitación diminuta de papel rosa pintado a la que la han enviado con su compañero para investigar un homicidio.

—Dice que se llevaba mal con el marido —continúa Darío— y que los oían gritar todas las noches. Aunque la del principal dice que nunca levantaban la voz, que solo veían el *Un, dos, tres...* a todo volumen —termina con una risilla.

Victoria se queda mirando el cuerpo tendido en el suelo y se lleva los dedos al cuello en un gesto inconsciente. Las marcas rojizas que tiene allí le arden un poco cada vez que entra en contacto con la muerte. Aunque, si no fuera por el charco de sangre que tiene debajo, juraría que la mujer solo se ha quedado dormida en una mala postura y en el lugar equivocado. Tiene las mejillas sonrosadas, como si alguien le hubiera hecho un cumplido, y el pelo rubio perfectamente peinado, una impecable permanente de peluquería. La gente no es consciente de que, la mayoría de las veces, los cadáveres solo parecen personas descansando.

—¿Ha sido él? La ha matado el marido —dice. Lo último no le sale como una pregunta porque ya conoce la respuesta.

—Ha confesado que la asesinó. —Darío le sonríe—. Sin embargo...

—No tengo ganas de escuchar otra de tus teorías estúpidas. —Victoria sigue mirando el rostro de la víctima. La máscara de pestañas mal aplicada, un lunar en la mejilla—. Y no quiero meterme en más problemas.

—Todos esos problemas no son culpa mía, Vic.

No soporta que la llame así, «Vic». La hace olvidar durante unos segundos que fue él quien acabó con la relación que tenían. Tampoco le gusta que tenga razón y que ella haya metido la pata hasta el fondo varias veces recientemente. Es algo que ella no hace: equivocarse. Siempre alerta, siempre pendiente de todo, siempre planeando hasta el último detalle. Imposible.

—Voy a echar un ojo al dormitorio antes de que lleguen los de las fotos. ¿Te vienes?

—Claro que no.

Victoria sabe que ha sido demasiado brusca en cuanto se le escapan las palabras. Y, sin embargo, no puede evitar ser como es.

—Tan honesta como siempre.

Así es, tan brutalmente sincera que Victoria se pasa la vida arrepintiéndose de lo que dice. Cuando empezó a prepararse para ser policía, pensó que sería una cualidad que valorarían, pero después de años en el cuerpo, lo cierto es que la ha metido en más problemas que condecoraciones le ha dado. Por supuesto, Victoria ha mejorado un poco con el paso de los años y se sabe bien la lección. Es cuestión de quedarse callada cuando no tiene nada bueno que decir, aunque, por otro lado, eso fue lo que hizo que Darío y ella rompieran. Según él, Victoria —siempre tan callada, la reina de los monosílabos— no era capaz de mantener conversaciones como un ser humano normal, y ella no podía confesarle que todo lo que se le pasaba por la cabeza le iba a romper el corazón. ¿Con qué cara le dices al supuesto amor de tu vida que no sientes nada cuando te besa o te dice que eres la chica más guapa del mundo? ¿Cómo le explicas que a veces te inventas que tienes que ir a Correos a enviar un paquete a una de tus hermanas para así no aguantarlo más?

Intenta apartar esas ideas y se agacha junto a la mujer para mirarla mejor. Los ojos siguen abiertos y la sangre ha empezado a coagularse en las arrugas de la piel. Victoria se ajusta una vez más los guantes y acaricia el suelo, el punto exacto en el que el arma homicida descansa pacíficamente. Es un cuchillo de cocina normal y corriente, y sin embargo…

Suspira y echa un vistazo a la habitación. Está limpia, los muebles son nuevos y todas las paredes tienen cuadros con fotografías de gente sonriendo. Un crucifijo algo inclinado le da el toque peculiar que siempre trata de encontrar en la escena de un crimen. Ese detalle que, si su vida fuera una serie, recibiría un *zoom* generoso. Su apartamento en Los Ángeles también era así. Fotos y más fotos de Emma y ella sonriendo en el parque de atracciones, en el zoo e incluso delante de la puerta del colegio, con un informe ridículo de falda larga hasta los tobillos y lazo al cuello. A su madre le gustaba retratarlo todo con su cámara y, a veces, Victoria cree que lo hacía porque tendía a olvidarse de las cosas que la hacían feliz y esa era su forma de recordarlo todo. «Mierda». Ya está pensando en ella otra vez.

—Parecían muy contentos. —Como si le hubiera leído el pensamiento, Darío regresa de la habitación contigua con una fotografía de la pareja—. ¿De verdad no crees que tal vez la haya matado otra persona?

—Que la gente sonría en las fotos no quiere decir que sean felices —responde ignorando su pregunta.

—Lo que tú digas, Vic.

No está dispuesta a tolerar el tono impertinente de Darío durante mucho más tiempo, así que le da la espalda y se acerca a la ventana que da a la calle. Victoria se apoya en el cristal y sigue con la mirada a los transeúntes que van de un lado a otro, ignorantes de lo que ha sucedido allí dentro. Se fija en una pareja que espera el autobús, junto a un anuncio de Frigo que nadie ha quitado desde el final del verano.

Y en una chica que empuja un carrito con un bebé. Un poco más lejos, un hombre recoge lo que su perro acaba de hacer en la acera.

Entonces nota que la mano se le ha quedado pegada al cristal. Mueve el brazo, pero la carne le escuece y siente que cada terminación nerviosa se le desgarra.

—¿Qué...?

Lo intenta con más fuerza, tira y tira, aunque por un instante desvía la atención de los dedos y la concentra de nuevo en la calle. Junto a la marquesina, una figura alta y vestida de blanco parece mirarla fijamente.

La figura se convierte en un borrón y vuela, sale disparada hacia ella, como en las películas de terror cuando el monstruo se lanza hacia la cámara. Victoria grita y tira tan fuerte que se arranca la piel. La carne al descubierto le palpita y la sangre le gotea entre los dedos y mancha el cristal. Pero no importa, porque esa cosa viene directa hacia ella. Ya no es una mancha, es un rostro de ojos rojos y pómulos marcados. Una forma que abre la boca y quiere devorarla. Y a ella el corazón se le para.

—Pero ¿qué cojones te pasa, Vic?

Victoria está sentada en el suelo, junto al cadáver de la mujer asesinada. Tiene la palma de la mano llena de sangre. Solo que no es suya. Ve las marcas de huellas que ha dejado al chapotear en la sangre de la víctima.

—Estaba en la ventana y de repente había algo ahí fuera y... Tenía la mano pegada al cristal y yo... —Comprueba la piel y se da cuenta de que no tiene heridas, ni siquiera rasguños—. No entiendo qué...

Darío la sigue observando con una mueca extraña. No es la primera vez que la mira así. El corazón vuelve a funcionarle y ahora late con rabia.

—El capitán dijo que si volvías a...

—¡Sé lo que dijo el capitán! —Victoria se levanta y se limpia la sangre en el pantalón del uniforme. No quiere volver a mirar hacia esa ventana, pero hay algo que la arrastra a hacerlo. Terror. Atracción. Traga saliva cuando se acerca otra vez y no ve nada, solo un cristal limpio en el que ni siquiera hay marcas de dedos—. Necesito que me dé el aire.

—Lo que necesitas es tomarte un descanso, Vic. —Darío da un

paso hacia ella, pero Victoria se aparta—. Escucha, yo quiero seguir siendo tu amigo. Si necesitas a alguien...

—No te acerques a mí.

—Victoria, por favor...

Pero Victoria no está dispuesta a seguir escuchándolo. Las marcas en el cuello ya no solo arden, ahora intentan asfixiarla.

Sale del piso rechazando las quejas de Darío. Cruza el cordón policial e ignora a los vecinos que esperan para poder acceder a sus casas, entre ellos una anciana que intenta agarrarla del brazo para preguntarle cuándo podrá subir a ver cómo está su gato. Ahora mismo no es capaz de comportarse como un ser humano normal, así que se escabulle y sale a la calle, tambaleándose hasta que choca de espaldas contra una pared. Rebusca en sus bolsillos, encuentra un cigarrillo y lo enciende con los ojos cerrados.

Sorprendentemente, el humo la ayuda a respirar y le calma la picazón de la piel.

Victoria se agacha y esconde la cabeza entre las rodillas. El tabaco y esa posición siempre funcionan. Si cierra mucho los ojos puede pasar de ver el negro más absoluto a perderse en el interior de los párpados, el color de la carne viva.

—Respira, Victoria, respira...

No entiende por qué, a veces, una acción tan humana y básica es tan complicada.

Tras varios minutos, por fin vuelve a levantar la cabeza y le da una calada al cigarrillo, que ya ha empezado a deshacerse un poco. La pareja ha desaparecido, y tampoco hay ni rastro de la sombra de antes. Y justo cuando está a punto de tirar la colilla y regresar al piso, el teléfono nuevo le vibra en el bolsillo. Hace poco que le compraron ese cacharro en el trabajo, un teléfono móvil que solo usan para emergencias y que parece un artefacto de ciencia ficción. Descuelga de inmediato y la voz del capitán le responde al otro lado.

—¿Victoria?

Por un instante, le da un miedo absurdo que sepa lo que acaba de pasar y decida echarla del cuerpo. Al fin y al cabo, jamás la llama por su nombre de pila. «Agente Lanau esto» y «agente Lanau aquello» es más habitual.

—Sí, señor, ¿ha sucedido algo?

—Escucha, acaba de llamar tu hermana a la oficina.

Victoria se pone de pie y lanza el cigarrillo a un lado. Un mal humor efervescente sustituye el ardor del cuello y la falta de aire.

—¿Qué ha hecho Emma ahora?

—No ha sido Emma, ha sido tu hermana pequeña... ¿Cómo se llamaba?

¿Melanie? Está acostumbrada a que Emma llame a la oficina. O a que personas cercanas a Emma contacten con ella para contarle historias impensables en las que, por motivos estúpidos, su hermana siempre necesita ayuda o dinero. O las dos cosas. Pero Melanie jamás se pone en contacto si no es por una urgencia de verdad.

—¿Le ha pasado algo a Melanie?

—A tu hermana no. —Se produce un silencio largo al otro lado de la línea—. Victoria, lo siento mucho, pero tu abuela ha muerto esta mañana.

CAPÍTULO 2

Melanie

El otoño siempre ha sido la estación favorita de Melanie Lanau, quien ahora contempla un sauce llorón en silencio. La joven observa el árbol y se pregunta por qué una planta puede expresar la tristeza mejor que ella. Bajo la protección de su paraguas negro, se acerca al tronco y coloca la palma de la mano sobre la áspera corteza, que le raspa la piel y no despierta ninguna emoción dentro de ella. Esa noche, la primera que ha pasado sola, ha soñado que se le desgarraba el pecho y de él nacían mariposas negras que le devoraban la carne. Después se ha despertado entre sudores fríos y gritos.

Cuando era más pequeña y las pesadillas la consumían, su abuela María solía acudir a su dormitorio y le cantaba una canción que la devolvía al mundo de los sueños.

En el silencio de la noche oscura,
una voz susurra, profunda y segura.

La luna, pálida y fría, observa callada,
y siempre se asegura de que a ti, mi niña, no te pase nada.

Canta un embrujo antiguo, de tinieblas y muerte,
que el eco del destino acepta al recibir un cuerpo inerte.

La luna, pálida y fría, observa callada,
y siempre se asegura de que a ti, mi niña, no te pase nada.

Melanie se sorprende tarareando la letra con la mirada absorta en las gotas de agua que se deslizan por las largas hojas del sauce. Le da vergüenza admitir que, a sus veinticuatro años, está preguntándose qué será de ella ahora que su abuela ha muerto. Ahora que no la tiene a su lado para contarle cuentos de brujas, magia y otros mundos. Ha tenido meses para asumir que se iba a marchar y, aun así, no estaba preparada para decir adiós. Aunque, bueno, no sabe si «decir adiós» es la definición exacta de dormir junto a ella hasta que las enfermeras le pidieron que saliera de la habitación en mitad de la noche porque el aparatito que hacía bip bip había empezado a hacer bipbipbipbip. «Decir adiós» habría sido poder sentarse juntas en la terraza una vez más, en esas sillas de enea que usaban para todo, y contarse una última historia la una a la otra. Al fin y al cabo, eso es lo que se le da bien a Melanie: fingir que no se siente sola y contar historias.

Ahora no tiene muchas ganas de ninguna de las dos cosas.

Se da la vuelta para regresar por el camino de piedra que la ha llevado hasta allí. Cuando era adolescente, tenía un grupo de amigos a los que les gustaba jugar en el cementerio. Se reunían entre las tumbas, bebían alcohol robado y fumaban cigarrillos mientras cantaban los pocos temas de rock de los ochenta que llegaban de Estados Unidos. El padre de uno de ellos trabajaba en una tienda de discos desde la dictadura franquista y era experto en traer las últimas tendencias del extranjero. Melanie se sentaba junto a ellos y a veces sucumbía a las tentaciones, pero el resto del tiempo solo intentaba que no se dieran cuenta de que, a pesar de que le encantaban los cuentos de terror, esos lugares le ponían los pelos de punta. Nadie lo diría por su apariencia algo gótica, que ella misma insiste en conservar desde entonces, pero la verdad es que Melanie y la muerte no se llevan bien. Y menos ahora, que la ha vuelto a traicionar.

No puede negar que el cementerio es bonito y que el lugar que han escogido para su abuela María es precioso. Allí es donde descansan sus otras dos hermanas, las tías abuelas de Melanie, que también la criaron y que ya no están. Si existe un más allá, espera que se hayan reencontrado allí. Se trata de un pequeño panteón familiar tan blanco como la luz de la luna y decorado con las estatuas de tres animales. Las abuelas siempre tuvieron una conexión especial con la naturaleza, en concreto con ese trío de criaturas de mármol que la observan con ojos gélidos: el canario de la abuela Luz, la serpiente de la abuela Valentina y, por último y recién esculpido, el conejito de la abuela María. Siempre se ha preguntado cómo consiguieron que esos tres animales convivieran sin hacerse daño, pero no recuerda un solo día en el que hubiera algún problema con ellos. Melanie se habría quedado con el conejito, pero este murió rápidamente cuando su abuela enfermó. Ha leído que algunos animales de compañía fallecen de pena.

—¿Señorita Lanau?

Melanie se gira y se encuentra de frente con el cura. La espera bajo un paraguas blanco. Es un hombre mayor, de huesos marcados y unas ojeras tan profundas como la mirada. Melanie lo observa estirar una mano temblorosa hacia ella y tocarle el brazo. Cuando siente los dedos largos rozarla a través de la camisa, tiene que contener un escalofrío. Sabe que es cosa del cementerio, pero no puede evitar sentir que el suelo quiere tragársela y que esos dedos van a perforarle los músculos y penetrar en su interior. A hurgar en sus entrañas. Al instante, se recompone y suspira.

—Soy Melanie.

El viento le sacude las perneras mojadas del pantalón de traje.

—Melanie —repite él con expresión seria—. No sé cómo decirle esto, pero la sala del velatorio que habíamos reservado para su abuela María...

Melanie espera la mala noticia con estoicismo.

«¿Alguien habrá prendido fuego a la sala?».

«¿Se habrá derrumbado?».

«¿Habrá dejado de existir de la noche a la mañana?».

A su hermana Victoria le gusta decir que la familia Lanau está maldita, y, en momentos como ese, casi le cuesta no darle la razón.

—... estaba reservada para otra persona —termina el cura—. Lamentamos muchísimo lo sucedido, pero alguien se equivocó con los papeles y...

—¿Y dónde está mi abuela?

—¿Le importaría que hiciéramos la ceremonia aquí fuera?

Melanie no reacciona cuando el hombre responde a su duda con otra. Levanta la cabeza hacia el cielo gris y se tiene que morder el labio para no preguntarle si se está riendo de ella. El agua le está empezando a calar hasta los huesos.

—¿No hay otra opción?

—Han dicho que hay mucha ocupación, señorita Lanau.

«Vaya, como si fuera un hotel».

Asiente con la cabeza y se toca los cuatro pelos que tiene en el flequillo mal cortado, nerviosa. Nunca se le han dado bien los conflictos y prefiere evitar cualquier discusión. Esa es la señal que el cura estaba esperando, porque sonríe con educación y se va chapoteando por el camino de piedras.

Melanie vuelve a centrar su atención en el panteón familiar y se arrodilla para leer la inscripción sobre el mármol.

HERMANAS LANAU

LUZ (1903-1987)
VALENTINA (1906-1990)
MARÍA (1909-1993)

Aquí descansan nuestras almas, que perdurarán en la brisa nocturna, en los susurros del viento y en los murmullos de los árboles.

Que nuestro legado nos guíe siempre, nos proteja y mantenga viva nuestra conexión con la tierra.

Recuerda la última vez que estuvo allí y leyó esas mismas palabras. Entonces se preguntó si a su madre no le habría gustado descansar junto a las abuelas, pero era estúpido pensar en ello porque su cuerpo estaba enterrado en Estados Unidos, bien lejos de allí. Melanie no sabe mucho de su madre, cuya muerte ni duele ni puede despertar recuerdos, porque estos son inexistentes, así que se pone en pie y echa un vistazo a la entrada del cementerio. Reconoce a algunas amigas de la abuela María y coge aire. Pasará. Pasará rápido y sin apenas darse cuenta. El problema es: ¿adónde irá ella una vez que María esté bajo tierra?

Victoria llega puntual. Va vestida con unos tacones altos que repiquetean sobre la piedra igual que la lluvia en el paraguas que Melanie sigue sosteniendo mientras espera a que aparezca todo el mundo.

Su hermana mayor no es de las que pasan desapercibidas. Guapa, rubia y con esos ojos de plata líquida que todas han heredado de sus abuelas. Y aunque no fuera guapa, ni rubia, ni de ojos grises, Victoria seguiría llamando la atención, porque no es tanto el aspecto como el aura que siempre la envuelve. Cuando eran pequeñas siempre conseguía lo que quería y ahora no es diferente. La niña se ha convertido en una mujer de treinta años que sabe muy bien lo que quiere y cómo lo quiere, y que le da un abrazo rápido y húmedo cuando se encuentran a mitad de camino.

—Imagino que no ha venido todavía.

Ni siquiera un «Hola. ¿Cómo estás, Melanie?». No. Victoria siempre va al grano, como si todo lo que sucediera en su vida fuera un caso policial que resolver y olvidar a los pocos días. A veces ni siquiera la mira. Como ahora mismo, concentrada en ese teléfono móvil que a Melanie le parece algo del futuro mientras se roza con los dedos unas marcas en el cuello que juraría que no estaban ahí la última vez que la vio, pero por las que no va a preguntar.

—Bueno, todo está siendo un desastre, así que tampoco importa si no llega a tiempo...

—Es su abuela, Melanie.

«Y la tuya», le quiere decir. «Tu abuela a la que ni siquiera fuiste a ver al hospital cuando sabías que se iba a morir». Pero se calla. Al fin y al cabo, para las dos veces que se ven al año, no quiere montar una escena. Y también porque le duele. Puede que Victoria ya no la mire como a una hermana pequeña, pero para ella siempre será su querida hermana mayor. Sin embargo, da igual, porque lo único que importa es acabar con todo eso cuanto antes, cortar con el último lazo que las unía. Ya empieza a sentir los ojos de los asistentes clavados en la nuca, esperándolas para dar comienzo a la ceremonia y largarse.

—Seguro que ni siquiera viene —insiste Victoria.

—Si no viene, podrás decir que siempre tienes razón.

Melanie no espera la réplica. Deja a su hermana mayor con la palabra en la boca y regresa junto al pequeño panteón, ahora abierto para poder meter el ataúd de la abuela María. El cura le dedica un gesto de disculpa y Melanie hace como si no le importara que las flores que encargó y las que han enviado los demás estén amontonadas en un rincón, en lugar de ser parte de la decoración de una salita interior.

—¿Empezamos entonces? —pregunta el sacerdote.

Victoria se acerca a ella, y parece que por fin ha decidido dejar de protestar. Posa su mirada de ojos claros en el panteón durante un segundo y Melanie juraría que la ve tragar saliva. Es evidente que su hermana llora la muerte de la abuela y Melanie está segura de que ahora estará preguntándose todo lo que podría haber hecho mejor. Victoria es así, fría por fuera, pero con un corazón sufrido por dentro.

La primera parte de la ceremonia la lidera el cura, que recita varios versos y busca con la mirada algún gesto de asentimiento entre los presentes. Melanie espera su turno. Se suponía que iba a hablar delante de un micro para un grupo de personas sentadas, pero ahora se encuentra bajo la lluvia, peleándose con el paraguas para poder sacar los papeles sin que se le caigan, y todo el mundo permanece de pie, dispuesto a desaparecer como coja aire entre palabra y palabra más tiempo del que está permitido.

—La abuela María era una buena persona —dice. Lo escribió la noche anterior, después de la pesadilla y cuando se dio cuenta de que se quedaba sin tiempo—. Ella y mis otras abuelas cuidaron de mí y de mis hermanas cuando no teníamos a nadie más, y hoy siento más que nunca que jamás podremos devolverles lo que hicieron por nosotras. —Alza la vista hacia Victoria y la ve cambiar el peso de un pie a otro—. Ellas me enseñaron a hablar, a pensar por mí misma y a hacer otras cosas menos importantes, como recitar la filmografía de Doris Day en orden cronológico. —Ojalá no hubiera puesto el toque gracioso-nostálgico, porque nadie se ríe—. Cuando mi madre murió al darme a luz y vinimos a España, mis abuelas nos ofrecieron un hogar a las tres, pero también llenaron el espacio que había dejado esa pérdida en mi corazón.

Le tiemblan un poco las manos. Las gotas de lluvia emborronan algunas palabras, como si alguien en el cielo quisiera ayudarla a llorar esas lágrimas que siguen encarceladas en su interior.

—Y entonces... Entonces...

Arruga el trozo de papel en un gesto involuntario justo cuando alguien llega corriendo por el camino de piedra.

—¡Perdón! Joder, joder, ¡perdón!

Una melena roja tiñe de fuego la escena durante un instante. Un punto de color en la oscuridad, igual que su ropa poco adecuada para la ocasión. Sandalias, falda de flores y unos pendientes que hacen el mismo ruido que un par de sonajeros.

Emma va calada de los pies a la cabeza.

—¿Se puede saber qué haces? —pregunta Victoria.

Se aparta de Emma, que intenta meterse bajo su paraguas.

—El taxista se ha perdido —responde con una sonrisa—. ¡No me digas que habéis empezado sin mí!

—Hola, Emma. —Melanie la saluda desde la distancia y Emma le guiña un ojo—. Si no te importa...

No sabe por qué dice eso. No le importa tanto. No quiere seguir. El papel arrugado en el puño con el que no sujeta el paraguas le resulta incómodo al roce de la piel. Así que Melanie se lo guarda en el bolsillo del abrigo y le dedica una última mirada al féretro.

—Fuiste como una madre para mí, abuela. Algún día nos reuniremos otra vez.

Sabe de sobra que Victoria y Emma tienen los ojos en blanco cuando regresa junto a ellas. El escepticismo es lo único que comparten esas dos. Tal vez, crecer con un padre alcohólico que pega a tu madre te convierte en alguien que no cree en nada que no pueda ver o tocar. Nada que no te sirva para cuidar de ti misma antes que de los demás. Pero Melanie es diferente, porque ella nació de la muerte, pero creció con amor. Puede que sus hermanas lo hayan olvidado, pero en algún punto ella fue la niña de sus ojos. Y es posible que luego, cuando las tres se distanciaron, las abuelas le llenaran la cabeza de, según ellas, tonterías, pero son esas tonterías en las que decidió creer y ahora forman parte de su vida.

—Muy bonito, Mel —sonríe Emma.

Ahora ya están las tres, las hermanas Lanau, las que jamás se encuentran, las que solo se reúnen para las bodas y los funerales.

El sacerdote regresa a su posición y termina la ceremonia.

Siguen esperando bajo la lluvia hasta que el personal del cementerio consigue empujar el féretro a su lugar.

Es en ese momento cuando los asistentes se acercan a ellas, a las últimas Lanau que quedan, y las van abrazando una a una. Melanie no conoce a casi nadie, pero finge que le emociona recibir el pésame de tanta gente. Se supone que lo más triste del mundo es morirte y que nadie te llore, ¿no? Victoria, a su lado, parece incómoda y Emma sonríe, empapada.

Cuando se quedan solas, el sonido de la lluvia acompaña sus silencios pesados pero aliviados. Victoria aprovecha para buscar el paquete de cigarrillos en el bolso, pero suelta un gruñido cuando se da cuenta de que la cajetilla se ha humedecido con la lluvia y no puede fumar.

—Veo que sigues con ese vicio horrible —se ríe Emma.

—Veo que sigues comportándote como cuando tenías dieciséis años.

—Al menos mi estilo de vida no me está matando lentamente.

—Eso habrá que verlo.

Melanie suspira por enésima vez desde que se ha reencontrado con sus hermanas.

—¿Y si no discutís durante el funeral de la abuela?

Victoria arruga la nariz, pero Emma suelta una tosecilla impertinente y fingida. Se acerca a Melanie. Huele dulce. Pero, sobre todo, huele a cosquillas y al maquillaje infantil que usaban en las muñecas. Su hermana señala con la cabeza un punto al lado del panteón, donde los trabajadores del cementerio están colocando la losa para cerrarlo.

—A lo mejor le podemos preguntar a esa mujer de ahí quién tiene razón —dice—. No para de mirarnos.

—¿Ya has traído a alguien raro otra vez?

—Eh, que no tengo ni idea de quién es —dice Emma mientras achica los ojos para ver mejor—, aunque tiene una pinta espeluznante. Qué mal rollo.

Como si esa fuera la señal que estaba esperando, la mujer sonríe y se acerca a ellas. Igual que Melanie, sostiene un paraguas negro a juego con su traje, pero ella lo sujeta por encima de la cabeza con una elegancia envidiable.

Las tres hermanas dan un paso atrás y Melanie se sorprende cuando Victoria se coloca delante de ella, como en un amago de protegerla.

—Hola, señoritas. —La mujer mete la mano en su chaqueta, donde Melanie distingue un bulto—. ¿Tienen un momento?

CAPÍTULO 3

Emma

Cuando la mujer saca una carpeta del interior de la chaqueta, Emma se contiene para no reírse en la cara de Victoria, que, durante un instante, parece avergonzada por haberse adelantado como si fuera una guardaespaldas profesional. Ahora mismo no recuerda en qué consiste su trabajo, pero juraría que solo se dedica a llegar a las escenas del crimen cuando la acción ha terminado, aunque seguro que, conociéndola, se siente como uno de los protas de *Corrupción en Miami.*

Emma se fija en la mujer. Parece más mayor que ellas, cerca de los cuarenta seguramente. Su americana es de marca, lleva las uñas bien hechas y un perfume caro, que Emma puede olisquear si ignora el olor a humedad del ambiente. Al menos no parece alguien que vaya en busca de las joyas que tenía su abuela, que, hasta donde ella sabe, son inexistentes.

—¿Tienen un momento? —vuelve a preguntar.

—Perdone, pero ¿quién es usted? —Victoria sigue mirándola con desconfianza.

—Me llamo Laura y llevo muchos años trabajando con sus abuelas para que, llegado este día, todos los papeles estuvieran en regla.

—¿Eres abogada? —Emma da un paso hacia ella. Le acaba de venir una idea loca a la cabeza—. Espera, espera, ¿la abuela era rica? ¿Tenemos una herencia?

Se podría decir que, ahora mismo, la riqueza de Emma Lanau se mide en risas y en los pequeños placeres de la vida. A diferencia de sus hermanas, Emma intenta vivir con tranquilidad y sin ataduras. Dejó el instituto a los dieciséis y, durante muchos años, todos sus lujos han sido los tesoros que te brinda el caos. Una canción de guitarra improvisada, una petición de matrimonio cuando todavía eres demasiado joven, una boda en un balneario, un divorcio tres meses después, un porrón de años de libertad ante tus ojos... Sin embargo, si la abuela ha dejado unos cuantos millones, ella no va a rechazarlos ni mucho menos. Es más fácil sentir que el mundo es tuyo cuando sabes que vas a poder dormir en una cama a la noche siguiente.

—Soy la albacea de las hermanas Lanau —la corrige la mujer—. Mi negocio... siempre ha trabajado con su familia. Y sí, por supuesto que tienen una herencia: ¿acaso pensaban que sus abuelas las iban a dejar sin nada?

—Bueno... Nuestras abuelas no tenían mucho —murmura Melanie para sí misma. O igual no es así, pero siempre habla tan bajito que es complicado notar la diferencia.

—Lo tenían...

La mujer empieza a abrir la carpeta, pero Victoria la detiene con un gesto y Emma está a punto de darle un pisotón.

—¿Por qué no vamos a otro sitio más tranquilo? —pregunta su hermana—. No quiero hablar de esto tan cerca del panteón.

—Qué quisquillosa... —Emma pone los ojos en blanco. Luego recuerda su ajetreado viaje en el taxi—. He visto una cafetería algo más lejos. No era lo mejor, pero al menos no estaremos tan cerca del inframundo.

—El cielo —la corrige Melanie—. Estas personas han ido al cielo, Emma.

—Como quieras.

—Está bien —asiente la albacea—. No me vendría mal un café antes de contarles todo esto.

Sabe que ha acertado con el lugar cuando ve a Victoria arrugar la nariz.

En realidad, la cafetería es un bar y Emma se toma la libertad de pedir una cerveza para cada una mientras cotillea el lugar. Le ha llamado la atención porque el chico que está en la barra le ha parecido guapo desde lejos. Ahora que lo tiene delante ya no se lo parece tanto. Y cuando le dice la hora a la que acaba su turno sin que ella pregunte, pierde el interés por completo.

Buscan un rincón algo alejado del resto de las mesas y Emma sonríe para sí misma cuando se sienta al lado de Victoria y esta se aparta con asco. Ni que ella estuviera cómoda con toda la ropa empapada y el pelo chorreando. Melanie se las arregla para hacerse un hueco al lado de la albacea y deja su paraguas apoyado contra la pared.

Cuando todas tienen las jarras delante, Emma sonríe otra vez.

—O sea, que la abuela nos ha dejado un pastón.

—No exactamente…

«Pues vaya».

—Sus abuelas lo dejaron todo muy atado hace muchos años, cuando Luz enfermó. —La albacea suelta una tosecita y luego sigue—: Las tres hermanas acordaron entregar todo lo que poseían a sus herederas y, dado que su madre falleció, absolutamente todo lo que poseían… es para ustedes.

—No estoy entendiendo nada. —Emma se apoya sobre la mesa y el codo húmedo le resbala sobre la madera—. ¿Nos han dejado dinero o no?

—Córtate un poco, anda —murmura Melanie.

—¿Es que me vas a echar una maldición o leerme un futuro terrible en las cartas del tarot?

A Emma le gusta ver a su hermana pequeña enrojecer hasta la punta de la nariz y cruzarse de brazos. El tiempo pasa, pero Melanie sigue siendo la misma niña que jugaba con sus abuelas a leer el futuro, y eso a Emma le hace mucha gracia. Es consciente de que, a veces, se pasa un poco, pero espera que entiendan que lo dice de coña.

—Sus abuelas lo dejaron todo por escrito.

La albacea abre por fin la carpeta que llevaba en los brazos y que ahora descansa sobre la mesa. Las tres se sorprenden al ver que allí solo hay un folio escrito por una cara con caligrafía irregular que, claramente, es de alguna de sus abuelas.

Victoria es la más rápida y se hace con él y empieza a leer:

Queridas Victoria, Emma y Melanie:

Si estáis leyendo esto es porque las tres nos hemos marchado finalmente. Me imagino que, si vosotras fuerais de otra manera y nosotras de otra, esta carta se habría escrito entre lágrimas y vosotras ahora estaríais humedeciéndola de nuevo con las vuestras. Sin embargo, las mujeres Lanau nunca nos hemos caracterizado por ser de llanto fácil y siempre hemos tenido una relación muy especial con la Muerte y sus devenires.

Ahora que la última de nosotras no está, es importante que cuidéis las unas de las otras, igual que hicimos nosotras e igual que hicieron nuestras abuelas. Y sus abuelas. Y las abuelas de ellas. Las hermanas siempre deben estar juntas, eso es algo que nos enseñaron y que siempre os hemos transmitido a vosotras, aunque tenemos la sensación de que no lo habéis llegado a entender muy bien. Cuando las Lanau no están unidas, los errores se encadenan y la tragedia prevalece.

Dicho eso, es el momento de que lo más preciado que hemos poseído jamás pase a vuestras manos:

En primer lugar, os dejamos la casa de la familia Lanau en Finestres. Construida con las manos de nuestras antepasadas, durante décadas sirvió de refugio en las montañas para las nuestras. Esa casa es nuestra herencia. Y ahora es vuestra. La casa y todo lo que encontraréis en su interior. Esperamos que seáis felices allí.

—¿Una casa? —pregunta Emma.

Emma no tiene ningún recuerdo de que sus abuelas mencionaran una casa. Cuando volvieron de Los Ángeles, no las llevaron a las montañas, sino a un apartamento en Zaragoza en el que tenía que compartir dormitorio con sus dos hermanas.

—¿Qué más dice?

En segundo lugar, os dejamos nuestro legado. Las mujeres Lanau siempre hemos sido especiales, por mucho que vuestra madre lo negara.

Victoria, eres fuerte y perspicaz. La mayor de las hermanas siempre ha mantenido todo bajo control.

Emma, eres pasional e impredecible. La mediana de las hermanas siempre ha tenido una conexión especial con la madre naturaleza.

Y Melanie, eres sensible y capaz de percibir lo que nadie más puede. La pequeña de las hermanas siempre ha despertado la curiosidad en los que ya habían olvidado lo que era.

Esta es vuestra sangre.

Este es vuestro legado.

Esta es vuestra herencia.

Tres hermanas, con tres años de diferencia, con cabellos como el oro, el fuego y el ala de un cuervo.

Tres corazones.

Siempre unidos.

Victoria deja de leer. Le da la vuelta al folio, como si no hubiera visto antes que no hay nada más escrito. Emma y Melanie también la miran, esperando que se saque algo más de la manga.

—¿Ya está? —Emma le quita el folio y lo gira—. ¿Nos dejan una casa en un pueblo perdido de la mano de Dios y...? ¿Alguien ha entendido de qué hablan con todo ese rollo del final?

—Las abuelas siempre estuvieron muy unidas —dice Melanie—, seguramente solo quieren transmitirnos esos valores.

—Pues ya podrían haber sido más claras, porque no entiendo eso del legado... —Victoria recupera el folio y se lo deja a la albacea encima de la carpeta—. ¿Y qué pasa con la casa? ¿Cómo se divide entre tres?

—No se divide —niega la mujer—. La casa es para las tres, es lo que pone en el documento y así será.

«Y así será».

Suena a uno de esos misticismos que saldrían de la boca de cualquiera de sus abuelas.

—Esto es una tontería —suspira Victoria—. ¿Alguna de vosotras quiere la casa?

—Si ni siquiera la hemos visto —dice Emma—, ¿podemos ir? A lo mejor está en una buena zona y conseguimos venderla...

—¿Venderla? —Melanie descruza los brazos por fin y se inclina sobre la mesa—. ¿Acabas de descubrir que esa casa existe y ya quieres deshacerte de ella?

Las tres se quedan en silencio, pero el bar no. A su alrededor el barullo es cada vez más insoportable. Un grupo de tíos gritan y se echan las cervezas encima. Una chica está pidiendo que la dejen cantar en el karaoke y al chico de la barra se le cae una jarra de cristal al suelo.

—¿Y si la vemos antes de tomar una decisión? —pregunta Victoria al fin—. Ese pueblo... Finestres. ¿Está cerca?

—Las puedo llevar en coche —asiente la albacea—. Hay que ir hacia la Ribagorza. No tardaremos más de hora y media. ¿Tienen algo más de hora y media?

No se miran antes de contestar.

—No tengo nada mejor que hacer. —Emma se encoge de hombros.

—Yo quiero ver la casa —susurra Melanie.

—Entonces vamos.

—Entonces vamos —repite Emma.

Sabe que Victoria está tensa por opinar lo mismo, así que se asegura de sacarle la lengua y darle un trago a su cerveza antes de que ella pueda siquiera reaccionar.

CAPÍTULO 4

Victoria

Hacía tiempo que no iba en coche con sus hermanas y ya había olvidado lo incompatible que es con ellas. Emma, parloteando sin parar, y Melanie, suspirando cada dos por tres, como si viviera en una de esas novelas antiguas y tristes que le gusta leer. Por eso, intenta sentarse en el lugar del copiloto y tenerlas más lejos, pero Emma le da un empujón entre risas y no le queda más remedio que sentarse atrás con Melanie, que parece muy concentrada en juguetear con la carrera que tiene en la media.

Por suerte, la mayor parte del trayecto la pasan en silencio. Emma interrumpe varias veces, enciende la radio y hasta saca la cabeza por la ventanilla para que le dé el aire, como un perro. La albacea no hace ningún comentario y no aparta los ojos de la carretera ni un segundo. Solo reacciona cuando Emma le da un toque en el hombro y pregunta.

—Así que llevas mucho tiempo trabajando para nuestras abuelas.

—Para su familia —la corrige la albacea—. Y a partir de ahora también puedo trabajar para ustedes, si eso es lo que quieren.

—¿Qué eres, un mayordomo? —se ríe su hermana.

Victoria no puede evitar gruñir ante la pregunta. Emma siempre encuentra la manera de parecer maleducada cuando solo intenta ser graciosa. Pero como no quiere crear una discusión, saca un cigarrillo y se lo pone en la boca.

—¡No, no! —Melanie se gira hacia ella a tal velocidad que Victoria da un bote—. No fumes aquí dentro... Por favor.

—Estoy aquí para ayudar —dice la albacea, ignorando la discusión trasera.

—Puedo bajar la ventanilla.

—El olor se pegará a la ropa y al pelo —protesta Melanie.

—¿No te pasa lo mismo cuando prendes incienso?

—No es lo mismo.

Victoria desiste y se guarda el cigarrillo, malhumorada. Si no fuma, sus niveles de estrés aumentan exponencialmente. Delante, Emma sigue atosigando a la albacea con preguntas.

—¿Y no serás abogada también? Todavía tengo algunos líos con mi ex...

A veces, Victoria cree que a ella le afectó más el divorcio de Emma que a su hermana. La avisó muchas veces de que todavía era demasiado joven para casarse, le dijo que siempre elige la opción que menos le conviene y que ese tal Daniel no era de fiar. Pero Emma la ignoró y al final dejó de contestar a sus llamadas. ¿Y cómo acabó la cosa? Mal. En un divorcio a la misma edad que tiene Melanie ahora. Divorciada a los veinticuatro años, esa es Emma Lanau.

—Solo me ocupo de los testamentos, lo siento. —La albacea gira el volante—. Ya estamos llegando.

Hace un rato que la carretera se ha vuelto más complicada, con baches que las hacen saltar en los asientos. Han dejado Huesca atrás y los edificios altos han sido sustituidos por árboles frondosos y picos escarpados en el horizonte. Melanie ha abierto la ventanilla para respirar el aire fresco y Victoria huele la lluvia, que parece que las persigue; o a lo mejor es que se le ha quedado atrapada en la piel, en el pelo y en la ropa, porque cuando inspira puede sentir la naturaleza en los pulmones. Esos mismos árboles, tal vez robles, las guían montaña arriba.

—¿Sabe cuántos habitantes tiene el pueblo? —pregunta Victoria.

—Unos cincuenta, más o menos.

Victoria aprovecha para sacar la cabeza por la ventanilla y echar un vistazo al frente.

Un poco más lejos, hay un cartel que indica la entrada al pueblo: Finestres.

No había oído hablar de él nunca, pero cuando dejan atrás el letrero, siente como si ya hubiera estado allí antes.

La imagen del pueblo es acogedora: un pequeño conjunto de casas de montaña que se abraza a la ladera como si fuera parte de la mismísima tierra y las rocas. No cabe duda de que en una guía turística aparecería como el típico lugar escondido en el corazón de los Pirineos, rodeado de picos escarpados que parecen los centinelas de esas casas de piedra grisácea y tejados de pizarra negra. Lo que pasa es que está lo bastante apartado como para que nadie quiera explotarlo turísticamente.

El coche avanza con lentitud por la calle principal, angosta, empedrada y serpenteante. Acostumbrada al lío de Madrid, a Victoria le parece un camino de cabras. Distingue a un anciano de la mano de una niña. Victoria no se habría fijado en ellos si no fuera porque ninguno se mueve un milímetro cuando el coche los rebasa, tan cerca que teme que uno de los neumáticos les aplaste un pie. Sin embargo, lo que la deja paralizada es la mirada de ambos. Dos pares de ojos marrones profundos siguen al vehículo, como si les hubieran lanzado una cadena al cuello y no les quedara más remedio.

—La verdad es que es un lugar muy tranquilo —comenta la albacea como si nada.

Victoria se estremece, pero no puede llevarle la contraria en eso. El pueblo, con poco más de una docena de casas, crece alrededor de una plaza, pero en ella no hay nadie. Lo que sí le llama la atención es un enorme árbol seco que se encorva sobre sí mismo, como un anciano con bastón, y que proyecta una sombra irregular y siniestra hacia el suelo; media docena de garras que quieren arañar la piedra. Victoria cierra los ojos y el aire limpio, el olor a tierra húmeda y hierbas aromáticas la envuelve. Es muy diferente a lo que huele en la ciudad cada mañana. Pensaba que el olor a tabaco, que ya no desaparece de sus pertenencias o su entorno, la había privado de disfrutar de esa sensación para siempre. Se lleva los dedos al cuello sin darse cuenta. Desde lo sucedido, es un gesto involuntario que aparece cuando recuerda las marcas. Ve que Melanie la está mirando y vuelve a poner las manos sobre el regazo.

El coche sigue avanzando y pronto deja el pueblecito atrás para colarse por un camino de tierra empinado. Las ruedas levantan nubes de polvo, así que cierran las ventanillas para no ahogarse. Victoria lo agradece porque así puede respirar. Durante el resto del camino no mira por la ventana, así que cuando la albacea aparca el coche y las tres bajan, la casa de sus abuelas es toda una sorpresa.

Construida en piedra grisácea y cubierta con un tejado de tejas negras, da la sensación de estar esculpida igual que las montañas: irregular, alargada y salvaje. El tejado, inclinado de manera extraña, se retuerce hacia arriba en los bordes, como los pies de la bruja mala del Este en *El mago de Oz*. Un par de chimeneas de piedra se estiran hacia el cielo, cubiertas del mismo musgo verde que parece haberse apoderado de toda la estructura con el paso de los años.

Está claro que allí no ha vivido nadie en mucho tiempo.

Emma es la primera en acercarse al muro que rodea el jardín y pasa el dedo por la piedra húmeda. El musgo crece entre las juntas y su hermana se aparta cuando un gusanillo se le intenta subir al pulgar.

—El interior es antiguo, con mucho valor histórico —dice la albacea.

Las adelanta y abre la verja de hierro viejo que da a un jardín delantero lleno de hierbajos.

Victoria la escucha a medias. Observa la casa desde más cerca. Se fija en las ventanas, pequeñas y grandes, con marcos de madera envejecida, cuyas vidrieras con flores y formas irregulares dejan pasar una luz extraña que le recuerda a unos ojos observando desde la oscuridad.

Da un paso hacia atrás.

—¿Te da miedo la casita embrujada, hermana? —Emma la vacila cuando pasa a su lado.

—Me preocupa un poco que las humedades o el paso del tiempo la hayan hecho peligrosa.

—Todo lo contrario, señorita —dice la albacea—, esta casa se usó para proteger a sus dueñas durante siglos y hará lo mismo con ustedes.

—¿La casa protege a la gente? —se ríe Emma.

En el porche, la albacea espera a que pasen.

En orden, las tres hermanas acceden al recibidor pequeño y frío.

Victoria se gira hacia la albacea, que permanece en el umbral con la llave en la mano y los ojos fijos en ellas.

—¿No quiere entrar? —pregunta Melanie.

—Si ustedes me lo permiten…

—Pasa, pasa —dice Emma con una risa escondida en las mejillas—. Ponte cómoda, al lado de esa planta mustia o de ese mueblecito lleno de polvo.

De nuevo, Victoria tiene que admitir que Emma tiene razón.

En el interior, el aire es denso y huele a humedad. La naturaleza ya ha empezado a reclamar lo que es suyo. El suelo de madera, cubierto de polvo y hojas secas, cruje bajo los pies cuando Victoria se asoma a la estancia que resulta ser el salón.

—Esa chimenea es preciosa —dice Melanie, que es la primera que entra en la habitación a cotillear.

El espacio es bastante oscuro y es la luz del día la que ilumina débilmente el interior a través de unas ventanas de cristales sucios. Las manchas ennegrecidas crean la ilusión de que hay alguien al otro lado, en el jardín, y esta vez Victoria sí que enciende un cigarrillo, sin preocuparse de la mirada acusadora de su hermana pequeña.

Después, se detiene delante de la chimenea que ha mencionado Melanie y a ella solo le parece un boquete negro en la pared. Un punto de oscuridad que podría absorberlo todo. Sobre la repisa hay polvo y más polvo, igual que en el resto de los muebles. Un sofá horrible de color pistacho decora el centro de la sala junto con una mesita de café, y en una esquina, un viejo reloj hace tiempo que dejó de dar la hora.

La estética es antigua; ni siquiera de los setenta, sino de mucho más atrás. Pasada de moda. Y el descuido y el paso del tiempo han hecho que la suciedad sea la protagonista de una construcción que podría haberse convertido en una casa rural bastante mona.

—¡Uy! —A su espalda, Emma ha golpeado con la punta del pie una pequeña pelota hecha de lana—. Esta casa es casi una ruina.

—Yo creo que es muy bonita —Ahora, Melanie está cerca de una de las ventanas y pasa un dedo por la mugre—. ¿Por qué no nos traerían aquí al volver de Los Ángeles?

—Menos mal que no lo hicieron. —Emma se agacha para levantar un poco la alfombra llena de manchas. Tiene unos dibujos horribles—. ¿Habéis visto el pueblo? Me habría muerto de aburrimiento.

—¿La casa tiene tres plantas? —pregunta Victoria, ignorando a su hermana. Ha visto unas escaleras en la entrada y desde fuera ha contado varias alturas—. ¿Están en buen estado?

—Pueden comprobarlo ustedes mismas —responde la albacea—. Pero, antes, quería darles algo que su abuela María me pidió que les enseñara tan pronto como llegaran aquí. ¿Toman asiento?

Cuando la albacea desaparece hacia la entrada, Victoria mira a sus dos hermanas, que tampoco parecen muy seguras de dónde se supone que pueden sentarse. El sofá tapizado parece que se va a romper o explotar en una nube de polvo si lo tocan. Melanie es la primera que se atreve, y al ver que no pasa nada, Emma y ella la imitan. Es pequeño y eso las obliga a estar más pegadas de lo que han estado en años. Victoria intenta arrimarse todo lo posible al reposabrazos.

—No te voy a contagiar la rabia, Victoria —protesta Emma, aunque siempre con su tono burlón.

—¿Quién sabe? —se pregunta Victoria, y echa el humo por encima de la cabeza.

—Esta caja es antigua. —La albacea regresa junto a ellas con una cajita de madera no muy grande, que deposita sobre la mesa del café—. Esta es la llave. Seguro que quieren intimidad para ver lo que hay dentro.

Las hermanas asienten, aunque lo cierto es que a Victoria le da igual si la mujer se queda o no. Sabe que es una formalidad, así que no dice nada cuando se despide de ellas para salir al porche de la casa.

Las tres se lanzan a abrirla al mismo tiempo y sus dedos se rozan. Victoria es la primera que se aparta, luego Melanie y por último Emma, que se hace con la caja y se la coloca encima de las piernas. Ella es quien la abre con cuidado y suelta un suspiro de decepción.

—¿Qué diablos es esto?

Allí dentro solo hay cosas viejas. Una libreta de cuero que parece una guía telefónica, una cajita pequeña de cartón, una bolsita de seda y varios trastos que no parecen de mucho valor.

—¿Y esto?

Melanie coge la bolsita de seda y la abre. En el interior hay tres anillos de bronce, ennegrecidos, pero todos tienen una gran piedra ovalada. Los saca uno a uno.

—La piedra es distinta.

—¿En serio? —Emma coge uno al azar, el que tiene la joya roja, como un rubí—. ¿Serán auténticos?

—Son bonitos. —Melanie se coloca otro, el que parece un ónix, y el que queda se lo da a Victoria, que se lo guarda en el bolsillo de la chaqueta sin mirarlo demasiado.

En ese momento, Emma les devuelve la caja y se levanta del sofá.

Victoria sigue observando algunos recortes de periódico de los años sesenta y setenta que no parecen guardar relación, varias fotografías antiguas del pueblo o viejas cartas que no van firmadas siquiera. Parece como si alguien hubiera montado una cápsula del tiempo de malas maneras. Habría que invertir mucho tiempo en todo eso para encontrar algo de valor sentimental, pero ella no tiene ni ese tiempo ni ningún interés en hacerlo.

—Sería una casita preciosa si mentimos un poco en el anuncio y la limpiamos, ¿no? —pregunta Emma mientras cotillea un aparador vacío que hay a un lado del salón—. ¿Dónde está la tele?

—Primero tenemos que ver en qué estado se encuentra el piso de arriba —dice Victoria. También se pone de pie y deja las cosas sobre la mesita del café—. En fin, no sé vosotras, pero yo tengo que volver al trabajo, no dispongo de mucho más tiempo. Me han hecho un favor para poder ir al funeral de la abuela y tengo que estar en Madrid mañana.

—Doña ocupada —se mofa Emma.

—Eres insufrible.

Victoria niega con la cabeza y hace ademán de ir a marcharse, pero detiene otra vez la mirada en la caja de las abuelas.

De nuevo, siente como si algo que no ve ni oye estuviera tirando de ella. Esta vez no es una sombra peligrosa que la deja sin respiración; al contrario, es como un recuerdo que antes no tenía. Risas, olor a orégano, una caricia en el pelo.

Tiempos mejores.

—Llueve mucho —dice Emma entonces—. ¿Por qué no llamas a tu jefe y le pides más tiempo? Tal vez podamos hacer noche aquí. Echamos un ojo al piso de arriba y, si no morimos intoxicadas por el polvo y el olor a vieja, decidimos qué hacer.

Victoria suspira y mete las manos en los bolsillos de la chaqueta. Roza algo duro con los dedos y recuerda el anillo que se acaba de guardar. Lo mira; la piedra dorada le devuelve un destello. Ni siquiera es bonito, pero decide colocárselo por fin. No cree que el capitán vaya a estar contento, pero cualquiera sabe que volver con tremenda tormenta por esas carreteras es peligroso y, además, aunque saliera ahora, seguro que no llegaría a Madrid hasta bien entrada la noche, o incluso de madrugada. Todo el día de trabajo perdido.

—¿Y la albacea? —recuerda—. ¿La invitamos a quedarse?

—Es un poco rara, pero igual nos soluciona el problema de la comida. —Emma sonríe—. O sea, no sé vosotras, pero yo me estoy muriendo de hambre y no he visto ningún restaurante en ese pueblecito.

—No creo que eso sea una opción, Emma.

Melanie vuelve a estar junto a la ventana.

—¿De qué hablas?

—La albacea no está —dice—, y su coche tampoco.

CAPÍTULO 5

Melanie

Melanie se despierta con el golpeteo de la contraventana en la piedra. Al principio no sabe dónde está, medio sumergida todavía en una pesadilla. Había un bosque, una voz y una vieja casa. Seguro que su cabeza ha querido jugarle una mala pasada y mezclar los sucesos del día anterior con sus peores miedos. Por suerte, ya la ha olvidado.

Apoya los pies descalzos en la moqueta antigua, y le ruge la tripa. Las imágenes del viaje a Finestres le vuelven a la cabeza. La tormenta imposible, Emma haciendo la broma de salir a cazar para tener algo que cenar, Victoria protestando como siempre, y ella… Recuerda haber subido al piso de arriba, guiada por una sensación extraña, y caer rendida en ese viejo colchón.

Ahora, sentada en la cama y todavía con la ropa que vestía el día anterior y que huele a humedad, echa un vistazo a su alrededor. Las paredes están cubiertas con un papel verdoso de mariposas negras que ha perdido color con el paso del tiempo. Forman un patrón extraño, irregular, y Melanie coloca la mano sobre una de ellas; es más grande que las demás y tiene un ala rota. Es curioso que alguien decidiera pintarla así, imperfecta, y también es extraño que sienta la ilusión de un latido en la palma. Pum, pum.

Se aparta y mira hacia la ventana. La luz ilumina un escritorio desgastado con una silla de madera delante que, por alguna razón, le resulta demasiado vacía. Parece el lugar perfecto para escribir. A Melanie le encantaría ser capaz de acabar alguna de sus historias. Las empezó a escribir de niña, pero ninguna de ellas tiene final. Dicen que Stephen King es un escritor incapaz de dar con el final adecuado, y él mismo ha llegado a reírse de ese tema en alguna de sus novelas, pero ella no tiene el valor ni la confianza como para dar el paso. No, las novelas de Melanie Lanau nunca acaban: son historias inconclusas, como su propia vida, sin rumbo. Pero no es el momento ni el lugar para pensar en ello, así que se pone en pie y cierra la contraventana que sigue dando golpes. Respira hondo el aire fresco del exterior. Ese lado de la casa da a un jardín salvaje que nadie ha cuidado en años. Los hierbajos secos han crecido hasta la altura de la rodilla y los arbustos marchitos dan un aire gris y desolador a las vistas, como si, aparte de que nadie ha vivido allí durante décadas, la naturaleza tampoco hubiera querido hacer su trabajo. Si su abuela Valentina siguiera viva, seguro que pensaría que acabar con todas las malas hierbas podía ser una bonita aventura. Intenta no pensar mucho en ella. A los pies de la cama está lo único que se ha traído de Zaragoza: un bolso con su libreta, la cartera y su viejo *walkman*. Se pone los cascos y reproduce una canción. Le cuesta reconocerla, porque está a medias y porque ni siquiera la ha elegido ella. Se trata de una cinta que le regalaron cuando se compró algo de Eurythmics y es más ruido que música. No está muy segura de si le gusta o no, solo sabe que encaja muy bien con lo que se le viene encima. A pesar de haber nacido en Estados Unidos, y a diferencia de sus hermanas, Melanie no sabe inglés. Volvió a España cuando ni siquiera sabía hablar y escucha canciones de artistas extranjeros sin entender qué dicen. A veces, trata de imaginarlo, y si intenta adivinar lo que Kurt Cobain quiere decir con «Smells like teen spirit», siente rabia, algo de miedo y bastante desesperación. Ahora mismo, Melanie es todo eso, aunque no quiera admitirlo.

Sale de la habitación hacia el pasillo. Justo delante del dormitorio están las escaleras que bajan al recibidor por el que entraron, así que Melanie continúa en dirección contraria. La primera puerta permanece abierta y, cuando se asoma, ve a Emma durmiendo bajo un montón de mantas que parece que la van a aplastar. Ese dormitorio es algo más grande y está pintado en tonos rojizos. Ya no son mariposas, sino flores y más flores que se enredan con hojas que parecen pintadas a mano. Y, escondidas entre ellas, varias ranas de ojos saltones. La cama también es más amplia y tiene un cabecero de madera que sigue el mismo patrón que el papel de la pared. El viento suave también golpea la contraventana, pero Emma siempre ha sido de las que pueden dormir hasta en mitad de un apocalipsis.

Así que Melanie decide no molestar a su hermana y sigue avanzando por el pasillo, con el ruido de la canción taladrándole los tímpanos. Sabe que la siguiente puerta cerrada es la de Victoria, por lo que la ignora y corretea hasta el siguiente tramo de escaleras.

Como el primer escalón de madera está roto, lo salta con cuidado de no clavarse una astilla en los pies descalzos. Si el suelo crujía en el primer y el segundo piso, allí es mucho peor, pero ella no oye nada con los cascos puestos. Puede imaginar que es una espía de lo más silenciosa mientras agradece que Victoria haya cerrado la puerta de su habitación. No quiere tener que aguantar sus bufidos porque la ha despertado demasiado temprano. Aun así, se apoya en la barandilla polvorienta para distribuir mejor su peso y llega hasta el desván.

—Lo sabía.

Sonríe al encontrarse con la semioscuridad del espacio. Es bastante amplio, pero parece que quien viviera allí lo usaba de almacén, ya que hay montones de cosas cubiertas con sábanas blancas.

Al fondo, en la parte más cercana al techo, a Melanie le llama la atención una pequeña ventana circular. La luz traspasa el cristal en un haz tricolor: dorado, rojo y... no sabría decir qué color es el último, pero las motas de polvo que flotan en él se distinguen a la perfección. Y lo curioso es que esa línea de luz acaba en un punto concreto de la habitación. Justo en el lugar en el que una sábana cubre un objeto de forma irregular.

Melanie se acerca, de nuevo intentando no pisar nada con lo que pueda hacerse daño y, al mismo tiempo, concentrada en los pliegues de la tela, que no le dan ninguna pista de lo que puede haber ahí debajo. Se siente como las protagonistas de sus historias. Una chica especial capaz de hacer cualquier cosa, alguien que está a punto de encontrar la llave hacia lo sobrenatural.

—Tanto misterio para...

Aparta la sábana y encuentra una pequeña mesita de café sobre la que descansa una cajita rectangular de color azul, decorada con estrellas y flores. Alguien ha perforado ligeramente el cartón y una mariposa disecada con las alas astilladas ocupa la parte trasera. El corazón le palpita muy fuerte y eso la desconcierta un poco porque solo se trata de una baraja de tarot de lo más clásica.

Con los latidos desbocados, abre la caja y curiosea el interior. Es una baraja antigua y muy usada, al parecer, porque los bordes de las cartas están gastados y las siente extrañas al tacto. Está claro que han pasado por muchas manos antes. Se coloca bien los cascos y extiende algunas con cuidado sobre la mesa, igual que hacía con sus amigos cuando era adolescente y con sus abuelas siempre que podía. Contiene una sonrisa cuando reconoce los dibujos, a pesar de que los diseños son distintos: el ermitaño, los enamorados, la torre...

Melanie se queda con una carta que no ha visto nunca. Es de color negro, sin ningún dibujo, y al principio cree que se trata de un error de impresión o que simplemente es una carta para proteger a las demás. Sin embargo, pronto se da cuenta de que allí sobran cartas. Las cuenta a toda velocidad: ochenta y una.

Una carta negra.

Una carta dorada.

Una carta roja.

Y ninguna de ellas tiene un dibujo o un escrito que pueda dar alguna pista.

Melanie no es una profesional de la lectura del tarot, pero sí que sabe lo suficiente como para que le parezca raro.

—A lo mejor... —se dice, mientras levanta la carta negra y la expone al haz de luz que entra por la ventana.

Pero no hay ningún mensaje secreto a contraluz ni tampoco sucede nada extraño.

A Melanie le entra un poco la risa y ya está a punto de deshacerse de la carta cuando se fija en la piedra de ónix del anillo que encontraron el día anterior y que todavía lleva en el dedo. Un breve destello la ciega un instante y la obliga a cerrar los ojos. Es entonces cuando el *walkman* emite un chirrido agudo que le penetra en la cabeza. Se arranca los cascos, que se separan del reproductor y caen al suelo con un golpe seco. Luego va ella, de rodillas: tiene la sien ardiendo y los nervios practicando percusión por todo el cuerpo.

«Me enamoré de ti antes de que se nos cayeran los dientes de leche. O eso pensaba, porque en realidad he tenido que besarte cientos de veces y conocerte mejor para saber que quiero compartir el resto de mi vida contigo».

Es una voz desconocida.

«No. No. No. Por favor. No».

«¿Cómo has podido hacer algo así?».

«Por amor».

Una avalancha de sentimientos que no le pertenecen le atraviesan el pecho y la hacen soltar un grito de dolor.

Imágenes que no había visto antes le llenan la mente. Fuego, carne devorada por las llamas, unos ojos como el reflejo del cielo sobre el agua del mar, una carcajada que la deja sin respiración. Más fuego. Un corazón que palpita en la palma de una mano. La sangre lo salpica todo.

«¡Para! Por favor. Lena, ¡por favor!».

«Te lo ruego...».

—¡Para! —grita sin saber muy bien a quién—. ¡Cállate!

«No es justo».

—¡Melanie! ¡Melanie!

Melanie siente que alguien la zarandea por los hombros y eso consigue que abra los ojos otra vez. Delante de ella está Emma, blanca como la nieve; a su lado, Victoria, que nunca ha tenido una expresión tan asustada.

—Pero ¿se puede saber qué te pasa? —Emma se deja caer al suelo junto a ella. Tiene el pelo rojo revuelto y lleva una manta sobre los hombros—. ¿Crees que es normal despertarnos con estos chillidos?

—¿Chillidos?

—Gritabas como si te estuvieran matando. —Victoria vuelve a tener su habitual ceño fruncido y coge el *walkman*, que sigue zumbando con otra canción—. Ya tuve suficiente ayer con que la albacea más rara de toda España nos dejara aquí abandonadas, como para encima tener que soportar que un psicópata te asesine a las siete de la mañana. Ni que esto fuera una película *slash*.

Melanie no tiene la sensación de haber gritado tan fuerte, aunque hacerlo ha funcionado porque la extraña voz ha dejado de sonar en el interior de su cabeza. Eso sí, el latido del corazón continúa golpeándole el pecho como un martillo.

—Alguien me hablaba —explica, mirando a sus hermanas—. Alguien ha empezado a hablarme cuando he tocado la baraja del tarot.

Emma y Victoria reaccionan con el mismo gesto de encoger los hombros. Nunca las había encontrado tan parecidas, pero ahora mismo son como un reflejo la una de la otra. No tiene que leerles la mente para saber lo que están pensando: que se ha vuelto loca.

Emma se agacha y coge la baraja que Melanie ha tirado sin querer. Su hermana sacude la caja y varias cartas se esparcen por el suelo. Sin embargo, lo que le llama la atención es un trocito de papel doblado.

—¿Las cartas del tarot llevan instrucciones? —Emma lo despliega y lee en silencio mientras Melanie intenta recuperarse del susto y Victoria cotillea el desván—. No son instrucciones.

—¿Qué es? —pregunta Melanie.

Extiende la mano y su hermana le entrega el papel. Parece más bien otra carta como la que les enseñó la albacea; lo que pasa es que, esta vez, no reconoce la letra de ninguna de sus abuelas.

Queridas herederas:

Si habéis encontrado esta carta es porque habéis vuelto a casa por fin, como siempre debió ser. Es curioso que, para vosotras, «lo desconocido» sea el pueblo que nos vio crecer a nosotras. Pero Finestres se ha convertido en un lugar en el que ya no sois bienvenidas. No dejéis que sus calles tranquilas os engañen. En cada sombra y rincón, la oscuridad se ha apoderado de las almas de quienes aquí quedan.

Si habéis encontrado esta carta es porque, después de tanto tiempo, la maldición se va a romper. Ninguna maldición es para siempre, ni siquiera esa que tejió un pacto injusto entre los vivos y los muertos. En la Noche de los Muertos, cuando la luna se alce con su brillo más frío, la niebla cubra cada rincón y las hermanas Lanau vuelvan a estar juntas, el conjuro original se empezará a debilitar.

Ya no podéis escapar, por mucho que lo intentéis. Ahora os toca a vosotras dar la cara por los errores del pasado. He dejado algo de mí en estas cartas, así que espero que os ayuden a tomar las decisiones correctas. Si oís susurros en la noche, no respondáis. Solo vosotras podéis romper la maldición, solo tenéis que doblegar a la Sombra.

Se reúnen en la cocina, alrededor de la vieja encimera que ocupa casi toda la estancia. Igual que el resto de la casa, aquella habitación ha sucumbido a la suciedad y al paso del tiempo. Hay flores en un jarrón, pero huelen tanto a agua estancada que Melanie no puede evitar arrugar la nariz cuando aparta a un lado de la encimera el florero lleno de líquido oscuro. Deja la baraja del tarot en el centro y el trozo de papel a un lado, y se sienta en una de las sillas, mirando a sus hermanas y esperando sus reacciones.

—Dices que, cuando has tocado la carta, has empezado a oír voces —repite Victoria por tercera vez, como si eso fuera a darle más sentido a la situación.

—Yo pensaba que ya tenías visiones y esas cosas. O sea, es lo que le pega a tu rollito de Miércoles Addams, ¿no?

Melanie se alegra cuando Victoria le da un codazo a Emma.

—¿Es que nunca piensas antes de hablar?

Emma sacude la cabeza con una sonrisa traviesa.

—¿Y de qué narices va esto? —Coge la carta negra y la mueve en el aire—. Primero heredamos una casa misteriosa, luego la albacea desaparece y ahora... ¿Este pueblo tiene una maldición? Estoy empezando a pensar que el último deseo de la abuela María era una gincana mitad peñazo mitad broma pesada. Le gustaban mucho, ¿no?

Eso es cierto. A todas sus abuelas les gustaban los juegos de encontrar cosas y resolver acertijos. Sin embargo...

—Este mensaje parece antiguo —Melanie pasa el dedo por el papel amarillento—, y esa no es la letra de la abuela María.

—Y no pone nuestros nombres —añade Victoria. Cuando la miran, se encoge de hombros—. La carta que dejaron las abuelas estaba dirigida a nosotras, pero esta no.

—Entonces seguro que es una tontería o una broma de alguien —insiste Emma.

—Pero el tarot no es ninguna tontería —se queja Melanie—. Además, esas cartas son peculiares. Hay tres adicionales y una... —Una es la que ha tocado cuando ha oído la voz—. La negra es la que me ha hecho oír esas voces.

Emma mira las tres cartas de más con desconfianza.

Victoria enciende un cigarrillo.

—Y además... —Melanie intenta no echarle la bronca a su hermana por ponerse a fumar y vuelve a contemplar las tres cartas—. ¿No lo veis? Son como nosotras.

—No, Mel, solo veo tres cartones —dice Victoria.

—Dorado, rojo y negro —enumera—. Somos nosotras.

—No lo pillo. —Emma se acerca a las cartas como si eso fuera a ayudarla a entender algo.

—Dorado —dice Melanie, mientras señala el pelo rubio de Victoria—, rojo —continúa, haciendo un gesto en dirección al tono pelirrojo de Emma; finalmente, se coge un mechón y añade—: y negro. Como los anillos, las piedras tienen los mismos colores.

Emma suelta una carcajada que la hace toser como una loca. Se apoya en la encimera con el codo, como si no pudiera respirar.

—¡Qué miedo! —Sigue riéndose y da un golpe a la carta roja con la palma de la mano—. ¿Cómo era...? ¡Ah, sí! Ninguna maldición es para siempre, ni siquiera esa que tejió un pacto injusto entre los vivos y los muertos. ¡Bu!

Melanie frunce el ceño. No le gusta la expresión triunfal de Emma cuando continúa:

—Se os ha ido la pinza con todo esto del funeral y esta casa que da escalofríos —dice, a la vez que levanta la carta con dramatismo.

El anillo de su hermana brilla igual que ha sucedido hace un rato con el suyo en el desván. Victoria también se da cuenta, porque da un paso hacia atrás y se tropieza con una de las sillas.

En esta ocasión, como la cabeza no parece a punto de estallarle, Melanie se fija en que la carta que Emma sostiene resplandece y forma una serie de dibujos que reconoce rápidamente: flores. Flores que se entrelazan con llamas y formas que parecen salpicaduras de agua.

Sin embargo, el brillo desparece tan rápido como se ha manifestado y Emma deja la carta sobre la encimera.

—Lo dicho, se os ha ido la pinza. —Emma se aparta el pelo largo y lleno de tirabuzones de la cara—. Voy a buscar un autobús o a alguien que se apiade de mí y me lleve de vuelta a la civilización.

—¿Tengo que recordarte que ayer me obligaste a quedarme aquí? —protesta Victoria.

—¡Porque ibas a salir en mitad de la tormenta! Pero ya no tiene sentido permanecer más tiempo aquí, hermanitas. La casa es una ruina, no hay agua corriente, no tenemos ropa y me podría comer un jabalí, y eso que llevo dos años sin probar un trozo de carne.

—Hay que encontrar a la albacea —les recuerda Melanie—. Ahora esta casa es nuestra y hay que decidir qué hacemos con ella.

—¿Y por qué no la vendemos? —sugiere Victoria.

Emma se encoge de hombros, pero Melanie se levanta, enfadada.

—¿Vender la casa de las abuelas? ¿Es que no has visto la cantidad de recuerdos que hay aquí?

—¿Y de quién son esos recuerdos exactamente? —bufa Victoria.

—Pero... El mensaje y...

—Por favor, no intentes buscar inspiración para una de tus historias de monstruos y hadas. —Emma coge la carta roja otra vez—. Esto es una tontería, igual que todas esas chorradas que las abuelas te metieron en la cabeza solo porque pensaron que era la mejor manera de que no te sintieras culpable por lo que pasó.

—¡No fue culpa mía! —exclama Melanie, mirando a sus hermanas—: ¡Ni tampoco lo es que Victoria esté amargada o que tú seas una irresponsable!

—Melanie, no te hagas la digna, por favor. —Emma vuelve a sacudir la carta y esta brilla otra vez—. Mi único pecado es ser la única persona divertida de esta familia.

—O la única que jamás piensa en las consecuencias de sus actos.

—Bueno, pues por una vez en la vida estoy pensando en el futuro y os digo que esta casa no tiene ningún valor, pero a lo mejor alguien del pueblo nos la compra por cuatro perras y puedo tener esa moto tan chula que vi el otro día...

Melanie es incapaz de mirar a sus hermanas más tiempo y se acerca a la ventana de la cocina. Justo debajo de ella hay un par de botecitos de especias vacíos.

«Tenéis que permanecer juntas. No os podéis marchar». No sabe de dónde sale esa voz, pero está segura de que es algo que dirían sus abuelas si estuvieran allí.

—Si las abuelas querían que estuviéramos aquí juntas es por algo —susurra. No para de pensar en el mensaje que han encontrado—. Dijeron que debíamos cuidar las unas de las otras.

—Ya somos mayorcitas, Melanie.

—Es verdad que la casa es una ruina —admite Victoria—. Tengo mi piso en Madrid, no quiero vivir en esta casa, pero si tanto te importa, a lo mejor podríamos pensarlo un poco más antes de tomar la decisión definitiva.

—Pero ¡si acabas de decir que la quieres vender! —protesta Emma—. ¿Ahora te la quieres quedar?

—No es eso...

—¿Y entonces qué es?

—Bueno, si Melanie no quiere venderla, tendremos que ponernos de acuerdo.

Victoria observa las cartas en silencio.

—Yo sé lo que te pasa, Victoria. —Emma da un paso al frente y alza un dedo acusador hacia su hermana—. ¡Siempre me quieres llevar la contraria! Si hubiera dicho de quedarnos, ya estarías intentando venderla. ¡Eres insoportable!

—Chicas...

Melanie intenta intervenir, pero sus dos hermanas están ya tan cerca la una de la otra que teme acercarse y llevarse ella un guantazo.

—Eres inaguantable, Emma.

—Mira quién fue a hablar.

Y llega el empujón. Victoria golpea a Emma en el pecho con brusquedad. Emma cae hacia atrás y se pega con la encimera en los riñones.

—¿De qué vas, tía?

—Lo que te mereces.

En ese momento, Melanie vuelve a sentir algo extraño. Juraría que la casa ha empezado a susurrar. Y eso es imposible porque las casas no susurran, pero es como una sensación, como si las paredes respirasen alrededor de las tres. Experimenta un calambre. Luego un temblor.

—¡Estás loca, Victoria! —chilla Emma.

Y en sincronía, como si una ráfaga de viento hubiera entrado en la cocina, su cabello rojo empieza a danzar de un lado a otro. Solo que no hay viento ni nada que pueda dar una explicación lógica ni a eso ni a lo que sucede a continuación. El jarrón con agua que hay sobre la mesa estalla en mil pedazos y el agua sale disparada junto con una lluvia de cristales.

El temblor desaparece.

—¿Qué ha sido eso? —Melanie no puede apartar los ojos de la carta del tarot roja, en las manos de su hermana, que brilla mucho más que antes. El anillo de Emma resplandece en su dedo índice. Se toca el brazo y siente un escalofrío. Las gotas de agua que la han salpicado se han convertido en escarcha—. ¿Qué demonios?

Delante de ella, Victoria se sujeta la mano donde se le ha clavado un cristal. La sangre gotea lentamente sobre el suelo, formando diminutos charcos, como lágrimas escarlata.

Melanie se vuelve hacia Emma para hablar con ella, pero su hermana ya no está allí. Ve su cabellera desaparecer por la puerta de entrada. Sale dando un portazo que hace retumbar la casa hasta los cimientos.

CAPÍTULO 6

Emma

Emma está acostumbrada a viajar y a pisar lugares a los que nadie se quiere acercar. Su ahora exmarido (¡Dios, qué raro le sigue sonando! Suena como si tuviera cuarenta años) solía decir que era «una con la naturaleza» cuando se conocieron en un retiro espiritual. Ella no es como Melanie ni como sus abuelas: solo cree en lo que ve y puede tocar, pero la gente que va a sitios como esos sabe muy bien cómo relajarse. Y con él conectó al instante. Se enamoraron y él le pidió matrimonio mientras se refrescaban en el agua de un pequeño estanque, con los peces mordisqueándoles los dedos de los pies. Su relación siempre fue cálida, llena de besos y caricias, así que cuando ya no hubo ni más besos ni más caricias, se dieron cuenta de que eran dos extraños sin nada en común y él ya no la encontraba ni tan divertida ni tan guapa. Casarse y divorciarse antes de los veintisiete no entraba en sus planes, pero ella le da la bienvenida a todo lo que resulte nuevo y sorprendente. Porque admitir que se equivocó sería darle la razón a Victoria, y eso es lo último que puede soportar.

Odia discutir con ella, porque siempre acaban así, a gritos. Pero es que, además, ver a Melanie caer en la locura que siempre rodeó a sus abuelas no le resulta divertido ni interesante. Y ha perdido el control. Nunca le ha gustado discutir, porque no es gracioso ni lleva a ningún lado, así que se ha sorprendido cuando el cuerpo le ha pedido lanzarse sobre su hermana y darle una torta. Supone que tiene algo que ver con lo de haber sido abandonada en una casa cochambrosa de pueblo en mitad de la nada y sin ninguna explicación. Se alegra de no haberse dejado llevar.

Ahora recorre el camino de tierra por el que la albacea condujo el día anterior y trata de no mancharse mucho los pies. Lleva sandalias y el barro le salpica las pantorrillas cada vez que pisa demasiado fuerte.

Suspira y maldice cuando pisa otro charco de barro.

—¡Maldita sea!

Le gustaría golpear todo lo que hay su alrededor para quitarse la bola de enfado que lleva dentro, pero, por una vez, decide ser racional y continuar el sendero hacia el pueblo. A medio camino se da cuenta de que todavía lleva la carta del tarot roja en la mano y pone los ojos en blanco. La guarda justo cuando los árboles empiezan a desaparecer sobre su cabeza y una callejuela de piedra marca el comienzo de la civilización.

O, bueno, lo que esa gente entiende por «civilización», porque el pueblo es diminuto. Todas las casas son antiguas; si no supiera que hay gente viviendo allí, pensaría que están abandonadas. Al pasar por la puerta de una, se da cuenta de que las macetas que decoran la ventana están marchitas. Secas. Los tallos quebrados.

«Será alguna vieja que ha olvidado regarlas», piensa. Pero entonces la puerta se abre y un chaval de unos trece años sale del interior. Es bajito, de pelo rizado, y al verla se queda inmóvil.

—¡Hola! Soy Emma. ¿Hay alguien en casa?

El chico gira el cuello y se mete las manos en los bolsillos. A lo mejor ha sonado como una adulta con malas intenciones, así que se apresura a añadir:

—Es que estoy buscando a alguien que me ayude a salir del pueblo —aclara—. Me he quedado sin coche y necesito un autobús. ¿Tú sabes dónde hay una parada de bus?

El chico sigue tan concentrado en algún punto de la calle que Emma comprueba si se le ha pasado algo por alto. Sin embargo, allí no hay nadie más.

—Oye, no hace falta que seas maleducado.

Se arrepiente al instante de haber abierto la boca. El chico sí que la mira ahora y le clava un par de ojos tan oscuros que, si no fuera porque lo tiene delante y sabe que es un preadolescente, diría que pertenecen a alguien mucho más mayor.

—No te irás.

Y sin decir nada más, el chico se da la vuelta y cierra la puerta de la casa, abofeteándola con una corriente de frío que le cala hasta los huesos.

Emma se queda ahí plantada y tarda unos segundos en reaccionar. Después sacude la cabeza y sigue por la calle principal, por la que subió el coche y que es la más amplia. Evita los charcos y se pega a la pared por si algún vehículo decide llegar de frente, pero duda que algo así suceda. Quizá el coche de la albacea es el primero que esa gente ve en mucho tiempo.

Cuando llega a la plaza casi da un salto de alegría. Después de la experiencia con el crío, una anciana parece la mejor opción. Está sentada a la sombra del árbol horrible en el que se fijó cuando llegaron. Las ramas, ennegrecidas, se extienden como brazos huesudos y rodean a la anciana, que está tejiendo algo que parece una bufanda.

—¡Señora! —Camina hacia ella y sacude mucho los brazos para llamar su atención—. ¿Me oye? ¡Señora!

La mujer levanta la cabeza y, por segunda vez en el día, otro par de ojos oscuros la miran. Luego, la anciana vuelve a la tarea que tiene entre manos.

Emma se queda parada. A lo mejor no la ha oído bien.

Se acerca a ella y mueve la mano delante de su cara.

—¡Hola, señora!

La mujer la vuelve a mirar y, esta vez, sí que parece verla. Emma es incapaz de contar las arrugas que tiene en la cara, porque son demasiadas, pero sabe que justo la que hay entre ceja y ceja no estaba hace un segundo. Después de lo que ha pasado con el chaval, se apresura a explicarse.

—Quiero marcharme de aquí. —Quizá, si sabe que no quiere estar en el pueblo, sea más amable—. ¿Me podría indicar por dónde ir a la parada de autobús?

Otra mirada larga. Esta vez, la anciana se detiene en su pelo rojo y frunce el ceño todavía más. A lo mejor tiene algo en contra de los pelirrojos. No sería la primera vez que le pasa.

—Le prometo que no quiero molestar más —asegura Emma—. ¿Hay algún autobús? ¿Alguna parada de taxis?

La anciana deja la bufanda sobre la piedra.

—¿No eres una de las que llegaron ayer a la casa de las Lanau?

—¿La conoce? ¿Conoce a mis abuelas?

—Es difícil no conocer a las hermanas Lanau. —Recupera la bufanda y continúa la tarea con unos dedos que parecen ramas más cortas del árbol que tiene detrás—. ¿Dónde están las otras dos?

Emma duda. Ahora mismo no quiere ni oír hablar de sus hermanas.

—No lo sé, solo sé que yo no quiero estar aquí. ¿Sabe dónde puedo coger un bus o encontrar a alguien que me lleve de vuelta? —insiste.

—¿Llevarte de vuelta a dónde, muchacha?

—Pues a...

«A casa».

Pero ¿dónde está esa casa? ¿En Barcelona? ¿En el extranjero? Lleva tanto tiempo dando tumbos que ni siquiera sabe hacia dónde quiere que la lleve ese autobús.

—De vuelta a cualquier sitio.

La anciana ya no la mira. Está concentrada en la bufanda y respira tan fuerte que la oye como si la tuviera pegada a ella.

—Si no sabes adónde ir, será mejor que te quedes.

Emma cree que la ha entendido mal.

—¿Perdone?

—Digo que a lo mejor tienes suerte en la entrada. —Levanta el brazo y señala con un dedo tembloroso—. La gente va y viene por allá.

—Por supuesto... Gracias.

Pero no se mueve de donde está.

No puede evitar pensar en lo sucedido en la cocina. A lo mejor ha sido casualidad, pero juraría que algo dentro de ella se ha puesto a hervir, como si la sangre le ardiera en las venas. Pero ha tenido que ser casualidad, porque Emma no es como Melanie ni como sus abuelas: solo cree en lo que ve y puede tocar.

—Ten cuidado —se despide la anciana con voz grave.

No responde; vuelve a sentir frío y no le gusta la sensación porque no tiene nada que ver con la temperatura. Se aleja del árbol, sin mirar atrás, y baja a toda prisa por una calle más estrecha que habría sido imposible recorrer con el coche. Cuenta un par de puertas y una casa que le llama la atención. Es algo más ancha que las demás y una de las paredes tiene una ventana tan grande que parece un escaparate. Y tal vez lo sea, porque de refilón ve algunos trozos de tarta y el reflejo de un televisor encendido. Si no quisiera escapar de allí, tal vez entraría al único resquicio de normalidad que parece haber en ese pueblo. Sin embargo, sus pasos la llevan más allá y pronto la callejuela vuelve a hacerse más ancha y acaba, por fin, en la salida de Finestres, que conecta con la carretera.

«¡Menos mal!».

Justo a un lado y hundido entre los hierbajos, un poste con una placa azul destaca sobre todo lo demás. Emma corre hasta allí y sonríe cuando ve la palabra «BUS» escrita en letras blancas. Debajo hay un horario con la frecuencia de la línea. Para su desgracia, parece que ese letrero es tan viejo que la pintura se ha desgastado y es difícil leer nada. ¿Los miércoles a las...? ¿Dirección a...?

—No creo que un autobús de esos vaya a pasar por aquí.

Emma da un brinco. No ha oído a nadie acercarse, así que, cuando se gira, imagina que es el crío maleducado o la vieja de la plaza, que vuelve para clavarle los dedos llenos de nudos en la cara mientras dice «será mejor que te quedes». Sin embargo, ahí solo hay un joven que la mira como si acabara de descubrir el eslabón perdido del ser humano allí mismo.

Respira aliviada.

—¿Y por qué sigue aquí la parada?

—¿Por nostalgia, quizá?

El chico parece igual de confuso que ella, y se acerca poco a poco, tanteando el terreno. Avanza en una silla y el movimiento de las ruedas produce un sonido suave y metálico. No entiende cómo no lo ha oído llegar hasta allí. Tal vez estaba demasiado concentrada en ese estúpido horario imposible de descifrar.

—Aunque si te digo la verdad, creo que es porque a nadie le ha apetecido quitar el poste.

El chico sonríe. Emma lo mira otra vez. Es bastante guapo, aunque no el tipo de guapo que sabe que lo es, porque de esos ya conoce a unos cuantos y los podría detectar a kilómetros de distancia (y prefiere mantenerlos todavía más lejos). Tiene una chispa alegre en los ojos marrones que no logra esconder, como si se estuviera riendo de ella o los dos hubieran compartido una broma increíble. Aunque ella no tiene muchas ganas de reírse de nada, la sonrisa irregular de él es algo contagiosa.

—No soy de aquí —confiesa, y ahora mira las flores que él lleva en el regazo. Emma no conoce el nombre de ninguna, solo de las margaritas algo torcidas que asoman en el ramo—. ¿Puedo pedir un taxi en algún lado?

—¿Un... taxi? —Él parece darse cuenta de dónde está puesta la atención de Emma, porque mira también las flores—. ¿Te gustan?

—Me interesan más los taxis —responde Emma, y no se le pasa por alto que el chico arruga ligeramente la nariz—. Verás, es que acabo de vivir una historia muy estúpida. Mi abuela ha muerto y su albacea nos ha traído a esa casa vieja más allá de los árboles, pero yo no soy de aquí. —«Vaya, eso ya lo he dicho hace un segundo», piensa—. Y tengo que volver a... No sé, a algún lugar en el que pueda coger un tren que me lleve a...

¿Adónde? Otra vez esa pregunta. Tras el divorcio, pudo quedarse en casa de su amiga Cris durante un tiempo, pero tiene la sensación de que eso no puede durar mucho. Sabe que no la ha echado a patadas de su piso en Barcelona porque Emma no tiene dinero, ni trabajo, ni una manera sencilla de encontrarlo. Dejó los estudios en cuanto pudo y siempre se ha buscado la vida yendo de un lado a otro. Ojalá la abuela le hubiera dejado en herencia algo más útil.

—En ese caso, no puedo ayudarte. —El chico coloca las manos sobre las ruedas y hace un giro rápido para darle la espalda—. ¡Buena suerte!

Emma lo observa cruzar la calle y alejarse de vuelta al pueblo. Esta vez no puede contener el bufido de rabia. Le da un suave puntapié al poste del autobús y se agacha para atarse las sandalias con más fuerza. Si ese pueblo no se lo pone fácil para marcharse, no le importa. Una vez la dejaron tirada en mitad de la carretera después de haber pasado una semana en una furgoneta con un montón de desconocidos con los que solo tenía en común el gusto musical, y fue capaz de recorrer kilómetros descalza y con una ampolla en el talón.

Ahora no tiene ninguna ampolla y va calzada, así que se aparta el pelo de la cara y echa a andar por la carretera. Intenta ser positiva, pero, si vuelve la vista atrás y trata de recordar el viaje en coche junto a la albacea, le da la impresión de que condujo durante horas sin que vieran ni siquiera una gasolinera. Ahora que lo piensa, solo recuerda árboles y más árboles, y montañas altas a lo lejos.

Por suerte, su humor mejora cuando distingue otro poste. Este no indica otra parada de un bus, pero sí la entrada del pueblo. Lo recuerda perfectamente, solo que ahora lo ve desde el otro lado y con una línea roja partiendo el nombre en dos: Finestres.

«Hasta nunca», piensa. «O hasta que consigamos vender esa casa».

Mete la mano en el bolsillo y tira la carta del tarot por encima del hombro.

Y cruza el poste.

«Hasta nunca», piensa. «O hasta que consigamos vender esa casa».

Mete la mano en el bolsillo y tira la carta del tarot por encima del hombro.

Y cruza el poste.

«Hasta nunca», piensa. «O hasta que…».

«¿Qué?».

Emma mete la mano en el bolsillo y levanta la carta del tarot hacia la luz del sol. Está convencida de que la ha tirado al suelo y de que ha cruzado más allá del cartel de entrada al pueblo. Es más, ¿por qué tiene la sensación de que lo ha hecho más de una vez?

—¿Qué coño…?

Con el ceño fruncido, intenta cruzar de nuevo.

Y una vez más, es como si volviera al mismo punto, un par de pasos atrás.

Un frío extraño y desagradable la sacude por dentro.

«No te irás», dice la voz del chaval.

«Si no sabes a dónde ir, será mejor que te quedes», añade la anciana.

Emma no es como Melanie ni como sus abuelas: solo cree en lo que ve y puede tocar. Sin embargo, con la carta roja en la mano y la carretera delante de ella, solo tiene una idea imposible en mente.

Las dos voces de su cabeza se mezclan con el recuerdo del mensaje que ha encontrado en el interior de las cartas del tarot:

«Ya no podéis escapar, por mucho que lo intentéis. Ahora os toca a vosotras dar la cara por los errores del pasado».

CAPÍTULO 7

Victoria

Victoria jamás se había sentido tan incómoda como ahora mismo.

—Toca la carta, Vic.

Después de rebuscar en su bolso y encontrar un envoltorio viejo de un Tigretón, unos pendientes que pensaba que había perdido y un chicle pegado a un recibo, Melanie ha encontrado una tirita para cubrirle el corte que se ha hecho con los cristales. Luego, ha empezado a insistir en leerle las cartas. Ha pasado una hora entera desde que Emma se ha marchado; Victoria ha conseguido fumarse dos cigarros y todavía sigue mirando la carta dorada como si fuera una salpicadura de vómito sobre la mesa.

—¿Para qué?

—¡Para ver qué te pasa a ti! Ya has visto lo que ha hecho Emma.

—Lo que tú crees que ha hecho Emma. Puede haber sido una casualidad.

—El agua se ha congelado —insiste Melanie—. ¿Y es que no recuerdas lo que decían las abuelas en la carta que nos dio la albacea? «Emma, eres pasional e impredecible. La mediana de las hermanas siempre ha tenido una conexión especial con la madre naturaleza».

—Melanie, eso no significa absolutamente nada. ¿De qué trabajas ahora? ¿Has visto esos canales donde una pitonisa les lee el futuro a los que llaman? Podría ser una opción.

Victoria se da cuenta de que Melanie no parece contenta con esa respuesta y, como no le apetece ser la víctima de esos ojos enormes que hacen que su hermana parezca una cría entusiasmada la noche de Reyes, decide coger la carta dorada y esperar.

Solo que Melanie no tiene tanta paciencia y no para de dar golpecitos con los dedos sobre la madera, como si creyera que, de repente, a Victoria le van a salir alas o va a ponerse a escupir fuego.

—¿Sientes algo? ¿Oyes voces?

—Solo la tuya.

Se quedan una enfrente de la otra, sin decir nada. A Victoria le vienen a la cabeza todas las tardes que pasó sentada en una silla de plástico, fingiendo que tomaba el té con una familia de peluches y muñecas, junto a una versión mucho más pequeña de Melanie. Entonces era más graciosa, tenía el pelo más largo y no daba tantos golpecitos al suelo cuando estaba nerviosa.

La observa; su hermana juega con los pelos del flequillo corto, tan irregular que parece que se lo haya cortado con una cuchilla de afeitar. Podría estar más guapa si lo intentara, pero Melanie nunca ha dedicado su energía a otra cosa que no sean los libros, su música y otras tantas cosas sobre las que ella no tiene ni idea.

De repente, Melanie deja de toquetearse el pelo, coge la caja del tarot y empieza a barajar las cartas.

—Espera. A mí no me vas a hacer esa tontería.

—Las abuelas lo hacían todo el tiempo. —Melanie baraja las cartas con una rapidez que solo se adquiere cuando has hecho algo así cientos de veces—. Y te dejabas.

—Porque tenía diez años.

—Si crees que estas cartas no son especiales, no pasará nada.

Victoria frunce el ceño, pero asiente despacio. La mejor manera de hacerle ver a alguien que está equivocado es jugar con sus propias normas.

—¿Quieres que nos respondan a una pregunta o quieres que te eche las cartas sin más?

—Si la pregunta es «¿por qué mi hermana pequeña se ha vuelto más rara todavía desde la última vez que la vi?», entonces sí.

—Ja, ja. —Melanie da unos golpecitos a la mesa con el mazo—. Quizá podríamos preguntar sobre tu futuro en el amor.

—Quiero una lectura general.

Lo último que necesita es que Melanie intente cotillear sobre su pasado amoroso con la excusa de la situación y se invente algo deprimente para el futuro. Ya sabe que las relaciones nunca le funcionan, no necesita que unas cartas se lo digan. Le sucedió con Darío y con el anterior y con el anterior. No importa que la cara cambie, el sentimiento siempre acaba siendo el mismo. Ni siquiera tiene una palabra para definirlo: es algo parecido a la sensación de ponerte un vestido o un traje y notar que ya no te vale, o que a cualquier otra persona le pegaría más. Por suerte, Darío rompió con ella y no tuvo que pasar por eso otra vez. Es difícil cortar con alguien sin poder explicarle que la relación simplemente no la hace sentir viva.

Melanie sigue barajando durante un buen rato hasta que parece contenta con el resultado. Recuerda que la abuela María siempre las regañaba porque intentaban hacer trampas y sacar sus cartas favoritas. Las marcaban en las esquinas para saber cuál era cuál, y eso la ponía de los nervios.

Melanie coloca tres cartas en fila, aparta el resto del mazo a un lado y coge aire.

—Ahora vamos a saber qué carta define tu pasado. —Le da la vuelta a la primera y destapa la carta de la luna—. De acuerdo, y ¿cómo es tu presente?

La carta del mago solía ser una de las que más le gustaban a Victoria cuando era pequeña, así que se alegra de verla ahí otra vez.

—Y tu futuro...

Melanie da un golpe en la mesa cuando gira la última carta. Victoria no mueve ni un músculo al leer el nombre: la muerte. Si no hubiera pasado por esa situación docenas de veces, estaría preocupada. Sin embargo, sabe de sobra que esa carta no significa nada malo, que no es que la parca se vaya a presentar en la puerta para seducirla con su magia oscura. Es una carta de cambios, de transformaciones, y la verdad es que, después de la muerte de la abuela, lo mínimo es que su vida cambie un poco.

«Pero ¿qué estoy diciendo?», piensa. Ella no cree en esas cosas. Tiene la misma sensación que antes, cuando ha dudado sobre si vender la casa o no. Y cree que es por todo lo que ha sucedido en su vida recientemente: lo del callejón, el malestar en el trabajo, lo de la abuela María, el reencuentro con sus hermanas y el hecho de que Melanie en concreto esté intentando buscarle una explicación absurda a la serie de casualidades que las han dejado allí tiradas. Estaría loca si creyera que esa casa está encantada o que esas cartas tienen algo que ver. Solo son trozos de cartón.

—La luna en tu pasado significa que hasta ahora has vivido situaciones que te provocaban miedo o ansiedad y que puede que vayan a marcar tu futuro —dice Melanie—. Ya sabes que la luna quiere decir que un evento marcó tu pasado, algo que sucedió y que no puedes olvidar. ¿Tienes sueños concretos?

—Voy a tener pesadillas como sigas con esto —bufa Victoria.

Pero no puede evitar llevarse los dedos a la garganta y, aunque Melanie se da cuenta, parece que, una vez más, prefiere no decir nada al respecto.

—Venga, ¿qué quiere decir el mago?

—Quiere decir que estás en el momento perfecto para aprovechar todo tu potencial —asiente Melanie—. Sea lo que sea lo que te atormenta... está provocando que no progreses, que no cambies. Dudas de ti misma y eres tu peor enemiga.

—Pues resulta que hace poco me dijeron que estaban pensando en ascenderme.

Más o menos. Su jefe le propuso cambiar de departamento para «refrescarse un poco. No sé, cambiar de aires», dijo exactamente.

—Entonces las cartas hablan de otra cosa —Melanie coloca las yemas de los dedos sobre la carta del mago—, y tal vez estás invirtiendo el tiempo en algo que no merece la pena.

—Mi futuro —gruñe otra vez.

—La muerte... —Melanie la menciona casi como un susurro—. Más de lo mismo, Victoria. Algo quiere cambiar y tú no estás permitiendo que lo haga. Debes dejar atrás el pasado para poder concentrar tus energías en el presente y así tener un futuro. La muerte... —añade, otra vez con ese tono extraño—, parece que la has conocido de cerca y que no acaba de separarse de ti.

Victoria cierra los ojos un instante y siente un dolor en el pecho. No, no es el pecho. Es la garganta, que arde cuando algo se cierra alrededor de ella y la deja sin respiración. Grita, pero no le sale ninguna palabra porque se está quedando sin aire. Patalea y golpea todo lo que tiene al alcance, pero es inútil. Nadie va a salvarla.

Se muere.

Dos pupilas diminutas, de iris carmesí como la sangre, la devoran.

—¡Basta!

Abre los ojos y agacha la cabeza para respirar por fin. Se lleva las manos a las marcas en el cuello, ahora sin preocuparse por lo que pueda pensar o decir Melanie. Le duelen como si fueran del día anterior. Quiere arrancárselas con las uñas.

—No tenías que haber hecho esta tontería —dice—. Solo has dicho un montón de chorradas que se pueden aplicar a cualquiera. Claro que se vienen cambios, ¿es que no ves que nos han dejado tiradas en una casa en la montaña?

Es más, lo que debería hacer es dejarse de estupideces, llamar al trabajo y decir que envíen a alguien con un coche para ir a buscarla, lo que pasa es que en la casa no hay ni teléfono ni línea y su móvil de poco sirve en las montañas. Sigue sorprendida con esos modelos inalámbricos que te permiten llamar desde cualquier lugar, pero se ve que «cualquier lugar» no es «Finestres, un pueblo en el quinto pino».

—¿Crees que si bajo al pueblo podré llamar en algún locutorio? ¿O que alguien me dejará el teléfono de su casa? A lo mejor hay una cabina...

Como Melanie sigue sin responder, levanta la cabeza y la mira.

Su hermana tiene la carta de la muerte en la mano y los ojos abiertos de par en par. Afuera, el viento ha dejado de soplar.

Victoria se levanta de golpe y la silla, que debería haber caído hacia atrás, no se mueve un milímetro. Observa la carta dorada y la coge, llena de dudas. El papel cede a su contacto y puede moverla entre los dedos y mirarla mejor. Brilla igual que lo ha hecho antes la roja que sostenía Emma. La diferencia es que ahora que la ve de cerca, el dibujo ha cambiado. En el centro hay un reloj de arena antiguo.

—¿Melanie?

Pero su hermana sigue en la misma postura, como si alguien hubiera detenido el tiempo.

El anillo dorado suelta un destello.

—Melanie, ¡deja de hacer tonterías!

Quiere levantarse y sacudirla por los hombros para que deje de bromear, pero es incapaz. Las piernas no responden a su llamada y pesan más de lo que deberían. De repente, la garganta se le cierra y el aire que respira es denso. Sabe muy bien lo que está experimentando, porque no es la primera vez que se enfrenta a uno. A un ataque de ansiedad.

Los ha tenido peores, sabe cómo gestionarlo.

—Sé qué hacer —se convence a sí misma.

Abre la boca para hablar, pero el sonido no sale. Se lleva las manos a los labios, temiendo encontrarlos cosidos, pero siguen ahí, como siempre. Le tiemblan las manos y las deja caer sobre el regazo.

Respira hondo. Tiene que pensar con claridad.

Todo eso no es real, no puede serlo.

Mira a Melanie, que sigue congelada como un muñeco de cera. La mira, la mira fijamente, esperando que reaccione de alguna manera, pero nada cambia. Al menos hasta que los ojos plateados de su hermana centellean y se vuelven de un rojo intenso que la paraliza.

—Victoria... —dice una voz familiar.

Tiene el corazón en la garganta. Lo siente al tragar saliva. Teme tragarlo y que desaparezca en sus entrañas.

—Pero ya sabes que la lectura de las cartas nunca funciona si no tienes interés —continúa Melanie. Victoria suelta un jadeo y deja caer las manos sobre la mesa con un golpe. Ha arrugado la carta dorada sin querer—. ¿Victoria? ¿Estás bien? Te has puesto muy pálida...

Victoria no sabe qué decir.

—Yo...

—¿Has visto algo? ¡¿Has oído algo?!

La puerta de la casa se abre y el viento entra junto con Emma. Victoria se gira y, a pesar de que sigue confundida por lo que acaba de suceder, la visión de su hermana hace que el corazón vuelva al lugar que le corresponde. A Emma el barro le llega hasta las rodillas. Mueve la carta roja del tarot en el aire como si fuera un árbitro.

—No os vais a creer lo que me acaba de pasar.

Las cartas del tarot descansan sobre la mesa del salón y las tres están sentadas alrededor, como tres buitres analizando el momento exacto en el que abalanzarse sobre un cadáver. Se han quitado los anillos y los han dejado encima del extraño mensaje. Victoria tiene la caja que la albacea les dio un día antes sobre el regazo. Igual que la vez anterior, intenta encontrar algo de valor ahí dentro, pero sin resultado.

—Repítelo otra vez —dice Melanie.

—¿Qué más quieres escuchar? —Emma se ha quitado las sandalias sucias y se limpia los pies con una toalla vieja que ha encontrado en un armario—. Primero he tenido unos cuantos encuentros de película de terror. Os lo juro, era como vivir en *Viernes 13*.

—Eres demasiado mayor para ser la protagonista de una de esas películas —comenta Victoria con maldad.

—Ja, ja. El caso es que luego he ido hasta la entrada del pueblo y cuando he intentado ir más allá… ¡Puf! He vuelto hacia atrás. No había ninguna barrera ni nada, pero he sido incapaz de salir. Abracadabra. Estamos atrapadas.

—Tal vez solo estés atrapada tú —murmura Victoria.

—Teniendo en cuenta lo que nuestra hermana pequeña dice haber experimentado esta mañana y lo que ponía en esa carta tan amigable, dudo mucho que yo sea la única encerrada en este pueblo del demonio.

Victoria sabe que tiene algo de razón, pero también que todo en esta vida tiene una explicación lógica. Y que ella siempre está dispuesta a encontrarla. Los sucesos paranormales existen para la gente que no se hace muchas preguntas. Y ella tiene muchas, solo que Melanie se le adelanta:

—¿Creéis que la baraja es… mágica?

Bueno, a diferencia de esa, sus preguntas son coherentes.

—Melanie, por favor… —Emma esconde la cara entre las manos—. Tiene que haber una explicación, ¿vale? —«Bueno, en eso estamos de acuerdo», piensa Victoria. En dos días ha tenido que darle la razón a Emma más veces que en los últimos diez años—. ¿Es que no te acuerdas de lo mal que lo pasaste en el colegio por creer en estas tonterías?

Victoria siempre ha pensado que las abuelas tuvieron bastante culpa de que Melanie no tuviera una infancia muy normal. Siempre le contaban esas historias de brujas y poderes mágicos, y Melanie se las creía todas. A nadie le extrañó que, cuando empezó a ir al colegio, fuera por ahí diciendo que las hermanas Lanau tenían poderes. Y los niños pueden ser muy crueles cuando quieren.

—A lo mejor nunca fueron tonterías.

Victoria suspira. No quiere alimentar las ilusiones de Melanie, pero tampoco se siente cómoda ocultándoles a sus hermanas lo que ha vivido, así que les pide que presten atención y se lo cuenta todo.

—Ha sido como si Melanie se hubiera quedado congelada, como si fuera un vídeo en pausa —termina.

—«Victoria, eres fuerte y perspicaz. La mayor de las hermanas siempre ha mantenido todo bajo control» —recita Melanie.

—A veces, creemos ver o sentir cosas que en realidad solo suceden en nuestra cabeza, Melanie —dice.

No quiere contar que eso lo sabe porque tuvo que hablar con la psicóloga que el cuerpo de policía le proporcionó. Que detecta un ataque de ansiedad porque le explicaron cómo lidiar con ellos después de que tuviera varios seguidos. Sus hermanas no pueden saber nada de lo que ha sido su vida los últimos meses, porque ella es Victoria y siempre lo tiene todo bajo control. Admitir que hay veces en las que no sabe ni cómo enfrentarse a sí misma sería como aceptar una derrota.

—Las abuelas siempre fueron raras, pero ¿os acordáis de lo que decía mamá? Que aparte de ser raras, estaban locas —les recuerda Emma.

—Las abuelas no estaban locas —protesta Melanie—. Si las hubieras escuchado más...

—Eran tres ancianas vegetarianas que salían descalzas a comprar el pan, Mel —se ríe Emma.

—Tú también eres vegetariana.

—¡Y uso zapatillas cuando tengo que ir de compras! —Levanta el pie descalzo y, al darse cuenta de que ese no es un buen argumento, coge la carta roja otra vez—. Esto es una tontería.

—Pero ¡si has sido tú la que ha vuelto diciendo que algo no te deja salir del pueblo!

—Y a lo mejor yo también estoy loca. ¡Y me muero de hambre!

En eso tampoco le pueden llevar la contraria.

Pero lo que Victoria sí puede hacer es ignorar a sus hermanas mientras debaten qué hacer o no y seguir indagando en la caja. Deja unas flores secas a un lado, también la bolsita de la que sacaron los anillos, y coge el libro que no le llamó la atención la primera vez. Creyó que se trataba de una guía telefónica, pero, cuando lo abre, se da cuenta de que es un viejo diario en bastante mal estado. Le han arrancado muchas de las páginas y otras están manchadas de tinta e incluso de barro. Consigue leer las primeras líneas y le queda claro que se trata de un diario de alguna chica: seguramente, alguna de las abuelas de sus abuelas que, como Melanie, decidió hablarle a un libro durante su adolescencia en lugar de a sus hermanas.

Pasa una página y comprueba que está en lo cierto:

> *Hoy he vuelto tarde a casa. Sé que tenemos una norma y que existe por un motivo, igual que todas las demás, pero se me ha ido el santo al cielo porque nos hemos quedado hablando un buen rato junto a la ermita de San Marcos, contemplando esa muralla que a veces siento que es real y no me deja escapar de este pueblo. Por supuesto, Anchela se ha enfadado mucho: «Llegas muy tarde, Lena», ha dicho con esa voz impertinente que pone, la que Alizia dice que suena como la de nuestra madre. He intentado explicarme, pero pronto se han puesto en mi contra. No les gusta que pase tiempo con un humano. «Los humanos no son de fiar», repiten una y otra vez. ¡Menudo incordio! No he tenido tiempo de reaccionar, la bofetada de Anchela ha llegado demasiado rápido. «Como se te ocurra volver a verlo, no dudaré en tomar medidas. ¿Me oyes?». He dicho que sí porque no me ha quedado más remedio. Su estúpida lechuza tenía esos ojos fijos en mí. Solo tiene dos, pero a veces es como si fueran una docena.*

Ahí es donde el texto se acaba. Es bastante incongruente, pero Victoria se da cuenta de algo mucho más importante que el contenido en sí.

Coge la carta que iba dentro de la baraja del tarot y la coloca junto al diario.

—Es la misma letra —dice—. La persona que dejó ese mensaje y la que escribió este diario es la misma. Lena, creo que se llamaba.

—Espera, se ha caído una hoja —la avisa Emma.

Victoria mira a sus pies y comprueba que, del interior del diario, se ha desprendido una de las páginas. Podría ser incluso una página suelta y, cuando la recoge, se sorprende al reconocer el contenido.

—«En el silencio de la noche oscura, una voz susurra, profunda y segura» —lee, divertida. Recuerda esa nana que sus abuelas canturreaban antes de mandarlas a dormir—. «La luna, pálida y fría, observa callada, y siempre se asegura de que a ti, mi niña, no te pase nada».

Oye a Melanie soltar un jadeo a su lado. La mira y su hermana no aparta los ojos de ella cuando dice:

—«Canta un embrujo antiguo, de tinieblas y muerte, que el eco del destino acepta al recibir un cuerpo inerte».

—«La luna, pálida y fría, observa callada, y siempre se asegura de que a ti, mi niña, no te pase nada» —termina Emma a su derecha.

Cuando su hermana pronuncia la última palabra, los tres anillos empiezan a brillar encima de la mesa. Al mismo tiempo, las tres cartas del tarot salen disparadas hacia ellas. La negra flota delante de Melanie. La roja junto a Emma. Y la dorada se posa en la palma de la mano de Victoria.

—Decidme que sigo estando loca y esto no está pasando de verdad —susurra Emma.

Pero su voz se ve eclipsada por el grito de Victoria y Melanie cuando las tres cartas atraviesan sus cuerpos igual que haría un fantasma. Emma intenta quitarse la carta de encima, como si fuera un bicho el que hubiera saltado sobre ella, pero no hay manera. El trozo de cartón revolotea como una mariposa a un palmo de su nariz.

—¡¿Qué está pasando?!

Las ventanas se abren de golpe y el viento les revuelve el pelo. Victoria se aparta los mechones dorados de la cara, pero las ráfagas son tan fuertes que casi no puede ver nada. La carta dorada ha desaparecido dentro de ella. Ahí donde su corazón palpita y amenaza con desplazarse a un lugar que no le corresponde. Con regresar a la garganta y dejarla sin respiración.

«No. Ahora no».

Un jarrón se rompe a su espalda.

Otra ráfaga de viento las abofetea y, de pronto, la baraja completa del tarot, la que ya cuenta con el número adecuado de cartas, se alza delante de las tres. Todas las opciones flotan, como si estuvieran esperando a que tomaran una decisión.

—¡Elegid una carta! —grita Melanie.

—¡¿Qué estás diciendo?!

—¡Hacedlo!

Victoria gruñe y, como parece que no le queda más remedio, estira el brazo y señala un punto en mitad del pequeño tornado que se ha formado en el salón. Comprueba como puede que sus dos hermanas han hecho lo mismo.

Y, entonces, todo se detiene.

Las cartas salen despedidas por la habitación y solo tres flotan delante de ellas. Una a una, van cayendo lentamente hasta posarse sobre la mesa.

La muerte.

Los enamorados.

La justicia.

CAPÍTULO 8

Melanie

Deciden bajar juntas al pueblo.

Sea lo que sea lo que ha pasado, las tres coinciden en que lo mejor es irse bien lejos de la casa. Las tres cartas —la muerte, los enamorados y la justicia— se han quedado sobre la mesa y ninguna se ha atrevido a recogerlas todavía. No entiende lo que ha ocurrido, pero algo, su conciencia tal vez, le ha dado las indicaciones necesarias: «¡Elegid una carta!», y eso les ha pedido a sus hermanas. Y ahora siente que hay algo dentro de ella que ha cambiado. No importa lo mucho que Victoria y Emma se esfuercen por encontrar una explicación lógica: está claro que no la hay.

Más que nunca, cree que todo lo que las abuelas le contaron es cierto. Que son especiales y que ha tardado en llegar, pero puede que estén ante el momento más importante de su vida. La prueba es esa sensación en el pecho, en el punto exacto en el que la carta negra ha desaparecido, pero es incapaz de identificar de qué se trata. Toda la vida ha querido ser especial, pero con lo que no contaba era con ese cosquilleo incómodo en la tripa.

¿Acaso es miedo?

No.

Jamás tendría miedo a la herencia que le han dejado, solo temor a no ser suficiente.

—Tenemos que comer algo —dice Victoria cuando bajan por el camino de tierra. Melanie sabe que la técnica de su hermana para lidiar con lo que no comprende es ignorar lo que acaba de suceder y buscar, con su pragmatismo habitual, algo lógico de lo que tirar—. Y una vez que hayamos comido y nos aseguremos de que no estamos alucinando, intentaremos salir del pueblo otra vez.

—Este es un pueblo fantasma —protesta Emma—. Ya os he dicho que he intentado hablar con un crío y una anciana, y daban muy mal rollo. Y en cuanto al tío borde...

—A lo mejor te viene bien que haya un hombre que no babee nada más verte —murmura Victoria, pero parece que se da cuenta de que crear conflicto por una tontería así solo empeoraría las cosas, así que carraspea y añade—: Por si acaso, vamos a tener cuidado.

En realidad, tiene razón. Si el mensaje que predecía que no podrían salir del pueblo ha resultado ser verdad, no hay motivos para dudar del resto de su contenido. Y si esa persona decía la verdad, puede que no sean bienvenidas en Finestres.

—Hay una panadería bajando por esta calle —dice Emma.

—¿Esa casa?

La tienda parece una casita más, solo que alguien ha colocado un pequeño letrero de madera en la puerta en el que dice «Panadería» para diferenciarla de las demás. Melanie se acerca al escaparate y distingue unos cuantos pastelillos recién horneados que le hacen la boca agua. Como movida por una energía sobrenatural, abre la puerta y se deja llevar por el aroma del pan y los bollos recién hechos.

Una campanita suena tres veces.

—Esperaba algo peor —dice Emma en voz alta, haciéndose eco de lo que todas están pensando.

El interior es agradable. Parece tan antiguo como el salón de la casa de las abuelas, solo que alguien se ha preocupado de que este se mantenga limpio y mejor decorado. Rústico pero acogedor. Flores secas decoran las paredes y hay dos mesitas en el lado derecho que le dan a la tienda el aire de una cafetería bastante bonita. Una televisión pequeña cuelga de una de las esquinas, pero solo emite una señal estática. Justo debajo, una chica bebe de una taza con tranquilidad y tarda en levantar la vista hacia ellas. Cuando lo hace, Melanie se sorprende al comprobar que parece hasta más joven que ella, casi una adolescente. Tiene los ojos grandes y marrones, y las facciones afiladas. Su boca se convierte en una línea recta cuando las mira.

—¿Puedo ayudar en algo?

—Buenos días —saluda Victoria. Ninguna tiene muy claro qué hora es porque parece que el tiempo las hubiera absorbido desde que llegaron con la albacea el día anterior y, por desgracia, ninguna lleva un reloj de pulsera encima—. Mis hermanas y yo estamos de visita... en la casa al final del camino y...

—¿Esa ruina?

—Exactamente. —Emma se adelanta y echa un vistazo al mostrador, donde hay más pastelillos, y luego le dedica una larga mirada a la muchacha—. ¿Dónde está la persona al cargo?

—La dueña soy yo. —La chica se levanta con la taza en las manos. Lleva un conjunto de cuadros amarillos y negros, una minifalda que deja al descubierto unas piernas largas y un par de calcetines blancos. Parece sacada de una revista pop para adolescentes—. Y hoy los pastelillos valen el doble de lo que pone ahí.

—¿Perdona?

—Es el precio que ponemos cuando alguien viene en día impar y en Mercurio retrógrado.

Melanie intenta descifrar si se trata de una broma o no, pero la expresión seria de la chica no deja espacio a la duda.

—De acuerdo. —Victoria, que no parece tener ganas de discutir, mete la mano en el bolsillo de su chaqueta y saca una pequeña cartera—. ¿Podrías decirnos dónde comprar comida?

La chica pasa detrás del mostrador, se ata un delantal a la cintura y extiende la mano para coger los billetes. Los cuenta uno a uno y luego las mira otra vez.

—¿De verdad os vais a quedar en esa casa?

—Hasta que podamos marcharnos —apostilla Emma.

Si Melanie pudiera leerle la mente a su hermana, seguro que la oiría felicitarse a sí misma por haber usado el verbo «poder», como si eso fuera a provocar que la chica confiese que ella es la culpable de todo lo que están viviendo. Sin embargo, aparte de tener conocimiento del horóscopo, no parece estar relacionada con los sucesos extraños que han vivido porque no reacciona, y Melanie aprovecha para echar otro vistazo al pequeño local.

Un picor incómodo le nace en la nuca y se gira para seguir la extraña sensación. Allí, justo debajo de un ramo de flores secas, hay un retrato antiguo de una chica que se parece muchísimo a la dependienta y de un muchacho de facciones suaves y ojos claros. Por un instante, cree que se trata de alguna pintura famosa que intenta representar el rostro de un ángel, pero entonces ve la fecha escrita a pluma en un lateral: «Febrero de 1694».

—¿Puedo ayudarte en algo?

Melanie da un brinco cuando siente la mano de la chica sobre el brazo. ¿Es que se ha quedado tan absorta en la imagen que no la ha visto acercarse? Las dos son casi de la misma altura y complexión, pero Melanie no puede evitar dar un paso hacia atrás, asustada. Los dedos de la chica se le clavan en la piel.

—Perdona, yo...

—¿Tú qué?

La chica aprieta más y Melanie no sabe cómo librarse de ella sin montar un numerito.

—¡Claudia! ¡Suéltala!

Un sonido metálico acompaña una silla de ruedas que aparece desde la puerta trasera. El chico que va sentado en ella es joven y avanza a toda velocidad para tirar de la chica y apartarla de Melanie.

Por fin consigue liberarse y se aparta para volver con Emma y Victoria, que parecen tan confundidas como ella.

—Perdón. —El chico agacha un poco la cabeza y luego les dedica una sonrisa amable y sincera—. Mi hermana es...

—¡Eres tú otra vez!

Emma se ha puesto las manos en las caderas y parece a punto de saltar como una leona sobre su presa.

—Oh... ¿Ya has conseguido encontrar tu taxi?

—Claro, por eso sigo aquí.

La respuesta parece hacerle gracia al desconocido porque sonríe todavía más.

—Perdonad, me llamo Nil y esta es mi hermana Claudia. —Señala a la chica—. Yo soy el simpático, ella la inteligente.

—Yo soy Melanie —se le ocurre decir.

Extiende la mano en un gesto absurdo, pero Claudia frunce el ceño y no mueve ni un músculo.

—Nil, estas chicas quieren vivir en la casa de allá arriba. ¿Crees que podrás ayudarlas?

—¿En esa casa vieja? —Nil ladea la cabeza—. ¿Por qué?

—¿Qué importa? —Emma sigue mirándolo con resquemor—. Necesitamos comer algo y mi hermana tiene dinero.

Victoria no parece contenta con el comentario, pero con su habitual educación les dedica un gesto tenso a los dos hermanos.

—No hemos tomado nada desde hace dos días y no conocemos el pueblo.

—No hay mucho que ver —dice Claudia, mientras empieza a meter los pastelillos en una caja.

—Es un pueblo pequeño y acogedor —replica Nil—. Tenemos una tienda a la que llegan productos todas las semanas: carne, verduras frescas, fruta... Y siempre hay buen ambiente. Si sois chicas de ciudad, supongo que no será suficiente, pero al menos no os moriréis de hambre. Además, el dueño es un encanto y siempre nos vende todo más barato.

—A lo mejor a nosotras nos dobla el precio por estar en Plutón ascendente o lo que sea —dice Emma.

Nil tarda en entender a qué se refiere, pero cuando Claudia desvía la mirada hacia un lado, su hermano parece comprender de qué habla Emma. Obviamente, no es la primera vez que sucede.

—¿Otra vez?

—No nos sobra el dinero.

—Ni que lo necesitáramos...

—A lo mejor tú no, Nil. —Claudia mira a las hermanas, molesta por su presencia. Se quita el delantal y lo tira al mostrador—. ¡Me marcho a dar una vuelta!

Nil sacude la cabeza cuando se oye un portazo y pide disculpas con un gesto. Melanie no encuentra cómoda la situación, pero al menos se relaja un poco. Esos dos parecen tan normales como ellas.

—No se ha levantado con buen pie —explica Nil—. En realidad, casi ningún día lo hace. ¿Tendría que comprarle una cama nueva? En fin, ¿queréis que os acompañe a la tienda?

Nil es muy amable, por mucho que Emma y él no hayan tenido un primer encuentro muy agradable. Las guía por las calles del pueblo y resulta ser bastante charlatán. En otra situación, Emma le habría seguido el rollo, pero es obvio que aún está molesta. Victoria no es muy habladora, siempre mide cada palabra que dice como si le costara dinero, y seguro que está planeando el próximo movimiento, así que Melanie tiene que hacer acopio de fuerzas y responder sus comentarios. No es fácil porque, aunque Nil hace preguntas de lo más simples, nada de lo que ha pasado en las últimas horas lo es y Melanie no deja de pensar en la carta que se ha escondido en el pecho de todas o en el pensamiento que ha tenido hace un momento, cuando se ha dado cuenta de que todavía no ha oído piar a ningún pájaro, a pesar de estar rodeadas de árboles.

Por suerte, el pueblo es pequeño y tardan apenas un par de minutos en llegar a la tienda de la que les ha hablado el chico, que resulta ser una especie de bar. Nil ha asegurado que el dueño es un hombre «encantador», pero, cuando entran, este las observa con los labios apretados en una línea recta y los puños sobre el mostrador. A la derecha hay un futbolín y dos hombres dejan de jugar. Los jugadores de madera se balancean lentamente.

—Esteban, vengo con chicas nuevas —dice Nil—. Se han instalado en la casa de las Lanau y las pobres llevan sin comer nada desde que llegaron.

Esteban repite «la casa de las Lanau» y abre y cierra la boca como si fuera un pez. Aprieta los puños con más fuerza. No parece darle vergüenza o reparo mirarlas fijamente. Melanie se esconde detrás de Emma cuando los ojos verdes del hombre se detienen sobre ella.

—Algo me han contado.

—Las noticias van rápido en un pueblo tan pequeño —se excusa Nil—. ¿Nos pones algo de fruta y comida? ¡Y pan! ¿Tienes recién hecho? Hola, ¿todo bien, hermanos Garrido?

Los dos hombres vuelven a jugar y, por fin, Esteban desvía su atención hacia Nil y da unos toquecitos sobre el mostrador. Toc, toc. Toc, toc.

—¿Estás seguro de esto, Nil?

Toc, toc.

—Claro, van a pagar ellas. ¿Verdad, chicas?

Victoria saca la cartera, intentando demostrar que no piensan salir corriendo con la comida. Esteban ladea la cabeza y desaparece detrás de una puerta.

Cuando vuelve les entrega una cesta con algunas latas de conserva, un queso, una barra de pan y algo de fruta. Victoria le paga mientras Emma y Nil discuten un poco sobre quién va a cargar con todo. Gana Emma, que para cuando salen a la calle otra vez, ya se nota que está arrepintiéndose de su decisión.

Melanie, sin embargo, está más pendiente de Esteban, que se queda de pie, tras el mostrador, con los ojos clavados en ellas. Si no fuera imposible, creería que ni siquiera está respirando.

—¿Os importa si os acompaño a casa? —pregunta Nil—. Hace mucho que no paso por allí.

Melanie mira ahora a sus hermanas porque el plan era comprobar si es verdad que están atrapadas, pero estas asienten con lentitud, así que echan a andar de vuelta al camino de tierra que las lleva hasta la casa. En algún momento le preocupa que la silla de Nil no pueda lidiar con las piedras y el barro, pero el chico tiene los brazos fuertes y, si le cuesta, desde luego no dice nada. La que sí protesta es Victoria cuando uno de sus zapatos se hunde hasta el fondo en un charco de barro.

—No llueve mucho por aquí —comenta Nil—, así que os podéis considerar afortunadas.

Melanie lo escucha a medias, porque siente otro cosquilleo en la nuca y los pasos la llevan a un desvío en el que no se había fijado antes.

—¿Quieres ir a misa? —pregunta Nil a su espalda.

—¿A misa?

—Sí, por ahí se va a la ermita de San Marcos —explica el chico—. Hace mucho tiempo que ya no tenemos cura. —Hace una pausa—. Pero las vistas son bonitas, si queréis subir algún día. Tardaréis unos diez minutos... —Se gira para mirar las sandalias de Emma—. Unos quince si vais medio descalzas.

—Qué divertido. —Su hermana bufa y sigue caminando. Llevar la cesta a pulso está acabando con ella—. ¡Muy divertido!

Cuando llegan a la casa, Nil se detiene delante de la entrada y luego gira hacia la parte de atrás; al jardín. Todavía no lo han explorado mucho (o más bien nada) y los hierbajos llegan hasta las rodillas. No es un espacio muy grande y los límites los marcan los árboles. La casa forma parte de la montaña, así que es difícil saber dónde acaba su terreno y dónde empieza lo salvaje.

—¿Adónde vas? —pregunta Emma cuando se adentran en la parte de atrás.

—Pues... —Nil aparta unas cuantas hierbas y despeja un muro de piedra redondeado—. ¡Ja, ja! ¡Sabía que había uno aquí!

—¿Un pozo?

—Claro, para que tengáis agua.

Melanie tarda un poco en procesar lo que significan esas palabras, pero está claro que a sus hermanas les cuesta aún más. Victoria arquea una ceja y Emma abre mucho los ojos, dejando caer la cesta entre la hierba.

—¿Qué? ¿Me estás diciendo que no tenemos agua corriente?

—Esta casa lleva siglos vacía —dice el chico—. Son construcciones viejas y estamos lejos de la ciudad. —Señala el pozo—. Pocas casas de la época tenían uno como este, sois unas afortunadas. Los demás tenían que ir a buscarla mucho más lejos.

—¿Afortunadas? —Emma parece a punto de llorar—. ¿Me voy a tener que duchar con agua fría?

—Para alguien que se pasa la vida buscando aventuras y conectando con la naturaleza, no esperaba que te fuera a molestar tanto. —Victoria se ríe de Emma, pero Melanie ve que a ella tampoco le hace ninguna gracia—. ¿Y la luz...?

Nil rebusca en sus pantalones y le tiende una caja diminuta.

—Cerillas —murmura Melanie. Recuerda haber visto varias velas en el desván.

—Hay mucha madera por aquí —sonríe Nil—. Todo sabe mejor cuando enciendes el fuego con tus propias manos. O eso dicen.

Melanie suspira y se apoya en el borde del pozo. Hay una soga que sujeta un cubo y que no parece haberse desgastado con el paso de los años. Se asoma al vacío y una corriente de aire frío le sube hasta la cara. Un escalofrío le recorre los huesos. Y, para colmo, no huele muy bien.

Cuando mira a sus hermanas, Victoria sigue jugueteando con las cerillas y tiene la mirada perdida en algún lugar del jardín. Emma se ha sentado en el suelo y ya no parece preocupada por el barro ni la suciedad.

Es evidente que lo lógico sería marcharse cuanto antes. A Melanie no le gusta la idea de vender la casa, pero parece que ni siquiera la casa las quiere allí. Aun así, y a pesar de que tiene las palmas de las manos sudadas y el cosquilleo de temor que nota en la nuca se niega a desaparecer, cree que, si las abuelas dejaron escrito en el testamento que debían regresar allí, es porque todavía hay algo que hacer. ¿El qué? Vete a saber. Las tres eran expertas en proponer acertijos y no darte la respuesta jamás.

—¿Qué ha hecho que queráis vivir aquí? —pregunta Nil entonces.

—Una estúpida herencia —se queja Emma.

—Esta casa perteneció a nuestra familia —explica Victoria.

—Sí —asiente él—, es la casa de las Lanau. Bastante famosa por aquí.

—Pues parece que ahora es nuestra. Queríamos echarle un vistazo y decidir qué hacer con ella... ¿Crees que se podría vender?

—¿Aquí? —Parece que Nil repasa un listado de nombres—. Podría ser..., pero tened en cuenta que Finestres no es un lugar muy turístico, a pesar de que tenemos unas vistas espectaculares y el mejor pan que hayáis probado nunca.

—Tiene razón —sonríe Emma, con la boca llena de hogaza.

En su regazo, una de las cajas que les ha preparado Claudia permanece abierta.

Victoria saca su móvil, pero lo vuelve a guardar con una mueca.

—Y no hay cobertura, claro.

—¡Vaya! ¿Qué es eso? —Nil echa un vistazo al móvil de Victoria y suelta un silbido—. ¿Eso sirve para llamar a otras personas? Podéis ir a Binéfar, allí seguro que funciona ese aparato —añade—. Y si no es así, ya os pilla de camino a Huesca.

Melanie intercambia una larga mirada con sus hermanas. Emma se chupa los dedos y se encoge de hombros.

—Ya nos las apañaremos.

Nil la mira extrañado y después avanza por el jardín, deshaciendo sus propios pasos.

—No todo es aburrido aquí —dice—. Ya estamos preparándonos para la Noche de las Ánimas. Habrá un pequeño desfile... y es dentro de quince días, así que solo os tendréis que duchar un par de veces hasta entonces.

Emma se atraganta con el pan y Melanie y Victoria se miran.

—¿La Noche de las Ánimas?

—Un poco tétrico, lo sé... —sonríe Nil—. Pero es lo que toca. Hacemos un pequeño encuentro y subimos hasta la ermita de San Marcos. ¡Ya os he dicho que hay unas vistas increíbles! Algún año me preparo cuentos de terror e intento asustar a los críos...

Melanie trata de sonreír. Le gusta Nil, es divertido y se nota que se hace gracia a sí mismo, y eso le parece encantador. Pero como la conversación no puede alargarse más, el chico se despide y desaparece más allá del jardín, dejándolas con unas cuantas cerillas, el pozo a la espalda y una sensación extraña flotando en el aire.

No han pasado ni tres días desde que su abuela exhaló el último suspiro, y la vida de Melanie se ha puesto del revés. Todavía tiene una quemadura en la mano, que se hizo preparando unas tortitas hace una semana. La abuela le había echado las cartas y le prometió cambios, así que creyó que conocería a alguien nuevo o que la contratarían en algún lugar que le gustase.

Pero se equivocaba.

Todo eso es más grande que la mejor de las noticias.

—Decidme que «la Noche de las Ánimas» no es lo mismo que la Noche de los Muertos —suplica Emma desde el suelo.

—Juraría que es exactamente lo mismo —susurra Victoria.

> *En la Noche de los Muertos, cuando la luna se alce con su brillo más frío, la niebla cubra cada rincón y las hermanas Lanau vuelvan a estar juntas, el conjuro original se empezará a debilitar.*

—¿Os apetece comer algo? —Emma rebusca en la cesta—. No os prometo nada, pero si recojo unas hierbas del jardín y alguien corta leña y enciende el fuego... —Suelta una risa nerviosa—. Madre mía, ¿estamos viviendo una broma pesada?

Victoria se rasca el cuello y las observa.

—Bueno, primero tenemos que comer. Tú lleva todo dentro y Melanie y yo buscaremos algo de leña para encender el fuego. Después, bajaré al pueblo e intentaré salir. Si no funciona, preguntaré por un teléfono, llamaré a mi jefe y me inventaré una excusa hasta que resolvamos este asunto. Tiene que haber una explicación lógica para todo esto.

Melanie cree que Victoria repite eso tantas veces porque en el fondo desea que sea verdad. Se asoma al pozo. Tiene el presentimiento de que hay algo que se les escapa. ¿Por qué las abuelas nunca mencionaron ese lugar cuando estaban vivas? ¿Y por qué las encerrarían en ese pueblo sin darles ninguna pista? Intenta ver la situación como uno de esos acertijos que siempre las obligaban a responder de niñas, pero no hay ningún hilo del que tirar. Y eso no la tranquiliza mucho.

—Miradlo por el lado bueno. —Intenta ser positiva cuando se gira hacia sus hermanas—. Vamos a comer algo rico y podemos investigar qué ha sido eso de antes. Además, hay gente que pagaría por tener una casa tan grande.

No ha terminado de decirlo cuando algo cruje en el tejado y una teja negra cae a un centímetro de Emma.

—Ojalá se me hubiera clavado en la cabeza —bufa su hermana, pero se levanta por fin y suspira. Es como verla transformarse, porque la preocupación desaparece y una sonrisa la sustituye—. ¡Me pido el cuarto grande!

Emma echa a correr y Melanie se tropieza al intentar seguirla. Victoria, a su espalda, grita algo que no entiende, pero que despierta en ella un sentimiento que hace tiempo que no experimentaba. Algo infantil y cálido que, a diferencia de la sensación heladora que la acompaña desde hace un rato, la reconforta.

CAPÍTULO 9

Emma

Ya con el estómago lleno, Emma decide darse una ducha. La casa tiene tres cuartos de baño y cada uno es más grande que el anterior. El que elige solo tiene bañera y un espejo viejo y roto. Emma se mira en él y contempla un rostro algo hinchado y resquebrajado. El efecto visual del cristal hace que el ojo derecho quede más arriba que el izquierdo. Parece que tiene tres orificios nasales.

«Tengo cara de muerta», piensa estirándose la piel de las mejillas. No suele maquillarse demasiado y, por suerte, se hizo las cejas antes de ir al funeral de la abuela María, porque no lleva ni una máscara de pestañas en el bolso. Si no tuviera mucha fe en su belleza natural, estaría como loca por encontrar algo con lo que taparse las imperfecciones. Y es que tiene unas cuantas, pero ha aprendido a sacarles partido.

Aun así, Finestres no le sienta bien. Hay algo en lo que Emma no se parece en nada a sus dos hermanas y es lo poco que ellas sienten la necesidad de compañía y lo mucho que la desea ella. Cuando la albacea mencionó la casa en el pueblecito en las montañas, hubo una parte de Emma que pensó en que el universo le estaba ofreciendo un nuevo comienzo. Divorciada, sin casa y sin empleo, lo de la herencia sonaba increíble. Sin embargo, Finestres ha resultado ser oscuro, frío y húmedo. La casa de las abuelas es silenciosa, pero parece que esconde susurros en cada rincón. Y el hecho de que nadie en el pueblo, salvo el dichoso Nil, parezca una persona normal con intención de hablar con ella la está volviendo loca a cada hora que pasa.

Se mete en la bañera y el agua fría la hace tiritar. Victoria ha insistido en encender la chimenea del salón y poner algo de agua a calentar, pero Emma no podía esperar. Siente que tiene roña en la piel y debajo de las uñas, y que es una criminal que necesita arrancarse la suciedad del delito que ha llevado a cabo.

Se frota los brazos y se lava bien el pelo. A pesar de ser un hombre siniestro, Esteban, el dueño de la tiendecita, se ha asegurado de incluir algunos productos de higiene personal y un rollo de papel higiénico, que también les ha venido muy bien.

Emma se escurre dentro de la bañera y deja que el agua le cubra hasta debajo de la nariz. Los mechones de pelo rojo parecen hilos de sangre que nacen de ella. Otro de sus planes era cortarse el pelo después del funeral, porque ya le llega a mitad de la espalda, pero duda que allí pueda encontrar una peluquería que la convenza. Suspira y empieza a hacer pompas con los ojos cerrados.

Rodeada de agua, piensa en el jarrón de la cocina. Y también en la carta roja que le desapareció dentro del pecho. Si no lo hubiera visto, no lo creería. Mueve las manos y siente cómo el frío le agarrota los músculos de los brazos. Respira hondo y trata de entender esa sensación, como cuando en clase de matemáticas le explicaban una fórmula y ella diseccionaba cada parte hasta darse por vencida.

Pero esta vez no quiere rendirse. Quiere que el frío forme parte de ella.

Y todo sucede a gran velocidad.

Un latigazo de algo helado que le atraviesa el estómago y la hace abrir los ojos.

El anillo brilla en el dedo, rojo como la luz de una salida de emergencia.

—Joder.

Emma observa el agua con una sonrisa. O, más bien, observa la capa de hielo que cubre la bañera y que hace un segundo no estaba ahí. Es una placa muy delgada que ocupa todo el espacio a excepción del hueco de sus hombros.

—Joder, joder. —Se pone en pie y la pátina de hielo se resquebraja.

Le castañean los dientes al ritmo de los saltos que da hasta envolverse en la toalla.

—Joder —repite una vez más.

Cuando las tres están limpias y cambiadas de ropa, se reúnen en el salón, sentadas en el sofá de color pistacho. Emma agradece haberse deshecho del vestido y la verdad es que el chándal viejo que ha encontrado en un armario no está tan mal. Al menos no parece Alaska recién salida de *La bola de cristal*, como Melanie. Cómo se las ha arreglado para encontrar ropa negra de su estilo en esa casa es un misterio para ella. Por su parte, Victoria se ha vestido con un jersey marrón sencillo, pero que a ella le queda como si fuera la próxima tendencia de otoño. Ahí juntas, a Emma se le pasa por la cabeza que, sin la parte sobrenatural, esa casa podría convertirse en un hogar. Con mucho dinero y mucho tiempo, claro. Lástima que ella no tenga ninguna de las dos cosas.

—¿Qué vamos a hacer ahora? —pregunta Victoria, que ha bajado al pueblo otra vez hace un rato. Después de intentar llamar al trabajo y no obtener respuesta, su ánimo ha decaído bastante—. Esto es tan absurdo...

Emma quiere contarles a sus hermanas lo que acaba de suceder, pero antes decide allanar el terreno. Sobre todo, para Victoria, de quien teme que sucumba a la desesperación cuando demasiadas cosas escapen a su control.

—Oye, ¿os acordáis de lo que decía la abuela Valentina?

—¿Qué exactamente? ¿Eso de que «el que ríe el último es el que no ha entendido el chiste»?

—No, lo de que mamá no quería que fuéramos especiales y por eso nos llevó a Los Ángeles.

—Ya hemos pasado por esto, Emma —protesta Victoria—. Con Melanie toda la vida. Y contigo cuando tenías quince años, ¿te acuerdas? Te entró esa rabieta y te teñiste el pelo de negro. Y luego te fuiste de casa y no te vimos hasta dos años después.

—Ja, ja. —Emma se cruza de brazos—. Eso fue antes de que ayer una carta me atravesara el pecho y se me fundiera con los órganos, ¿recuerdas?

—Pero ya no ha vuelto a suceder nada extraño... —dice Melanie, mirándolas—, ¿verdad?

Emma cambia el peso de un pie a otro. De las tres, siempre se ha considerado la mejor mentirosa. Dio su primer beso a los once años y se guardó el secreto hasta los catorce, pero lo último que quiere ahora es ocultarles a sus hermanas lo que le ha pasado en el baño.

Cuando termina de describir la sensación de frío y la capa de hielo, Victoria se lleva las manos a la cabeza.

Melanie se tira de los pelos cortos del flequillo. Hacía tiempo que no la veía hacerlo. Antes solía meterse los mechones en la boca, así que las abuelas le cortaron el pelo a ras de las orejas. No ha cambiado de peinado desde entonces.

—Sé que llevo toda la vida queriendo ser especial —admite su hermana pequeña—, pero esto empieza a no gustarme. Que tú puedas congelar el agua es interesante, pero ¿y yo? Siento que la casa no para de susurrarme...

—Siempre has sido una cagueta, Melanie. —Emma no la entiende. Siempre queriendo algo así y, cuando sucede, se echa atrás—. Hay que asumir que algo está pasando. Eso o nos hemos vuelto locas las tres, que, con nuestro historial, no es algo que debamos descartar a la ligera.

—¿Y si olvidamos todo esto? —propone Victoria—. Sinceramente, el Pirineo no se caracteriza por tener buena cobertura precisamente. Y se me ocurre que si tomamos algún camino por la montaña podemos dar un rodeo, evitar la carretera y...

—¿Y si lo vuelvo a intentar? —la interrumpe Emma.

No espera la respuesta de sus hermanas, ni que Victoria acabe su verborrea. Acaricia el anillo y coge aire. No tiene ni idea de qué hizo que el jarrón estallara o que la bañera se haya convertido en una pista de hielo, pero está convencida de que puede hacerlo otra vez.

—Deja de hacer tonterías...

—Supercalifragilisticoespialidoso... —bromea. Levanta los brazos hacia el cielo—: ¡Abracadabra!

—Emma... —protesta Melanie, que mira de reojo hacia la ventana, como si alguien fuera a atravesarla en cualquier momento y detenerla por hacer el tontaina.

—¿Por qué no funciona? —Emma cierra los ojos y se concentra—. ¿Creéis que solo funciona si estoy enfadada? Victoria, di algo.

—Ja, ja.

—¿Acaso estabas enfadada cuando te bañabas? —pregunta Melanie. Se acaricia también el anillo—. Lo único que sabemos es que la otra vez, los anillos...

No ha terminado de decirlo cuando la piedra negra como el carbón de su anillo comienza a brillar. Al otro lado del salón, Victoria contempla su anillo, que lanza destellos dorados con la misma intensidad.

—Bueno, ya vale —dice su hermana mayor—. Quiero que dejemos de hablar de tonterías y de maldiciones. El pueblo es un lugar normal y pronto volveremos a casa.

Emma suelta una pedorreta.

—¿Un pueblo normal? Victoria, sé que nunca se te ha dado muy bien tratar con la gente, pero de ahí a no darte cuenta de que nos miran como si fuéramos tres escupitajos...

—Nil ha sido muy amable.

—Su hermana ha intentado cobrarnos el doble que a los demás.

—Y ha sido un poco rara conmigo... —susurra Melanie.

—Bueno, pero nadie ha intentado matarnos ni el cielo se ha abierto en dos para que empiecen a llover demonios.

Emma no va a darle la razón. Solo porque es Victoria y ya está. Y es que todavía no ha decidido de qué lado ponerse: del de Melanie, que tiene miedo de que sean las elegidas de una novela de fantasía, o del de Victoria, que sigue intentando racionalizar todo lo inexplicable. Ya lo pensará más tarde. Ahora extiende las manos hacia delante.

—Vamos... ¿Cómo funciona esto? —Hace un aspaviento y no sucede nada—. ¡Explota!

Emma es consciente de que sus hermanas la ven como si fuera la tonta de las tres. Por eso le gusta desempeñar ese papel de vez en cuando, sobre todo cuando tienen tanta tensión encima y su hermana pequeña está casi temblando y a punto de que le dé un patatús. Es divertido saber que Victoria va a poner los ojos en blanco o que Melanie va a fingir que no le hace mucha gracia, aunque por dentro esté deseando soltar una carcajada. Pero, durante un segundo, deja de bromear. Cierra los ojos y trata de encontrar algo que, a pesar de que sabe que no tiene sentido, sea diferente en su interior. Cuando echaba las cartas, su abuela Luz solía decir que el primer paso para creer en algo es tener voluntad, y puede que sea una obviedad, pero no por eso es menos cierto. Emma jamás ha creído en nada, pero la barrera invisible que las arrincona en ese pueblo es tan real como la tierra que pisan. Así que busca, busca y busca en lo más hondo de ella, como si quisiera encontrar la carta en las entrañas. Y busca tanto y con los ojos tan cerrados que empieza a verlo todo rojo.

Y entonces oye un ruido sordo y siente algo de calor en la cara.

Abre los ojos y descubre, alucinada, pequeñas llamas que le nacen de las yemas de los dedos.

—¡Lo he conseguido otra vez!

Más confiada, extiende de nuevo el brazo y mueve los dedos como si tuviera alguna idea de lo que está haciendo. La llama se vuelve más intensa.

—No te creo... —murmura Victoria, que se ha acercado a ella. Emma la mira con maldad y hace un gesto brusco que provoca un fogonazo cerca de la cara de su hermana—. ¡Joder!

A su espalda, Melanie se echa a reír y Emma se alegra de haberlo conseguido por fin. Y de pronto, esa risa suave se convierte en una carcajada que resulta contagiosa.

Emma se pone de pie y vuelve a abrir los brazos, como una directora de orquesta.

—¡Supercalifragilisticoespialidoso...!

Bromea de nuevo, pero, en esta ocasión, sabe lo que tiene que hacer. Busca dentro de ella y nota algo que crepita, como una hoguera en el centro del pecho. Algo que nunca había estado ahí antes.

El fuego le acaricia los dedos, le lame los brazos y luego desaparece.

—«La mediana de las hermanas siempre ha tenido una conexión especial con la madre naturaleza» —recita Melanie—. Ese fuego, el agua de la bañera y... el jarrón. ¡No lo hiciste explotar! ¿Y si manipulaste el agua y la presión lo hizo estallar?

—Probad vosotras también —dice—. ¡Intentad lo de las llamas!

Victoria niega con la cabeza y se apoya en la pared como si la cosa no fuera con ella. Melanie parece dudar.

—No quiero incendiar la casa —susurra.

—¿No me has visto a mí? Ha sido como... —Emma intenta encontrar las palabras adecuadas. «Como si lo hubiera hecho desde siempre», «como respirar. Nadie te tiene que enseñar» o «como cerrar los ojos y quedarte dormida»—. Como si supiera exactamente lo que tenía que hacer.

Melanie no parece muy convencida, pero Emma detecta el brillo de curiosidad en sus ojos grises. Su hermana pequeña se arrodilla y extiende los brazos, igual que ha hecho ella hace un momento.

—Ahora busca en tu interior —le indica Emma—. ¿Ves algo rojo?

Melanie no contesta, pero se le forma una pequeña arruga entre las cejas pobladas.

—¿Ves algo rojo o no?

—¡Que no veo nada rojo! Está todo negro.

—Claro, porque tienes los ojos cerrados.

—Ya, pero...

Los siguientes minutos no son fáciles; de hecho, son insufribles porque ver a Victoria poner los ojos en blanco una y otra vez no ayuda. Se ha encendido un cigarrillo y echa el humo hacia arriba, escéptica. Aunque invocara demonios de fuego, su hermana seguiría sin creérselo del todo.

Melanie, por su parte, lo intenta, pero cuando Emma insiste diciendo «creo que he notado una corriente de aire», se da por vencida. Entonces, Victoria suelta una tosecilla y dice:

—Si lo que las abuelas dejaron en la carta de la herencia decía que la hermana mediana tenía relación con la naturaleza... ¿Qué os hace pensar que Melanie va a poder hacerlo? ¿Por qué no intentas escuchar voces? A lo mejor eso es lo tuyo.

Melanie se encoge de hombros, abatida.

—¿Y tú qué? —Emma se gira hacia Victoria—. ¿Por qué no intentas repetir lo que hiciste en la cocina? ¿Cómo era? ¡Parar el tiempo! Eso sí que suena estúpido.

—Claro, porque todo lo demás tiene mucho sentido.

—Por favor, Victoria. Vamos a intentarlo juntas —suplica Melanie.

Victoria las observa desde detrás del humo del cigarrillo, casi como si las analizara, y a Emma no le extraña que su hermana caiga tan mal a la gente cuando la conocen. Causa la peor primera impresión del mundo. Y la segunda. A partir de ahí ya mejora. Y cuando la aguantas durante unos años...

—¡Está bien! Pero esto es una tontería...

Emma sonríe y se sienta en el sofá con las piernas cruzadas. Victoria se acerca a la mesa y apaga el cigarrillo en la madera. Luego se coloca al lado de Melanie y chasquea la lengua, por si alguien le quedaba alguna duda de que no quiere tener nada que ver con todo eso.

Melanie se concentra de nuevo y a Emma le recuerda a cuando era más pequeña y tenían que ayudarla con los deberes. Arrugaba tanto la nariz que parecía un conejillo. Victoria es mucho más... Bueno, mucho más Victoria. Rígida, seria y con los brazos extendidos, como si estuviera calentándose delante de una chimenea.

Y tampoco parece tener suerte.

Emma las observa en silencio y, de vez en cuando, mueve los dedos y sonríe al ver que el fuego vuelve a ella. Al rato se levanta, va a buscar un vaso de agua a la cocina y luego regresa a la misma posición. Esta vez, cuando invoca lo que ha decidido bautizar como «encanto de Emma», nada crepita, solo fluye, como un riachuelo en la montaña. Le resulta fácil manejar el agua con los dedos, pero no tanto como controlar el fuego. Aunque da órdenes con determinación, a veces no sucede nada, otras el agua se le escapa y desde luego, no consigue congelarla como en el cuarto de baño. Aunque, quizá si...

—¡Me rindo! —Melanie da un golpe al suelo—. No puedo hacer nada. Solo veo oscuridad.

—A lo mejor eso es justo lo que tienes que buscar.

Si no fuera porque ha visto cómo Victoria movía los labios, no se creería que su hermana ha dicho algo así.

—¿Qué? —pregunta Melanie, que parece tan confundida como ella.

—Emma, tú has visto algo rojo, ¿no?

—Sí, pero...

—Y yo he visto algo dorado —la interrumpe Victoria—, así que, si los colores de las cartas y los anillos tienen algo que ver, tú tienes que buscar la oscuridad. El color negro.

Se produce un silencio muy largo.

—Lo has hecho otra vez. —Melanie por fin lo ha entendido—. ¡Has parado el tiempo!

Victoria no responde, pero un ligero rubor le sube por las mejillas.

—¡Ha parado el tiempo! —Emma salta del sofá y se lanza sobre su hermana. El vaso cae al suelo y el agua salpica por todas partes, pero da igual. Le coge las manos a Victoria—. ¡Has hecho la cosa rara otra vez! ¡Has hecho tu encanto de Victoria!

—Emma, ¡suéltame!

Pero no la suelta.

Melanie se ha quedado tan sorprendida que también se acerca a ellas, silenciosa. Con cuidado, le pone las manos en los hombros a Victoria.

—Las abuelas tenían razón...

—¿Es que acaso las abuelas te dijeron en algún momento que tenías poderes? —gruñe su hermana mayor.

—No, pero siempre me decían que éramos especiales. Y yo nunca dejé de creerlo.

Antes de que Emma pueda hacer nada para evitarlo, Melanie las atrapa a las dos en un abrazo extraño. Hace mucho que Emma no participa en uno y siente que hay demasiadas extremidades, demasiado pelo y más protestas de las necesarias.

No recordaba que sus hermanas olieran así.

Igual que ella.

Ni que la piel de la cara de Victoria fuera tan suave.

O que Melanie tuviera tanta fuerza.

—¡Bueno, vale ya! —Victoria las aparta—. Que tú todavía no has sido capaz de...

Victoria se queda callada de golpe. Se lleva las manos a las mejillas y luego, lentamente, hacia el cuello.

—¿Victoria?

Pero su hermana no atiende a nada. Se pone de pie y se aleja a un rincón, respirando con fuerza, con los ojos cerrados y doblada en dos.

—¿Vic? —insiste Emma.

Se acerca a ella y le pone una mano en el hombro. Victoria se zafa de ella con los ojos grises cargados de terror. Emma no la había visto así antes. Puede que su hermana mayor sea un auténtico peñazo, pero nunca ha mostrado miedo delante de ellas dos. Era ella la que revisaba debajo de las camas para comprobar que no hubiera monstruos escondidos. Y, sin embargo, ahora parece que ha visto al más aterrador de todos.

—Estoy… bien —dice en un susurro. Tiene la frente empapada en sudor—. No pasa nada.

—Pero ¿cómo no va a pasar nada si…?

La interrumpen unos golpes en la puerta.

Melanie pega un grito y a Emma se le clava el corazón en el paladar.

—Pero ¿qué haces?

—La voz, hay una voz que dice que se marche. —Melanie se ha apoyado en la pared, de espaldas a sus hermanas y con la frente contra la piedra—. No le dejéis entrar.

—¿A quién?

Más golpes en la puerta.

Emma no sabe qué hacer. Victoria continúa agarrándose el pecho como si le doliera y Melanie se niega a abrir los ojos.

Al final decide caminar con cuidado hacia el recibidor. Allí se queda con la mano en el aire, sobre el pomo de la puerta. Le tiemblan los dedos, pero coge aire y lo gira.

Cuando abre la puerta, espera encontrar a la mismísima Muerte con la guadaña, pero en su lugar solo hay un joven alto y moreno, con un flequillo largo que, aunque lo ha peinado cuidadosamente hacia atrás, intenta escaparse con rebeldía. Más calmada, Emma se apoya en el quicio de la puerta y observa el rostro anguloso del desconocido, que parece esculpido en piedra. Le recuerda a algún actor de los años cincuenta, como James Dean. ¡Por fin alguien interesante en Finestres!

—Y… ¿quién eres tú?

Es atractivo y tiene unos ojos verdes profundos y una sonrisa blanca perfecta que detiene el mecanismo del corazón de Emma durante un segundo. Si fuera artista, ese hombre la habría inspirado ahora mismo para hacer su obra maestra.

—Soy Cristian.

—Encantada…

Es consciente de que se ha perdido tontamente en la mirada del extraño, así que se pone muy rígida y da un paso hacia atrás, recordando la reacción de sus hermanas. Eso hace que choque con Victoria, que ya está a su lado. Ha recuperado el color en las mejillas y se ha recogido el pelo rubio en una coleta alta. El sudor sigue presente en su sien, pero parece encontrarse mejor.

—¿Busca algo? —pregunta.

Emma imagina que ella también estará intentando lidiar con el hecho de que le han abierto la puerta a una especie de estrella de Hollywood. No lleva traje, pero viste un jersey negro de cuello redondo sobre una camisa también oscura y pantalones de corte recto, y con eso es suficiente como para que parezca la persona más elegante de todo ese valle.

—Estaba... —El joven detiene la mirada en Emma durante un segundo y luego un poco más allá. Melanie también se ha acercado a cotillear, aunque ella sigue más blanca que la cal. «Hala, ya estamos todas»—. Nil me comentó que alguien ha vuelto a la casa Lanau y... Bueno, llevo tantos años esperando esto que no podría retrasar más mi visita.

Emma vuelve a dar un paso hacia atrás. Es un gesto instintivo, una reacción animal a la sonrisa del joven, que no coincide con la mirada seria de sus ojos. A lo mejor no es un modelo, sino uno de esos hombrecillos raros que aparecen en las películas de terror. Y ellas son tres jovencitas en una casa lo suficientemente apartada como para que no las oigan gritar.

—¿A qué se refiere? —pregunta Victoria.

—Oh, ¿no se lo comentó Nil? Soy Cristian —repite— y estoy interesado en comprar la casa.

CAPÍTULO 10

Victoria

Victoria tarda más de lo que le gustaría en procesar lo que acaba de decir el desconocido. Es como si las palabras «interesado», «comprar» y «casa» hubieran perdido todo el sentido para ella. No entiende por qué, pero no es capaz de apartar los ojos de él. Y no tiene nada que ver con su aspecto, sino más bien con algo inexplicable e intangible, como un tirón invisible que la obliga a acercarse más a él. De pronto, siente vértigo y el abismo la llama. Le pide que salte. Y le disgusta, le resulta desagradable. Le da miedo.

Respira hondo. Todavía no se ha recuperado del agobio que ha sentido dentro de la casa y para el que no tiene explicación. ¿Otro ataque de ansiedad salido de la nada? Eso le pasaba al principio, pero últimamente no sucedían si no había algo que los provocara. Debería darle las gracias al extraño por aparecer de pronto, porque así no tendrá que responder a las dudas que ha visto en el rostro de sus hermanas.

Se da cuenta de que el silencio entre la última frase del recién llegado y la contestación que nunca llega es demasiado largo e incómodo, así que, por una vez, se alegra de que Emma estire la mano, que hace unos momentos estaba en llamas, y tome momentáneamente el control de la situación.

—Yo soy Emma —dice—. Y estas son mis hermanas, Vic y Mel.

—Victoria —la corrige al instante.

—Encantado otra vez. —Cristian le estrecha la mano a Emma y luego vuelve a su posición inicial, como una especie de maniquí perfecto que está esperando a que lo coloquen en una nueva postura.

Victoria lo observa otra vez, con más cuidado. Trabajar en la policía la ha hecho desconfiar de todo el mundo, aunque, como el pasado le ha demostrado, nunca lo suficiente. Hay algo que no encaja en ese hombre; a lo mejor es el hecho de que su ropa es elegante y carga con un maletín que no pega mucho con el entorno. Quizá sea su expresión calmada, los ojos esmeralda fijos en ellas, que solo se desvían un instante para cotillear el interior de la casa. O puede que Victoria solo esté confusa por el ataque de pánico. Ha sido como sentir unas manos frías alrededor de la garganta.

—Será mejor que hablemos aquí fuera. —Victoria hace un gesto y Melanie asiente. «No lo dejéis entrar», ha dicho. Y aunque no sabe por qué, prefiere salir al porche y cerrar la puerta. Ahora son ellas tres, descalzas, y el desconocido, con unos mocasines impecables—. Estamos cambiando algunas cosas y no me gustaría que se llevara una mala impresión.

Es mentira, pero no quiere invitarlo a entrar.

—No hay problema.

Cristian se dirige hacia la mesita, llena de hojas porque todavía no la han limpiado. Se sienta en una de las sillas y se cruza de piernas. Su porte es regio, estirado, como el de una especie de noble victoriano que ha viajado en el tiempo hasta sus días, y tiene unas manos de dedos largos que revolotean por encima de su maletín cuando lo coloca delante de él.

—Victoria —dice Emma, tirando de ella—, ¿por qué no me acompañas a buscar algo de agua?

No le da tiempo a responder porque su hermana la arrastra hacia el jardín trasero sin contemplaciones. Tampoco puede darle una explicación a Melanie, que pone una mueca incómoda y se sienta junto a Cristian mientras intenta pedir ayuda en silencio.

Cuando ya se han alejado lo suficiente, Emma la suelta y la mira fijamente a los ojos.

—¿Qué ha sido eso?

—¿El qué exactamente?

—El tío ese salido de una revista que acaba de llamar a nuestra puerta, Victoria. ¿De qué voy a hablar?

—Ya tardabas...

—¿Que tardaba?

—Sí, ni con todo lo que está pasando, dejas de pensar en los tíos.

—Oye, que estamos malditas, no me he quedado sin libido.

—¿Por eso tonteabas el otro día con ese chico...? —Victoria tarda un instante en recordar el nombre—. ¿Nil?

—¿Nil? —repite Emma con los ojos en blanco—. Cómo se nota que no sabes lo que es tontear, Victoria. Y se ve a la legua que Nil tiene complejo de superioridad.

—Solo dices eso porque no babeó a tus pies nada más verte. —Victoria echa a andar hacia el pozo y se apoya para mirar hacia abajo. La corriente de aire frío la golpea en la cara. Igual que le sucede con la casa, hay algo en ese pozo que no le gusta. Ha llegado a la conclusión de que siente tirria por las cosas viejas y por cómo evidencian el paso del tiempo. Por desgracia, necesita enfrentarse tanto a la casa como al pozo si quiere sobrevivir, así que tira de la cuerda y recupera el cubo. Lo ha usado ya varias veces y está empezando a acostumbrarse—. Tu ex sí que era el tío más insoportable que he conocido en mi vida.

—Era un hombre espiritual.

—Y un creído. En vuestra boda, cortó la tarta él solo. Y se sacó fotos con todo el mundo menos contigo.

—Porque yo ya estaba muy borracha.

—Y porque era un cretino, Emma.

—¡Y es cosa del pasado! Ahora soy una mujer que se ha divorciado antes de los treinta, puedo hacer cosas raras que todavía no entendemos y vivo atrapada en un pueblo perdido de la mano de Dios. Tengo derecho a llamar guapo al cruce de recaudador de impuestos y modelo de Calvin Klein que tenemos en el porche.

Victoria recoge el agua, que está muy fría, y apoya el cubo en el borde del pozo.

—¿Y por qué no vas a la cocina y traes unos vasos para que el cruce de recaudador de impuestos y Calvin Klein que tenemos en el porche no se deshidrate?

Emma parece a punto de replicar, pero se rinde, asiente y desaparece por la puerta trasera de la casa.

Victoria se queda esperando y trata de quitarse algunos pinchos que se le han clavado en las plantas de los pies al andar descalza por el jardín. Todo ese caos... Tiene que encontrar una manera de volver a poner orden. Acaricia inconscientemente el anillo que lleva en el dedo.

A diferencia de Emma, que parece tan entusiasmada con sus poderes elementales que se ha olvidado de que hace unas horas desconfiaba hasta de cómo funciona la lotería, Victoria sigue manteniendo su postura. Es verdad, ha conseguido que todo se haya detenido otra vez. Y sus hermanas ni siquiera lo han notado. Ha ido al salón, ha paseado por la casa y ha salido al jardín. Allí las hojas de los árboles no se movían y ni se oía el murmullo del viento.

Y le ha dado miedo.

Se ha sentido sola.

Sola y completamente aislada del resto del mundo. Y es un sentimiento que la persigue desde que era una niña e imaginaba qué pasaría al morir. Se imaginaba a sí misma flotando en la oscuridad más absoluta, sin poder pensar, sin moverse, sin abrir los ojos, como si alguien le hubiera cosido los párpados. La diferencia es que, ahora, esa sensación es real. El mundo se ha parado, pero ella no.

¿Y si usa el poder otra vez y no puede regresar?

¿Y si vive eternamente en un cuadro inmóvil?

—¡Aquí estoy! —Emma regresa con unas botas puestas y una bandeja en la que se tambalean cuatro vasos. Le guiña un ojo antes de añadir—: No te preocupes, trabajé de camarera y la gente hasta me daba propinas.

Llenan los vasos entre las dos y Victoria se encarga de llevarlos de regreso al porche. No se fía de Emma, por mucho que fuera, según ella, la «mejor camarera de todo Salou en el verano de 1986».

Cuando regresan a la parte delantera de la casa, Melanie ya no parece tan incómoda. De hecho, tiene un brillo extraño en los ojos plateados y mueve las manos sobre la mesa, entusiasmada, como si estuviera dispuesta a saltar sobre Cristian en cualquier momento.

—¿Interrumpimos algo? —Victoria deja la bandeja sobre la mesa y le sirve uno de los vasos a Cristian.

Luego saca un cigarrillo y lo enciende.

Sabe que es un vicio asqueroso y que fumar en mitad de la montaña no es algo sobre lo que nadie haya escrito en un poema o en una canción, pero, de pronto, ha sentido que lo necesitaba.

—Cristian me estaba contando algo fascinante —dice Melanie—. Es novelista.

—¿Un escritor? —Emma también se sienta y se echa el pelo rojo hacia atrás. Eso que siempre hace cuando quiere que los tíos se fijen en ella—. Déjame adivinar... ¿Escribes romance?

—En realidad todavía no soy nada. Llegué a Finestres hace un par de años, siguiendo algunas leyendas locales. Mi novela está ambientada en el Pirineo aragonés y habla sobre la brujería. Ya saben, aquí existen historias hasta debajo de las piedras. —Victoria no tenía ni idea, pero algo se le revuelve en la tripa, como un mal presentimiento.

—E imagino que las brujas y el amor son incompatibles —murmura Emma.

—¿Qué escribe exactamente?

—Intento entender a las *bruxas*. —La mirada verde de Cristian se posa en Victoria y ella deja escapar el humo sin darse cuenta—. Mujeres temibles capaces de hacer cosas extraordinarias. He viajado a Trasmoz, por todo el valle de Tena, a Villanúa... y bueno, mi última frontera ha sido Finestres. Su historia se me sigue resistiendo.

—Cristian dice que ha escuchado muchas leyendas sobre el pueblo y también sobre las hermanas Lanau y esta casa —Melanie le da un sorbo a su vaso de agua—, y me preguntaba si nosotras sabíamos algo al respecto.

—¿Sobre nosotras mismas?

—Sobre nuestras antepasadas —dice Melanie con un hilo de voz—. Ya le he dicho que hasta hace cuatro días no sabíamos ni dónde estaba este pueblo.

Victoria mira la casa de reojo y se da cuenta de que el anillo que descansa en su dedo lanza un destello dorado. Lo esconde debajo de las piernas.

—¿Y por eso quiere comprar la casa?

—¿Es que no han escuchado lo que pasó aquí? —Cristian frunce el ceño, confuso.

Victoria lo vuelve a observar con disimulo. Como ha dicho Emma, es guapo. Un guapo indiscutible. Cada parte de su cara está donde tiene que estar, y tiene la sensación de estar mirando una escultura en vez de a una persona. Pero lo peor es su voz. Su tono grave es suave y atrapa, como si fuera un cuentacuentos. Posee algo magnético en la mirada de ojos que parecen piedras preciosas, y Victoria tiene la sospecha de que quizá sea ese misterio que rodea a todos los escritores.

—Por favor, no nos diga que asesinaron a alguien en la cocina —suplica Emma medio en broma.

Pero Victoria reza para que sea todo menos eso. La garganta se le cierra. Vuelve a estar en la habitación del último asesinato que investigó. Darío le dice que se tome un tiempo. Una sombra oscura la observa desde un rincón. Le escuecen las marcas de la yugular.

—Ni mucho menos —responde Cristian, sacudiendo la cabeza—. ¿No es Helane Lanau una antepasada suya o algo parecido? ¿No les han hablado de ella en la familia?

—Somos las hermanas Lanau —asiente Melanie—. Pero no conocemos a ninguna Helane.

Cristian parece decepcionado por la respuesta, pero cambia de expresión rápidamente y coloca la palma de la mano sobre el maletín.

Victoria bebe un poco de agua y da una calada al cigarrillo. La ceniza cae sobre el porche cuando Cristian abre el maletín y deja unos folios sobre la mesa.

—Hace tiempo que sigo la pista de lo que sucedió en este pueblo con Helane Lanau —dice—, pero ha sido muy complicado porque han pasado muchos años y no hay registros por ningún lado. Normalmente, este tipo de casos quedaban bien documentados en los papeles de la justicia ordinaria o la autoridad competente, pero en Finestres... Lo poco que sé es que fue la menor de tres hermanas, que era muy inteligente y que se enamoró.

—Pues siento decirle que esa información no es muy concreta... —murmura Emma.

—Se cuenta que Helane y sus hermanas eran brujas —explica—. Se dice que ninguna abandonaba al grupo, pero a ella la rechazaron. Parece ser que vivían en esta casa.

—Y por eso quiere comprarla —insiste Victoria.

—Era la más pequeña de tres hermanas —repite Cristian mientras señala los papeles. Victoria los mira por primera vez: uno es una copia de una pintura antigua en la que se distingue la casa, solo que la maleza no la devora y tres siluetas se perfilan en la entrada—. Y dicen que su amor por un muchacho del pueblo enfureció tanto a las otras dos que lo mataron en ese mismo jardín.

—¡Joder! —Emma da un golpe en la mesa—. ¡Has dicho que no había muertos en la casa!

—No sé qué hay de cierto en todo eso —dice Cristian—. Es una leyenda, pero me gustaría saber más sobre ella, pues los rumores siempre proceden de las verdades. Las historias dicen que esta casa guarda todos los secretos, y que ustedes hayan vuelto justo ahora... me parece una señal del destino.

«El destino».

Victoria frunce el ceño, lanza el cigarrillo al suelo y se cruza de brazos. Tras escuchar a Cristian, no puede evitar recordar el diario de la tal Lena y el mensaje. Lo ojearon por encima cuando se dieron cuenta de que la caligrafía era la misma, pero no recoge nada interesante. Victoria cree que solo son los pensamientos de una adolescente enamorada, nada más.

De repente, todas las incógnitas son demasiado para ella y solo quiere hacerlas desaparecer de un plumazo. El cansancio, la frustración y la desazón de todo el día se concentran en ese desconocido que ha llegado sin avisar y Victoria ya no puede más.

—Escuche —se aclara la garganta—, mis hermanas y yo pensaremos sobre lo que nos acaba de decir, pero quiero que le quede algo bien claro. —Se da cuenta de que el anillo vuelve a estar a la vista y, aunque es imposible que Cristian se dé cuenta de algo, lo esconde otra vez—. Nosotras no tenemos nada que ver con esa mujer de la que habla. Somos de Los Ángeles y mi abuela muerta nos ha reunido aquí porque era muy caprichosa, pero ahí se acaba la historia. Si quiere escribir su libro, vaya al pueblo a que le cuenten tonterías.

Melanie la mira con la boca abierta. Parece dispuesta a decir algo, pero cambia de opinión y acaba agachando la cabeza. Emma se aguanta la risa y observa a Cristian con una expresión divertida. Y Cristian no aparta los ojos de Victoria.

Es una mirada gélida que le cuesta sostener. Los iris aguamarina transmiten un frío que, pasados unos segundos, se vuelve casi sofocante. A Victoria le cuesta mantenerse en su posición, porque todo en ella le dice que debería rendirse ante él o escapar, pero en ningún caso enfrentarlo. Es una sensación extraña que no le gusta nada, así que se alegra cuando Cristian frunce el ceño y sacude la cabeza.

—Está bien —asiente—. Aceptaré que no quieran hablar conmigo, pero me gustaría que me dejaran entrar a ver la casa, así podré valorarla y...

—La casa no está en venta —sentencia.

Emma vuelve a sonreír y Melanie suelta un suspiro que suena a alivio.

Cristian se pone en pie, confuso. Se alisa los pantalones y suelta una tos seca.

—¿Y no hay ninguna posibilidad de que pueda entrar a echar un vistazo? —Da un paso al frente y Victoria alza la cabeza para que sepa que no puede hacer nada para amedrentarla. El problema es que, a diferencia de los criminales a los que ella está acostumbrada, Cristian sigue teniendo esa expresión calmada que transmite cierta paz extraña. Y, para colmo, su perfume le resulta sorprendentemente agradable—. ¿No puedo entrar?

Victoria mira a Emma y Melanie, y los ojos grises de sus hermanas lo expresan con absoluta claridad.

No.

«No lo dejéis entrar».

—Será mejor que lo dejemos para otro día.

Se nota que no está acostumbrado a que la gente lo haga esperar ni a que le nieguen sus exigencias. Victoria está preparada para cualquier cosa, pero después de un segundo que dura una eternidad, Cristian se limita a asentir y recoge el maletín.

—Seguro que las veré por ahí —sonríe de lado—. ¿Irán a la Noche de las Ánimas?

—¡Lo pensaremos! —suelta Emma.

Cristian levanta una mano y se despide con un «encantado, hermanas Lanau».

Victoria se queda de brazos cruzados en el porche, esperando hasta que el hombre desaparece por el sendero. A su lado, Emma y Melanie también permanecen en silencio, hasta que ya no hay ni rastro de él. Su ausencia deja una calma inesperada. Y, por fin, Victoria suelta el aire que ha estado conteniendo. Se apoya en Melanie y suspira. Está agotada y necesita descansar urgentemente.

—¿Qué ha sido eso, hermanita? —pregunta Emma con una risa tonta.

—No sé de qué hablas.

—¡De la tensión! —La atrapa del brazo—. Parecía que se te quería comer.

—Por favor...

—¿Creéis que es verdad? —pregunta Melanie—. Lo de Helane Lanau.

—¿Eso es todo lo que te preocupa? —Emma se sienta en la escalerilla del porche y se sube el vestido hasta las rodillas. El sol se cuela por los árboles y le acaricia la piel pecosa—. ¿Habéis escuchado lo que ha dicho? «Mujeres temibles capaces de hacer cosas extraordinarias».

—Brujas —susurra Melanie.

Victoria sacude la cabeza.

—Creo que deberíamos volver a leer ese mensaje y el diario. Si de verdad la persona que lo escribió fue Helane Lanau... a lo mejor deberíamos investigarla.

—Brujas, asesinatos en el jardín, las cosas raras que podemos hacer, el pueblo que no nos deja salir... Nada tiene sentido —dice Emma.

—Lo resolveremos. —Victoria se sienta a su lado.

Melanie tarda un poco más, pero, cuando lo hace, los ojos le brillan y se vuelven de un gris más claro que nunca.

—Brujas.

Anchela me ha echado las cartas otra vez. Dice que, cuando un alma está perdida, es importante comprobar su futuro con frecuencia. No sé a qué se refiere con que mi alma está perdida, solo sé que cada día que pasa, me gusta menos estar con ella. También sé que, si lo dijera en voz alta, me ganaría una buena reprimenda. Las abuelas siempre decían: «Tres seréis. Y aunque dejéis de ser, tres permaneceréis». Nunca he entendido a qué se referían con eso, pero me daba miedo preguntar por si pensaban que era tonta. ¡Ay! Últimamente me siento tan tonta...

Y es culpa de él.

No digo que él me haga sentir tonta, pero me atonta como el vino de misa. Diría que me hace sentir mariposas en el estómago, pero sería una broma absurda. Mientras escribo esto, Nébula me hace cosquillas en el dedo. Es su manera de besarme, y hasta eso me recuerda a él.

A ese efecto embriagador que tiene en mí, que me distrae y me vuelve dispersa.

Eso es lo que le molesta a Anchela. Ese es el motivo por el que dice que mi alma está perdida. Lo sé. Sé que no podemos enamorarnos porque nuestros flechazos son tan tóxicos como todo el mundo nos ve a nosotras. ¿Qué hay de tóxico en amar hasta las entrañas? Es absurdo que nos condenemos a vivir sin amor solo porque a otras se les fue de las manos. Así que es importante que jamás se entere de que mi corazón ya no les pertenece solo a ella y a Alizia. No sé lo que me haría si supiera que he roto la promesa de las tres. Anchela siempre dice que el poder de las hermanas se fortalece con nuestra unión y se hace más débil cuando nos contamos mentiras.

En las cartas me ha vuelto a salir la muerte.

Alizia, que andaba por allí, dice que es una carta del cambio, que seguro que pronto empiezo a sentir más poder en mi interior. ¡Como si no tuviera suficiente con lo que ya soy capaz de hacer! Después, Anchela le ha dado la vuelta a la fuerza. He visto mi valentía. He visto que el amor puede con todo. Y eso a mi hermana no le ha hecho mucha gracia. Alizia se ha abalanzado sobre la mesa y ha levantado la siguiente:

El mundo.

No sé qué esperaban mis hermanas con esa tirada, pero he tenido la sensación de que no les ha gustado el resultado. He salido de casa sin mirar atrás, porque estoy muy abrumada últimamente y necesito apoyo de quien realmente me lo ofrece. Mi querida amiga andaba frotando algunas de sus ropas en el lavadero, cerca de la plaza, y hemos hablado un buen rato. Ella me entiende. Me da igual que sea humana y no pueda formar parte de nuestro mundo. Sí, se lo he contado todo. Le he hablado de la brujería, de la sangre, de la unidad y del poder de las mujeres que no temen a los hombres. Anchela y Alizia se enfadarían muchísimo si lo supieran. Estaría en peligro. Si le tocaran un pelo, no sé qué haría. Me volvería loca, seguramente.

CAPÍTULO 11

Melanie

Brujas.

Claro que sí.

Toda la vida preguntándose qué era lo que sus abuelas escondían y ahora lo entiende todo. El amor por la naturaleza, la conexión con la tierra… y los poderes. Bueno, los poderes que sus hermanas parecen tener. ¿Los tendrían también sus abuelas?

«No lo dejéis entrar», le pidió una voz. Pertenecía a una mujer, seguramente joven, pero era difícil saberlo porque sonaba lejos, como si le hablara a través de una pared.

Melanie ha soñado toda su vida con algo así. Desde niña siempre ha sido diferente, pero no había nada de atractivo en simplemente no encajar. Ella quería ser excepcional. Ahora parece que ha vuelto a llevarse la peor parte. Otra vez le tocan las sobras.

Por si la situación no fuera ya lo bastante desconcertante, estar con Emma y Victoria no le hace mucha gracia ahora mismo. Las ha echado tanto de menos que debería estar celebrando que el destino las haya unido otra vez. Sin embargo, Emma se ha adaptado a la situación como un camaleón y es capaz de utilizar esa magia que ella llama «encanto». Ya la ha pillado un par de veces jugueteando en el jardín, haciendo que la tierra se abra para ella y se vuelva a cerrar. Victoria también es capaz de hacer lo extraordinario, pero en su caso parece más concentrada en seguir rebuscando y dándole vueltas a todo, esperando encontrar una respuesta coherente a todas las preguntas que siguen en el aire.

Y ella…

¿Qué puede hacer ella? Lleva un día entero jugando con las cartas del tarot. Las ha extendido sobre la colcha una y otra vez. Y el resultado es siempre el mismo:

La muerte.

Los enamorados.

La justicia.

Su destino no cambia.

Así que, para aclararse las ideas, ha decidido salir de la casa y dar una vuelta en dirección al camino que se bifurca y que Nil evitó que siguiera el otro día. Como ahora no hay nadie allí para detenerla, decide avanzar, y, tal y como había imaginado, se trata de un sendero que se va estrechando más y más, hasta que llega a un punto en el que los árboles parecen sus escoltas y los rayos del sol apenas se cuelan entre las hojas.

Necesitaba estar sola. Sí, Emma tiene razón, está asustada, porque toda esa historia está haciéndola recordar que los misterios y la oscuridad solo le gustan cuando suceden en los libros. Y eso es tremendamente patético.

«Tú puedes, Melanie», parece que dice una voz dentro de ella.

—Tú puedes, Mel —se dice a sí misma en voz alta.

Después de respirar y volver a sentir el picor en la nuca otra vez, empieza a caminar. A Melanie le encantan las plantas, pero no tiene mucha idea más allá de las indicaciones que le daba la abuela María los últimos años, cuando por fin la dejó ocuparse del pequeño invernadero improvisado en la terraza del apartamento. No puede evitar ir deteniéndose y echándoles un vistazo a las flores. Todas le resultan familiares porque todas estuvieron alguna vez en el piso de Zaragoza y todas murieron sin remedio. Melanie siempre se había preguntado por qué no vivían en un pueblo, pero cuando lo sugería, las abuelas cambiaban de tema. Ahora empieza a entender que había algo que no le estaban contando y que tiene que ver con este pueblo y con la maldición.

Cada vez que se encuentra con una flor, piensa en un nombre para ella. Y cuando ya ha nombrado diez, sus pasos la llevan al final del abrazo de los árboles y, por fin, se encuentra con la ermita de la que habló Nil. Es un edificio de piedra marrón, pequeño y bastante desgastado por el paso del tiempo, pero que se mantiene noble sobre sus cimientos. En la parte de atrás hay una torre muy estrecha que tiene un único ventanuco en la parte superior, tan pequeño que parece un ojo a medio abrir. Al principio le parece que está en ruinas, pero luego se da cuenta de que solo una de las paredes se ha venido abajo.

Melanie se acerca a uno de los diminutos huecos en la pared de la ermita que hacen las veces de ventanas, pero es difícil ver lo que hay en el interior. Por suerte para ella, la puerta permanece entreabierta y puede colarse sin problemas. Para su sorpresa, el interior está cuidado y resulta acogedor, aunque tiene la sensación de que pronto, cuando llegue el invierno, el frío será insoportable allí. No es un espacio muy grande, pero hay cuatro filas de bancos de madera y, al fondo, distingue un altar en el que alguien ha dejado un mantel blanco. En la pared, el lugar habitual de los retablos, hay un mural religioso, pero la pintura está tan cuarteada que es difícil distinguir lo que representa.

Melanie intenta no pensar en ello, pero las palabras del diario de la chica que ahora creen que podría ser Helane Lanau le vienen a la mente: «Hoy he vuelto tarde a casa. Sé que tenemos una norma y que existe por un motivo, igual que todas las demás, pero se me ha ido el santo al cielo porque nos hemos quedado hablando un buen rato junto a la ermita de San Marcos, contemplando esa muralla que a veces siento que es real y no me deja escapar de este pueblo».

Desde que Cristian la mencionó, Melanie ha leído el diario una y otra vez sin encontrar nada más que una historia de amor adolescente. Una historia que no tiene final, porque en el momento en que Helane iba a escapar con su amado, dejó de escribir. O alguien arrancó las páginas. Si lo que Cristian contó es verdad, serían sus hermanas después de matar al chico.

Melanie nunca se ha enamorado, y cuando sus abuelas le leían la fortuna, siempre le decían que esa parte de su futuro estaba... difuminada. Esa era la palabra que empleaban siempre, como si el romance de su vida no tuviera forma ni sentido, como si lo hubieran dibujado con carboncillo y alguien hubiera arrastrado el brazo por encima sin querer. Teniendo en cuenta las experiencias que han vivido sus hermanas en ese terreno, casi prefiere que sea así. No es que sus abuelas les prohibieran enamorarse o salir por ahí, pero Melanie notaba la tensión cada vez que Emma mencionaba a alguno de sus caprichos. Como si tuvieran miedo de verdad. Un miedo que va más allá de la preocupación de cualquier figura paterna por ver a sus hijos hacerse mayores.

Se acerca más al altar y se sienta en primera fila. Toda su vida ha deseado que lo sobrenatural existiera; siempre ha creído lo que sus abuelas decían, ha confiado en que ella era especial, que las Lanau tenían algo que los demás no. Pero todas esas veces ha acabado decepcionada o, peor, metida en problemas. Así que hacía tiempo que había dejado de soñar en la vida real para proyectar sus deseos en el papel. Rebusca en su bolso y saca una libreta y un bolígrafo. Si Emma está concentrada en sus poderes y Victoria desquiciada por dar con la respuesta adecuada, ella puede centrarse en sus cosas. Escribir, por ejemplo.

Conocer a Cristian el día anterior le recordó el tema de su novela y el hecho de que, desde que murió la abuela, no ha escrito ni una sola línea. Suspira y lee lo último que escribió.

—«Esa mañana, la nieve dormía en la ventana —recita—, y no podía evitar pensar que significaba el comienzo de algo nuevo. El baile de la noche anterior la había dejado agotada, y ahora sentía que el invierno estaba siendo especialmente cruel con sus extremidades, que crujían como viejos muebles con cada movimiento que hacía. Apenas tenía veinte años y...».

Melanie oye un golpeteo que interrumpe su narración. Es un sonido suave, pero la invita a levantar la cabeza. No ve nada, así que recoge la libreta y persigue el sonido que llega desde detrás del altar con curiosidad.

Clic.

Clic.

Melanie apoya la mano sobre la tela blanca del altar y el corazón se le acelera cuando echa un vistazo más allá.

Es un pajarillo que anda picoteando el suelo. El primer animal que ve desde que llegaron a Finestres.

—Vaya susto, pequeñín...

Se agacha junto al animal y este da unos saltitos hacia atrás, alejándose de ella, pero no deja de picotear entre las piedras, como si buscara algo. Melanie extiende el dedo y el animalillo ladea la cabeza, el pico entreabierto.

—No tengo nada para ti, chiquitín.

—¿Tienes permiso para estar aquí?

Melanie da un bote del susto y se pega con la cabeza en una de las esquinas del altar. El dolor le recorre la frente y le llega hasta el ojo, como si alguien le hubiera partido el cráneo en dos.

—Pe... perdón —balbucea, pero no es capaz de decir nada más.

El dolor le nubla la vista y provoca que el chico que tiene delante parezca algo borroso, un caminante de una niebla que solo ella puede ver. Es un chico rubio que lleva un cuaderno parecido al suyo debajo del brazo y que la mira con un par de ojos claros entrecerrados. Bosteza y la observa con curiosidad.

—Oye, ni que hubieras visto un fantasma.

—Es que... —Melanie intenta que no se le note el susto que se ha llevado, pero el dolor punzante no lo pone nada fácil—. No te he oído al entrar.

—No pasa nada. —Él señala a su espalda—. Me estaba echando una siestecita ahí atrás. Si se enteran, me caerá una bronca, así que mejor guárdame el secreto y yo no diré que estabas cotilleando por aquí.

—Pe... perdón —repite ella, y se siente tonta.

Tonta porque no estaba haciendo nada fuera de lo común, y tonta por no ser capaz de expresarse como una persona normal.

—¡Soy Lucas, por cierto! —El chico extiende la mano, pero Melanie no se mueve ni un centímetro. Todo está sucediendo demasiado rápido y, aun así, es como si él se moviera demasiado lento—. ¿Eres de aquí? No te había visto nunca.

—Soy... Yo soy Melanie. Es que acabo de llegar al pueblo con mis hermanas.

—¿Y escribes? —pregunta—. He visto la libreta.

Eso quiere decir que la lleva observando un buen rato, porque el cuaderno ya descansa dentro de su bolso.

—Solo quería un poco de inspiración.

—Pues este es el mejor sitio de todo el pueblo —sonríe él. El pelo rubio se le abre como un libro sobre la frente y da saltos cada vez que se mueve. Ahora que ya está más despierto, Melanie se fija en que tiene los ojos casi grises, como los suyos, pero algo más fríos; como un día nublado—. ¡Aunque de noche es mucho mejor!

—Creo que me daría un poco de miedo venir aquí de noche —admite Melanie. Si los cementerios no le gustan, las iglesias tampoco.

—No hay ni osos ni lobos por aquí —dice él—. Aunque una vez me pareció ver un tigre.

—No creo que fuera un tigre...

—Pues era de color naranja y con rayas —replica él.

De nuevo, Melanie no sabe qué responder. No le hace falta indagar mucho más para darse cuenta de que Lucas es un chico bastante extraño, con cierta inocencia rara de la que ningún adulto debería alardear, y no sabe si quiere estar a solas con él. Pero como ella no le dice nada, él parece perder el interés en la conversación. Le dedica un saludo militar al altar y echa a andar hacia la salida. Sus pasos resuenan en la ermita vacía.

Melanie recuerda entonces al pajarillo que la ha llevado hasta allí, pero se da cuenta de que ha desaparecido. No lo ha visto salir volando.

Ahora que Lucas no está, la ermita parece extrañamente silenciosa. Melanie respira hondo para comprobar que no se ha quedado sorda. También le sirve para cargarse de energía y salir de allí.

Afuera se encuentra a Lucas apoyado en la pared, esperándola. Cuando se detiene delante de él, el chico le hace un gesto con la cabeza y Melanie, con el estómago lleno de dudas, vuelve a seguirlo.

Rodean la ermita y en ese momento se da cuenta de que cuando Nil dijo que las vistas eran buenas tenía razón: la construcción se sitúa en la parte más alta del pueblo y, apenas unos metros más allá, la montaña se corta en una ladera empinada que prefiere no mirar demasiado. Un tropezón y sería fácil despeñarse. Por suerte, hay otra cosa que le llama mucho más la atención.

—Pero...

Melanie se pellizca el brazo para convencerse de que lo que está viendo es real. El valle se abre delante de ella y lo hace con unas formaciones rocosas verticales que parecen una muralla construida por el ser humano. Solo que no es así. El paso del tiempo y la erosión natural han esculpido un muro que parece proteger al pueblo de algo invisible. Las columnas de roca se extienden más allá de la montaña y crecen hacia el cielo, como si quisieran escapar de los árboles que intentan trepar por ellas. «Así que a esto se refería Helane en su diario. La muralla».

—¿A que es bonito?

Lucas se ha sentado sobre una roca y ha abierto el cuaderno que llevaba en los brazos. Melanie se da cuenta en ese momento de que es un bloc de bocetos. No quiere ser indiscreta, pero lo ve pasar las páginas y se le acelera el corazón cuando distingue retratos, detalles de manos, labios, brazos, pechos; la ermita que hay a su espalda, el valle que tienen delante y la muralla a sus pies.

—¿Eres artista? —Se sienta cerca de él, pero dejando una distancia de seguridad entre los dos.

—Me gusta dibujar en mi tiempo libre. —Se encoge de hombros—. Pero mi padre lo odia. Y a mi madre no le gusta llevarle la contraria.

Melanie no dice nada, solo apoya el mentón sobre las rodillas y cierra los ojos, escuchando el sonido del lápiz acariciar el papel.

La asalta un recuerdo vívido. Es pequeña y Emma le ha regalado una cajita de pinturas de colores. Su hermana es la artista de las tres. Le intenta enseñar a una Melanie de apenas cinco años cómo dibujar un pez y ella es incapaz de seguir sus indicaciones. Luego hay lloros y al final Emma, que siempre huele a flores, la abraza por detrás, la coge de la manita y dibuja con ella.

Se sorprende al acordarse de eso, pues muchos de sus recuerdos de infancia ya empiezan a estar borrosos por el paso del tiempo, y también por la distancia con sus hermanas. A lo mejor, volver a estar juntas los está despertando otra vez. Tal vez a eso se refería la abuela siempre que insistía en que tenían que conectar.

«Lena, por favor...».

Tarda un segundo en comprender que esa voz no ha salido de Lucas.

«No pueden soportar que estemos enamorados, ni ella tampoco».

Y otro segundo en darse cuenta de que está sonando dentro de su cabeza. Igual que en el desván, las voces que no conoce la atraviesan como dardos.

«No aceptan nuestros sentimientos».

«¿Qué... has hecho?».

—¡CUIDADO!

La voz que ha sonado es distinta, pero Melanie no tiene tiempo de entender por qué. Como si no fuera dueña de sus movimientos, se ha levantado y ahora camina sobre el vacío.

Y cae.

Cae hasta que algo tira de su brazo con fuerza.

Por fin, consigue volver en sí y suelta un chillido al darse cuenta de que está colgando del precipicio, y que lo único que evita su caída es la ayuda de Lucas, que la agarra del brazo izquierdo con ambas manos.

Melanie busca algún resquicio sobre el que apoyar los pies y consigue estabilizarse en una rama gruesa que, por suerte, no se parte cuando hace fuerza para impulsarse hacia arriba. Aun así, le tiemblan las manos y está a punto de caer otra vez cuando extiende el brazo derecho hacia arriba con la intención de aferrarse a Lucas. Si él no hubiera estado allí, Melanie se habría precipitado al vacío.

Sin embargo, todavía no está a salvo. Trata de impulsarse, pero cuando apoya el pie en el hueco de la pared, se resbala y varias piedrecitas caen hacia abajo.

«No puedo morir aquí», se dice. «Así no».

«Tengo que volver con ellas...».

Con sus hermanas.

—Melanie, ¡vamos!

Los ojos de tormenta de Lucas la atrapan como si fueran un par de imanes. Melanie asiente, entre gimoteos, y tras un minuto agónico en el que los pies le bailan sobre todos los salientes posibles, su barriga toca tierra firme otra vez. Nunca se había alegrado tanto de sentir el suelo con las manos.

A su lado, Lucas respira con dificultad.

—¡Dios mío, Melanie!

—Me dan miedo las alturas —responde con la mirada fija en el precipicio.

Sabe que Lucas está a su lado, pero no siente que se encuentren en el mismo lugar. Ella está lejos, perdida en las voces y en los recuerdos que no son suyos.

Da un paso hacia atrás y parpadea varias veces. Eso parece funcionar.

Mira a Lucas y el chico ladea la cabeza.

—¿Has dicho algo? —pregunta ella.

—Decía que, para tener miedo a las alturas, te has acercado demasiado al borde.

Quiere responder algo con sentido, pero las palabras se le quedan atrapadas en la boca. Lucas le acaba de salvar la vida. Ese completo desconocido, del que no se fiaba del todo, ha evitado que muera.

—Gra... gracias —dice al fin.

Lucas no responde, se queda ahí tirado, con los ojos cerrados y acompasando su respiración al suave viento que le alborota el pelo. Melanie lo observa sin miedo a que él se dé cuenta. Admira la línea de su mandíbula, marcada, en contraste con esos labios suaves y delicados. Tiene las pestañas largas, como las patas de una mariposa que hubiera decidido descansar sobre sus mejillas.

No puede evitar comparar su ropa negra y gastada con la que lleva él: pantalones y cazadora vaquera y zapatillas blancas. Podría ser un cantante pop, una versión todavía más guapa de Joey de los New Kids on the Block. Recuerda que Victoria tenía un póster suyo escondido en el armario.

Y entonces, en mitad del recuerdo amable, siente las manos sudorosas y el estómago revuelto.

El cuaderno de dibujos ha quedado abandonado. Melanie acaricia el anillo que lleva en el dedo.

Ha vuelto a pasar.

Todo estaba oscuro y ha vuelto a oír las voces.

Tiene que regresar junto a sus hermanas. Quiere contarles todo. Cómo su mente ha dejado de estar ahí y se ha sumergido en un estado inconsciente sobre el que no ha tenido control.

—Casi he muerto —dice entonces—. Podría haber muerto.

Lucas abre un ojo y la mira un segundo antes de incorporarse.

—¿Te encuentras bien?

No.

No está bien.

Acaba de procesar todo lo que ha pasado.

Hay algo en esa ermita que le pone los pelos de punta.

Quiere marcharse cuanto antes.

Por eso hace ademán de ir a levantarse, pero la mano de Lucas en su brazo la detiene.

—¿Quieres que te acompañe a casa?

—No... Gracias. —El chico se aparta, puede que consciente de que acaba de tomarse demasiadas confianzas con ella, así que Melanie intenta tranquilizarlo—: Creo que solo necesito descansar...

Lucas asiente y le dedica una sonrisa amable.

—Espero que nos volvamos a ver, Melanie.

—Yo... —duda. Todavía no sabe lo que Victoria y Emma quieren hacer—. Claro, ¿irás a la Noche de las Ánimas?

La sonrisa de Lucas se ensancha.

—¡Por supuesto! Estará oscuro, así que ten cuidado dónde pones los pies, Melanie Lanau.

Melanie se despide y regresa por el camino a toda velocidad.

Solo cuando ya se encuentra en el sendero de tierra, se da cuenta de que todavía no le había dicho su apellido a Lucas.

CAPÍTULO 12

Emma

Emma se despierta temprano, cuando la luz anaranjada del amanecer entra por la ventana. Se despereza y remolonea entre las capas y capas de mantas que acumuló el primer día nada más llegar. Esa casa es fría y ella no lo lleva nada bien. La ropa que viste le queda un poco pequeña. Está claro que las mujeres que vivieron en esa casa no tenían sus pechos ni unas caderas como las suyas. Son esas mismas caderas las que ahora mueve un poco, mientras se busca entre las sábanas.

Cierra los ojos y, como siempre, trata de imaginarse el cuerpo de alguien. En esta ocasión es un torso con músculos, de piel tostada y brazos fuertes. Sonríe. A veces, basta solo con eso, pero en esta ocasión, un rostro aparece sobre ella. Tiene los ojos verdes y la mandíbula marcada, que ella recorre con los dedos.

—Podría cortarme con ella y todo…

En general, los diálogos de sus fantasías son bastante cutres, pero cumplen con su cometido, porque el calor le crece en el pecho y le sube a las mejillas. Que Cristian sea el hombre que la besa por el cuello y la acaricia seguro que ayuda.

Tiene que admitirlo, cuando lo vio con ese jersey de pico y el aura de intelectual, no pudo resistirse. Así que se deja llevar y se imagina al escritor besándola en los labios y susurrándole palabras al oído. Palabras que no distingue, pero sabe que le gustan. Tiene una voz grave que la hace vibrar hasta que siente cierta humedad en los dedos.

—¿Te gustan las flores?

—Me interesan más los taxis.

«¿Qué?».

Emma intenta abrir los ojos, pero una onda de placer la detiene. La cara de Cristian ha cambiado y en su lugar hay una sonrisa pícara, una mirada marrón que parece reírse de algún chiste que ella ni siquiera ha entendido.

«No. No».

La humedad se ha extendido por su espalda.

—¡Emma!

Emma alza los brazos como si fuera una criminal a la que acaban de pillar en mitad de un atraco, pero la imagen de Nil sigue allí. Sigue devorándola, sigue fundiéndose con ella y, en el fondo, no quiere que desaparezca. Todo está muy mojado.

—¡Emma!

—¡Despierta!

Emma suelta un quejido y se incorpora sobre la cama. Las mantas la cubren y pesan el doble que antes. Tiene el pelo mojado, las manos empapadas y la ropa pegada al cuerpo. Delante de ella y con el pelo chorreando, Melanie y Victoria hacen aspavientos con los brazos.

—¡Haz que pare!

Lo primero que piensa es que, aunque no entienda nada, debe hacer caso a lo que le están pidiendo sus hermanas. Lo segundo es que no tiene ni la menor idea de cómo hacerlo. Es como si una tormenta tropical se hubiera colado en el dormitorio y quisiera darles un hogar a las ranas que decoran las paredes. Llueve sobre la cama, llueve sobre los muebles y llueve sobre Victoria y Melanie.

—¡Rápido!

Emma se pone de rodillas sobre el colchón y salta al suelo; contiene un quejido cuando pisa un charco. Igual que hizo en el salón, extiende los brazos y busca ese algo en su interior. «Venga, vamos…», murmura para sí misma a la vez que Victoria sigue gritando incoherencias y Melanie se cubre la cabeza con un cojín.

La lluvia para por fin.

Emma baja los brazos y coge aire.

—Os prometo que no sé cómo ha pasado esto.

Le entra la risa ante la expresión atónita de Victoria, que está muy graciosa toda empapada y con el pelo rubio pegado a la cabeza.

—Hemos oído como si algo se rompiera —dice su hermana—, y al entrar en la habitación, parecía que aquí había un monzón. ¿Qué estabas haciendo?

No piensa decirle a Victoria lo que estaba haciendo o en quién estaba pensando.

—Estaba dormida —miente—. ¿Recuerdas que las abuelas decían que si juegas con fuego te harás pis en la cama? A lo mejor esto tiene algo que ver...

Melanie se ríe, pero su hermana mayor coloca los brazos en jarras y frunce el ceño.

—¿Cómo vamos a arreglar esto?

—Al menos las ranitas de la pared estarán contentas con este nuevo clima —bromea Emma.

Y, por suerte, el timbre suena antes de que Victoria pueda echarle la bronca. Solo espera que no sean ni Cristian ni Nil, porque a lo mejor esta vez incendia la casa sin querer.

La persona que ha llamado a la puerta es Claudia. Justo detrás de ella está Nil, que sonríe como si supiera lo que ha pasado en los sueños de Emma minutos antes.

—¿Os habéis aficionado a las duchas frías? —pregunta alegremente.

Emma se aparta el pelo mojado de la frente, que ahora tiene la misma textura que un alga.

—A ver si hay suerte y también nos aficionamos a tus bromitas.

Nil ladea la cabeza y se aguanta la risa.

—Al final todo el mundo se acostumbra.

—No es cierto. —Claudia mira a su hermano con el ceño fruncido—. Es imposible acostumbrarse a la poca gracia que tienes.

Ahora es Emma la que se ríe muy alto, pero a Nil no le da tiempo a replicar porque Victoria hace crujir la puerta de entrada.

—¿Necesitáis algo?

Puede que esos dos no se hayan dado cuenta, pero Victoria (que de normal es bastante seca), ahora lo está siendo todavía más. Sabe que Nil le cayó bien, pero Claudia es otro cantar. Hasta a Emma le causó una mala impresión horrible.

—Venimos a echaros una mano —dice Nil—. Esta mañana han llegado las cosas para el gran evento.

Cuando dice «gran evento» lo hace con una sonrisa boba que provoca que Emma no pueda evitar responder con interés fingido:

—¿Y en ese evento os reunís en la plaza y hacéis un ritual para maldecir a los forasteros? —No ignora la leve arruga que se le ha formado a Claudia entre las cejas—. Porque, si es así, creo que no podremos participar.

—Eso sería bastante divertido, pero —Nil estira el brazo y señala las cestas de ratán que tiene a los pies y en las que Emma no se había fijado— en realidad solo vaciamos calabazas, les ponemos velas dentro y luego vamos a la ermita todos juntos. Y si quieres rezar, rezas.

—¿Calabazas? ¿Como en Halloween?

Emma no recuerda muchas cosas de la época en Los Ángeles, pero con Halloween es diferente, porque fue una de las pocas actividades divertidas que su padre les dejó hacer antes de que su madre muriera. Era muy pequeña y los recuerdos ya no son cien por cien nítidos, pero el olor de la calabaza cuando la vaciaron en la cocina y también el sabor de los dulces que su madre, Victoria y ella consiguieron durante la noche permanecen intactos. Lo celebraron una vez, pero sin duda fue algo memorable, porque siente que todavía puede masticar el azúcar. Se escondió algunas chocolatinas y las usó de almuerzo durante días.

—¿Halloween? —repite Claudia, confusa.

—Sí. Vacías las calabazas, les pones una vela dentro, te disfrazas y sales por ahí a pedir caramelos —explica—. *Trick or treat!*

Con cada palabra que sale de su boca, los dos hermanos están más perdidos.

Victoria la aparta a un lado y suelta una tosecilla.

—En Estados Unidos hacían algo parecido.

—Pues aquí no hay chucherías ni nos disfrazamos, aunque sería bastante más divertido… —suspira Nil, pero cuando ve que su hermana le lanza una mirada acusatoria, se corrige—: ¡La tradición es igual de importante!

—En fin, ¿queréis vaciar esto o no? —pregunta Claudia.

Y aunque parece que ella es la que menos quiere hacerlo, Victoria y Emma asienten con la cabeza.

—Pasad.

Les hace un gesto para que entren y observa cómo la chica ayuda a Nil con la silla para subir los dos pequeños escalones que los separan y luego carga con las cestas de ratán. A pesar de haber salido de casa solo para visitarlas, lleva un modelito que la hace parecer una muñeca, una barbie de pelo castaño.

Justo cuando entran al recibidor. Melanie baja por las escaleras. Se ha cambiado de ropa, pero sigue llevando el pelo empapado. El día anterior regresó alterada y en mitad de un ataque de nervios porque, según ella, había sucedido algo descomunal. Al final, todo había sido un tropezón con un susto. Victoria sugirió ir juntas al día siguiente a la ermita, por si podían averiguar algo más, pero dado que Emma ha hecho llover en su habitación y que esos dos han decidido visitarlas, su investigación tendrá que esperar un poco más.

—He echado unas viejas mantas al suelo, pero… —Se detiene—. ¿Tenemos visita?

—Nil y Claudia quieren vaciar calabazas —explica Emma—, ¿te apuntas?

Al final acaban en el salón. Ellas se sientan en el viejo sofá pistacho y Claudia se dedica a cotillear la salita mientras Nil saca todas las cosas que han llevado.

Pronto tiene una calabaza en el regazo y un cuchillo con forma rara en la mano. No recuerda que la otra vez le dejaran usarlo, solo se quedó mirando cómo su madre y Victoria hacían el trabajo duro.

La situación es tan incómoda como esperaba. Melanie no para de mirar de reojo a Claudia, que, a su vez, no se corta en dedicarle gestos secos. Victoria parece muy ensimismada en su tarea y Nil tiene pinta de idiota con la lengua a un lado en un gesto de concentración. De golpe, la fantasía que ha tenido hace un rato vuelve y siente algo en el estómago cuando él levanta la mirada. Tiene los ojos afilados y brillantes, de un marrón chocolate que no esconde esa intención de soltar la siguiente broma tonta. Sus pestañas son espesas y oscuras como el pelo, que lleva alborotado, como si no le prestara mucha atención a su aspecto. O como si supiera que no necesita mucho mantenimiento para resultar atractivo a la vista.

—¿Vino Cristian a interesarse por la casa? —pregunta Nil.

Emma sale de su ensimismamiento y asiente con la cabeza.

—Sí, y gracias a él nos hemos enterado de los rumores siniestros que la rodean.

—¡Au! —Claudia hace un gesto brusco y una gota de sangre cae sobre la calabaza—. Mierda.

—¿Estás bien? —Melanie deja a un lado su calabaza y se acerca a la chica, pero Claudia se aparta y frunce el ceño.

—Estoy bien, es solo un corte tonto. —Se mete el dedo en la boca—. Cristian es muy pesado con todo ese tema. Ya te dije que no le contaras que la casa tenía invitadas, Nil.

—No somos invitadas —replica Victoria—. Es nuestra casa.

—Lo mismo da. —Claudia apuñala su calabaza y hace un círculo para simular un ojo—. No vais a aguantar mucho, os lo aseguro.

—¿Y eso por qué?

—Porque esta casa es vieja, no tiene agua corriente y vosotras sois chicas de ciudad.

Otra vez con lo de «chicas de ciudad». Emma observa a Claudia con detenimiento y decide guardarse todo lo que se le está pasando por la cabeza. Que ella parece una niñata insoportable que no sabe que los demás también pueden tener problemas. O que ellas no tienen la culpa de que viva en el lugar más aburrido del planeta (y el más maldito, quizá). En su lugar, vuelve a concentrarse en su calabaza. Ha decidido hacer una flor y no está saliendo como esperaba. Solía ser la más creativa de las tres, pero o eso de las calabazas se le da fatal o es que ha perdido mucha práctica. Da mucha pena, sobre todo si la comparas con las marcas meticulosas y perfectas que ha hecho Victoria o el dibujo tan original de Melanie, que se ha arriesgado con una especie de pájaro deforme pero gracioso. Lo único que la consuela un poco es ver que Nil lo hace mucho peor que ella.

—¿Por qué tu calabaza tiene ojos de distinto tamaño? —le pregunta con maldad.

—Mmm... —Nil da unos toquecitos con el cuchillo al hueco en el que supuestamente está la boca—. ¿No te gusta? Creo que se parece un poco a mí. Solo tengo que hacerle los labios un poco más gruesos y... —El corte de la boca se une demasiado al de la nariz y se forma un boquete—. ¡Mierda!

Emma se ríe, pero se arrepiente al instante, porque la cara de Nil se ilumina con una satisfacción de lo más impertinente.

—¿Qué te pasa? —gruñe.

—Nada, que yo tenía razón con lo de que al final todo el mundo se acostumbra a lo divertido que soy.

Emma sabe que Nil quiere que la conversación se alargue, pero decide no seguirle el rollo y continúa con el trabajo. En ningún escenario, tontear con un tío es algo que haga delante de sus hermanas. No. Hasta ella tiene un límite.

Al final echan todo el mediodía y las primeras horas de la tarde en acabar. Resulta que Claudia ha llevado unos cuantos bollos y algo de embutido para comer. Emma rechaza el chorizo, pero no le hace ascos a un tomate fresco que Nil le ofrece. Es octubre, así que pronto se hace de noche. Emma mira por la ventana y suspira. Queda solo un día para la maldita Noche de los Muertos. Nunca ha tenido miedo a las sorpresas, pero después de haber hecho que llueva en su dormitorio, teme lo que pueda pasar.

«En la Noche de los Muertos, cuando la luna se alce con su brillo más frío, la niebla cubra cada rincón y las hermanas Lanau vuelvan a estar juntas, el conjuro original se empezará a debilitar».

Si ni siquiera saben lo que significa.

«Ahora os toca a vosotras dar la cara por los errores del pasado».

«¿Qué errores serán esos?», piensa.

—Mañana podéis poner las calabazas en la puerta —está diciendo Nil—. Claudia y yo tenemos que regresar ya, pero podemos quedar también mañana para subir juntos a la ermita.

—¿Es que queréis ser nuestros amigos?

—Es que el resto de los habitantes del pueblo o son ancianos o no levantan medio metro del suelo —bufa Claudia—. ¿Vais a venir o no?

Y le sorprende que no parezca que la única respuesta que la haría feliz sería «no».

—Lo pensaremos —responde Victoria.

—Gracias por pasar el tiempo con nosotras —añade Melanie.

Ha estado bastante callada y lo dice tan bajo que Emma duda que alguien la haya oído aparte de ella, que está a su lado.

Los dos hermanos se marchan y se quedan otra vez solas, en el porche de la casa, con las tres calabazas a sus pies.

—¿Iremos? —pregunta Emma.

—¿Por qué no? —Victoria hace un gesto y regresan al salón—. Seguro que, si hacemos buenas migas con la gente del pueblo, nos ayudan a salir de aquí.

Emma no puede creer lo que oye.

—Victoria, ¿cuánto tiempo piensas seguir actuando como si todo lo que está pasando no fuera una locura?

Su hermana mayor se sienta en el sofá y enciende un cigarrillo. La mira con el ceño algo fruncido y suelta el humo, que enrarece el ambiente.

—Porque es una locura, Emma. Todo eso de los poderes y de...

—La carta decía que hay una maldición y que solo nosotras la podemos romper —la corta Melanie. Emma no recuerda haberla visto interrumpir a nadie en su vida—. Hasta ahora, todas las advertencias se han cumplido. No dejan de suceder cosas raras y Nil nos acaba de invitar al evento que, supuestamente, va a hacer que todo cambie.

Victoria se lleva las manos a la cabeza y suspira.

—Así que vamos a creer lo que dice una carta que no sabemos quién ha escrito.

—Todas sabemos que la escribió Helane Lanau —insiste Melanie.

—Uno: no lo sabemos. Dos: ni siquiera conocemos a esa mujer.

Emma observa a sus hermanas en silencio. Llegadas a ese punto, la postura de Victoria es absurda, pero la obsesión de Melanie por intentar resolver el misterio del pueblo tampoco la tranquiliza.

—Chicas, creo que estamos perdiendo el norte —dice Emma—. Y alucino con que sea yo quien diga esto, pero ¿recordáis que nuestro objetivo es marcharnos del pueblo? No es desentrañar misterios centenarios. Da igual si esos misterios se pueden explicar o no.

—Es que, según la información que tenemos, debemos desentrañar esos misterios para poder escapar. —La voz de Melanie se rompe en un sollozo suave—. ¿Por qué no lo entendéis?

Lo que Emma entiende es que hay algo que Melanie no les está contando. Quizás, el hecho de que fuera la que estaba más unida a las abuelas tenga algo que ver con el papel que está desempeñando en todo eso. O puede que no, puede que haya algo más. Así que se acerca a su hermana y le pasa el brazo por el hombro.

—Mel, ¿estás bien?

Su hermana pequeña se derrumba y las lágrimas le caen por las mejillas.

—¡No! Claro que no estoy bien. —Parece una niña pequeña cuando se queda de rodillas sobre la alfombra y se limpia la nariz—. Llevo toda la vida queriendo que me sucediera algo especial, creyéndome lo que las abuelas nos contaban para hacernos sentir mejor. Y, de repente, todo se vuelve realidad de la manera más absurda. Y yo... Yo sigo siendo la loca de siempre que oye voces que otros no. Y encima, encima... —Se cubre la cara con las manos—. Echo muchísimo de menos a la abuela María.

—Mel...

No sabe qué decir, nunca se le ha dado bien consolar a los demás (ni a ella misma, para qué mentirse), así que se pone de rodillas y le aprieta el hombro con más fuerza.

Está tan concentrada en su hermana pequeña que no se da cuenta de que Victoria se levanta del sofá, apaga el cigarrillo y se agacha al lado de Melanie.

—¿Qué crees que va a pasar si descubres quién era esa tal Helane Lanau?

Melanie lloriquea y niega con la cabeza.

—Que podremos marcharnos de aquí.

—No me mientas, que nos conocemos bien.

Claro que se conocen bien. Emma ha visto a Melanie llorar cientos de veces. Lo que pasa es que nunca tuvo la responsabilidad de ocuparse de sus problemas. Las abuelas siempre estaban allí. Allí para lidiar con el carácter de Victoria, allí para soportar los berrinches de Emma y allí para consolar a Melanie.

—La echo de menos, chicas —susurra por fin—. Echo de menos a la abuela. Vosotras tenéis una vida interesante, pero yo no he salido jamás del apartamento en Zaragoza. Crecí con ellas y cuando os marchasteis fueron las que se hicieron cargo de mí. Mi concepto de noche divertida es ir al videoclub y alquilar el último éxito de terror. ¿Qué voy a hacer ahora? La abuela María era la única amiga que me quedaba. Ella era mi vida —se lamenta, entre hipidos—. Dios, qué penosa soy.

Emma le pone la mano en la cabeza a su hermana.

—¿Una vida interesante? Fui tan tonta de irme de casa sin acabar el instituto, a pesar de que las abuelas me dijeron que estaba cometiendo un error. Me casé con el primer imbécil que se me cruzó en el camino y le dediqué cada segundo de mi vida, rompiendo amistades y fastidiando mi futuro. ¿O es que se te ha olvidado?

—Yo quiero dejar de fumar y no puedo. —Victoria hace una pausa antes de continuar—: Y nadie me ha ofrecido un ascenso en el trabajo, más bien me quieren echar porque últimamente soy un desastre.

Emma abre la boca al oír la confesión de Victoria.

—¡¿Te quieren echar?!

—Quieren que yo decida marcharme —dice su hermana—. No he conseguido contactar con mi jefe desde que llegamos aquí, así que seguro que se lo toma como una señal.

Melanie se limpia las lágrimas y apoya la cabeza en el pecho de Victoria.

—No me creo que nos hayan dejado solas —dice en voz baja.

Emma siente un escozor en la garganta que conoce muy bien. Es el llanto peleando por salir. Durante todo el tiempo que ha pasado escapando, intentaba no pensar en las abuelas ni en las manos arrugadas que le preparaban el almuerzo cada día, sin queja alguna. Los bocadillos de chocolate de la abuela Valentina. Las noches de miércoles con la abuela Luz, que siempre las dejaba quedarse despiertas hasta tarde, cotilleando las revistas adolescentes que solo le compraban una vez al mes. Aquella ocasión en que la abuela María consiguió quitarle un chicle del pelo sin que se quedara calva.

—Es que no nos han dejado solas. —Abraza a Melanie y le dedica una mirada de complicidad a Victoria—. Las muy puñeteras nos han enviado aquí para que estemos juntas, estoy segura.

Melanie suelta una risa suave.

—Es algo que ellas harían, sí.

Se impone un largo silencio. Victoria no dice nada, pero le acaricia el brazo a Melanie y, de vez en cuando, le dedica media sonrisa a Emma.

—¿Y si nos quedamos en casa mañana? Si todo esto es real, deberíamos hacer caso a las advertencias.

—Pero ¿y si lo de la carta es cierto? ¿Y si solo nosotras podemos romper esa maldición, sea la que sea? —Melanie se incorpora y se frota los ojos enrojecidos—. A lo mejor la maldición es lo que nos impide salir de Finestres. Creo que la ermita es importante, y si todo el mundo se reúne allí, puede que averigüemos algo, por muy siniestro que sea el lugar.

—Estoy harta de misterios... —murmura Emma—. No tenemos ninguna pista de la que tirar.

—¿Y lo de que las cartas nos ayudarían a tomar las decisiones correctas? Quizá deberíamos preguntarles primero.

—Ya nos salieron tres, ¿no? Y todavía no sabemos qué significan.

Emma las recuerda perfectamente.

La muerte.

Los enamorados.

La justicia.

—Tienes razón —dice Melanie, mientras se lleva la mano al pecho—. Pero... tal vez no se refiera a estas cartas.

Emma y Victoria se miran.

Las cartas que desaparecieron dentro de ellas.

Las que han provocado toda esa serie de situaciones surrealistas.

—¿Crees que esa persona se refería a usar los poderes?

Melanie suspira. Parece que se ha calmado un poco.

Se toca un mechón del flequillo oscuro antes de hablar.

—Oír esas voces da miedo. El otro día sentí un dolor horrible en el pecho. Me encantaría disfrutar de esto, pero...

—Chicas —Emma interrumpe a Melanie con un gesto de mano—, ¿es que voy a tener que convertirme en la voz de la cordura? Sí, todo esto da muy mal rollo y soy la primera que desearía despertar mañana y estar en Barcelona en la playa. Pero creo que las posibilidades de que esto sea un sueño se han reducido considerablemente. Tenemos que estar preparadas para que algo malo suceda. Y entre enfrentarme a algo que no entiendo con estos poderes o sin ellos, me quedo con ellos.

—Pero...

—Esas voces tienen que significar algo, así que mañana vamos a ir a esa ermita y vamos a averiguar de una vez por todas qué tiene que ver Helane Lanau con nosotras y cómo narices podemos volver a casa, ¿vale?

Melanie asiente en silencio.

—¿Quién te ha dicho que puedes darnos órdenes? —pregunta Victoria, cruzándose de brazos—. Pero tienes razón. Estamos juntas en esta locura. Las tres.

Más allá de la ventana y sin que se den cuenta, la niebla empieza a cubrir cada rincón de Finestres.

CAPÍTULO 13

Melanie

Al atardecer del 31 de octubre, las tres hermanas salen de la casa.

Melanie vuelve a llevar el abrigo que usó en el funeral de la abuela María y se siente como si hubiera retrocedido en el tiempo. Después de derrumbarse delante de sus hermanas, se siente más liviana. El dolor y la inquietud siguen ahí, pero ya no pesan tanto. El tiempo no acompaña ni ayuda, porque, aunque no llueve, la niebla lo cubre todo y da pinceladas en forma de gotas sobre las hojas de los árboles.

—Hace un frío tremendo —protesta Emma, que ha tenido que cubrirse con una chaqueta de lana que ha encontrado por ahí. Desde luego, si los armarios hubieran estado vacíos, se habrían topado con un problema añadido.

—Y hará más cuando empiece a nevar...

—Espero que, para entonces, ya hayamos conseguido acabar con este asunto.

Cuando llegan a la entrada del pueblo el ambiente es muy distinto a lo que han vivido hasta ahora. Ha empezado a oscurecer y los vecinos ya han colocado calabazas a la entrada de sus casas; algunas con las puertas abiertas, otras con gente delante que charla animadamente. Melanie no reconoce sus caras, pero todos los ojos se posan en ellas cuando pasan por delante. Como dijo la albacea, puede contar una docena de personas y otras treinta en la plaza. Son sobre todo ancianos que, sentados bajo el árbol, contemplan a los más pequeños, que parecen inquietos y emocionados por lo que va a pasar.

—Me siento observada —murmura Emma.

—Con lo poco que te gusta a ti llamar la atención...

Melanie observa el pique de sus hermanas mayores con media sonrisa. Puede que sigan lanzándose dardos envenenados como antes, pero ahora siente que, al menos, hay algo de juego en sus palabras. Que están juntas en esa historia y en lo que esté por venir.

Oye una fuerte carcajada y reconoce a Lucas, sentado un poco más lejos junto a un hombre, una mujer y una anciana que parece a punto de quedarse dormida.

Melanie lo saluda con la mano y un «hola, ¿qué tal?» que él responde con un gesto de cabeza y un movimiento de boca que no logra descifrar. Quiere acercarse, pero se da cuenta de que no sería bienvenida. Los que seguramente sean los padres de Lucas la miran como si estuviera cubierta de moscas.

—Creo que ahí está Nil. —Emma tira de ella y Melanie no tiene ni siquiera tiempo para despedirse del chico—. ¿Qué lleva en la cabeza?

Melanie sabe perfectamente, por el tono de voz de su hermana, que es una pregunta retórica y solo quiere que presten atención a cierto detalle. Ese detalle es que Nil se ha pegado el pelo a la cabeza con gomina, en lugar de dejar sueltos sus pequeños ricitos medio asilvestrados.

—Está guapo —dice Melanie.

—Ya, claro. —Emma sacude la cabeza—. Parece que va disfrazado de camarero de un hotel de cinco estrellas o algo así.

La ignoran, porque Melanie no entenderá mucho de chicos, pero sabe que un síntoma de interés es preocuparte por cómo alguien se peina, así que, en lugar de discutir, se acercan a los dos hermanos. Claudia lleva un vestido largo gris de flores y se ha recogido el pelo en un moño alto. Así se parece mucho más a su hermano, los dos con la mandíbula marcada y los ojos profundos. Lleva un ramo en los brazos.

—Qué flores tan bonitas. —Melanie intenta ser amable con ella para ver si así la deja de mirar como si le hubiera hecho algo malo.

—Son para nuestros padres —responde Claudia sin más.

«Mierda».

—Pasó hace mucho tiempo. —Nil empuja la silla de ruedas hasta ella y le da un golpecito en el codo—. Tuvimos un accidente en la torre.

Melanie recuerda perfectamente las piedras desprendidas de la torre al lado de la ermita. Se pregunta cuánto es «hace mucho tiempo».

Unos chicos tan jóvenes como Nil y Claudia no deberían ser huérfanos. Intenta pensar en su madre para ponerse triste y no lo consigue, pero, en el proceso, la cara de su padre se le dibuja en la mente. O más bien lo poco que recuerda de él. Una barba que pincha, unas cejas espesas y el aliento a licor. Jamás lo dirá en voz alta, pero desearía que él estuviera muerto también. Quizá, de esa forma, podría recordarlo con dolor y no con resquemor por haberlas abandonado a su suerte y haberse olvidado de ellas.

—A nuestra madre le gustaban los girasoles —dice Emma—, pero no son flores muy funerarias, creo.

—Bueno, no hace falta que sean funerarias. Nosotros solo llevamos sus favoritas —responde Claudia.

Su expresión es triste y se apresura a darles la espalda antes de que sea demasiado evidente.

—¿Vamos yendo? —pregunta Victoria, visiblemente incómoda.

—¡Oh! —Nil levanta el brazo en el aire—. ¡Ahí viene! Me dijo que también quería unirse a nosotros. Sed amables, que me ha dicho que tiene la sensación de que no cae muy bien.

—Es que hace muchas preguntas —murmura Claudia.

La persona de la que hablan es Cristian, que llega con paso elegante hasta la plaza. En el camino les dedica un gesto amable a varios grupitos, pero no parece darse cuenta de que no se lo devuelven con muchas ganas.

—Buenas noches. —Se acerca hasta ellos y se aparta el pelo de la frente con suavidad. Es un gesto que en cualquier otra persona podría haber arruinado un peinado de peluquería, pero a él solo le da un aire más salvaje que le queda ideal—. No se lo van a creer, pero un gato se ha colado en mi casa y llevo dos días intentando sacarlo de allí. He cometido el error de darle algo de comer. Esas criaturas no se te despegan si les das algo de cariño.

Sonríe al decirlo y un colmillo ligeramente afilado se le dibuja en la comisura de los labios. Ojalá Melanie no tuviera tanta imaginación, porque acaba de darse cuenta de que Cristian es todo lo que un vampiro aspiraría a ser. Hasta la piel parece hecha de mármol. Y si le echa un poco de ganas, es capaz de imaginarlo vestido con uno de esos atuendos que lucía la gente en Versalles.

—Te creo. —Claudia lo mira de reojo—. El pueblo está lleno de gatos callejeros. Si no lo echas pronto, llegarán los demás y tendrás que irte a vivir al bosque.

Cristian suelta una carcajada y Melanie reafirma el pensamiento que acaba de tener. Cristian es el tipo de hombre que podría protagonizar una novela de Anne Rice.

—¡Las hermanas Lanau! Encantado de verlas otra vez.

—Oye, si vamos a ser amigos, creo que deberías dejar de tratarnos de usted, Cristian. Te lo he dicho cien veces —protesta Nil.

—Mmm... —Cristian se cruza de brazos—. Te juro que lo intento y luego se me olvida.

En el primer encuentro, Cristian le pareció fascinante y, ahora, siente algo más desconcertante. Hay algo en él que fascina a Melanie sin remedio, pero no sabe qué es. No es algo romántico, es como si ella fuera un cuervo y él un objeto muy brillante.

—Creo que ya empiezan a moverse —avisa Victoria, que no había dicho nada hasta ese momento—. ¿Vamos?

Su hermana está en lo cierto; de pronto, todos se agrupan cerca del árbol y empiezan a formar una especie de procesión improvisada.

Melanie nunca ha participado en algo así y le parece un poco tétrico, pero a la vez siente tanta curiosidad que no puede apartar la vista de todo lo que hay a su alrededor. La noche ha caído por completo y la luna brilla, helada, sobre su cabeza.

Las casas están a oscuras, pero gracias a las calabazas que han dejado los vecinos y a los farolillos que cargan algunas personas, hay suficiente luz como para no tropezar con los adoquines irregulares de la calle.

El grupo avanza junto, como un murmullo. Tal y como dijo Nil, la gente reza. Ella no ha rezado en serio en su vida, pero siente la tentación de cerrar los ojos y desear algo. Tal vez entender qué hacen allí, a lo mejor que todo se arregle, pero que sus hermanas no desaparezcan otra vez. Que la abuela María regrese y lleve con ella a sus otras dos abuelas. Que deje de tener tanto miedo de hacer cualquier cosa.

—Nuestros padres siempre nos contaban historias de miedo —está diciendo Nil a su espalda—. Casi todas sobre demonios y brujas.

—Me encantará escucharlas, si es que las recuerdas —responde

Cristian—. Hay muchas leyendas sobre estos valles, pero seguro que no todas están en los libros de la biblioteca o la universidad.

—¿Estudias en la universidad? —pregunta Victoria.

—Bueno, acabé hace un par de años mi licenciatura en Antropología, pero ahora estoy de lleno en el doctorado. No quiero aburriros.

—¿A la gente de Antropología le interesan tus historias de brujas? —pregunta Emma.

—No a todo el mundo...

Melanie mira a Cristian de reojo y comprueba que parece abatido. Está claro que investigar sobre lo desconocido no encaja muy bien con la universidad, pero él no parece dispuesto a rendirse.

—¡Uy, cuidado! —Emma se tropieza justo cuando llegan a la bifurcación que lleva hasta la ermita—. Joder, qué mal está el camino.

—Sí, ¿te ayudo, Nil?

Claudia le ha tendido sus flores a Cristian, que las atrapa, confuso. La chica se acerca a su hermano y le ofrece un brazo a la vez que saca un par de muletas de la parte de atrás de la silla de ruedas. Melanie no lo había pensado, pero es imposible que la silla de Nil pueda subir por allí.

—Yo puedo cargar con la silla —dice Emma.

—No, no puedes. —Nil se ríe mientras se apoya sobre las muletas. Los pies le tocan el suelo, pero parece inestable, así que su hermana no se aparta de su lado—. A no ser que no nos hayas contado que tu superpoder es tener la fuerza de un gorila adulto.

—Pues a lo mejor sí. —Emma le hace un gesto obsceno con el dedo y luego intenta cargar la silla a pulso. Casi se le cae encima y, por muy poco, no se van las dos rodando camino abajo.

—Tal vez si te ayudo... —se ofrece Victoria.

Se acerca para echarle una mano a Emma, pero una presencia le coloca las flores en las manos a Melanie y se adelanta a su hermana.

Cristian coge la silla con las dos manos y la levanta igual que si fuera de juguete. Emma, que tiene las mejillas rojas y parece a punto de explotar, se coloca las manos en la cintura.

—¿Por eso hay que ir al gimnasio? ¿Para momentos como este?

—¿Estás seguro, Cristian? —pregunta Nil con preocupación—. Pesa como un muerto.

—Entonces no es para tanto —bromea Cristian, mostrando de nuevo su sonrisa perfecta—. Aunque agradeceré que alguien me lleve el maletín.

Victoria levanta la mano, como una alumna.

—¿Has traído el maletín? Este hombre es graciosísimo —se ríe Emma.

Y así el grupo se separa en dos y continúan andando. Emma junto a Cristian y Melanie y Victoria detrás, al lado de los hermanos.

—Melanie, ¿sabes cuál era mi historia preferida cuando era niña?

En el mismo momento en que Claudia lo pregunta, algo le dice a Melanie que no debería querer escuchar eso, pero niega con la cabeza y la chica sonríe.

—Érase una vez una muchacha que estaba muy muy enamorada. Solo tenía dieciséis años, pero había conocido al amor de su vida mucho antes. Eran amigos de infancia. —Claudia aparta una piedra grande con el pie. Todo está un poco más oscuro ahora. Los árboles cubren el cielo y la luz de la luna apenas llega a través de las hojas. Melanie ha olvidado el nombre que les puso a las flores que van encontrando—. Iban a casarse, iban a tener un final de cuento de hadas. Un día, la chica y el chico fueron al bosque. Todo el mundo sabía que era peligroso, pero ellos dos se querían tanto que no pensaban en otra cosa que no fuera pasar el mayor tiempo posible juntos. Se besaron, se amaron en secreto y soñaron juntos.

—Parece una historia de amor, más que de terror —dice Victoria.

—¿Verdad? —Claudia sonríe, pero Nil, a su lado, niega con la cabeza. Avanza con las muletas, pero se nota que le cuesta un gran esfuerzo. O a lo mejor lo que le cuesta es lidiar con el carácter de su hermana—. Esa noche, cuando los dos enamorados quisieron regresar al pueblo, no encontraron el camino de vuelta. Estaba oscuro, pero habían ido por esa zona muchas veces antes y jamás les había ocurrido nada parecido. Por suerte, la luna llena brillaba en el cielo, alumbrando sus pasos, y eso hizo que no tuvieran tanto miedo.

»De repente, una sombra apareció entre los árboles. Se movía con la lentitud inquietante de una marioneta a la que no saben manejar muy bien, y los ojos le brillaban en la oscuridad, dos destellos que a la chica le recordaron a la luna.

—¿Una sombra? —Melanie cambia el peso de un pie a otro y mira hacia delante. Cristian sigue cargando con la silla y está contando algo que no alcanza a oír. Tiene que ser o muy interesante o terriblemente aburrido, porque Emma no dice ni mu.

—No era una sombra de verdad, claro. Pero iba toda de negro, con un vestido raído, y la chica se asustó mucho. Entonces, el chico, su enamorado, se adelantó y se puso frente a la sombra, que sonrió. La chica se dio cuenta demasiado tarde de que aquella sombra era una bruja y que había aparecido para llevarse algo que solo ella sabía cómo robar.

—¿Robar el qué?

—El corazón —responde Claudia—. La bruja le robó el corazón al chico. Le introdujo la mano en el pecho y se lo arrancó. Y él ni se movió. Ni siquiera gritó.

—Claudia... —Nil coge aire y mira a su hermana.

—¿Qué? ¿No os gustan las historias de miedo?

—No, no, sigue —responde Melanie, aunque no está del todo segura. Hace frío y todo está demasiado silencioso para la cantidad de gente que hay a su alrededor.

—Entonces la bruja se giró hacia la chica. Sonrió otra vez, le dijo que él ya no la amaba y levantó la mano en dirección a su pecho. La chica se asustó, pero la bruja no le arrancaría el corazón. No, lo que hizo fue rompérselo en mil pedazos. La chica sintió cómo se le resquebrajaba el alma y cómo su cuerpo se deshacía con ella.

Melanie se estremece y mira a Nil, que se ha quedado parado.

—¿Qué pasó después? —pregunta Victoria, aunque lo hace solo por cortesía, porque es obvio que la historia no le interesa nada de nada. Por una vez, Melanie lo agradece, ya que ella no tiene lo que hay que tener para jugar a los juegos de Claudia.

—El chico amó a la bruja para siempre, pues ella tenía su corazón. La chica, destrozada, regresó al pueblo, pero nunca fue la misma. Se convirtió en una sombra de lo que había sido. Nunca se volvió a sentir completa.

—Es... —Melanie baja la voz—. Es una historia triste. No da miedo, pero es muy triste.

Parece que Claudia va a decir algo, pero entonces Emma aparece corriendo.

—¡Nil! Ya hemos llegado, Cristian ha dejado tu silla un poco más lejos.

Melanie se queda donde está y observa a los dos hermanos. Si antes ha pensado que se parecían físicamente, ahora cree que sus personalidades no podrían ser más distintas. Hay algo en Claudia que le pone los pelos de punta. Sin embargo, Nil solo parece un chico amable. Lo mira y se aguanta una sonrisa cuando ve que finge caerse al ir a sentarse en la silla. Emma se lanza sobre él y Nil se parte de risa. Su hermana le da un golpe en el hombro y se marcha de brazos cruzados. El chico la sigue, diciendo algo que Melanie no acaba de oír por el barullo que hay a su alrededor.

—Claudia es como esos críos que intentan asustarte en un campamento de verano —le dice Victoria en un tono de voz que solo ellas dos pueden compartir—. Pasa de ella.

Melanie obedece, agradecida, y echa un vistazo a su alrededor. Ya han llegado a la ermita y lo que antes eran corrillos de gente ahora es un círculo organizado bajo la luz de la luna. La construcción parece observarlos en silencio, coronada por la torre semiderruida: observa a los niños que cargan con pequeñas calabazas y las mueven en el aire como si fueran cometas que se disponen a lanzar al cielo; a la pareja de ancianos que tiene una expresión concentrada y murmura algo al unísono, y, también, a los rezagados que deciden ir por el otro lado.

—Voy a devolverle el maletín a Cristian. —Victoria se despide y la deja sola. Melanie sigue intentando encontrar alguna pista que la guíe en la oscuridad. Así hasta que alguien le da un toquecito en el hombro.

—¿Qué tal te lo estás pasando?

Melanie da un bote y al ver de quién se trata, recupera el aire que acaba de perder.

—¡Lucas! —Se vuelve hacia el chico. Lleva una flor en la mano—. Perdona, antes he querido saludarte, pero...

—Ya, mis padres —dice él, encogiéndose de hombros—. No se lo tengas en cuenta, es que son... ¿Tienes frío?

No se había dado cuenta de que estaba temblando hasta que él lo menciona.

—Creo que es por la atmósfera —susurra—, y porque Claudia me ha contado una historia que me ha dejado un poco triste.

—Seguro que era mejor que la que me han contado a mí. Casi me hago pis encima.

No sabe si bromea o no, pero agradece su compañía.

El chico echa a caminar y como Melanie ha perdido a sus hermanas de vista, decide seguirlo. Rodean el edificio por el lado contrario al círculo de vecinos y allí se topan con un pequeño murete de piedra que da paso a algo que no vio la otra vez, cuando casi se cayó por el precipicio.

—Un cementerio... —murmura Melanie.

—¿También te da miedo?

—No me gustan.

—Son extrañamente inspiradores —dice él.

A lo mejor los demás piensan lo mismo y por eso están allí. O igual es que tienen enterrados a sus familiares y es el momento de rendirles un pequeño homenaje o presentar sus respetos.

Lucas pasea entre las tumbas como quien recorre la sección de perfumería de un supermercado, y ella lo imita. La luna brilla sobre las lápidas, algunas tan antiguas que los nombres apenas se pueden leer, otras más nuevas y con bonitas flores sobre ellas. La mayoría son claveles, rojos y blancos.

Se agacha junto a una de las tumbas que no tiene a nadie cerca y roza un pétalo rojo con las yemas de los dedos. Siempre le ha parecido que esas flores parecen lágrimas de sangre. Quizá debería apuntar eso para la novela.

—Pétalos de clavel —dice—, como lágrimas de sangre.

—Al final sí que son inspiradores, ¿eh? —pregunta Lucas con una expresión emocionada que no pega mucho con el ambiente.

El chico actúa con una naturalidad que todavía no entiende. Si pudiera compararlo con alguien, diría que es parecido a Peter Pan. Cristian es un vampiro y Lucas es un niño incapaz de leer el ambiente. Le gustaría pensar que es porque ha encontrado a la persona más amable de Finestres, pero, por si acaso, crea una distancia física y emocional de seguridad entre ambos y se acerca a otra de las tumbas, una que está más cuidada que las demás. La losa de mármol es negra, cara, y encima de ella hay una mariposa muy detallada del mismo material. Un escalofrío le recorre la espalda.

Lucas vuelve a estar a su lado, pero esta vez no hace ningún comentario.

Permanecen de pie un buen rato, tanto que al final solo quedan ellos dos, porque los demás han regresado al otro lado de la ermita.

Melanie sigue con la mirada fija en el animal de piedra, como si esperara que en cualquier momento fuera a echar a volar.

—¿Sabías que las mariposas de colores llamativos suelen ser venenosas? —pregunta Lucas.

—¿De verdad?

—Sí, me lo contó una amiga una vez —susurra—. Lo hacen para avisar.

—¿Y qué quiere decir cuando una mariposa es negra?

—Pues...

Melanie deja de escucharlo cuando el corazón se le para un instante al darse cuenta de un detalle que no tiene que ver con las mariposas.

—No me lo puedo creer. —Se agacha para asegurarse de que ha leído bien el nombre—. ¡Es la tumba de Helane! Pero ¿y la fecha? ¿Por qué solo pone su nombre?

Lucas se arrodilla a su lado.

—¿Tú también estás interesada en esa leyenda? —pregunta. Y ese «también» suena a que seguro que Cristian ha interrogado a todo el pueblo, incluido él—. La historia de Helane Lanau.

—¿Es que sabes algo de ella?

—Solo sé que ella no está aquí. Esto es una especie de monumento que le hicieron. —Lucas pone la mano sobre la piedra y se encoge de hombros—. Además, ya sabes lo que se cuenta.

—¿Y qué se cuenta?

El joven ladea la cabeza, y esa mirada azul claro que hasta hace un momento transmitía tranquilidad suelta un destello peligroso.

—Que era una bruja, por supuesto. ¿Crees que la Iglesia permitiría que enterraran a una bruja en este lugar sagrado? Sus hermanas no están, así que es evidente que alguien se empeñó en que le hicieran esta tumba, aunque esté vacía.

—Según he oído, sus hermanas la asesinaron. A ella y al amor de su vida.

Lucas se encoge de hombros.

Melanie lo observa de reojo y se da cuenta de algo.

—Mi nombre es Melanie Lanau —confiesa, a pesar de que él ya la llamó por su apellido una vez—. Helane es mi antepasada y necesito saber qué le sucedió exactamente.

—Ya veo, la pequeña de las Lanau, ¿no?

Lucas no parece mayor que ella. Debe de tener veintipocos años, pero cuando pronuncia su apellido, lo hace como si lo hubiera oído miles de veces.

—¿Sabes algo de mi familia? ¿Crees que podrías ayudarme a descubrir más sobre Helane?

—Yo no sé mucho más sobre toda esa historia —dice—. Hace mucho tiempo que pasó todo lo que cuentan, así que no creo que nadie pueda contarte más de lo que ya sabes.

«Sí que sabe más. Sabe mucho más».

Una corriente de aire frío se lleva la extraña y dulce voz, le revuelve el pelo y levanta el polvo del suelo. Melanie cierra los ojos con fuerza y, cuando los vuelve a abrir, Lucas está mirando un punto en el horizonte, el rostro pálido.

—¿Lucas? —Melanie se gira, pero solo hay una pareja tardona que está dejando unas flores—. ¿Estás bien?

No sabe por qué, pero estira el brazo para rozarle el hombro y hacerlo sentir mejor. El chico, sin embargo, se aparta de ella, todavía con expresión asustada.

—¿Lu...?

Un chillido rompe el silencio de la noche.

Melanie reconocería esa voz en cualquier sitio.

Victoria.

CAPÍTULO 14
Victoria

En lo único que cree Victoria es en ella misma. El problema es que, desde que llegaron a Finestres y todo empezó a ponerse raro, le está costando mantenerse firme a sus convicciones. La supuesta maldición, los poderes y el hecho de que haya una fuerza sobrenatural o inexplicable que no las deja escapar... está afectando de manera negativa a la forma en que se percibe a sí misma. Ha perdido el control de la situación, y cuanto menos poder de gestión tiene, peor se desenvuelve. Y cuando eso pasa, la ansiedad le cubre el cuerpo, como cientos de hormigas.

Alguien que tampoco la hace sentir con los pies en la tierra es Cristian. A diferencia del resto de los vecinos, él parece más conectado con el mundo real: que hable de su trabajo, de la universidad o de sus dudas lo hace más humano que cualquiera de los demás. Al mismo tiempo, su manera de hablar, de moverse o incluso de mirarla, la lleva al extremo contrario. Al rincón de la ansiedad, al lugar en el que Victoria no encuentra respuestas a sus preguntas. Su presencia le provoca dos emociones incompatibles: la inquietud y la calma. Es imposible sentir ambas cosas al mismo tiempo. Y, sin embargo, ahí está, conversando con él, apreciando que la escuche con suma atención cuando es su turno. Cuando hace esto último le clava sus iris verdes como si fueran dagas. También le cuenta cómo nació su obsesión por las brujas y lo sobrenatural.

—Me enamoré de una chica —dice cuando se apoyan en la fachada de la ermita—, y ella era todo lo que yo no soy. No se pensaba las cosas dos veces, vaya. Llevar una vida alocada junto a ella fue lo mejor que me ha pasado nunca, pero un día... murió. Así, sin más.

Victoria traga saliva. Se lleva una mano al cuello y la retira al percatarse de lo que está haciendo, aunque sea imposible que él pueda saber por qué tiene esa manía.

—Lo siento mucho.

—A mí me quedaba mucha vida por delante, pero sentí que ni todo el tiempo del mundo me haría olvidarla. Fue entonces cuando intenté centrarme en algo distinto, y como ni el deporte ni la cocina son lo mío... me obsesioné con mis estudios. —Cristian se ajusta los puños del jersey. Victoria le mira los dedos, largos, de pianista. No necesita tocarlos para saber que estarán fríos—. Perdona. Normalmente intento ser un compañero de conversación más agradable.

—No pasa nada —susurra Victoria—. Mi madre falleció al dar a luz a mi hermana Melanie. Los médicos dijeron que el bebé iba a nacer muerto. Al final hubo un giro de la trama, ya ves.

Las palabras le hacen daño en la boca. Le pican como si tuviera alergia. También en la garganta. No está siendo justa con Melanie, igual que tantas otras tantas veces, pero no puede hacer nada para evitarlo. Querer a su hermana pequeña nunca le ha costado, pero no guardarle rencor... llevó un tiempo. Al fin y al cabo, su nacimiento se llevó a la persona más importante de su vida, la que le había prometido numerosas veces que estaría con ella para siempre. La que le daba besos dulces en los párpados porque aseguraba que así besaban las mariposas, el animal en el que todas las niñas se convierten cuando se quedan dormidas.

—Es difícil acostumbrarte, ¿verdad?

La voz de Cristian es un témpano de hielo. Suena cerca de ella, como el susurro del viento. No sabe a qué se refiere, pero alza la vista y se encuentra con una escena en la que Emma es la protagonista. Su hermana se ha arrodillado y habla con un par de críos que le enseñan una calabaza en la que han dibujado un corazón. Emma siempre ha tenido claro que no quiere tener hijos, aunque se le dan genial los niños.

—¿A Emma?

Cristian tarda lo que le parece una eternidad en responder.

—A la muerte.

Victoria se gira hacia él con tanta fuerza que se hace daño en el cuello. Abre la boca para responder, pero el frío se convierte en un aire gélido que le impide decir nada más. La muerte. Esa muerte que ella sintió tan cerca hace unos meses. La muerte a la que miró a la cara. La muerte que se esconde en los rincones, con esos ojos rojos como brasas, y espera su turno. La misma que se llevó a su madre y a las abuelas.

—¿Es posible acostumbrarse a la muerte? —susurra.

—Es posible hacer las paces con ella —responde él. Ahora, los ojos verdes de Cristian están fijos en la gente del pueblo—. Y, a veces, es hasta natural buscarla.

Si pudiera, Victoria huiría de la muerte para toda la eternidad.

De pronto, recuerda la carta de la muerte sobre la mesita del salón de la casa.

—Nadie en su sano juicio querría morir.

Ahora, Cristian la mira a ella. Ha ladeado la cabeza y la línea de la mandíbula se le marca bajo la luz de la luna. Es como un hilo de plata que limita sus rasgos atractivos y perfectos.

—Hay peores cosas que la muerte, Victoria.

—¿Qué hay peor que la oscuridad eterna?

Cristian se relaja y le dedica una sonrisa.

—La soledad —dice al fin—. ¿Qué sentido tendría ser eternos si no podemos compartir ese tiempo con nadie? Creo que no soy bienvenido en este pueblo. ¿Por qué será?

«Porque hablas de la muerte con ligereza, con veneración», quiere responder. Pero se guarda esa respuesta para otro momento y se encoge de hombros.

—No creo que sea personal. Nosotras tampoco les gustamos demasiado.

—Se ve que tu hermana no entiende lo que significa sentirse fuera de lugar.

—Emma es así. —Victoria agradece que la atmósfera extraña haya desaparecido—. Podrías soltarla en una isla desierta y ella haría amigos. Durante una temporada, se escapaba todos los días después del colegio para ir a un salón de arcade que quedaba cerca. Era un sitio muy hostil y las chicas no éramos bienvenidas, pero se las arregló para convertirse en la abeja reina del lugar. Y eso que ni siquiera le gustan los videojuegos.

Al hablar de Emma, Victoria se da cuenta de que hace un buen rato que no ve a Melanie por ningún lado. Algunos vecinos han formado un círculo y hablan entre ellos mientras una anciana sujeta una luz a la altura de la cara que le da un aspecto fantasmal. Poco a poco, todos alzan la cabeza y miran hacia arriba.

—Es la torre de la Vira —dice Cristian—, no sabía que se podía subir. Nil me contó que hubo un accidente hace unos años, la pared lateral se derrumbó y cayó encima de algunos vecinos. De sus padres y de él también.

Se había imaginado la historia con el comentario que ha hecho Claudia antes, pero confirmarlo no la hace sentirse mejor. O sea que los dos hermanos comparten la tragedia con ellas. Siempre ha dicho que la familia Lanau es gafe; a lo mejor no es algo exclusivo de ellas y lo que ocurre es que el mundo es más cruel cuantas más historias conoces.

Suspira y mira hacia arriba, a la torre. En lo más alto, un hombre de mediana edad y complexión alta levanta por encima de la cabeza una luz, quizá la más brillante de toda la noche. Parece un faro.

Todo el mundo tiene los ojos puestos en él. Los niños se han callado, los más jóvenes han dejado de cotillear y los mayores observan con solemnidad. Todavía hay personas que llegan del cementerio, con las manos vacías tras haber dejado las flores sobre las tumbas.

El hombre dice algo, pero Victoria no alcanza a oírlo.

—¿Qué van a hacer? —pregunta, sin mirar a Cristian.

Pero Cristian responde con un silencio que no le gusta nada.

Entonces, el hombre se asoma. La luz todavía brilla sobre su cabeza cuando da otro paso hacia delante. Y otro. Victoria distingue a la perfección sus ojos cerrados. Y nadie se mueve.

Nadie se mueve cuando el siguiente paso no encuentra suelo bajo los pies y su cuerpo se precipita hacia el vacío desde lo alto de la torre.

Victoria chilla y se levanta tan rápido como puede, pero siente tal horror que los pies no se le mueven. «Joder, soy policía», piensa. «¡Reacciona!». Sin embargo, su cuerpo no le hace ni caso. Le tiemblan las rodillas, y solo los brazos de Cristian evitan que se derrumbe.

—Ese hombre…

La gente empieza a formar un corro alrededor del cuerpo.

—Victoria, ¿estás bien?

La voz de Cristian le llega como un susurro cerca de la oreja. Una especie de caricia que la hace flotar un instante antes de enfocar bien la vista y conseguir respirar por primera vez, pero solo puede pensar en su comentario de hace un momento: «Y a veces, es hasta natural buscarla».

Ese hombre ha saltado al vacío.

Ese hombre está muerto.

Y nadie hace nada.

Nadie salvo Emma, que tiene la boca abierta, horrorizada. Nil intenta cogerla de la mano, retenerla junto a él, pero Emma se escapa con facilidad y echa a correr hacia Victoria, que casi ni asimila cuando se le lanza a los brazos.

—¿Qué...?

Victoria le acaricia el pelo con una dulzura instintiva que ya creía olvidada.

—¿Qué coño está pasando aquí? —pregunta Emma junto a su cuello.

—No lo sé...

Los vecinos siguen ignorando lo que ha ocurrido y, poco a poco, se van girando hacia ellas. A cámara lenta. Ojos vacíos que brillan en esa noche de luna plateada.

—¡Chicas! —Melanie llega corriendo y las mira sin comprender—. ¿Qué ha pasado?

—Tenemos que irnos de aquí —murmura Victoria—. ¡Ya!

A su lado Cristian hace amago de querer impedirlo y ella lo mira un instante. Los ojos verdes que tanto rato ha estado intentando descifrar no son como los de los demás; ahora sí hay algo cálido en ellos, algo que le está pidiendo a gritos que se calme. Pero Victoria tiene instinto de supervivencia y sabe lo que debe hacer. Coge a sus hermanas, cada una de una mano, y echa a correr en dirección al bosque sin mirar atrás.

Antes, el camino no le había parecido tan empinado. Ahora que solo tienen la luz de la luna para iluminar lo que hay delante de ellas y que el corazón de Victoria está a punto de salírsele por la boca, es difícil no tropezar.

—¡Chicas! —Melanie se aferra con tanta fuerza a su mano que le hace daño—. ¿Qué estamos haciendo? ¡¿Qué ha pasado?!

—¡Os lo dije! ¡Están locos! —grita Emma. Y Victoria se da cuenta de que tiene lágrimas en las mejillas—. Ese hombre... ese... Y Nil... Él quería que me quedara y... Joder, joder. ¡Tenías razón! ¡Tendríamos que habernos quedado en la casa!

—¿Qué ha hecho ese hombre? —insiste Melanie.

—¡Morir! —grita Victoria cuando llegan a la bifurcación que las lleva hacia la casa—. Se ha tirado desde la torre y nadie ha hecho nada para evitarlo. Y luego... ¿Has visto los ojos de esa gente?

Pero Emma no contesta. Se limpia las lágrimas y sigue corriendo, tirando de ellas hasta que por fin dan con la casa. Juntas se lanzan hacia el porche, abren la puerta y entran a toda prisa. Victoria es la última y cierra con la espalda.

En la oscuridad, solo oye la respiración de sus hermanas.

—Vale, ¿cómo narices salimos de aquí? —insiste Emma—. ¿Y si escapamos en otra dirección?

—¿Hacia las montañas? —pregunta Victoria, pero niega con la cabeza—. Es de noche, podríamos caernos por algún barranco si no tenemos cuidado. Y ellos conocen la zona, nos atraparían.

—¿Y no es mejor eso que esto? —susurra Melanie.

De pronto, son tres niñas asustadas y solas. Victoria es la mayor, pero es Emma la que intenta hacerse con la situación.

—Todavía queda una mínima posibilidad de que exista una explicación para esto. —Emma les da un apretón a las dos. Es verdad, todavía no se han soltado de las manos. Tampoco es que quiera hacerlo—. Quizá sea un espectáculo, quizá...

—Quizá no quieran matarnos —completa Victoria, tranquilizadora, aunque no se cree nada de lo que dice.

Se hace un silencio. Melanie cierra los ojos y respira profundamente. Sus palabras no han surgido mucho efecto.

—A la porra. —Emma se levanta y tira de ellas hacia el salón mientras habla—: Iremos a las montañas. No voy a quedarme a descubrir si eso ha sido una broma de mal gusto o no.

Pero justo cuando dice eso, Melanie se acerca a la ventana y clava los dedos en el alféizar.

La voz de su hermana pequeña siempre es como un susurro. No es diferente cuando dice:

—Vienen. Se acercan.

Hoy me he puesto mi vestido más bonito. Es negro, como todos los que mis hermanas me permiten llevar, pero sé que a él le gusta. Bordé unas mariposas porque a mí me recuerdan a la muerte, y a ella le debo mi don. He intentado arreglarme el pelo porque las chicas bonitas siempre se lo recogen en un moño. No he usado pañuelo, porque, ¿cuál es el sentido de hacerme un peinado precioso si lo voy a tapar?

He quedado con él detrás de la panadería. A esas horas ya está cerrada y hemos podido disfrutar de nuestra intimidad. Me ha cogido en los brazos, y me ha acariciado las mejillas, como si yo fuera la flor más bonita de todo Finestres. Todo ha sido perfecto.

Me ha besado. Y yo sé que los besos son peligrosos, que ya no hay vuelta atrás y mi corazón es suyo y de nadie más. Porque las brujas solo amamos una vez en la vida.

Nos hemos besado lejos de las miradas indiscretas y entonces me ha dicho lo que llevo tiempo esperando escuchar: «Quiero casarme contigo, Lena».

¿Y cómo le voy a decir que no? Sí. Sí. Voy a casarme con él, cueste lo que cueste.

SEGUNDA PARTE

Noviembre de 1993

CAPÍTULO 15

Victoria

El reloj del salón marca la medianoche. El péndulo danza de un lado a otro y el sonido hace vibrar las paredes de la casa.

—¿Desde cuándo funciona esa cosa?

—¡Yo qué sé!

Emma está tan nerviosa que no parece ni ella. Se ha pegado a la pared del salón y mira por la ventana, aterrorizada. Melanie, a su lado, se ha sentado en el suelo y no para de susurrar para sí misma.

—¿Qué estás haciendo? —pregunta Victoria.

—Rezar. —Melanie esconde la cabeza entre los brazos—. Ya no tengo nada que perder.

—¡Por Dios! —Victoria tira de ella y la obliga a levantarse—. Rezar no te va a sacar de aquí, Mel. ¿Ves a esos chiflados de ahí fuera? ¿Ves que estén rezando ahora mismo?

—No quiero esperar a que entren…

Victoria repasa todo lo que le enseñaron en la academia de policía. Recuerda lo que hay que hacer cuando estás bajo presión y miras a la muerte a los ojos. El problema es que ella ya ha contemplado esa mirada: la ha visto reflejada en las pupilas de otros y en su momento no fue capaz de reaccionar. ¿Por qué ahora sería diferente? «Hay peores cosas que la muerte, Victoria». No. No hay nada peor que morir. Los recuerdos la vuelven presa del pánico. Se ve a sí misma contra una pared, pataleando en el aire, intentando encontrar algún lugar en el que apoyarse, sin éxito. Saborea unas lágrimas imaginarias que le caen por las mejillas y se atraganta con su propia saliva.

—Mierda, mierda —dice en voz baja.

«Ahora no».

Coge aire y lo suelta. Varias veces. Tantas que las voces de sus hermanas se oyen lejanas. Ella es la mayor. Y es en momentos como ese cuando tiene que demostrarlo. Lleva años sin preocuparse por Emma y Melanie. No puede fallar ahora. Tiene que haber algo que puedan hacer. Si se quedan allí, al final...

—Id a la cocina y coged un cuchillo cada una —ordena—, y si alguno de esos intenta entrar, lo usáis.

Melanie suelta un grito estrangulado.

—¿Estás loca? ¡Yo no puedo matar a nadie!

—Eso de ahí fuera no son personas.

—¿Y tú qué sabes?

—Y si lo son, tenemos que defendernos —completa.

—Vic, eso es una barbaridad. Yo no puedo apuñalar a nadie —dice Emma, y se asoma de nuevo por la ventana—. Veo a Nil. Y a su hermana. No nos puedes pedir que...

—¿Y entonces qué? ¿Esperamos a que entren? —Victoria emplea las mismas palabras que Melanie hace un momento, a ver si así se pone de su parte.

—Ya lo están haciendo.

Emma se aparta de la ventana, pero Victoria hace lo contrario. Echa un vistazo al exterior y el miedo la asalta una vez más cuando ve a un vecino cruzar la valla del jardín. Y tras él, avanzan otros dos. Reconoce a Esteban, el hombre que les dio la comida nada más llegar, y a los dos hombres del futbolín. La niebla le impide ver más allá, pero no lo necesita para saber que hay más personas acercándose. Distingue los ojos vacíos que brillan en la oscuridad como luciérnagas organizadas.

Melanie vuelve a tirarse al suelo y Emma va de un lado a otro, murmurando por lo bajo.

Victoria traga saliva y alza las manos.

Si detiene el tiempo, podrá pensar con más calma.

Pero ¿y si no sabe cómo volver a ponerlo en marcha? ¿Y si se queda atrapada ahí para siempre, entre sus hermanas y los vecinos? Eso sí que sería peor que la muerte.

«Pero, si no lo hago, ellas morirán», se dice a sí misma. «Este es tu trabajo, Victoria». Exacto. Es su trabajo. Defender a las personas. Proteger. Lo que no ha podido hacer cuando el hombre ha saltado desde la torre.

«¡Venga!».

Pero no pasa nada.

Su cuerpo no reacciona.

Un hombre pone la mano sobre el pomo de la puerta.

—¡Van a entrar!

Ni siquiera sabe cuál de las dos lo ha dicho.

El pomo gira.

Gira más.

Se produce un ruido muy fuerte y un destello ilumina el jardín. Emma se lanza a la ventana. Melanie sigue en el suelo, pero levanta la cabeza con curiosidad. Le brillan los ojos y Victoria casi puede ver los engranajes de su cerebro empezando a funcionar.

—La casa, chicas —dice su hermana pequeña, y se hace un hueco entre las dos—. Es la casa. ¡La casa nos protege!

—¿Qué?

—¿No os acordáis? La albacea dijo que la casa ha protegido a sus dueñas durante siglos y que haría lo mismo con nosotras.

—¿La casa protege a la gente? —se ríe Emma con nerviosismo.

—¡Eso mismo dijiste!

—¡Porque no tiene sentido!

—Parece que sí que lo tiene. —Victoria señala el jardín, sin preocuparse de que todo parece un delirio colectivo —. Mirad.

Ahí fuera, los vecinos han formado un círculo más allá de la valla. Las tres personas que han intentado entrar están ahora sentadas y se sujetan la cabeza con las manos, como si les doliera. Brujería, un milagro o casualidad. Sea lo que sea lo que haya pasado, deben estar agradecidas, porque sirve para que nadie más se mueva.

—Genial, eso nos dará tiempo para pensar qué hacer —sonríe Emma.

—Espera, son Nil y Claudia.

Como si no hubieran visto lo que acaba de suceder, o les diera igual, los dos hermanos se abren paso entre los vecinos y avanzan con calma. Victoria frunce el ceño al darse cuenta de que Claudia la ha descubierto desde el jardín. Ha visto esa mirada muchas veces antes: en los criminales que la observaban desde las celdas, en los detenidos que la odiaban desde el otro lado del cristal o incluso en los familiares de los culpables que creían que ella era la mala de la película. Son los ojos de alguien que tiene muy claro lo que quiere y que está dispuesta a hacer lo que sea para conseguirlo.

Nerviosa, ve a Claudia hablar con algunos vecinos, gesticulando mucho. Después, ayuda a su hermano con las escaleras.

El pomo vuelve a moverse.

—La casa nos protege... —Emma esboza una sonrisa inquieta que se le queda congelada en la cara cuando el pomo sigue girando y la puerta chirría y se abre.

Las ruedas de la silla de Nil crujen sobre el suelo de madera y los pasos de Claudia retumban en el silencio de la casa.

Victoria coge a Melanie y Emma de las manos y las tres se echan hacia atrás, hasta que chocan con la chimenea.

—¡No deis ni un paso más! —grita Emma cuando los dos hermanos aparecen en el salón.

La imagen es extraña, como si la niebla se hubiera colado con Claudia y Nil y les hubiera envuelto el cuerpo. Victoria parpadea dos veces, pero el efecto continúa. Si no fuera imposible, juraría que la temperatura de la habitación ha bajado varios grados.

—¿Y qué vas a hacer para evitarlo? —Claudia sonríe, apoyándose en el marco de la puerta—. Está claro que vosotras no tenéis ni idea de lo que está pasando.

—No tendremos ni idea, pero eso no va a evitar que te arree un puñetazo si te acercas —gruñe Emma.

—¿Cómo habéis podido entrar? —pregunta Melanie.

—Por la puerta —responde Claudia con una mueca.

Justo cuando Emma está a punto de caer en la provocación, la silla de Nil avanza un poco y eso la hace cambiar de opinión. El chico suspira y las mira con esos ojos marrones que hasta hace nada le habían parecido amables y cálidos a Victoria. Ahora ocultan algo más complejo. Le gustaría decir que es horror, que es violencia o desprecio, porque eso es lo que ella suele encontrar en la mirada de los criminales, pero no. En su lugar encuentra tristeza. Una tristeza y un dolor que no parecen humanos.

—No queremos haceros daño, por favor.

—¿Cómo habéis podido entrar? —repite Melanie.

Nil mira a su hermana y esta frunce el ceño todavía más.

—¿Que no nos quieres hacer daño? Estás loco si piensas que te vamos a creer. —Emma suelta la mano de Victoria y da un paso al frente. El anillo rojo centellea en la semioscuridad del salón—. ¿Os habéis divertido esta noche? ¿Te has divertido cuando jugábamos con esos niños al lado de la ermita y fingías ser amable conmigo?

Nil se encoge sobre sí mismo, como si quisiera hacerse más pequeño. Levanta las manos en el aire.

—Te prometo que no queremos haceros daño.

—Fuera —gruñe Emma.

—La casa nos ha dejado entrar —dice Claudia—, así que ahora podemos hacer lo que nos dé la gana. ¿Qué te parece, Nil? ¿Subimos arriba y quemamos sus cosas? Estoy segura de que si veo cómo arde todo, me sentiré mejor.

—Estás loca...

Victoria maldice por no haber ido a la cocina antes. Si tuviera el cuchillo...

—¡O al desván! Podemos asomarnos desde ese ventanuco siniestro que se ve desde el jardín. Mmm... ¿Y si quemamos el jardín?

—Claudia, basta —protesta su hermano.

—No. —Claudia rebusca en su bolsillo y saca una cerilla—. Llevo esperando esto mucho tiempo.

—Claudia, ¡no!

Victoria no reacciona tan rápido como Emma. Su hermana se abalanza como una leona sobre la chica y la derriba. Caen las dos al suelo con un golpe sordo. No hay nada de elegante ni técnico en su pelea; solo son dos jóvenes intentando agarrarse del pelo y hacerse todo el daño posible.

—¡Emma! —lloriquea Melanie a su lado.

—Emma, ¡para!

—¡Claudia!

Pero las chicas hacen oídos sordos y ruedan por el suelo entre patadas y puñetazos que a veces aciertan y otras no. Cuando consiguen incorporarse un poco, Emma le da un empujón a Claudia y la cerilla se le escapa de los dedos.

—Si tocas a mis hermanas, te arrepentirás —jadea Emma.

—Haré lo que tenga que hacer para descansar en paz, Emma Lanau. No tenéis ni idea del tiempo que llevamos sufriendo por vuestra culpa.

Claudia está fuera de sí. Todas las veces que han coincidido con ella, su peinado era perfecto y, aunque afilados, sus rasgos eran casi infantiles. Ahora el pelo es un manojo de nudos y su mirada se convierte en la de alguien que puede hacer daño de verdad cuando recupera la cerilla y se saca el resto de la caja del bolsillo del vestido. En un gesto rápido, la enciende y el fuego le ilumina la sonrisa.

—Te he dicho que te vayas de nuestra casa —la amenaza Emma, poniéndose en pie y extendiendo las manos.

—No.

Todo sucede demasiado rápido. Claudia lanza la cerilla hacia las cortinas del salón y Victoria trata de llamar a eso que existe dentro de ella y que sería genial que funcionara justo en ese instante. Pero el tiempo tampoco acude a sus manos esta vez.

Pero el fuego sí lo hace a las de Emma, que lleva días practicando por su cuenta y disfrutando de su nueva condición.

Melanie suelta un grito de sorpresa cuando las llamas, que ya han empezado a extenderse por la cortina y consumirla, cambian de dirección, abandonan la tela y envuelven a Emma como pequeños torbellinos que parecen lamerle los brazos.

Claudia abre los ojos de par en par y da un paso atrás.

—Lo sabía. Sabía que erais como ellas. —Se gira hacia Nil—. ¡Te lo avisé! ¡Te dije que no podíamos fiarnos!

El joven sigue sin decir nada, pero los ojos marrones se le entristecen todavía más cuando contempla a Emma envuelta en llamas.

Victoria se acerca a Melanie y su hermana se le abraza a la cintura.

—Tenemos que ayudarla... —susurra.

Pero Victoria no sabe cómo hacerlo. No está preparada para eso. Todo el mundo siempre piensa que es capaz de enfrentarse a cualquier cosa, que lo tiene todo bajo control, pero la realidad es que simplemente se prepara para lo que pueda suceder. Es previsora. Y nada de lo que tiene delante podría habérselo imaginado jamás.

El pelo de Emma está más rojo que nunca y el fuego sigue creciendo más y más, hasta que parece una armadura alrededor de su cuerpo. Mientras ella sigue convirtiéndose en una estrella incandescente en mitad de la habitación, el calor se va volviendo poco a poco más insoportable.

—Nil. El cuchillo, Nil. —Claudia se acerca a su hermano con dificultad y rebusca en una bolsa que cuelga de la silla—. ¿Dónde está el maldito cuchillo?

—Yo... —El chico se aferra a los reposabrazos con tanta fuerza que tiene los nudillos blancos—. Está... Está en el bolsillo de dentro.

—¡Mierda!

Victoria se siente totalmente perdida. El fuego es cada vez más intenso y cada vez queda menos de Emma en la persona que ocupa el centro del salón.

—¡Emma! —la llama—. ¿Emma?

Su hermana se gira un instante y Victoria contiene el aliento. Los ojos grises de Emma ahora son de plata líquida, como el reflejo de la luna a lo largo de la noche. E igual que la luna, que atrapa con su belleza a tantos soñadores en las noches más oscuras, Victoria no puede interrumpir el contacto visual; quiere derretirse como ella. Por suerte, algo le tira del brazo con fuerza y cae de rodillas al suelo, que abrasa cuando lo toca con las palmas de las manos.

—Está fuera de control. —Melanie vuelve a ponerse a su lado—. Se va a hacer daño y también a nosotras. Y... a ellos.

Victoria observa a los dos hermanos.

Claudia ha empujado a Nil hasta una esquina y el chico se cubre la cara con las manos para protegerse del calor. Tiene el brazo estirado hacia su hermana, como si hubiera intentado detenerla, pero la chica es cabezota y sigue plantada delante de Emma. Los ojos fieros ya no suponen tanto problema como el cuchillo reluciente que tiene en la mano derecha. En la palma izquierda se ha hecho un corte.

—¿Qué...? —Victoria intenta levantarse, pero el suelo vuelve a quemarle la piel. Es imposible moverse—. ¡Mierda!

Claudia grita algo y junta las palmas de las manos. Un destello ilumina la habitación y una bofetada fría las empuja de vuelta a la pared de la chimenea. La silla de Nil vuelca y el chico se deja caer de mala manera sobre el brazo derecho, pero no pierde de vista lo que está haciendo su hermana. Claudia sale despedida hacia atrás y suelta un gemido de dolor.

En el centro de la habitación, el volcán que hasta hace un segundo era Emma, empieza a apagarse poco a poco. Las llamas se consumen, el calor se hace menos insoportable y cuando solo queda un cuerpo cubierto por varios jirones de tela, su hermana se desploma, inconsciente.

CAPÍTULO 16

Melanie

«No controla su don. Ayúdala», dice una voz.

Melanie se arrastra por el suelo hasta que cubre a Emma con los brazos. Al otro lado del salón, Claudia la mira fijamente, cansada y con el ceño fruncido, pero satisfecha. La sangre le ha manchado las manos y el vestido. Cuando se aparta el pelo, deja un rastro rojo desde las cejas a la frente.

—Emma, Emma. —Melanie repite el nombre de su hermana hasta que ya ni se escucha a sí misma—. ¡Emma! ¡Despierta, por favor!

Le busca el pulso y lo encuentra muy débil. En comparación, la casa entera parece palpitar a su alrededor. Pum, pum. Un latido frenético, casi eufórico, que no le pertenece a su hermana y al que no le puede prestar atención porque Claudia se levanta y Melanie debe incorporarse para enfrentarse a ella. Después de todo lo que ha sucedido en los últimos minutos, no se fía ni un pelo. Sin embargo, la chica solo se dirige hacia su hermano y levanta la silla para ayudarlo a sentarse de nuevo.

—¿Qué le has hecho a mi hermana? —Victoria también tiene sangre en la cara, pero esta es apenas una salpicadura que nace de una de sus cejas rubias. Se la limpia con la manga y vuelve a preguntar lo mismo—: ¿Qué le has hecho?

—¿Qué he hecho? Salvarla —bufa Claudia—. ¿No os han enseñado a no jugar con fuego?

Melanie da un gritito de alivio cuando Emma se revuelve en sus brazos y empieza a murmurar algo inteligible: «A...», «...u». La coge de la cara y le acaricia las mejillas con los pulgares, recorriendo las pecas infinitas de su piel. No se percata de que Nil se marcha y vuelve otra vez al salón hasta que lo tiene junto a ella con el brazo extendido.

—Agua —dice.

Lleva un vaso en la mano y Melanie duda un segundo antes de aceptarlo y ofrecérselo a Emma, que, con los ojos cerrados, busca la humedad en los labios cortados. Poco a poco, va recuperando la conciencia. Traguito a traguito, va volviendo a ser ella misma. Melanie lo nota cuando el iris plateado deja paso a un gris familiar.

—¿Qué ha... pasado? —Emma se cubre con los brazos y Melanie se quita rápidamente el abrigo para taparla con él—. ¿Se han ido?

Melanie niega con la cabeza. Nil y Claudia siguen allí, igual que todos los vecinos, que permanecen en el jardín como buitres que esperan a un animal moribundo para darse un festín.

—Emma —Nil intenta acercarse a ellas, pero Victoria le bloquea el paso—, ¿estás bien?

Emma no responde. Le da otro trago al agua y apoya la cabeza en el hombro de Melanie.

—Solo queremos hablar —insiste Nil, y lanza una mirada de reproche a su hermana—. Vamos a calmarnos.

—Sabemos que sois brujas —lo interrumpe Claudia, mientras sigue limpiándose la herida de la mano, que no deja de sangrar, con la manga del vestido.

—Qué lista eres... —balbucea Emma—. ¿Cómo lo has averiguado?

Melanie envidia la capacidad de Emma para fingir, incluso en su estado, que hay algo en esa situación que no está fuera de control.

—¿Por qué habéis vuelto al pueblo después de tanto tiempo?

—No sabemos de qué narices hablas. —Victoria avanza hasta el centro del salón y se coloca delante de ellas, como si pudiera extender un escudo sobre las tres—. Siempre hemos ido con la verdad por delante. Nuestras abuelas nos dejaron esta casa en herencia y vinimos a echarle un vistazo. Fin de la historia.

—¿Y qué hacéis todavía aquí? —pregunta Claudia.

—Ya se lo dije a tu hermano el día que lo conocí —dice Emma. Trata de incorporarse, pero Melanie se lo impide con un gesto—. El bus no funciona y no tenéis taxis.

—No te rías de mí.

—El pueblo no os deja marcharos, ¿verdad? —dice Nil—. Finestres os ha atrapado igual que a los demás... Sois víctimas de la maldición de las hermanas Lanau.

A Melanie le resulta raro escuchar «hermanas Lanau» y que no hablen de ella, Melanie y Victoria. Está claro que Nil se refiere a...

—Las hermanas de Helane Lanau —adivina en voz alta—. ¿Vosotros sabéis lo que pasó?

Claudia suelta una risa seca.

—¿Cómo no vamos a saberlo si estábamos allí cuando sucedió?

El reloj de pared da las dos de la mañana.

En el jardín ya no queda nadie, Nil les ha pedido a los vecinos que se marchen y le han hecho caso. Las calabazas se han consumido con el calor de las velas y ahora son dos masas de color naranja en la entrada que pronto empezarán a apestar si no las recogen. Emma se ha cambiado de ropa y está sentada en el sofá, jugueteando con el anillo plateado y pensando en Dios sabe qué.

Victoria y Melanie permanecen a su lado, y Claudia y Nil continúan allí, más serios que nunca.

Melanie no para de mirarlos, de intentar encontrar una pista en ellos que le confirme que lo que acaban de decir es real. Que esas dos personas, y todos los que las han rodeado los últimos días, son vestigios del pasado. No, en realidad no son vestigios, porque siguen siendo de carne y hueso, existen delante de ella. Son humanos. O algo así.

—¿Me estás diciendo que tenéis cuatrocientos años? —pregunta Emma, como si le hubiera leído la mente.

—Trescientos —la corrige Claudia.

—No es exactamente así. —Nil, que parece más colaborador que su hermana, la mira y niega con la cabeza—. El tiempo se congeló. No sentimos que cada día sea como antes. No he vivido trescientos años, solo sé que entre el día en el que el tiempo se paró y el día que vosotras llegasteis a Finestres, el tiempo avanzó. Podríamos llevar aquí mil años, medio siglo o dos días.

Melanie no acaba de entender a Nil, pero duda que alguien pueda hacerlo. Nada de eso tiene sentido. Victoria parece a punto de implosionar, con la cabeza entre las manos y los ojos fijos en los dos hermanos. ¿En qué estará pensando? ¿En si la piel de Claudia y Nil se resquebrajará si la frotan para convertirse en polvo?

—La brujería es lo que es —interviene Claudia—. Puedes buscar una explicación todo el tiempo que quieras, pero eso no te hará comprender mejor la crueldad o el poder de tus antepasadas.

Antepasadas.

—Así que la maldición es real —susurra Melanie.

—La maldición fue el regalo de las hermanas Lanau el día que se marcharon de Finestres hace ya más de trescientos años —dice Nil—. Si Cristian os visitó, imagino que os contaría la leyenda del valle. Esa que habla de Helane Lanau y el chico al que amó hasta que sus hermanas lo asesinaron.

—Anchela, Alizia y Helane —enumera Claudia—. Las hermanas Lanau. Crecieron con nosotros. Helane era de mi edad, Alizia de la de Nil y Anchela un poco más mayor. Su madre había muerto al dar a luz a Helane, así que vivían con sus abuelas en esta casa. Cuando Helane cumplió catorce años, la última de esas viejas también murió y se quedaron solas.

Melanie traga saliva. La historia es demasiado parecida a la suya como para que no se le forme un nudo en la garganta.

—No fue nada fácil para ellas. —Los ojos marrones de Nil se pierden en la ventana, como si intentara ver algo más allá del jardín, entre la niebla—. Tres mujeres viviendo solas y en mitad del bosque... a nadie le hacía mucha gracia. Sin embargo, Finestres es pequeño y nadie dijo nada. Nunca se metían en los asuntos de nadie, de todas formas.

»La leyenda sucedió tal y como la cuentan. Helane se enamoró, sus hermanas se enfadaron con ella y mataron al muchacho.

—Alizia quemó sus restos —dice Claudia—. Helane me había contado su secreto. Que su hermana podía controlar los elementos: invocar el viento, mover mareas y domar el fuego.

Se hace un silencio pesado.

Emma se estremece y se retuerce los dedos contra el pecho. Si cierra los ojos, Melanie todavía la ve ardiendo en mitad del salón.

—Exacto, como tú —sentencia Claudia.

—¿Y qué pasó después? —pregunta Victoria. Por fin ha sacado la cabeza de la barrera que había creado con las manos. Parece cansada, totalmente agotada de pelear contra lo absurdo.

—Alguien se lo contó al cura —dice Nil—. Y él marchó a llamar a la justicia ordinaria, que en aquel momento eran los encargados de tratar casos como el de las hermanas Lanau. Pero no llegaron a tiempo. El cura nunca llegó a tiempo porque las hermanas se enteraron de que el pueblo quería vengarse por lo sucedido y se adelantaron. Esa misma noche, Claudia fue a visitar a Helane y...

—La casa me rechazó por primera vez —completa Claudia—. Esas brujas habían hecho algo para que nadie pudiera entrar sin su invitación, y me quedé fuera. Desde el jardín vi que planeaban algo, así que avisé a los demás. Pero cuando nos reunimos justo ahí —señala el exterior—, ellas ya lo habían preparado todo. Estaban cogidas de las manos, todo se volvió más oscuro de repente y...

—Nos condenaron a una vida eterna —concluye Nil, mirándose las manos—, o, más bien, a una muerte eterna, lo mires como lo mires. Nuestros cuerpos no cambian, los niños no llegan, el día a día es siempre igual y nadie es capaz de morir. Lo hemos intentado de mil maneras, pero es como caer en un sueño extraño del que despiertas al día siguiente como si nada hubiera pasado.

—«El embrujo se cumple, la muerte se apaga —recuerda Melanie—. La eternidad ha llegado y la vida se alarga». Nuestras abuelas cantaban eso para hacernos dormir mejor.

—Me alegra que durmieras mejor gracias a nuestra pesadilla.

Melanie se traga el «perdón» que está a punto de decir. Claudia la ha machacado desde que la vio por primera vez, y ahora cree entender el motivo, pero eso no significa que tenga que aceptarlo. Si lo que ellos dicen es cierto, ni sus hermanas ni ella tienen la culpa de nada.

—Siento mucho si te recuerdo a Helane Lanau —susurra—. Siento recordarte a la persona que os hizo esto.

—Helane no lo hizo —bufa Claudia—. Intentó evitarlo y, si no fuera por ella, habríamos perdido toda esperanza. Ella no tuvo la culpa de que esas dos brujas decidieran condenarnos.

—Y entonces ¿por qué nos habéis perseguido hasta aquí como si fuéramos vuestra presa? —pregunta Emma. Hace un buen rato que no dice nada. Seguramente siga afectada por lo que acaba de vivir y la conversación no lo pone más fácil—. ¿Por qué has hablado de quemar la casa?

—Porque este era el hogar de esas brujas —responde Claudia—, y me encantaría verlo arder. Y en cuanto a los demás...

Nil agacha la cabeza y mueve la silla de ruedas hasta la ventana. Una vez allí, levanta la mano y limpia el vapor del cristal. Melanie estira el cuello para ver mejor y comprueba que, aunque los vecinos se han marchado, han dejado las calabazas en el suelo, como ofrendas de su poca simpatía hacia ellas.

—Lo siento. —Nil las mira—. Cuando llegasteis, le pedí al alcalde que nos diera algo de tiempo para hablar con vosotras. Y anoche perdieron la paciencia. Lo único que las Lanau dijeron al abandonarnos aquí fue que solo a su regreso la maldición podría empezar a romperse, pero jamás volvieron. —Melanie recuerda lo que ponía en la nota que encontraron dentro de las cartas del tarot: «En la Noche de los Muertos, cuando la luna se alce con su brillo más frío, la niebla cubra cada rincón y las hermanas Lanau vuelvan a estar juntas, el conjuro original se empezará a debilitar»—. Os juro que no sabía que iban a mostraros la crueldad de la maldición de una forma tan... gráfica —termina.

—¿Te refieres al hombre que ha saltado de la torre?

Emma vuelve a tener expresión de angustia. Melanie estaba con Lucas, así que no ha visto nada, pero ha podido leer en los ojos de sus hermanas el horror de ser testigos de algo así. Ahora que lo piensa, ¿dónde está Lucas? Prefiere no haberlo visto entre el grupo de gente que las ha seguido, pero... ¿Sabrá él todo lo que Nil les está contando? Pues claro. ¿Cómo no lo va a saber? Sus padres son tan vecinos de Finestres como los tres que han intentado entrar en la casa hace un rato.

—No es para tanto —bufa Claudia.

—¿Sabes? Pensaba que estabas podrida por dentro, pero no sabía hasta qué punto —replica Emma.

Victoria le pone una mano tranquilizadora sobre el brazo a su hermana y Nil hace lo mismo con la suya.

—Tenéis que entenderlo. El pueblo está cansado y muchos ya han perdido la cabeza —explica Nil.

—La que va a perder la cabeza soy yo —replica Emma—. ¿Quién en su sano juicio entendería nada de esto?

—No te pido que lo entiendas, Emma. —Desde que lo conocieron, Nil no ha hecho más que soltar una broma tras otra, pero ahora la congoja está presente en cada una de sus palabras—. Ni tampoco puedo exigirte que confíes en mí, pero te lo voy a suplicar. A pedir por favor. —Emma arruga la nariz—. Porque yo creo que todo puede arreglarse, que todo puede terminar bien. El día que las hermanas Lanau se marcharon, Helane nos dejó una pista sobre cómo acabar con esta maldición. Fue ella quien dijo que, cuando las hermanas Lanau regresaran al pueblo y llegara la Noche de las Ánimas, la niebla lo envolvería todo y las cosas se arreglarían. Creíamos que ellas volverían, pero se trataba de vosotras, sus herederas.

—Los vecinos opinan que la manera de acabar con la maldición es mataros —dice Claudia, que no parece preocupada por endulzar nada de lo que les están contando—. Pero, por suerte para vosotras, la casa no va a dejar que entren.

—Y entonces ¿por qué a vosotros sí os ha dejado entrar?

—Porque vosotras nos invitasteis ayer —responde Nil rascándose la cabeza—. La verdad es que no teníamos ni idea de lo que iba a pasar cuando os visitamos con las calabazas, pero esta noche, al acercarnos, no hemos sentido esa barrera de hostilidad que rodea la casa desde lo que sucedió. Es como si todo hubiera vuelto a los días en los que este lugar era agradable.

Melanie no estaba cuando los dos hermanos entraron en la casa; ella andaba ocupada intentando arreglar el destrozo que había hecho Emma en su dormitorio. Pero cuando Nil dice eso, su mente viaja un poco más atrás, al primer día que llegaron y al instante en el que pusieron los pies en el interior de la casa. Recuerda a la albacea, en el porche, y la conversación que tuvo lugar entonces.

«¿No quiere entrar?», le había preguntado ella.

«Si ustedes me lo permiten...».

«Pasa, pasa», le había dicho Emma.

Así es como funciona la casa. Y a eso se refería la albacea cuando dijo que las protegería. Pero está en sus manos decidir de qué o de quién. Y si cometen errores e invitan a quien no deben...

«Por eso te avisé de no dejar entrar a ese hombre». Melanie busca el origen de la voz, pero no lo encuentra. El día que Cristian apareció, alguien la advirtió. Tal vez así esquivaron un problema mayor.

Se acaricia los brazos en un gesto inconsciente. Tiene el vello de punta desde que oyó el grito de Victoria cerca de la ermita. Ahora le horroriza todavía más porque no puede dejar de pensar en que han estado conviviendo y relacionándose con la misma gente que no titubearía a la hora de acabar con ellas.

—¿Y ahora qué? —pregunta Victoria—. ¿Vais a matarnos en nombre de vuestros vecinos?

—Ojalá fuera así de fácil. —Claudia se acerca a su hermano y le pone una mano en el hombro—. Que ellos piensen que la manera de romper la maldición es matándoos no quiere decir que sea cierto. Helane era mi amiga y sé que jamás habría hecho algo tan cruel. Ni aunque la hubieran obligado sus hermanas. Sois sangre de su sangre y, para ella, eso era lo más importante. Para esas brujas no, pero para Helane sí.

A Melanie le sorprende que Claudia hable bien de alguien. Hasta ahora ha sido impertinente, maleducada y frívola. A veces, ni siquiera parece que Nil le preocupe demasiado. Pero está claro que siente una confianza ciega en su amiga.

—Creemos que vosotras sois las únicas que pueden solucionarlo —dice Nil.

> *Solo vosotras podéis romper la maldición, solo tenéis que doblegar a la Sombra.*

Melanie no sabe qué decir. ¿Debería contarles a los hermanos que encontraron esa carta y lo que ponía en ella? Indecisa, mira a sus hermanas: a su derecha, Victoria se rasca el cuello con las uñas. Otra vez. Lo hace con tanta fuerza que está empezando a dejarse pequeños puntitos de sangre, pero no se atreve a pedirle que pare. A su izquierda, Emma parece haber vuelto en sí completamente y los ojos grises le centellean.

—Pues lo siento mucho, pero nosotras no tenemos ni idea de cómo acabar con esa maldición. Si lo supiéramos, ya no estaríamos aquí, ¿entiendes?

—Pero nosotros sí que lo sabemos —dice Nil—. O al menos, creemos saber cómo averiguarlo. Si venís con nosotros, la gente del pueblo no os hará nada. De momento.

—¿Y por qué íbamos a ir con vosotros?

—Porque las otras opciones son salir ahí fuera y esperar a que os pillen o morir aquí dentro —replica Claudia.

Melanie espera la respuesta de sus hermanas. Emma se ha cruzado de brazos y no parece dispuesta a aceptar la proposición, pero Victoria sigue pensativa.

—No tenemos más opción —susurra.

—¿Qué dices? —exclama Emma, girándose hacia ella—. ¿Te fías de ellos?

—No he dicho eso, pero ¿qué otra cosa podemos hacer?

—Chica lista —sonríe Claudia—. ¿Qué hacemos entonces?

Melanie asiente con lentitud. Emma suelta un bufido y dice:

—Si veo el más mínimo indicio de que intentáis traicionarnos, os las veréis conmigo.

—Mientras no pierdas el control y quemes el valle, por mí encantada.

CAPÍTULO 17

Emma

El fuego lo envuelve todo. Emma flota en mitad de la nada mientras el abrazo asfixiante de las llamas intenta consumirla y convertirla en cenizas. Patalea y mueve los brazos, tratando de encontrar algo o alguien a quien aferrarse, pero sin éxito. Se encuentra en un vacío en el que cada vez es más difícil respirar. Está asustada, y ese miedo pronto se convierte en desesperación cuando la piel se le empieza a volver negra.

Y lo peor es que no le duele, solo siente que se ahoga. Que quiere escapar. El calor ya no es algo físico, está también dentro de ella, como un monstruo que se abre paso entre sus entrañas para consumirla por completo. Una explosión la sacude y sus dedos negros vuelven a ser rosados, con pecas y manchas de nacimiento. Pero eso cambia rápidamente cuando la sangre le mancha las palmas de las manos y se le escurre por los brazos. «¿Es mi sangre?», piensa asustada. «¿Es la de otros?», se plantea con horror.

Entonces, Emma se despierta con la respiración entrecortada y el pecho encogido. Parpadea y deja que los ojos se acostumbren a la penumbra de la habitación. La luz de la mañana entra tímidamente por la ventana del salón e ilumina una figura que la observa desde el sofá.

Es como si se hubiera despertado de una noche de borrachera plagada de errores. Uno de ellos tan grande que le duele la cabeza solo de pensarlo. Recuerda lo asustada que estaba y lo rápido que el fuego acudió a ella. Pero no fue como las primeras veces, cuando jugaba a encender una pequeña llama en la punta de los dedos. No, fue salvaje, un incendio en su interior del que perdió el control. Un control que ni siquiera sabe si en algún momento tuvo.

Agradeció recuperar la consciencia en brazos de Melanie, porque se sintió a salvo. Fue un segundo antes de que viera a Claudia y a Nil. Ella con las manos llenas de sangre, él con la mirada dolida. Emma se arrepintió al instante de lo que había hecho, pero el miedo siguió consumiéndola durante un buen rato. Sigue dándole vueltas a todo lo que les contaron y preguntándose si en algún momento despertará. Sabía que había algo extraño en Finestres, pero jamás habría imaginado algo así.

Para cuando Claudia y Nil dijeron que se negaban a irse de la casa, ya estaba más tranquila. Claudia, cabezota y exigente, acabó en su cuarto, y a ella no le quedó más remedio que echarse en el salón, encima de un rebujo de mantas y una almohada vieja. Según Claudia, porque Emma había metido la pata y era su forma de cobrarse las molestias. En realidad, porque Nil y Claudia tuvieron un encontronazo algo tenso cuando Emma se recuperó y tenía pinta de que los dos hermanos no querían compartir espacio vital.

—¿Te encuentras bien? —pregunta Nil, que casi parece preocupado.

Nil se quedó abajo y Emma con él, a pesar de que lo último que quiere ahora es mirarlo o dirigirle la palabra. Hace tiempo que aprendió la lección de que no hay que confiar en los hombres. No importa la sonrisa que te dediquen o las palabras acarameladas con las que te llenen de halagos. Lo mejor es marcar una distancia que les impida hacerte daño. Parece que con Nil se le olvidó, no sabe si porque toda la situación la tiene desorientada o quizá porque con él fue sencillo y natural, como si no hubiera ninguna intención oculta o un final amargo al final del camino. Pero ha resultado ser un mentiroso, igual que todos. Así que podría ignorarlo o dedicarle palabras afiladas, pero decide incomodarlo.

—Estoy bien. Solo he tenido un sueño demasiado caliente —responde, y se siente orgullosa, pero de golpe le vuelve el recuerdo del sueño en el que lo tenía encima y el calor le sube a las mejillas—. ¿Qué haces despierto? Ah, claro, que eres un abuelo y los abuelos amanecen temprano.

Nil arquea una ceja, pero en los labios se le forma una sonrisa ligera.

—Técnicamente, tengo veintitrés.

—Esperaba que, al dormir, toda esta historia imposible resultara no ser real —admite ella para sí.

—Vaya, ahora deseamos las mismas cosas...

Emma lo fulmina con la mirada y aparta las mantas para sentarse y mirarlo mejor. El chico se incorpora en el sofá, con el pelo revuelto y los mofletes hinchados. En otra situación, y si Nil no fuera Nil, sino un extraño al que no tendría que aguantar al día siguiente, se tumbaría en el sofá con él. Pero sigue siendo Nil, y le ha hecho daño, así que Emma se limita a bajar la vista.

—No te equivoques. —Se concentra en los dedos de la mano derecha. La noche anterior, un grupo de niños que no tendrían ni diez años se acercaron a ellos cuando andaban cerca de la ermita. Le pidieron a Nil que les contara algunos chistes porque ya estaban cansados de tantas historias de terror. Verlo rodeado de esos críos, tan sonriente y amable, despertó en ella unos sentimientos que ahora mismo está intentando reprimir. Por muy afable que Nil parezca, lo de la noche anterior es difícil de perdonar—. Lo que yo quiera o no es cosa mía. Y no tengo ningún interés en compartir mis deseos con un mentiroso.

—Emma, yo...

—Tengo que ducharme —lo interrumpe y se pone en pie—. ¿Necesitas algo?

La sonrisa ligera de Nil desaparece.

—No, gracias.

—Genial.

Y se marcha de allí.

Después de ducharse, Emma sale al jardín. El agua fría no ha calmado los sentimientos confusos que se han apoderado de ella. Y cuando Emma está confusa, también se enfada.

Camina hasta que sus botas viejas, unas que han encontrado y que solo le van un poco grandes, rozan la tierra fresca. Se ha fijado en esa parte del jardín las veces que ha salido a por agua del pozo y a practicar con su don. Está claro que, hace tiempo, fue un huerto.

Se agacha para tocar con los dedos un hierbajo que le parece bonito. Acaricia los pelos diminutos que le crecen por encima del tallo. Si se concentra lo suficiente, es como si estuviera recibiendo mordiscos diminutos. Duele de una manera absurda que la hace sentir bien.

No va a volver a llamar al fuego. Desde que las cartas entraron en sus cuerpos, Emma lo ha vivido todo como un juego, pero ha puesto en peligro la vida de sus hermanas. Las ha herido intentando protegerlas. Así que cierra una de las puertas de su pecho con llave. Entonces, el hierbajo se mueve de un lado a otro, como si el viento lo meciera con cariño. Solo que no es el viento, es la mano de Emma, que lo acaricia sin tocarlo. Los pequeños pelillos crecen, el tallo se enreda sobre sí mismo y las hojas se hacen más grandes, hasta que un capullo de color blanco florece en el centro.

—Eso es increíble.

Melanie se agacha a su lado. Se ha peinado el cabello corto detrás de las orejas y parece un conejillo con ojeras. Emma le sonríe con amargura.

—Mejor que lo de anoche, eso seguro.

—Al menos, tú fuiste capaz de hacer algo —se lamenta su hermana—, yo me quedé allí... Sin poderes y sin coraje.

Claro, porque solo es un conejillo asustado que se pinta demasiado la raya negra de los ojos. Sin embargo, no le dice nada, porque Victoria aparece seguida de Nil y Claudia. Esta última lleva una bolsa que Emma no sabe de dónde ha salido.

Emma se levanta y clava la mirada en el chico, pero este ni siquiera hace amago de prestarle atención. Avanza con la silla de ruedas entre los hierbajos.

—Helane tenía un escondrijo que ocultaba de sus hermanas. Claudia y yo hemos ido otras veces, pero lo más importante que hay allí no nos pertenece. Quizá, si vosotras lo intentáis, encontremos alguna pista.

—No sé si me gusta mucho que tengamos que ir a un escondrijo en busca de un «quizá»... —susurra Melanie.

Nil se detiene junto al pozo.

—Tenemos que bajar.

A Emma se le escapa un bufido.

—¿Por el pozo?

—No, claro que no —responde Nil—, aunque si quieres puedes

intentarlo. Yo no te voy a seguir, lo siento. —Les da unos toquecitos a las ruedas—. Tengo los hombros muy anchos y me quedaría encajado.

Emma sabe que es un chiste, pero no piensa concederle ni una mueca divertida.

—Hay una entrada —dice Claudia, y Emma agradece que no tenga ningún sentido del humor—. No está muy lejos.

—¿Cómo sabemos que no nos vas a hacer nada? —pregunta Melanie.

—Porque ayer podría haber dejado que tu hermana os quemara vivas y lo evité, ¿no?

Emma frunce el ceño.

—¿Cómo lo hiciste? ¿Cómo paraste el fuego?

Claudia se apoya en el pozo y sonríe de lado.

—Helane era mi amiga. Sé protegerme.

—Eso no responde a mi pregunta. —Emma se acerca más a la chica—. ¿También eres una bruja?

—Una bruja no se hace, una bruja nace —replica ella—. Pero la brujería no es exclusiva de unas pocas. Helane me enseñó algunos trucos.

«Qué conveniente», piensa Emma.

—Usaste tu sangre —dice Melanie—. Vi cómo te cortabas la mano.

—Usó un glifo —explica Nil—. Un tipo de brujería para las humanas.

—Pues de poco os sirvió. —Emma se cruza de brazos y se alegra al ver que Claudia parece estar a punto de echar fuego por la nariz—. Venga, ¿adónde vamos?

—No me creo que llevéis ya varias semanas aquí y todavía no hayáis querido ir más allá de vuestro jardín.

—Es que nuestra intención era ir en la otra dirección. —Victoria se aparta el pelo rubio de la cara y echa a andar liderando la marcha, como si supiera hacia dónde va—. Lo más lejos posible de esta casa y de este pueblo.

—Si todo sale bien, pronto podrás hacerlo —afirma Claudia, mientras la adelanta—. Y yo seré la chica más feliz del mundo.

Aunque, por la expresión de su cara, Emma duda que Claudia pueda sentir alguna emoción positiva por mucho que lo intente.

Emma sigue a su hermana mayor y decide no mirar atrás, donde Nil y Melanie avanzan con cuidado. El bosque está lleno de piedrecitas, de raíces traicioneras y charcos con malas intenciones. A pesar de que siguen un sendero bastante parecido al que lleva a la ermita, ese lado del bosque es más sombrío y silencioso. No hay apenas flores y los arbustos muestran los dientes o, mejor dicho, sus estrechas ramas llenas de pinchos. Por un instante, se imagina los ojos de los habitantes del pueblo entre la niebla. Los ve ocultos entre los arbustos, dispuestos a saltar sobre ella.

—Esta parte del bosque es menos popular —dice Nil a su espalda, en el mismo tono que usaría un guía turístico—. Aunque cuando éramos niños me encantaba venir por aquí. Hay un arroyo precioso algo más lejos.

—El agua de la montaña te puede congelar los huesos. —Melanie, que no parece tener ningún problema en entablar conversación de ascensor con alguien que les ha ocultado algo tan importante y horroroso desde hace semanas, sonríe—. Pero dicen que es buena para la salud.

—Jamás he pillado un resfriado —se ríe Nil.

—¿Os importa? —Emma se gira y empieza a caminar de espaldas—. No escucho mis pensamient...

Ve los ojos de Nil abrirse de golpe antes de darse cuenta siquiera de que el pie se le ha quedado encajado en una rama. Emma bracea en el aire y, un segundo después, cae de culo. Maldice en voz baja y, cuando mira hacia arriba, tiene la mano de Nil a un centímetro de la nariz.

—¿Necesitas ayuda?

Rechaza esa ayuda burlona de un manotazo y se pone de pie, limpiándose el pantalón. Sin mirar atrás, avanza hasta donde esperan Victoria y Claudia. No quiere que Nil vea que se ha vuelto a poner roja como un tomate. En momentos como ese, desearía ser tan simple como sus hermanas creen que es. Querría olvidar que Nil forma parte de esa locura, que sabía que los vecinos querían matarlas y no la avisó. Ojalá no pensar tanto y poder convencerse a sí misma de que la mentira ocultaba buenas intenciones.

—¿Qué estás haciendo? —Victoria la regaña como si estuviera haciendo el idiota. Después señala con la cabeza—. Ya hemos llegado.

Emma se apresura y se contiene para no discutir con su hermana.

Claudia ha apartado unos matorrales que cubrían la entrada a un hueco en la pared. Emma lo llama así en su cabeza «hueco en la pared» porque hablar de «cueva» sería una exageración. Es muy pequeño, muy oscuro y más estrecho de lo que esperaba. Lo justo para que quepa la silla de ruedas de Nil; al límite para que Emma se atreva a poner un pie ahí dentro.

—¿Estamos seguras de esto? —pregunta mirando a sus hermanas.

—Yo no. —Melanie mete las manos en los bolsillos—. Pero no tenemos más remedio.

—Seguidme. —Claudia rebusca en la bolsa que lleva colgando y saca un pequeño farolillo. Lo enciende con una cerilla y lo levanta a la altura de la nariz—. Esto no ilumina mucho, así que no os quedéis atrás. Nil cerrará la marcha.

—Así, si nos ataca un monstruo, yo seré su primera víctima.

—Así no podrán escapar —gruñe Claudia—, que todavía no me fío de estas tres.

—Ni nosotras nos fiamos de ti. —Victoria le da un golpe con el hombro y se acerca a la entrada—. No tenemos todo el día.

Al final, Emma acaba en la retaguardia, justo delante de Nil y sin ver apenas a un palmo de la nariz. En el interior de la cueva hace mucho frío y las paredes están húmedas. Tiene la sensación de que, si apoya la palma de la mano en algún lugar, le parecerá estar acariciando un nido de babosas. El suelo es de tierra y mucho más amable que el del exterior, pero Emma teme no encontrar terreno estable bajo los pies en cualquier momento y caer sin fin.

—Emma, ¿podemos hablar un segundo? —le pregunta Nil.

No. No pueden.

Y da igual que insista o que cada vez que abra la boca Emma sienta que algo la empuja hacia él, un algo más que no alcanza a comprender: no quiere escuchar sus excusas.

—No te dije nada porque habrías pensado que estaba chiflado. —La voz de Nil suena muy cerca de ella. Ha susurrado, pero, con el eco de la cueva, seguro que las otras los oyen—. ¿Qué querías que dijera? Hola, soy Nil. Llevo atrapado en este pueblo más de trescientos años por culpa de tus tataratataratataraabuelas. La gente piensa que, ahora que habéis venido, es el momento de romper la maldición. ¡Ah! Y creen que para conseguirlo hay que mataros.

—Habría sido mejor que aguantar tus mentiras.

—¡Yo no te mentí! No tenía ni idea de si estabas al tanto de la maldición o no. Cuando te vi por primera vez me asusté. No tengo buenas experiencias con la familia Lanau, ¿sabes?

—No parecías muy asustado.

—Porque pensé que era injusto que una bruja Lanau fuera tan guapa.

Emma conoce bien esa estrategia. Conoce a tantos hombres que la han usado con ella que ha perdido la cuenta. El problema es que cuando son los labios de Nil los que pronuncian la frase, siente un cosquilleo agradable en la parte baja del estómago. «Pero ¿qué me pasa? ¡Lo acabo de conocer! Y ningún piropo me hará cambiar de opinión».

—Te reíste de mí.

—¡Porque cuento chistes cuando estoy nervioso! O cuando tengo miedo. O cuando me siento incómodo —se justifica él.

—O sea, todo el tiempo.

—¡Pues sí! —Nil le tira de la manga y a Emma no le queda más remedio que pararse y mirarlo a los ojos. En la oscuridad, parecen dos pozos sin fondo. Como ese al que a cada paso se imagina que va a caer—. Tú tampoco fuiste sincera conmigo. Podrías haberme dicho que no podíais salir del pueblo, pero no teníais ni idea del motivo. Hemos metido la pata los dos.

—Lo que tú digas. —No va a darle la razón, ni siquiera si en eso último puede que esté un poco en lo cierto, así que se gira otra vez y sigue las voces de Victoria y Claudia, que parecen discutir sobre algo. Es difícil, en un espacio como ese, saber de dónde vienen los sonidos. Oye pisadas, pero podrían venir del frente o de la entrada de la cueva. Con pocas ganas de seguir discutiendo con Nil, le habla por encima del hombro—: Tu hermana tiene razón. Debemos resolver esto cuanto antes para que nos podamos marchar y vosotros podáis encontrar la paz eterna o lo que sea.

La silla de Nil se detiene de golpe.

Emma casi puede oírlo luchar por elegir las palabras adecuadas. Cada segundo le parece eterno.

Al final, solo suelta un suspiro.

—Sí, mi hermana tiene razón. Y date prisa, anda, que están tan lejos que ya no veo nada.

Alcanzan rápido a las demás, porque la cueva se vuelve más amplia y el farolillo ilumina con más claridad la altura del techo. Y es que, si mira hacia delante, Emma logra distinguir un diminuto haz de luz natural. Es como un puntito en la distancia.

Están acercándose al fondo del pozo.

Para su sorpresa, el espacio no está vacío. Hay unas mantas viejas en una esquina, algunas cajas de madera y un pequeño escritorio apoyado contra unas rocas. Nada parece imposible ya, pero Emma juraría que se trata de un pequeño estudio escondido en la montaña.

—¿Es aquí? —pregunta Melanie, acercándose al escritorio. Coge una vela casi consumida y la vuelve a dejar en el mismo sitio, como si temiera haber despertado otra maldición.

—Helane buscaba la tranquilidad —asiente Claudia—. No es fácil de encontrar.

—¿Que no es fácil? —Emma mira a su alrededor—. Esto es una cueva justo al lado del pueblo. Es imposible que nadie la encontrara, y más si iba y venía constantemente.

—Eso es porque la cueva funcionaba igual que la casa. —Nil avanza hasta el lugar en el que Melanie espera, inquieta—. Si no te invitaban, no podías entrar. Helane nos permitió la entrada a unos pocos y cuando ella... Bueno, después de lo que pasó, cualquiera puede acceder si sabe dónde está la entrada.

El chico coge un libro que hay sobre la mesa. Emma ya se había fijado en él porque parece ser lo único que ha sobrevivido al paso (o no paso) del tiempo. Tiene las tapas aterciopeladas, de color azul, y una mancha oscura en el lomo.

—Helane nos dejó entrar, pero este libro es lo único que no hemos conseguido abrir. —Le ofrece el tomo a Victoria—. Creo que, si sois vosotras, podremos leer lo que oculta. Aquí están nuestras esperanzas. Todo sucedió muy rápido, así que, si Helane conocía una forma de romper la maldición de sus hermanas, tuvo que escribirlo en esas páginas.

Emma se acerca a sus hermanas. Victoria parece demasiado entera como para estar sosteniendo el objeto que determinará si salen con vida de todo eso o no. Melanie respira tan fuerte que Emma teme que explote de un momento a otro.

—¿Lo abrimos? —pregunta con voz firme.

—Lo abri...

Pero antes de que pueda acabar la frase o cumplir con su intención, unos pasos ligeros las interrumpen. Si la cueva no fuera tan silenciosa, seguramente nunca habrían oído nada.

Emma se gira y distingue una figura apoyada en la pared. Tiene cierto aire culpable, pero al mismo tiempo observa la escena con interés.

Victoria se pega el libro al pecho.

—¿Cristian?

CAPÍTULO 18

Melanie

Cristian.

Cristian con un candelero y una vela sobre él que le ilumina el rostro. Ojos de jade abiertos de par en par, como si acabara de desenvolver un regalo de cumpleaños.

—¿Cristian? —pregunta Nil—. ¿Qué haces aquí?

Cristian levanta las manos y da un paso al frente

—Lo siento. Ayer oí a la gente hablar y hoy os he seguido.

Da un paso al frente y Melanie suelta un jadeo.

«No es de fiar», dice una voz.

A riesgo de que los demás la tomen por loca, Melanie cierra los ojos para seguir escuchando. La voz suena hueca, como si saliera de algún rincón de esa misma cueva.

«Debes proteger el libro».

Melanie abre los ojos y se da cuenta de que todos la están mirando.

—¿Estás bien? —susurra Emma a su lado.

Melanie asiente con una mentira silenciosa. Observa a Cristian con desconfianza, pero agradece que sea Claudia la que hable por ella.

—Cristian, será mejor que te marches de aquí cuanto antes.

—Necesito entender...

—Ya te dijimos todo lo que tenías que saber.

—Un momento. —En el rato que Melanie ha estado escuchando las voces, Victoria se ha puesto el libro a la espalda y parece confusa—. ¿Tú no eres como...?

«Ellos». Y Claudia ha dicho «entraste en el pueblo».

—¿No eres de Finestres, Cristian? —pregunta Melanie.

El joven se gira hacia ella. En la oscuridad de la cueva, esos ojos verdes parecen dos piedras preciosas.

—No, no lo soy. Llegué aquí hace un tiempo, aunque no tengo muy claro cuándo. Y no puedo salir de él.

«Miente», insiste la voz.

—¿Y no estás preocupado? —pregunta Melanie.

Piensa en todo lo que ella ha dejado atrás. El club de cerámica al que solo ha ido a dos clases. El piso de las abuelas. El chico del café que le dejó el número de teléfono escrito en la cuenta y al que nunca llamó. ¿Qué pasará si el tiempo avanza en ese mundo y el suyo se queda inmóvil? ¿Y si regresa cuando nada de lo que ella conoce sigue existiendo?

—Pues...

—Cristian llegó desorientado al pueblo —dice Claudia—, creo que poco antes que vosotras. La diferencia es que él no tiene nada que ver con la brujería. Salvo su obsesión con ella. Echadlo de aquí antes de que suponga un problema mayor.

Melanie mira a Claudia sin dar crédito a sus palabras. Habla como la Reina de Corazones de *Alicia en el país de las maravillas*. Regia, fría y esperando que nadie la contradiga. Ni siquiera le preocupa que Cristian esté delante y pueda sentirse ofendido.

—Si Cristian no estaba cuando las hermanas Lanau lanzaron la maldición, pero ha conseguido entrar en el pueblo, quizá su papel sea importante. —Melanie habla sin darles tiempo a sus pensamientos a hacer un filtro. La voz se cuela constantemente: «No te fíes, Melanie. No confíes en él»—. Ahora que lo pienso, la... la albacea que nos trajo aquí también entró en el pueblo. Ella se marchó.

—Esa tía fue quien nos trajo hasta aquí y nos dio la caja con los anillos —le recuerda Emma, y hace un gesto con la mano cuando Claudia y Nil esbozan la misma expresión interrogante al mencionar las joyas—. ¿Tú tienes algo que ver con ella?

Cristian se ajusta las mangas del jersey, como si quisiera ganar algo de tiempo.

—No sé quién era esa mujer.

—No suenas nada convincente, amigo —gruñe Emma—. ¿Quién narices eres? ¿Y quién era ella?

—Si yo tuviera algo que ver con esa mujer de la que habláis, también habría escapado, ¿no?

Melanie intenta que la voz le dé la respuesta a esa pregunta, pero solo encuentra el silencio.

—En eso tiene razón. —Nil se rasca la sien, pensativo—. ¿Decís que salió del pueblo? Nadie sale del pueblo.

—Pues ella sí. Desapareció —insiste Melanie—. Vino con nosotras, y cuando nos dejó los objetos de las abuelas... Nos dijo que iba a darnos intimidad y entonces se desvaneció. Tenía un coche, pero, ahora que lo pienso, ni siquiera la oí arrancar.

—¿Y si era un fantasma? —pregunta Emma con un escalofrío exagerado—. Oh, no. ¿Tú eres un fantasma?

Cristian enseña los dientes, en un amago de sonrisa que acaba por no salir a la luz.

—¿Un fantasma? Podéis pellizcarme, soy de carne y hueso.

—Nadie va a... —empieza a decir Victoria, pero Emma cruza la distancia que la separa de Cristian y le retuerce la piel de la mejilla con fuerza.

—Es de verdad. No es un fantasma.

—¿Era necesario? —protesta Cristian, frotándose la cara con el ceño ligeramente fruncido—. No soy un fantasma.

—¿Y si la albacea era el espíritu de una de las hermanas Lanau? —sugiere Emma—. Dijo que se llamaba Laura, pero seguro que era mentira...

—Eso es imposible —Cristian la interrumpe—. Las brujas se funden con la tierra al morir. No hay registro de ninguna bruja que se haya convertido en fantasma.

—¿Y entonces qué era?

Cristian niega con la cabeza y sigue frotándose el pellizco.

—Yo solo sé de brujas.

—Y mientras descubrimos quién eres, será mejor que te quedes bien quieto —sentencia Victoria—. Si los fantasmas están detrás de lo que está sucediendo, no podemos hacer nada para solucionarlo.

Pero Claudia chasquea la lengua, llamando la atención de todos.

—Eso no es exactamente así, porque uno de vuestros dones está relacionado con los muertos.

—¿Qué?

—Hablo de vuestros poderes. —Claudia señala a Victoria—. Anchela, la mayor, poseía el don del control: control del tiempo, control de las mentes, control de la voluntad; Alizia, la mediana, era la más difícil de encontrar y pocas veces salía del bosque: dominaba los elementos como el fuego, el agua o el viento, y, por último, Helane, que oía las voces de los muertos. Poco podía hacer con eso, así que buscaba la amabilidad de los vecinos cuando sus hermanas la hacían de menos.

«Helane oía las voces de los muertos».

¿Eso es lo que le ha estado pasando a ella? Todas esas voces... ¿Eran de alguien que ya no está? La voz que la aconseja... ¿es la de una muerta?

Melanie tiene que apoyarse en el hombro de Victoria para que no se le doblen las rodillas.

—Si hay un espíritu vagando por ahí, os aseguro que no es el de Helane.

—¿Y cómo estás tan segura de que no ha sido Helane? Si era la que podía comunicarse con los muertos, entonces tiene sentido que nos trajera hasta aquí desde el más allá.

—Cristian, ¿hay alguna forma de matar a una bruja para que no pueda volver a la tierra? —pregunta Claudia en tono imperioso.

Cristian la observa con curiosidad, seguramente preguntándose por qué de repente se encuentra en una clase sobre brujería.

—Las leyendas dicen que existe un lugar en el que las brujas que no vuelven a la tierra descansan para siempre, pero en ningún caso es este mundo. Los cuerpos de las brujas se desintegran en el instante en el que fallecen. Vuelven a ser barro, o eso cuentan. Las que no siguen ese camino acaban en algo así como un... ¿purgatorio? Muchas religiones creen en él. Durante la caza de brujas en Europa y también aquí, si el caso lo requería, se tomaban medidas para que las mujeres fueran a ese lugar —dice—. Una bruja quemada en la hoguera jamás podrá regresar al barro del que nació. También se dice que, si las tiraban por el acantilado, era porque así sus cuerpos quedaban inaccesibles. Al menos hasta que las aves carroñeras aparecían, las desmembraban y roían su carne. Esa es... otra forma... No sé si más cruel, pero desde luego más desagradable de contar.

Melanie cierra los ojos con fuerza. Solo de imaginarlo le entran náuseas.

—Pues ya está. Helane se fue a ese lugar, a ese purgatorio o lo que sea. No existe —dice Claudia, bajando la voz—. Antes de marcharse, Anchela y Alizia dividieron el cuerpo de Helane, lo quemaron junto a la ermita y echaron sus restos por el acantilado. —Su expresión se contrae en una mueca de pena—. Lo hicieron delante de todos, para que supiéramos que, si eran capaces de perder a su hermana, a la punta del triángulo que las hacía poderosas, solo porque había cometido un error, entonces podían hacer cualquier cosa con nosotros.

Melanie siente que el color le abandona el rostro. Por eso Claudia ha dicho que a Helane le importaba la sangre y la familia, pero a sus hermanas no. Por eso tiene tan claro que jamás las obligaría a morir para romper la maldición.

Victoria, que todavía sostiene el libro entre las manos, clava las uñas en el terciopelo.

—Es... horrible.

—Y por eso hay una tumba con su nombre al lado de la ermita —murmura Melanie.

—Sus hermanas le negaron el descanso eterno, así que nosotros intentamos darle algo parecido. —Nil avanza hacia el centro del círculo que han formado inconscientemente—. Sé que, si hay alguna forma de romper la maldición, está en ese libro. Y sé que Helane jamás os habría hecho daño. Esta es la única pista que nos dejó y llevamos siglos esperando para poder averiguar lo que hay dentro. Me da igual si esa albacea era un fantasma o si Cristian es necesario para que esto funcione. Solo quiero averiguar cómo romper este horror de una vez por todas.

Victoria sostiene el libro con más fuerza.

—¿Él se queda? —pregunta mirando a Cristian.

«Melanie...».

«¿Quién eres?», pregunta.

Nadie responde.

—Es como una enciclopedia de brujas andante —dice Emma—. Y parece que aquí nada sucede por casualidad. —Cristian asiente con la cabeza y da un paso hacia atrás—. Eso sí —añade Emma, señalándolo con el dedo—, haz algo sospechoso y acabaremos contigo, guapo.

Nadie le pide a Melanie su opinión, así que decide callar, y si la voz se ha enfadado con ella, no añade nada más.

Victoria mira a sus hermanas y cada una coloca la mano encima de la cubierta. Primero la mayor, luego la mediana y, por último, la pequeña.

Melanie siente un cosquilleo frío que le sube por el brazo y, a juzgar por la reacción de sus hermanas, ellas también.

—¿Funciona?

Sí.

Victoria lo abre con cuidado. Es un libro grueso, antiguo y con las hojas amarillentas por el paso del tiempo. La primera página está en blanco, pero en la segunda hay una introducción en una caligrafía que las tres conocen muy bien: la de Helane Lanau.

—Qué bien dibujaba… —susurra Melanie cuando Victoria pasa las páginas y encuentran las indicaciones para hacer una infusión. Las plantas han sido dibujadas con mucho cuidado y tan al detalle que parecen fotografías.

El resto del libro podría ser un herbario normal y corriente, pero, cuando Victoria llega a la mitad, las anotaciones sobre plantas empiezan a desaparecer. Hay manchones de tinta, marcas de dedos y hasta hojas arrancadas.

Una página en blanco.

Otra.

Y otra más.

Y entonces dos palabras escritas con letra apresurada que ocupan casi todo el espacio.

MI LEGADO

Y por el otro lado, una palabra más:

JUSTICIA

—Tiene que ser eso —dice Nil, estirando el cuello—. ¿Qué más pone?

Victoria pasa de página y Melanie se escucha a sí misma contener la respiración.

EL DESEO DE LA SOMBRA

Existe un milagro que solo les pertenece a las brujas.
Un deseo supremo que nace del sacrificio y que requiere paciencia,
coraje y poder. Si este libro ha llegado a tus manos, es que eres
una Lanau. Y las Lanau siempre cumplimos nuestros deseos.
La sombra es fuerte y antigua, pero respetará las normas que estableció
hace tanto tiempo. Buscad las tres esencias y vuestro deseo
se cumplirá. Encontradlas y fundidlas en una sola
para que el resultado no sea traicionero.

Melanie recuerda las palabras del mensaje de las cartas del tarot: «Solo tenéis que doblegar a la Sombra». ¿Es esa misma Sombra que ahora menciona Helane y que puede ser la salvación del pueblo?

—¿Qué más dice? —pregunta al mismo tiempo que Victoria pasa de página y más letras aparecen sobre el papel:

ESENCIA DE LA TORMENTA

Un ingrediente raro, misterioso e imposible de adquirir
para la mayoría de las brujas. La esencia de la tormenta solo
se puede encontrar en el corazón de un árbol viejo
como el mundo que ha sufrido el azote del primer rayo
de una tormenta eléctrica.

Dicen que solo una bruja de los elementos es capaz
de invocar al rayo, y solo ella podrá recogerlo. Cuando se obtiene,
la esencia de la tormenta infunde una sensación de euforia y éxtasis.
La bruja de los elementos debe estar preparada mentalmente
para enfrentarse a las tentaciones.

Una vez que la obtenga, deberá guardarla en un frasco
de vidrio oscuro, de tal forma que su poder permanezca intacto.
El color debe ser gris, casi plateado, y debe brillar ante
cualquier luz que caiga sobre ella. Su olor recuerda
al de la tierra mojada. De textura viscosa,
jamás debe abandonar el frasco. Jamás.

Emma le arranca el libro de las manos a Victoria y lo sacude en el aire. Las páginas se abren como un acordeón y todos comprueban que ya no hay nada más escrito en ellas.

—Tres esencias —insiste Emma—, ¿por qué solo habla de una? ¿Y las demás?

—Trae. —Victoria recupera el libro de las manos de su hermana y pasa todas las páginas de nuevo.

—Sí, mira a ver si se han caído las otras dos por un agujero...

—Chicas, ya vale. —Melanie mira avergonzada a los otros tres. Cada uno tiene una expresión distinta: Claudia, molesta; Nil, entusiasmado, y Cristian, confuso—. Si Helane Lanau tenía nuestra sangre, no me extrañaría que le gustasen las gincanas. Tal vez encontrar esa Esencia de la Tormenta nos lleve a la siguiente. Y cuando las tengamos todas, podremos resolver esto.

—Genial, pues... —dice Emma, pero de repente grita y cae de rodillas, sujetándose el brazo—. ¿Qué...?

Cristian se acerca para que su vela ilumine mejor a Emma. A Melanie se le escapa una exclamación de horror cuando ve el brazo de su hermana: la tela del jersey se ha desgarrado y sobre la piel hay un rayo, similar a un tatuaje, que avanza desde el codo hasta la muñeca, dibujando líneas de color negro que parecen venas.

—¿Qué es eso?

—Es una cuenta atrás —susurra Victoria.

Melanie no entiende qué le ha hecho llegar a esa conclusión, pero entonces su hermana gira el libro para que todos puedan ver una frase que antes no estaba allí y que ahora es tan clara como las demás:

Un rayo negro surca la piel de quien controla
los elementos. Y cada centella que arde en la carne es
la manija de un reloj que avanza sin piedad.
Encontrad la esencia antes de que el rayo la consuma.
Antes de que el corazón arda. O será demasiado
tarde para ella. Y solo quedará la tormenta.

—¿Qué...? —Emma se mira las marcas del brazo y suelta un gemido—. ¿Qué quiere decir esa mierda?

—Emma… —Melanie intenta acercarse a ella para tranquilizarla, pero su hermana se aparta y, sin siquiera levantar la cabeza, echa a andar por donde han llegado.

—¡Emma! —Nil sale disparado tras ella—. ¡Espera!

Victoria y Claudia sueltan un suspiro al mismo tiempo, solo que la primera parece, además, preocupada.

—¡Te he dicho que me dejes en paz, Nil! —grita Emma más adelante—. ¿Quiénes os pensáis que somos? Todo esto es una locura y no tiene nada que ver con nosotras.

—Pero tenéis que ayudar…

—¡¿Por qué?! Yo no soy responsable de lo que hicieran esas locas trescientos años atrás.

—Pero te necesitamos…

Melanie sabe que la cosa se va a poner fea, así que echa a correr, siguiendo la única fuente de luz, que sostiene Claudia.

Llega al punto en el que la cueva vuelve a estrecharse y allí encuentra todo un numerito.

Nil extiende los brazos hacia Emma, como si esperase que ella fuera a saltar sobre ellos. Pero Emma ni siquiera lo mira, solo se sujeta el brazo. En la oscuridad, y a pesar de ser negra, la marca del rayo brilla como si estuviera hecha de estrellas.

—¡NO QUIERO QUE ME NECESITÉIS!

El grito de Emma rebota en las paredes de roca, que empiezan a temblar. Melanie se aferra a lo primero que puede, que resulta ser el brazo de Claudia. La chica tira de ella y la empuja hacia un lado. Melanie cae al suelo y se raspa las palmas de las manos con una roca y algo húmedo le mancha la piel. Sangre. Sin embargo, no tiene tiempo para preocuparse por eso, porque se da cuenta de que, si Claudia no la llega a apartar de un empujón, la habrían sepultado las piedras que se han desprendido del techo. Claudia acaba de salvarla.

—Gra… cias —susurra.

Claudia, sin embargo, hace un gesto brusco con la mano. Parece más concentrada en el hecho de que el desprendimiento ha creado una barrera natural entre ellos y Cristian y Victoria, que se han quedado atrás.

—¿Hola? —se oye al otro lado—. ¿Estáis bien?

—¿Victoria? —la llama Melanie.

—Estoy aquí con Cristian. ¿Qué ha pasado?

Nadie dice nada, pero el silencio lo aclara todo. Emma los mira, dolida, y echa a caminar de nuevo. Nil va detrás.

Esta vez, Melanie no la sigue. Como tantas otras veces en su vida, se queda en medio. Se limpia las palmas de las manos en la ropa. En la oscuridad no puede ver nada, pero sabe que los rasguños le dolerán un par de días.

—Es imposible quitar estas rocas —protesta Claudia—. Tendréis que subir por el pozo.

—¿Cómo vamos a hacer eso?

La voz de Victoria apenas se oye.

—Volved a la sala y seguid el ruido del agua. Al fondo está el pozo, nosotros iremos por el jardín y os echaremos una cuerda

Melanie se acerca y apoya la mano ensangrentada en la piedra. No le hace mucha gracia que Victoria se quede a solas con Cristian, no después de haber escuchado lo que la voz tenía que decirle. Ojalá la tuviera delante y pudiera avisarla de que sea precavida, que no se fíe de él.

—Ten cuidado, Victoria —dice, poniendo énfasis en cada palabra y usando un tono más alto que de costumbre.

—Tú también.

No oye a su hermana marcharse, pero sabe que lo ha hecho. A ese lado, Claudia sostiene la luz sobre la cabeza.

—Vamos a buscar a la dramática de tu hermana para luego salvar a tu otra hermana, que es la que menos mal me cae.

Melanie no hace ningún comentario, pero la sigue en la oscuridad.

CAPÍTULO 19

Victoria

Cristian sostiene la luz con el brazo en alto. Victoria lo contempla en silencio: las cejas pobladas; el pelo cuidado, del que se ha escapado un único mechón traicionero, y las ojeras que demuestran que es cierto que habrá pasado la noche en vela intentando averiguar qué sucede en Finestres. La mandíbula tensa desde que ha entrado en esa cueva, y, sin embargo, un aura de calma desconcertante.

—Supongo que por eso dicen que no hay que meter la nariz donde no te llaman —dice Victoria, y señala con el mentón el camino de regreso a la sala del libro—, porque al final lo acabas pagando.

—Si te soy sincero, quedarme encerrado con una bruja Lanau no me parece mal plan. —Victoria se para en seco—. No sabía lo que eras el día que subimos juntos a la ermita —añade.

«Una bruja».

No quiere acostumbrarse a esa palabra y, desde luego, no quiere que Cristian la emplee. Con su tono de voz susurrante suena a algo casi sagrado. O deseable. Y ahora mismo todo eso es lo último que Victoria necesita en su vida.

—Ya, yo tampoco.

No para de pensar en la cantidad de cosas que han pasado en unas pocas horas. Es incapaz de procesarlas: siente que camina como un pollo sin cabeza y que en cualquier momento va a derrumbarse. Y, por si todo el tema de la maldición no fuera suficientemente difícil de tragar, ahora está lo del brazo de Emma. «Maldita sea esa idiota», piensa. Toda la vida cuidando de ella y toda la vida haciendo lo mismo: huir en cuanto algo la asusta. No la juzga, a ella también le están entrando ganas de salir corriendo, pero podía haberse aguantado un rato antes de tener un ataque de nervios. Victoria retiene el aire un momento y lo suelta lentamente. Sabe que no es la Lanau más en contacto con sus emociones, pero incluso ella se da cuenta de que su enfado con Emma es un muro endeble contra el terror que la acecha al pensar en lo que le ha pasado a su hermana.

—¿Crees que es verdad lo que pone en el libro? —pregunta en voz baja.

—¿Qué, concretamente?

—Lo de que Emma morirá si no hacemos algo.

Cristian comienza a desandar el camino de vuelta hacia la estancia principal y ella lo sigue de cerca. Ya no le ve la cara, así que se concentra en sus hombros. Victoria es alta, y, aun así, él le saca una cabeza.

—Creo que te preocupas demasiado por la muerte, Victoria.

—¿Y quién no? —Se detiene—. ¿No tienes miedo a morir?

—Nil y Claudia te han hablado de la maldición, ¿no? Tuve que insistir mucho para que alguien me explicara lo que estaba pasando en el pueblo. Y desde entonces creo que hay cosas peores que la muerte.

—¿Tan malo es vivir eternamente?

Una vida eterna rodeada de tu gente, sin envejecer y sin despedidas, no parece tan mala. Se le ocurren cosas mucho peores, como precisamente todo lo contrario: una vida corta, llena de enfermedades y una familia que cada vez es más pequeña.

Cristian se vuelve hacia ella y en tan solo un parpadeo lo vuelve a tener a su lado. ¿Cómo es capaz de moverse tan rápido? Victoria siente un escalofrío. Cristian tiene razón: está obsesionada con la muerte. O, más bien, tiene miedo a morir. Y es así desde lo que pasó en aquel callejón.

—El Tiempo no puede avanzar sin la Muerte, pero la Muerte no puede llegar sin el Tiempo —responde él.

—Eso... no tiene sentido.

—¿No? —Cristian parece meditar la respuesta y luego alza el candelero por encima de la cabeza, como si fuera un ramillete de muérdago en Navidad—. Lo siento, habré dicho una tontería. Será mejor que encontremos la salida cuanto antes y ayudemos a tu hermana.

Cristian avanza como un autómata. Victoria lo sigue y rebusca en los bolsillos, pero esa chaqueta no es suya y el tabaco se ha quedado en el salón. «Mierda», masculla por lo bajo. En su lugar, se mordisquea un dedo hasta que se arranca un pellejo y se hace sangre. El dolor le sube por toda la mano y se pregunta cómo es posible que algo tan pequeño haga tanto daño.

Los pasos de Cristian, unidos a la preocupación por Emma y la bola de ansiedad que está empezando a crecerle en el estómago, la llevan lejos de la cueva. A un lugar en su mente que reserva solo para ella y para un recuerdo que ojalá desapareciera. Vuelve a aquel día en el que avanzó por ese callejón con la pistola en las manos y la respiración agitada bajo la lluvia torrencial. Recuerda sus pasos seguros, el latido del corazón que los acompañaba y le daba la confianza que necesitaba. Y luego viene el empujón y la falta de aire.

Victoria está segura de que aquel día estuvo cerca de dejar de respirar, cerca de dejar de existir. A las puertas del vacío incomprensible de la muerte, el silencio de esa oscuridad de la que no puedes escapar. La ausencia total de pensamientos.

Patalea, intenta zafarse sin resultado. Va a morir. La Muerte la mira con un par de iris rojos incandescentes.

Y ella empieza a temerla.

A verla en sus pesadillas.

«Victoria». Tiene una voz grave y se siente en paz. Quiere acercarse más. «Victoria».

—¿Victoria? ¿Me oyes?

Los ojos verdes de Cristian están demasiado cerca otra vez y le da un vuelco el corazón.

—¿Estás bien?

—No pasa nada. —Se aleja de él, avergonzada. Allí huele a humedad y a tierra, pero también a algo dulce que la embriaga y que la atrae. Y es consciente de que es el perfume de Cristian. No necesita algo así ahora, así que se frota la nariz en un intento de borrar cualquier aroma agradable—. ¿Eso que oigo es agua?

—Sí, creo que ya casi estamos.

Es cierto. Un poco más adelante, la cueva se vuelve más estrecha todavía. Las paredes lloran agua fría y el suelo resbala cuando se vuelve cuesta arriba. Cristian se agacha y estira el brazo para iluminar el espacio, pero eso hace que les cueste más avanzar. Y también hace que, al salir por fin de ese pasillo diminuto, Victoria no vea lo que hay delante y solo escuche un chapoteo cuando Cristian desaparece de repente.

—¡Cristian!

Se le resbala la mano sobre la piedra y está a punto de caerse de cabeza, pero un par de manos emergen de la oscuridad y la sujetan de los hombros.

—Casi te caes —susurra él.

Y Victoria solo puede pensar que sí, que tiene razón y que casi se ha caído al agua, pero que no hacía falta decirlo de esa manera. Tan cerca, con una voz tan cálida y vibrante. Un pequeño terremoto entre los labios que han quedado demasiado cerca. Le da por pensar en Darío y en todos los hombres que en algún momento ha tenido a la misma distancia, pero todo su ser se niega a dedicar un segundo a nadie que no sea Cristian. Solo existe Cristian. En esa cueva y en el mundo. Victoria no entiende por qué, pero su cuerpo reacciona sin que ella se lo ordene. Es como si una fuerza sobrenatural la empujara contra el pecho de Cristian.

Está respirando demasiado fuerte. Demasiado rápido. Demasiado desesperada.

Mira hacia arriba y se encuentra con ese par de ojos imposibles y unos labios entreabiertos que se mueven, pero ella no oye nada. Sus otros sentidos la manejan. La vista, perdida en esa mandíbula cincelada por algún artista. El tacto en las palmas de las manos cuando se aferra a los antebrazos de Cristian con más ansia de la que debería. El olfato, porque con la nariz tan cerca de él, huele tan bien que, durante un momento, el olor a humedad y tierra desaparece. Y el gusto. Porque quiere devorarlo y descubrir a qué sabe.

«¿En qué estoy pensando?».

Las mejillas le arden cuando Cristian la aleja un poco y la sumerge en el agua con él. Todo en ella se estremece. Está fría, muy fría. Y él, de repente, muy caliente.

—No puedo evitar pensar en la muerte porque he estado muy cerca de ella —confiesa en un susurro. Es lo único que el cuerpo le permite decir. Cristian no se mueve ni dice nada, así que Victoria continúa—: No tengo miedo al momento de morir, pero sí que me aterra la idea de quedarme sin tiempo. Me imagino sentada en el sofá, con ochenta años y dándome cuenta de que lo he hecho todo mal. Vivir no sería tan aterrador si el reloj no avanzase tan rápido. No soy creyente, Cristian. A mí la muerte solo me reserva la nada.

Ahora sí, Cristian agacha la cabeza y la mira casi con… ¿ternura?

—La vida y el tiempo son inseparables, Victoria. Si el tiempo no hiciera su función, la gente dejaría de valorar la vida. Tenemos ganas de vivir porque algún día moriremos. —El joven se agacha un poco y la mira fijamente—. ¿No has escuchado a Claudia y Nil? ¿De verdad podemos decir que están vivos?

—A mí me parecen muy vivos…

—Entonces déjame que reformule la pregunta: ¿de verdad crees que tienen ganas de vivir? Porque yo creo que la gente de Finestres tiene unas ganas terribles de morir.

Sabe que en las palabras de Cristian hay algo de razón, pero, aun así, se siente demasiado pequeña, demasiado niña como para aceptarlo. La muerte trae dolor y nada más.

Como si pudiera leerle la mente, él dice:

—La muerte no es mala, Victoria.

La llama «Victoria» como nadie lo ha hecho nunca, como si tuviera un significado oculto que ella no conoce. Como si fuera la única con ese nombre en el mundo. La sujeta con fuerza por los hombros y sus manos actúan como las raíces de un árbol, atándola a la tierra, recordándole que están ahí, vivos y empapados, y que todo sigue girando por mucho que ella aún tema cerrar los ojos por la noche.

«La muerte no es mala, Victoria». Eso mismo le dijo la abuela María la primera vez que la carta del tarot salió en una de sus lecturas. Que no es mala. Que solo significa un cambio. Que es parte de la baraja. Parte del juego. Igual que lo es de la vida. Pero ella sabe que, fuera de las cartas, la muerte es cruel.

Si cierra los ojos puede ver la cara del hombre al que persiguió aquel día en el centro de Madrid. Después de haber matado a dos personas en un supermercado, escapó corriendo y ella se lanzó tras él sin pensárselo dos veces. Hasta ese momento, la muerte había sido solo una carta más, un fantasma en el horizonte que todavía no alcanzaba a vislumbrar. «La muerte no es mala, Victoria», se repitió cuando lo siguió por el callejón.

Pero entonces el extraño la atacó desde las sombras, la cogió del cuello y la estampó contra la pared. El arma de Victoria rodó por el suelo y se vio indefensa, con las manos vacías y los pies colgando. El aire desparecía de su cuerpo y todo se volvía más y más negro.

Deseó poder detener el tiempo o regresar al momento en el que había decidido perseguirlo. Deseó no haberse ido de casa tras una discusión con las abuelas. Deseó haber pasado más tiempo con sus hermanas. Deseó haber hecho muchas más cosas. Y luego dejó de desear, porque el aire ya no le llegaba a los pulmones.

Se moría.

Una voz decía su nombre: «Victoria».

Y, por un instante, quiso seguirla.

Pero entonces la presión en el cuello cedió y Victoria se vio tirada en el suelo del callejón, temblando y con la garganta en llamas.

Viva.

Darío apareció a su lado y la zarandeó para que volviera en sí.

—Cristian, puede que haya quien acepte la muerte sin rechistar porque ya ha vivido lo suficiente —dice al fin. Se pone de puntillas para estar más cerca. La respiración fría de él le acaricia los labios y ella se contiene para no abrir la boca y saborear su aliento—, pero nuestro momento no ha llegado. No voy a dejar que se lleven a mi hermana. Y si la muerte no puede llegar sin el tiempo, me aseguraré de que así sea.

El agarre de Cristian en sus brazos se vuelve más tenso. La respiración de él ya no es fría, es heladora, pero Victoria no se mueve ni un milímetro. Ojos verdes y ojos grises que se enfrentan en una conversación silenciosa: «¿Quién eres?», quiere preguntar. «¿Qué haces aquí?», quiere saber.

—¡Victoria! ¿Estás ahí?

Es la voz de Melanie.

Cristian se aparta de ella y coge el candelero, aunque ya casi no hace falta.

La cabeza de su hermana crea una sombra sobre el agua y Victoria avanza, con los dientes castañeando.

—¡Melanie! —la llama—. ¡Estamos aquí! ¿Emma está bien?

Una cabeza pelirroja se asoma.

—Estoy bien —dice en una especie de ladrido—, pero ahora que habéis contaminado el agua, no vamos a poder beber nada que salga de ahí en meses.

Victoria se alegra de ver que, sea lo que sea lo que haya pasado en su ausencia, ha ayudado a que su hermana se tranquilice. Sonríe, pero se le queda un gesto tirante en la cara cuando Cristian se aproxima. Al moverse, crea ondas en el agua que le impactan en la espalda, como el suave movimiento del mar.

Lo mira de reojo, esperando encontrar la fiereza de hace unos momentos, pero solo ve una sonrisa perfecta, que brilla todavía más cuando Cristian estira el cuello y dice:

—¡Nos estamos helando aquí abajo! —Se coloca justo detrás de ella—. ¿Verdad?

Suena justo en el oído, como un susurro sin dueño. Victoria se vuelve hacia Cristian, pero él ya no la está mirando y es como si se lo hubiera imaginado. En su lugar alza los brazos para coger la cuerda que le tiende Melanie desde arriba.

—¿Puedo?

Ahora está delante de ella, con el agua por debajo de la cintura y la cuerda en las manos. Victoria asiente, pero en el momento en que Cristian se acerca más y la rodea con la cuerda, siente que todo su cuerpo quiere escapar. «¿Verdad?», escucha otra vez. Cristian se inclina hacia ella y le roza el cuello con la nariz cuando le pasa la soga por debajo de los brazos.

—Así debería estar bien —dice suavemente—. Agárrate bien e intenta apoyarte en la pared, creo que hará que sea más fácil para ellos.

Asiente como una autómata. Si se viera desde fuera, tendría la pinta de un animalillo aterrado que busca escapar de su cazador, pero no es exactamente así. La calma que rodea a Cristian produce el efecto contrario. Atracción, repulsión. Acercarse, huir. Temer, desear.

—¡Victoria! ¿Estás lista? —pregunta Melanie desde arriba.

—Sí... —susurra por lo bajo.

—¡Está lista! —exclama Cristian, al tiempo que la suelta.

Victoria empieza a ascender. Hace caso a Cristian y se apoya en las piedras para facilitarles el proceso a los demás. Pero todo sucede como si fuera en piloto automático, porque no puede apartar los ojos de

Cristian, ahí en mitad del agua, mientras la luz del día ilumina su rostro, pálido como el mármol. Le dedica otra sonrisa brillante y Victoria trata de controlar los latidos agitados de su corazón. Le quema la garganta, como cada día desde que casi murió estrangulada, pero ahora también le quema el resto del cuerpo. ¿Cómo es posible, si tiene la ropa empapada y pegada a la piel?

Cuando por fin consigue salir del pozo, Emma se sienta a su lado y la envuelve con una manta. Le pide perdón y Victoria no dice nada, solo mira la marca en el brazo de su hermana y piensa en cómo resolver el problema. Eso es lo que ella hace siempre, ¿no? Arreglar las cosas cuando van mal.

Cristian tarda un poco más en salir, pero al hacerlo parece una persona totalmente distinta a la que le ha provocado escalofríos. Hace varios comentarios relajados y le asegura a Emma que todo va a salir bien. Es en ese momento cuando Victoria se pone en pie.

—Encontraremos esa esencia —dice—. Emma se salvará. Mientras yo esté aquí, mientras pueda controlar el tiempo, la muerte no podrá hacer su trabajo contigo.

Emma se lanza sobre ella y la abraza por detrás, tan fuerte que casi se caen las dos al suelo. Delante de ella, Claudia y Nil asienten con la cabeza, pero la atención de Victoria está en Cristian, al lado de su hermana. Sonríe, pero su mirada dice algo muy distinto que no consigue descifrar.

CAPÍTULO 20

Emma

La marca del brazo pica. Es un picor extraño, que no se va por mucho que arañe y arañe. A ratos, cuando la mira, le recuerda a una mancha de alquitrán sobre la piel. Han pasado un par de horas desde que consiguieron sacar a Victoria del pozo y la marca se ha hecho un poco más grande. Pasado el pánico inicial y el terror que le ha oprimido el pecho en la cueva, ahora está más tranquila. O, al menos, todo lo que puede estar en esa situación, sabiendo que hay un reloj que marca la hora de su muerte, claro.

«Ojalá lo tuviera yo», ha dicho Claudia.

No ha querido responder que también querría cambiarse por ella.

Y si no ha dicho nada es porque ha metido la pata en la cueva y no quiere volver a ser el centro de atención.

Se siente un poco culpable con el numerito. A ver, está más que justificado (¿cuándo vas a montar un pollo así si no es con una cuenta atrás encima de la cabeza?), pero se arrepiente de haber provocado que Victoria se quedara atrapada en la cueva con Cristian. También le fastidia que todos la persiguieran por el bosque como si estuvieran participando en una cacería. Y, seguramente por todo eso, cuando Nil sugiere que lo mejor es hablar con los vecinos y contarles todo lo que han descubierto para que confíen en ellas, no se opone.

Sigue sin querer convertirse en un mono de feria, pero la mejor manera de que no se presenten en la casa otra vez y las observen en silencio desde el jardín es hacerles ver que existe una posibilidad de romper la maldición y que no implica cortarlas en cachitos y quemar los restos.

—¿Estás bien, Emma?

Victoria se lo ha preguntado ya unas diez veces desde que han salido de la casa en dirección al pueblo. Ha pasado de no llamarla ni para felicitarle el cumpleaños a estar encima de ella como si cualquier suspiro fuera a ser el último. Aunque, claro, a lo mejor... es que es así. Puede que en cualquier momento un rayo la parta en dos.

—Estaría mejor tumbada en la playa con un margarita en la mano y un tío bueno a la derecha, pero podría estar peor. —«¿Podría? ¿De verdad?», piensa Emma—. Por cierto —añade, volviéndose hacia el grupo—. ¿Hay alguna manera de conseguir alcohol en este pueblo? Y ahora que lo pienso, tengo unas cuantas preguntas sobre la lógica de Finestres. Por ejemplo, ¿de dónde sale toda la comida?

—La maldición repone cada día lo que teníamos cuando las hermanas Lanau se marcharon —explica Claudia—. Nunca nos falta nada, ni siquiera ingredientes para la panadería, pero, si quieres alcohol, tendrás que colarte en la casa de alguien a ver si hay suerte.

—Pues a lo mejor lo hago... —murmura Emma para sí misma. Y de pronto se da cuenta de algo—. ¿Y por qué parece que sois... gente de nuestra época? La primera vez que te vi pensé que parecías la versión blanca de Hilary de *El príncipe de Bel Air*.

Claudia frunce el ceño y Emma se queda pensativa.

—O sea, si digo «Antonio Banderas», ¿sabéis de quién hablo?

—Yo no —susurra Melanie.

—Espero, hermanita, que eso sea una broma. Porque, si no lo es, igual me muero aquí mismo, sin maldición ni brujería de por medio.

—Las abuelas no tenían tele...

La conversación deriva en una discusión acalorada sobre famosos españoles. Curiosamente, Nil y Claudia tienen más información que cualquiera de sus dos hermanas. Melanie, porque ha vivido en un apartamento anclado en la época victoriana durante toda su vida y Victoria porque no tiene interés en «esa clase de cosas».

—Así que cuando llegó Cristian nada cambió, pero cuando lo hicimos nosotras, de repente todos erais ciudadanos de los años noventa. Así sin más. Con parada de autobús o tu... ¿Tu silla?

Nil asiente y le da golpecitos a las ruedas.

—Exacto. El día que llegasteis a Finestres, algunas cosas cambiaron sin más —explica—. Me levanté y la silla ya no era de madera. Era mucho más pesada, pero me permitía moverme más rápido. Me ha costado un poco acostumbrarme, la verdad. Cuando te vi en la parada del bus también andaba cotilleando el poste y, si te soy sincero, cuando dijiste la palabra «taxi» tardé un buen rato en entender que te referías a algún tipo de vehículo. Fue un poco como si una información que hasta entonces no había existido en mi cabeza apareciera de golpe. Como lo de Antonio Banderas, que hubiera un aparato cuadrado llamado televisión que jamás hemos conseguido hacer funcionar o que de repente mi armario esté lleno de ropa con los pantalones ajustados en la entrepierna y que no me entran.

—Eso será porque no hay cobertura.

—Creo que es porque son de un material que se me pega a la piel.

—¡Digo lo de la televisión!

Emma se rasca el brazo y mira hacia la plaza. Nil y Claudia han acordado con los vecinos reunirse en el ayuntamiento. No se había fijado hasta ahora en ese edificio. Es una casa como otra cualquiera, solo que con un balcón un poco más amplio. Las ramas del árbol encorvado se extienden hacia él, como si quisiera arañarlo. Por lo demás, nada es diferente.

Tienen que subir unas pequeñas escalerillas y Cristian ayuda a Nil a hacerlo. De nuevo, levantar la silla no supone un esfuerzo para él. Emma se encuentra con los ojos de Victoria. Su hermana frunce el ceño, pero cuando Emma le lanza la pregunta silenciosa de «¿qué pasa?» solo recibe un gesto que dice: «Nada, déjalo».

Así que entran por un pasillo corto y giran hacia la derecha, guiados por Claudia. Allí, los vecinos las esperan en una sala enorme. Es un espacio con el techo un poco más alto que el pasillo y paredes de piedra decoradas con tapices de distintos colores. Parecen antiguos, un elemento que sí que corresponde a la época en la que toda esa gente se quedó congelada. Es como si esa única habitación no hubiera cambiado.

Hasta el momento en que ponen un pie allí, los vecinos habían estado murmurando entre ellos, pero ahora solo hay un silencio pesado, inquietante. Emma no olvida las miradas de esa gente la Noche de las Ánimas, cómo las persiguieron hasta la casa, igual que a unos cervatillos en plena partida de caza. Sabe que habrían acabado con ellas si no hubieran aparecido Claudia y Nil para impedirlo o si la protección de la casa no se hubiera activado para expulsarlos.

Ahora vuelve a mirarlos y los ojos ya no les brillan en la oscuridad: la mayoría de ellos los tienen de color café, pero todos comparten la misma expresión de desconfianza y rencor, que no hace distinción entre los más pequeños y los más ancianos. De pronto entiende mejor por qué el primer día se sintió tan rechazada. No eran imaginaciones suyas. Esa gente las odia de verdad; un odio casi ancestral.

Se han sentado en sillas de madera, distribuidas de forma irregular por la sala, pero algunos, los más jóvenes, permanecen de pie. Emma no quiere seguir fijándose en ellos, así que se gira hacia el punto de la habitación sobre el que cae la luz que entra por las ventanas; allí se yergue la figura de un hombre al que reconoce a la perfección.

Porque es el que saltó desde la torre al lado de la ermita.

Está vivo.

Por si quedaba alguna duda, Claudia y Nil no han mentido.

—Al final os habéis atrevido a venir aquí con ellas —dice el hombre.

Los murmullos regresan y Emma se sorprende al no ser capaz de decir nada. Ella siempre tiene algún comentario en la lengua, pero ahora se le enreda dentro de la boca. Se rasca el brazo otra vez, incómoda.

—Si es la única manera de que nos creáis, sí. —Claudia da un paso al frente.

—¡Has metido a las Lanau en nuestra casa! —grita alguien.

—Que yo sepa, el ayuntamiento es la casa de todos. —Nil hace avanzar la silla de ruedas y recorre el pasillo bajo la atenta mirada de todos. Llega hasta el borde de la tarima sobre la que el hombre, de brazos cruzados, frunce el ceño—. Alcalde Castán, hoy más que nunca, tengo que pedirle que confíe en mí. Sé que hasta ahora han sido suposiciones, pero ya sabemos que hay una forma de romper la maldición.

—¡Matándolas! —grita otra persona—. ¿Qué otra solución puede haber? Ellas lo empezaron y ellas lo terminarán.

—Nosotras no empezamos nada. —Emma se gira hacia Victoria, que se ha recogido el pelo rubio en una trenza. Jamás había visto sus ojos grises tan oscuros. Su hermana también cruza el pasillo central, y se detiene al lado de Nil, con la espalda hacia el alcalde—. No somos las mismas personas que os atormentaron hace tanto tiempo. Mis hermanas y yo solo queremos marcharnos de aquí.

—Nosotros tampoco empezamos nada, Lanau —dice el alcalde, y Victoria se vuelve hacia él—. Una bruja muy similar a ti nos condenó. Una bruja de cabellos dorados como los tuyos. Y lo hizo al lado de la bruja roja.

Emma nota que toda la sala se gira para mirarla y reacciona de la manera más tonta. Intentando cubrirse el cabello con las manos. «¿Estoy boba o qué?».

—Y la bruja oscura nos tendió una mano para salvarnos —interrumpe Claudia.

—Helane Lanau participó en la maldición igual que sus hermanas, Claudia —responde el alcalde—. Suficiente hicimos dejándote un hueco en la ermita para poner su nombre.

—¡Blasfemia!

—¡Sacrilegio!

El silencio ya no es silencio: lo sustituye una discusión acalorada en la que los insultos vuelan de un lado a otro. Claudia intenta hablar por encima de los demás, sin mucho éxito, y el alcalde levanta las manos para acallar a los vecinos.

Pero no es eso lo que lo consigue.

Emma se había olvidado de que Cristian estaba allí hasta que habla:

—Ninguna de esas brujas está aquí ahora. Que el tiempo no haya avanzado para vosotros no quiere decir que el resto del mundo se haya detenido. Creo que, como mínimo, podríais escuchar lo que tienen que decir.

La calma se mezcla con otra ronda de murmullos. Emma consigue escuchar cosas como «el forastero», «el que vino y se quedó». Luego, todos callan.

—Gracias —gruñe Claudia—. Lo que quiero decir es que matarlas podría solucionar el problema, pero ¿y si no es así? ¿Y si nos quedamos atrapados para siempre por un error? Yo necesito acabar con esto tanto como vosotros. Marisa, sé que anhelas reencontrarte con tu hermana. —La anciana que le indicó a Emma cómo llegar a la parada del autobús agacha la cabeza—. Lucía, ¿es que vas a seguir embarazada para el resto de la eternidad por ir con prisas en el último momento?

En un extremo, una chica joven se lleva la mano a la barriga enorme. Emma traga saliva. Hasta ahora, había imaginado la situación como algo desesperante, pero solo de imaginar estar embarazada durante décadas, se le revuelven las tripas. Una vida dentro de ti que no es una vida. Un peso en tus entrañas que te recuerda todos los días que no lo vas a ver nunca.

—Yo solo quiero descansar... —susurra Lucía.

No desea tener a ese bebé. Solo quiere acabar con todo eso.

Descansar.

Emma se roza el brazo. Lo mira y comprueba que el rayo ha crecido todavía más.

En el centro de la habitación, Nil se lleva una mano al pecho.

—Esta mañana hemos ido a la cueva de Helane Lanau —dice—. Y allí, Victoria, Emma y Melanie han conseguido leer el libro que tanto tiempo ha permanecido sellado. Tenemos la información que queríamos. ¡Ella nos prometió una forma de romper la maldición y ya la tenemos! Hay que encontrar unas esencias y...

—Nil, la diferencia entre vosotros y nosotros es que no confiamos en nada de lo que dijera Helane Lanau —lo interrumpe el alcalde Castán—. No confiaré en la palabra de alguien que me miró a los ojos mientras le suplicaba y, aun así, hizo lo que sus hermanas le pedían.

—Ella no pudo...

—¿No pudo? ¿Y si no quiso?

—¿Y por qué iba a dejar ese libro ahí? —pregunta Nil—. Helane fue igual de víctima que los demás. ¡Lo visteis todos!

—¿Por qué hemos tenido que esperar tanto tiempo para poder leer ese libro? —pregunta alguien entre el público.

—¿Por qué no permitió que los demás lo leyéramos?

—¿Por qué...?

Emma mira a Melanie, que no se ha atrevido a mover un músculo, igual que ella. Si no hacen algo pronto, esa gente va a acabar lo que no pudieron terminar la otra noche.

Entonces, Melanie le hace un gesto y Emma tarda en entender a qué se refiere.

El brazo.

Quiere que les muestre el brazo.

Sabe que se va a arrepentir de eso, pero también sabe que no puede hacer otra cosa.

—¡Bueno, ya vale! —grita, y se gana la atención de todo el mundo—. El día que llegué aquí, quise marcharme, ¿entendéis? No quiero estar en Finestres, me importa muy poco lo que os pase a vosotros —prosigue, ante varias miradas asesinas que la hacen dudar—, pero da la casualidad de que, para poder escapar, tenemos que ayudaros a resolver este asunto. —Levanta el brazo para que lo vean bien. El rayo brilla como si fuera tinta china—. Si no hacemos algo pronto, yo sí que seré la primera en palmarla en este pueblo. Esta marca ha aparecido en mi brazo hace unas horas y significa que debo encontrar una esencia lo antes posible. Así que podéis dejar de molestarnos y confiar en nosotras o podéis seguir protestando hasta que yo muera y nada cambie.

Cuando termina el pequeño discurso, le falta el aliento. No es propio de ella, pero está tan nerviosa que hasta le sudan las manos. Se las limpia en los pantalones, y en eso está cuando unos dedos como ramas de árbol le aferran el codo con fuerza.

—Eres la bruja roja —dice, con voz temblorosa, la anciana de la plaza—. Ella es la que podía quemarlo todo.

—Yo no soy ella —replica Emma—. Y no voy a quemar nada. Ya se lo dije, solo queremos marcharnos de aquí.

Los ojos de la anciana la atraviesan como puñales. ¿Cómo no pudo darse cuenta el primer día de que tras esos iris se encontraba algo espeluznante? Le dan escalofríos.

—¿Y si les damos tres semanas? —La anciana se vuelve hacia el resto de los vecinos—. Tres semanas para las tres hermanas. Tres semanas y, si no se ha roto la maldición, la romperemos nosotros a nuestra manera.

Emma le aparta el brazo con brusquedad y la anciana le dedica una mueca de desagrado.

—Tres semanas es poco tiempo —dice Nil.

—Tres semanas —determina Castán—. Tres semanas para las tres hermanas.

«Tres semanas para las tres hermanas», repiten todos a la vez, y sus voces se convierten en una sola.

Después de lo sucedido, y dado que tampoco pueden ir a ningún sitio, Nil y Claudia las dejan solas. Regresan a la casa y se tumban en el sofá pistacho, intentando asimilar todo lo que ha sucedido en las últimas horas. Pero es demasiado. Emma mantiene el brazo en alto y contempla el rayo una vez más. ¿Cuánto tiempo le queda? ¿Pueden de verdad permitirse una noche de descanso?

—Sí que podemos —responde Victoria a su lado, como si le hubiera leído la mente—. No va a pasar nada.

—Lo sé, Vic. —Emma se apoya en su hombro—. Porque, de las tres, yo soy la que tiene madera de protagonista y a esas nunca les pasa nada, ¿no? En las novelas, digo.

Melanie la mira con una sonrisa cansada.

—Eso depende. Aunque, si pasa algo malo, suele ser al final.

—¿Ves? Estoy a salvo.

Las bromas son su única manera de lidiar con todo eso. En la penumbra del salón, cuando Emma mira a sus hermanas, no puede evitar pensar en los años que llevan separadas. Desde que Victoria se distanció, desde que ella escapó y desde que Melanie se convirtió en la preferida de las abuelas. Tanto tiempo huyendo las unas de las otras, ignorando todo lo que tienen en común y tratando de olvidar todos los recuerdos que las unen. La muerte de la abuela María no va a arreglar años de dejadez y malas contestaciones. Ni siquiera un pueblo maldito que no les permite regresar a sus vidas puede hacer que sean las mismas niñas de antes. Aun así, Emma siempre ha sido de las que prefieren perdonar a sentir dolor. Al fin y al cabo, después de haber conseguido perdonar a su madre, lo demás es pan comido. Le costó darse cuenta de que era injusto culparla, que ella sufría más que nadie. Ahora es capaz de recordar a su madre en los mejores días. En el piso de Los Ángeles, cocinando mientras cantaba canciones de Elvis Presley y les pedía que ordenaran el cuarto porque iban a tener visita. Sabe que su madre heredó el amor de sus abuelas por Elvis porque, cuando se mudaron con ellas, sus canciones sonaban todos los domingos de cocido y helado de chocolate de postre.

No quiere perdonar a sus hermanas cuando ya sea demasiado tarde como para disfrutar de su compañía. Cuando pasen los años y se dé cuenta de que en realidad no se han hecho tanto daño como para que sea imposible quererse. No puede cometer otra vez ese error.

Emma se pone de pie y se aparta el pelo rojo de los hombros.

—*You look like an angel. Walk like an angel...*

Sus hermanas la miran. Sabe que están sintiendo algo similar, que esa canción es su pasado y duele en lo más profundo —ese rincón en el pecho donde escondes lo que no te gusta—, pero que esa es la única forma de enfrentarse a lo que tienen delante. Ante lo absurdo, al menos se tienen las unas a las otras.

Melanie sonríe, ahora con cierta picardía, y salta sobre el sofá.

—*Talk like an angel* —canta—. *But I got wise...*

Emma mira a su hermana pequeña y, durante un instante, es como si volviera a ver a su madre. Son tan parecidas físicamente que asusta.

—*You are the devil in disguise.* —Emma extiende el brazo y Melanie se agarra a ella y salta en su dirección—. *Oh, yes, you are!* ¡Victoria, ven aquí!

Sabe que su hermana mayor conoce la letra de cada canción de Elvis Presley al dedillo. Siempre intenta hacerse la digna, pero solo tarda un estribillo en apartarse el pelo rubio de la cara y tenderles la mano también.

Emma las hace moverse mientras siguen cantando su canción favorita del rey del rock. Saltan por la habitación como las niñas que ya no son. Pero, durante un instante, Emma no ve a sus hermanas, adultas, bailando con ella. No. A un lado tiene a Victoria, con el pelo rubio recogido en dos coletas tirantes y sin el colmillo que le tardó una eternidad en salir. Al otro a Melanie, diminuta, con el flequillo mal cortado y mirándolas como si no hubiera nada más brillante en la habitación. Y por último ella, con un saco de patatas, en lugar de un vestido, que había robado de la cocina. Esa escena no sucedió en esa vieja casa, sino en el apartamento de Zaragoza, pero, para Emma, ambos recuerdos se funden en uno.

—*Oh, yes, you are the devil in disguise!*

Tras ese último berrido de Victoria, las tres ríen y, sin soltarse siquiera las manos, caen sobre la moqueta, donde se quedan tumbadas como si alguien les hubiera robado toda la energía.

Emma permanece tendida, la vista puesta en el techo y los pies todavía inquietos.

—No dejaremos que te pase nada malo —dice Melanie.

—Lo sé.

Su hermana pequeña se arregla el flequillo desastroso y parece que duda antes de hablar:

—No podemos fiarnos de Cristian.

—Yo creo que no podemos fiarnos de nadie… —responde Emma.

—De él menos. Tengo un presentimiento.

Victoria se apoya en el codo y las mira fijamente.

—Somos tres en esto —dice—. Sé que hay otros que nos están ayudando, pero que no se os olvide que, al final, siempre somos nosotras tres.

Emma sabe que hay algo que ni Melanie ni Victoria le están contando, pero ya tiene suficiente con la muerte a contrarreloj que lleva pintada en el brazo. Confía en ellas, en las dos, así que asiente y cierra los ojos.

«Tres semanas para las tres hermanas».

Y ya han gastado un día.

CAPÍTULO 21

Melanie

Se despierta en mitad de la noche. Al principio se asusta, porque siente a alguien a su lado que no debería estar ahí. Luego se da cuenta de que ese «alguien» son Emma y Victoria, que se quedaron dormidas junto a ella en la cama, en la habitación de las mariposas. Victoria frunce el ceño en sueños y Emma tiene el brazo estirado, como si temiera que la marca fuera a estallar en cualquier momento.

El reloj marca las dos y media de la mañana.

Afuera está oscuro y parece que el tictac suena más bien como un pum.

Pum, pum.

Un latido que va demasiado rápido. Se lo estará imaginando o será el suyo, porque siempre que se despierta abruptamente es porque estaba teniendo una pesadilla.

Se incorpora en la cama, aliviada de no recordar nada. Sobre la mesilla, las cartas del tarot también duermen dentro de la caja. Volvió a echar una mano antes de acostarse y volvió a obtener el mismo resultado: la muerte, los enamorados y la justicia. No parece haber otro resultado posible.

En el silencio de la noche, agradece no oír ninguna voz extraña, no después de averiguar que le pertenece a alguien que ha muerto. Antes de quedarse dormida estuvo pensando cuándo ha escuchado la voz y si existe alguna relación en todos esos momentos, pero ha sido inútil. Siempre es la voz de la misma chica, salvo en una ocasión: cuando contemplaba la muralla junto a Lucas. Ahí oyó a alguien más.

Con cuidado, aparta a Emma para poder levantarse. Se calza las botas; todavía lleva la ropa del día anterior y el pelo se le ha quedado pegado a la frente. Seguro que podría freír un huevo en él si quisiera.

Se acerca a la ventana, que no cerraron anoche, y se asoma para contemplar el jardín. Antes de que la maldición fuera tan real como el aire que respira, Emma dijo algo sobre quitar los hierbajos y dedicarle tiempo a un huerto que, supuestamente, había antes allí. Melanie se pregunta cuántas horas necesitarían para arreglar todo ese desastre. Vuelve a sentirse incómoda, igual que el día de la ermita, igual que antes, cuando ha tenido la oportunidad de contemplar a los vecinos de uno en uno. Cuando ha visto a Lucas sentirse culpable por primera vez, en mitad de esas caras desconocidas que, sin embargo, juran conocerla a ella lo suficiente como para juzgarla.

Ahora ve también al chico, ahí de pie, apoyado en el pozo y haciéndole una señal con la mano. Lleva su habitual bolsa colgada al hombro y da saltitos para entrar en calor. Melanie se siente como una adolescente cuando le corresponde con el mismo gesto y sale de la habitación.

Agradece que sus hermanas tengan el sueño profundo, porque se tropieza al bajar por las escaleras y casi tira un florero que hay encima del mueble de la entrada. Afuera hace frío, más que la noche de la niebla, así que se abraza a sí misma y da la vuelta a la casa para reunirse con Lucas.

Él vuelve a hacer el mismo gesto y luego junta las manos como si quisiera rezar. Solo que no está suplicándole a nadie ahí arriba, en el cielo nocturno, está pidiéndole perdón a ella. Y parece arrepentido de verdad, porque casi se arrodilla para ofrecerle su disculpa.

—Lo siento, Melanie.

No sabe qué decir. Eso le pasa mucho cuando está con Lucas. Y todavía no ha llegado a la conclusión de si le gusta o no. Si le gusta esa sensación y si le gusta el muchacho. Ambas cuestiones le rondan la cabeza cuando lo mira y él la observa con un ojo cerrado, como si jugase a temerla un poco. Al final claudica:

—Bueno, yo tampoco fui sincera del todo…

—Ya, pero seguro que te llevaste un susto de muerte, ¿eh?

Sí, Melanie pensó que iba a morir. Y, para su sorpresa, el terror que experimentó tenía más que ver con la pérdida de sus hermanas que con saber que a ella le llegaba el fin. Frunce el ceño y Lucas suelta una risilla incómoda.

—Así que una bruja —dice—. Melanie Lanau. La bruja oscura, ¿eh?

—Y tú tienes trescientos años, ¿eh? —lo imita con poca gracia.

—Si te soy sincero, yo no recuerdo la mitad de las cosas que dicen todos esos. —Hace un gesto con la cabeza hacia el pueblo—. Ha pasado mucho tiempo y... no sé, Melanie, yo no siento que mi vida esté congelada en absoluto. Me siento bastante libre.

Melanie lo mira otra vez, con disimulo para que él no se dé cuenta, ahora que parece distraído y perdido en sus pensamientos mientras observa algo en la oscuridad. No parece que tenga más de trescientos años. Se ha apartado el pelo de las mejillas y lo lleva colocado detrás de las orejas. Son un poco más grandes de lo normal, pero con su cara de ángel es como si cambiara la regla universal del tamaño adecuado de las orejas. Ese es el ideal, el perfecto. Aunque lo que más le sigue llamando la atención de él, y que ahora que ha visto a los vecinos cobra más fuerza, es que Lucas no arrastra esa sensación de pena que tienen los demás, cosa que igual tiene que ver con lo que acaba de decir. Incluso los niños más pequeños parecían dolidos cuando ella estaba cerca, pero él insiste en buscarla. Y, a diferencia de Claudia y Nil, nunca ha expresado que quiera acabar con la maldición y la necesite. Acude a ella porque quiere, sin más.

—Ellos se acuerdan muy bien de lo que pasó —susurra Melanie, y se apoya también en el borde del pozo—. Y creo que tú mientes.

Lucas niega con la cabeza.

—Te juro que no. Soy como las hadas, no puedo mentir o exploto en mil pedazos. —Se lleva la mano a la frente, un gesto militar a modo de broma. Vuelve a ser Peter Pan. Como él, ha volado hasta su ventana para llevársela lejos de sus hermanas, quién sabe adónde—. ¿Cómo está Emma?

—Dormida.

Se quedan en silencio, y ahora sí, Melanie oye los sonidos de la naturaleza. El crujir de los árboles, el susurro de las hojas, los grillos que se esconden entre la hierba... Le entran ganas de cerrar los ojos y, quizá, dormir ahí mismo, sobre las plantas y olisquear la tierra húmeda. Pero no es momento de descansar porque Lucas vuelve a hablar:

—Dicen que puedes hablar con los muertos. —Suena entre curioso y un poco asustado—. ¿Es verdad? Es lo que hacía Helane Lanau. ¿Puedes?

—Se supone que sí —admite ella, y duda antes de continuar—, pero hasta ahora no he hablado con nadie que no esté vivito y coleando.

El viento mece las hojas con más fuerza. El frío la obliga a dar un par de saltitos.

—Pues vaya.

—¿Estás decepcionado? He oído voces, eso sí.

—Voces, ¿eh? —Lucas se mete las manos en los bolsillos y mira hacia la casa—. ¿Y no has intentado hablar con los muertos?

—¿Y cómo voy a hacer eso? ¿Con una güija? —Lucas levanta una ceja y Melanie replica, apurada—: ¡No pienso usar una güija!

—¡Venga ya! ¿Qué puede pasar? Si ya están muertos…

—Por eso mismo. —Melanie se estremece—. No quiero molestar a los que descansan.

—A lo mejor se aburren y quieren hablar contigo. —Se inclina hacia ella y le guiña un ojo—. Venga, Melanie… ¿Por qué no lo intentamos? Tú y yo. Será divertido.

«¿Cómo puedes ser tan problemático y encantador?», quiere preguntar.

—He dicho que no. Además, ¿con quién vamos a hablar?

—¿Con tus antepasadas?

—Cristian dijo que las brujas vuelven a la tierra al morir y que como sus hermanas la mataron, Helane Lanau se perdió sin más, en una especie de plano intermedio. No podré hablar con ella nunca.

—Bueno, él es el experto en brujas, así que habrá que creerle —reflexiona en voz alta—. ¿No?

Melanie se toquetea el flequillo. Mira de reojo a Lucas, que alza la barbilla con pillería.

—¿Sabes algo que yo no sé?

—¿Algo de qué? —pregunta Lucas.

—Algo sobre Cristian. Porque yo…

«Una voz me ha dicho que no es de fiar», piensa. Pero no puede decirle algo así a Lucas.

—¿Aparte de que ha venido a robarme el puesto de guaperas del pueblo?

—Eso es imposible.

Melanie saborea las palabras como si ellas mismas se arrepintieran de haber salido de la boca. «Soy tonta», piensa.

«No eres tonta, le ha gustado. Mira».

Lucas se ríe y se inclina hacia ella, tanto que Melanie da un paso hacia atrás, cohibida. Nunca había tenido a un chico tan cerca. Es patético y jamás se lo contará ni a Victoria ni a Emma. Será el secreto que se lleve a la tumba.

—Lo sé —dice él, apartándose el pelo dorado de la frente—. Cristian tendría que sacarse el palo del culo para empezar a competir conmigo.

Melanie agacha la cabeza y se concentra en la hierba oscura. ¿Cómo puede ser tan boba? Ojalá pudiera transformarse en Emma por unos minutos.

—Entonces ¿qué? ¿Sesión de güija o no?

—Lucas...

—¡Venga! ¿Y si encontramos a un fantasma que nos pueda ayudar con lo de Emma...?

Es la mención de su hermana lo que la hace dudar. También que Lucas tenga un hoyuelo en la mejilla del que no se había percatado hasta ahora.

—Buf, está bien...

—¡Sí!

Lucas levanta los brazos en un gesto casi infantil y Melanie sonríe. El chico se adelanta y camina de espaldas, mirándola.

—Deberíamos dejar de vernos en el cementerio...

—¿Cómo que el cementerio?

—Mujer, ¿dónde crees que está enterrada la gente?

«Ha sido una mala idea. Ha sido una idea muy mala», piensa Melanie cuando sigue a Lucas por el camino que va a la ermita. Está oscuro, oye ruidos extraños que en la noche le hacen ponerse en lo peor, y hace mucho frío para ir sin abrigo. Por no hablar de que no tiene ni idea de cómo hacer lo que Lucas le ha pedido que haga. Ojalá lo supiera. Ojalá pudiera cerrar los ojos y hablar con el chico que murió o con las antepasadas Lanau, pero tiene la impresión de que, haga lo que haga, no va a pasar nada fuera de lo normal. Un pequeño dolor de cabeza, alguna voz que puede ser cosa de su imaginación, pero ya.

Y lo peor de todo es que Lucas se va a llevar una decepción tremenda. Está empezando a elucubrar sobre qué le hizo acercarse a ella al principio y por qué ha ido a la casa a las dos de la mañana. Lucas tiene el mismo perfil que esos amigos con los que quedaba en el cementerio. Le gusta lo oscuro. Lo sobrenatural. Seguro que fingió no saber que ella era una Lanau para intentar descubrir si lo de hablar con los muertos había pasado de generación en generación.

—¿Por qué me miras así? —pregunta entonces Lucas.

Mierda. No se había dado cuenta de que estaba mirándolo demasiado.

—¿Mirarte cómo?

—No sé. Da un poco de yuyu.

—¿Cómo puedo darte yuyu yo si estamos en mitad de la montaña a punto de hacer un ritual de fantasmas?

Lucas se encoge de hombros y mete las manos en los bolsillos.

—No me dan miedo los fantasmas —dice—. ¿A ti sí?

—Un poco sí.

—¿Más que los humanos?

Sabe por qué lo dice. Y piensa en los ojos de los vecinos la noche en la que casi las mataron. Piensa también en todos los criminales a los que Victoria se ha enfrentado en su trabajo. Algunos humanos pueden dar mucho miedo.

—Es que nunca he visto a un fantasma —admite.

—Más razón para no tenerles miedo, ¿no? Imagina que nos encontramos con un fantasma buenorro.

Ya no quiere mantener esa conversación por más tiempo o le estallará la cara, así que aprieta el paso y recorre el último tramo, dejando a Lucas atrás.

Una vez más, la ermita se alza delante de ella. Su último recuerdo allí es el de la Noche de las Ánimas y eso no la tranquiliza. Observa el corte de la montaña, allí donde ella estuvo a punto de caer. Mira de reojo la torre, el lugar desde el que saltó el alcalde. Cierra los ojos y agradece haber estado al otro lado de la ermita cuando ocurrió. Ya tiene suficiente con su imaginación. No necesita que la realidad le ofrezca más imágenes traumáticas con las que llenar sus pesadillas.

Cambia de dirección, hacia el cementerio, y cuando llega al muro de piedra se queda quieta.

—Recuerda. Son solo un montón de piedras... —dice Lucas, colocándose detrás de ella.

—¿Y debajo qué?

—Melanie, no creo que puedas tener miedo a los fantasmas si tu poder consiste en hablar con ellos.

Claro.

Como si fuera tan sencillo dejar de temerles a ciertas cosas. Si fuera tan fácil, Melanie habría hecho las paces con lo sobrenatural hace mucho tiempo; al fin y al cabo, todo el mundo espera de ella lo que se adivina a primera vista: que le gusta lo oculto, que te puede echar las cartas, que es capaz de hablar con un marido muerto para le confiese secretos del pasado.

—Tienes razón —susurra.

Una vez más, Melanie pasea por el pequeño cementerio de Finestres. Una vez más, acaba delante de la tumba de Helane Lanau e intercambia una larga mirada con la mariposa. No tiene ojos, pero siente que la observa. Ojalá pudiera hablar con Helane. Ella no le daría miedo, seguramente la tranquilizaría. Ojalá pudiera preguntarle qué sucedió y qué empuja a tres hermanas a acabar así. Ella lleva toda la vida temiendo ser una extraña para Victoria y Emma, pero jamás se le pasaría por la cabeza hacerles daño. Incluso en aquellos días en los que ya se habían marchado y no regresaban a casa ni por Navidad, las quería como si fueran parte de ella. En eso consiste ser hermanas, ¿no? En su caso, tres versiones de su madre; como los distintos pétalos de una flor.

—Lucas, ¿sabes cómo se llamaba el enamorado de Helane? Por empezar a buscar...

Lucas ladea la cabeza y el pelo rubio le cae sobre los ojos. Melanie lo contempla con la excusa de estar esperando su respuesta. Esa cara de querubín... Vuelve a tener la sensación de que la ha visto antes en algún lugar. Y, sin embargo, es imposible, porque no se conocían hasta hace unas semanas. Se fija en sus labios, de color rosa suave, y traga saliva. ¿Y si Emma y Victoria se enteran de que se ha ido con un chico en mitad de la noche? «Espera», se dice a sí misma. «¡Ya no tengo trece años!».

—De Morlans —dice Lucas—. Juraría que era algo así.

—¿Cómo puedes no estar seguro? Pues sí que se te dan bien los nombres...

Lucas se ríe y hace desaparecer la distancia entre los dos una vez más. Sus ojos claros quedan muy cerca de la cara de Melanie, tanto que ella se pone bizca y lo aparta poniéndole una mano en el pecho, temblando como un flan.

—Se me dan mucho mejor las caras.

—Pues ojalá supiera cómo era Helane Lanau...

Y al decir eso es como si a Lucas se le iluminara una bombillita encima de la cabeza.

—Un momento...

Rebusca en la bolsa que lleva al hombro y Melanie se siente decepcionada cuando ve que solo saca su cuaderno de dibujo. Esperaba algo más impactante, al verlo reaccionar así. Sin embargo, Lucas levanta una mano que parece decir «espera», y luego le muestra una página en la que hay un dibujo precioso de una anciana. La reconoce al momento.

—¡La señora Marisa! —dice—. La viejecita del ayuntamiento.

Lucas niega con la cabeza.

—Es su hermana, la señora Mercedes. Murió de dolor de tripas, y aunque no me acuerdo de casi nada, sé que hacía unos potajes que...

Melanie sonríe.

—¿Y a qué viene esto?

—¡Ah!

Lucas pasa más páginas. Manos, una espalda desnuda, varios árboles, hierbas, más hierbas, un río y... personas. Y un dibujo de ella. No, no es ella, solo se parecen muchísimo. Si se fija más, las diferencias son evidentes: la nariz más larga, los ojos más pequeños, un lunar en la mejilla y una dentadura castigada, pero, aun así, se queda sin palabras.

—Mira, esta es Helane Lanau, para que te quedes con su cara —dice al fin.

Melanie le arranca el cuaderno de las manos. Sabe que está mal y que él tendría todo el derecho a enfadarse, pero no puede creer lo que está viendo. La única posibilidad de conocer el rostro de alguien que vivió tanto tiempo atrás era que un artista la hubiera pintado. Bendita su suerte.

Pasa el dedo por el rostro de la chica. Cuanto más la mira, menos se ve reflejada en ella y, a la vez, más conexión siente.

—¡¿Por qué no me lo habías enseñado antes?!

—Porque no sabía que te interesara tanto. —Lucas estira el brazo para recuperar el cuaderno, pero Melanie se aparta—. Es solo un dibujo de hace mucho tiempo, ni siquiera está bien hecho.

—¿La conocías tanto como para que se dejara hacer un retrato?

—Bueno... —Lucas frunce el ceño, algo raro en él—. No, claro que no. Hay retratos de mucha gente ahí. También de sus hermanas.

Melanie cree que está tomándole el pelo, pero cuando gira la página se encuentra con un par de ojos que conoce bien, porque los ve cada vez que se mira al espejo. Son versiones de otra época de Victoria y Emma. No. Son Anchela y Alizia, las brujas, las hermanas de Helane. Una tiene el pelo claro, por los hombros. La otra, oscuro, porque Lucas la dibujó con carboncillo. Sabe que, en la vida real, el cabello sería como el fuego. Pasa la página y hay otra Helane. Se ríe y se le forman pequeñas arruguitas alrededor de los labios. Otra Helane más. Y otra.

—Lucas, estás seguro de que tú no...

La cara de Helane se emborrona y, durante un segundo, Melanie juraría que se parece más a...

«¡Cuidado, Melanie!», grita la voz.

Del susto, deja caer el cuaderno al suelo y las hojas se pasan solas hasta un dibujo de las dos hermanas. Anchela y Alizia. Dos pupilas que parecían inmóviles cobran vida y la miran directamente.

«Mentira. Todo son mentiras», dicen un par de voces solapadas dentro de su cabeza. «La casa no te pertenece».

Melanie se agacha para recuperar el cuaderno, pero ya no está ahí. Confundida, levanta la cabeza hacia Lucas.

Ha desaparecido.

El silencio del cementerio la deja de piedra, igual que la mariposa que ahora la observa sobre la tumba de Helane Lanau.

¿Y si se lo ha imaginado todo?

¿De verdad se ha inventado que Lucas ha ido a buscarla?

Pero los dibujos...

«Mentiras, mentiras y nada más que mentiras», repiten las voces.

Melanie se gira, pero sigue estando sola. El corazón le late desbocado y cada susurro que trae la noche hace que las rodillas le tiemblen.

Ya no quiere estar ahí.

Quiere volver con Victoria y Emma.

Solo que no hay forma de marcharse. Por mucho que lo intenta, tiene los pies clavados al suelo, como si se hubieran convertido en raíces. Intenta levantar la pierna, pero eso solo hace que se hunda más, igual que en unas arenas movedizas.

—No, no —lloriquea.

«¡Mentiras!», repiten las voces. «¡Devuélvenos la casa!».

Melanie grita, intentando que se callen y la dejen en paz. El barro, que antes no estaba allí, le llega ahora por encima de las rodillas. Ya no puede mantenerse recta y el peso del cuerpo la obliga a caer de bruces hacia delante. Roza algo frío con las manos y tarda un instante en darse cuenta de lo que es.

HELANE LANAU

La tumba de Helane.

Recuerda entonces los pétalos de clavel que vio la primera vez en otra de las tumbas. «Pétalos de sangre», recuerda. De repente, varias enredaderas salen de la piedra, quebrándola, y buscan los brazos de Melanie. Se le enroscan en la piel y las espinas se le clavan en la carne. Grita de dolor y la sangre brota, en líneas rojas que dibujan diminutos ríos. Melanie sigue lloriqueando y trata de incorporarse, pero le resulta imposible.

«Socorro», piensa. Y lo piensa porque la voz no le sale; por mucho que intente gritar y pedir ayuda.

En ese silencio impuesto, contempla con lágrimas en los ojos cómo la sangre adopta diferentes formas, que parecen también pétalos. Pétalos que escuecen y huelen a hierro y humedad. Flores de sangre que manchan la lápida de Helane Lanau.

Melanie levanta la cabeza en un último intento de escapar de ese horror; tal vez de encontrar a Lucas, de pedir socorro con la mirada. Pero ya no hay ni rastro del muchacho por ningún lado. En su lugar, dos figuras: una de cabello como el oro y otra como el fuego. La miran con ojos de plata líquida, como el brillo de la luna.

—Mentirosa, eres una mentirosa —dicen.

Es la primera vez que las voces no suenan en su cabeza. Anchela y Alizia están allí, en carne y hueso, y no cambian de expresión cuando la ven ahí tirada, sobre un charco de sangre que se ha empezado a extender más y más.

—Y las mentirosas mueren.

Melanie grita y, esta vez, el sonido le sale de la garganta con la fuerza de un huracán. Anchela y Alizia niegan con la cabeza y ella sigue gritando, intenta patalear, librarse de las enredaderas y ponerse en pie.

Todo se nubla y se vuelve oscuro. Melanie sigue chillando, pero ahora siente que cae. Que cae y cae sin saber si en algún momento va a llegar al final y morir de golpe.

Aterriza sobre algo blando y el aire le vuelve a los pulmones en un jadeo que le duele hasta en la garganta.

Está en la cama, en su habitación, y sus hermanas duermen a su lado.

¿Todo ha sido un sueño?

Melanie se incorpora sobre la cama y respira hondo, aliviada, pero todavía algo asustada. Ni Lucas se ha presentado en la casa a altas horas de la noche ni los dibujos eran reales ni nada de lo que ha sucedido después. Se lleva las manos a la mandíbula y la mueve: los huesos sueltan pequeños crujidos que normalmente le desagradan, pero que ahora le confirman que existe en esa cama y que su capacidad de hablar, de pedir socorro, sigue intacta.

Entonces, algo le escuece en los brazos.

Melanie los extiende para que la luz algo alejada de la ventana los alumbre un poco. Algo parecido al vómito se le queda atrapado en la faringe cuando ve las marcas que le atraviesan la piel. Las heridas ya no sangran, pero los cortes son recientes, como si acabara de hacérselos.

«A veces la sangre no significa nada», dice la voz, suavemente. Melanie sabe que no habla de los cortes. «Triste, pero cierto».

—¿Eres...?

Pero es absurdo.

«E imposible», piensa.

La voz no responde y Melanie se gira hacia sus hermanas. Victoria sigue con el ceño fruncido, soñando. Emma tiene el brazo estirado, y la marca se le ha extendido hasta el cuello. Esa especie de tatuaje negro ahora parece la garra de un animal y le cubre el inicio de la mandíbula, como si quisiera destrozársela.

No lo duda ni un instante. Se lanza sobre Emma, olvidando sus propias heridas, y la sacude hasta que esta se despierta con un sofoco asustado.

—¡¿Qué pasa, qué pasa?!

A su lado, Victoria se incorpora con los ojos como platos.

—¿Se puede saber qué...? —empieza a decir, pero entonces ve lo mismo que Melanie.

Emma se roza la cara y hace una mueca. Luego estira el brazo y observa la marca, que lo cubre por completo.

—No te preocupes. —Victoria ya se ha puesto de pie y se está calzando las botas—. Nos vamos. Hay que solucionarlo. Debemos ir a... —Melanie no entiende lo que dice— y entonces podremos... Sí, así. Sí.

—Vic.

—Lo que no podemos hacer es quedarnos quietas.

—Vic.

—¿Dónde pusimos ese maldito libro?

—¡Victoria! —exclama Emma, que se ha levantado de la cama—. Tranquila. No pasa nada.

Melanie se acerca a Victoria y le coloca una mano en el hombro. Eso hace que los cortes queden visibles, por lo que cambia de opinión y esconde el brazo detrás de la espalda.

—¡Sí pasa!

Jamás había visto a su hermana mayor reaccionar así ante nada. Melanie siempre ha pensado que, como Victoria vivió la muerte de su madre de manera más clara que Emma o (evidentemente) ella, siempre ha tenido cierta facilidad para gestionar las situaciones difíciles. Sin embargo, a su hermana casi le tiemblan los ojos grises cuando contempla la marca en el brazo de Emma.

Está asustada.

Razón de más para que Melanie se calle lo que le acaba de pasar.

—Solo tenemos que hacer lo que dice el libro —señala en su lugar—. Emma, tienes que invocar una tormenta. Eso planeó Helane —dice muy segura.

—Mel, no creo que «invocar una tormenta» sea algo sencillo. ¿Te recuerdo que la última vez que intenté hacer algo casi os achicharro?

—Claudia y Nil nos podrán ayudar —dice Victoria—. Lo intentarás, ¿vale? No vamos a dejar que mueras. Y si todo esto tiene algún sentido, mientras estemos juntas todo irá bien. Por lo menos, ya sabemos dónde debes invocar la tormenta.

Emma y Melanie observan a su hermana, interrogantes.

—«Un árbol viejo como el mundo» —recita Victoria—. Que me parta un rayo a mí si no se refiere a ese árbol siniestro que hay en la plaza.

Emma asiente, pero parece que mira por encima del hombro, por si de repente una tormenta se cuela por la ventana y golpea a Victoria.

Melanie asiente también, pero el recuerdo de las dos brujas en el cementerio, la sangre y el terror que ha sentido, la hacen dudar. Anchela y Alizia eran poderosas y duda mucho que un hechizo de Helane pueda arreglarlo todo sin un poco de dolor y sacrificio. Mira a sus hermanas y el corazón se le encoge. Ahora que ya ha rozado la muerte más agónica de cerca, tiene que hacer todo lo posible para salvarlas y que jamás vivan algo parecido. Y la única manera es siguiendo las indicaciones de Helane.

CAPÍTULO 22

Victoria

Cuando alguien lleva trabajando mucho tiempo en la policía, se acostumbra a ver de todo. Y cuando Victoria piensa en «acostumbrarse», se refiere a que empiezas a ignorar lo que los humanos están programados para sentir. Cree que los médicos pasan por el mismo proceso; que cuando ya van varios quirófanos en los que tienen que dar malas noticias, la parte de su cerebro que hace que les resulte doloroso se apaga. Recuerda a la perfección el día en el que el suyo dijo «basta».

Ella era una niña. Una niña de veintitantos, pero una niña, al fin y al cabo. Porque había visto morir a su madre, y creía que eso la hacía más fuerte que los demás, pero estaba muy equivocada. Era un bebé con uniforme y pistola que entró en aquel piso sin saber lo que se iba a encontrar. «Es una redada», le dijeron. Sin embargo, no hubo redada, porque llegaron demasiado tarde. El piso en Ciudad Lineal estaba vacío, sin muebles y con mantas en el suelo, donde seguramente habían estado durmiendo las personas a las que andaban buscando. Olía mal: era la comida podrida incrustada en la vajilla que encontraron en una cocina en la que se te pegaban los pies.

Victoria la vio primero.

Todavía estaba viva cuando ella entró en la habitación. La chica la miró; tenía los ojos llenos de lágrimas y los labios cortados, y, aunque era obvio que no podía ni hablar, se esforzó por hacerlo:

—Lo siento mucho, dile a mamá que lo siento.

Victoria se quedó congelada, las manos tendidas hacia la chica, que sería de la edad de Melanie, casi una adolescente. Le vio la aguja clavada en el brazo, lleno de moratones y marcas. Estaba tan delgada que la piel clara parecía transparente. De cristal translúcido.

Se había inyectado cuarenta miligramos de heroína y su cuerpo no pudo más.

Victoria quiso encontrar culpables, porque ese es su trabajo, encontrar al criminal que hace daño, pero el resto de sus compañeros parecían opinar que la única maldad residía en el cuerpo de esa chica, que, en su lecho de muerte, se había arrepentido de lo que había hecho. No por ella misma, sino por su madre. No estuvo de acuerdo con lo que decían los demás, pero, aparte de aprender a acostumbrarse, también aprendió a cerrar la boca cuando era necesario.

Ahora, sentada en la panadería de Nil y Claudia, observa el brazo de Emma con la misma angustia con la que contempló el brazo de aquella chica. Sabe que no tiene nada que ver, pero no puede evitar imaginarse a su hermana tumbada en el suelo, diciendo «lo siento mucho» y sucumbiendo a la marca de la esencia.

Emma ha estado todo ese rato con la cabeza entre las manos. En ese momento, Claudia deja caer un plato junto a la mesita que su hermana tiene al lado.

—Es un bollito de crema, invita la casa.

Emma la mira; tiene ojeras y el pelo rojo enredado en el flequillo.

—¿Gratis? ¿No será porque crees que voy a morir?

—Más te vale que no, porque nos arruinarías el plan...

Emma sonríe de lado y coge el bollito para darle un bocado. Victoria la conoce lo suficiente como para saber que, por su expresión, está delicioso, pero no va a decírselo a Claudia; no se lo merece.

—¿Y si le prendo fuego al pueblo? —pregunta Emma muy seria—. Ya visteis lo que pasó en la casa y ahora no tengo más idea que entonces.

Claudia niega con la cabeza y se sienta en una de las sillas libres. Allí solo están Melanie y Victoria, y las dos comparten la manía de lidiar con el nerviosismo yendo de un lado para otro.

—Para eso estoy yo —dice Claudia—. Usaré uno de los glifos para limitar tu poder. Y, de todas formas, si mataras a alguien, le harías un favor, ¿no?

—Muy graciosa. —Emma le da otro bocado al bollo.

En ese momento, la puerta se abre y Cristian y Nil entran con expresiones muy parecidas.

—¿Qué pasa? —se le escapa a Victoria. Intenta mantener la calma, pero cada vez que ve la mancha de Emma, cualquier racionalidad se evapora—. ¿Qué ha dicho?

Cristian y Nil han ido a hablar con el alcalde para avisarle de que había que actuar cuanto antes. Victoria ha insistido en unirse a ellos, pero al final han decidido que lo mejor era evitarlo. Si quieren convencer a los vecinos de que la salvación está en que ellas tomen cartas en el asunto, necesitan tener cuidado con todo lo que hacen y dicen, y está demasiado nerviosa como para controlar sus impulsos.

—Al principio quería que todo el pueblo estuviera presente —dice Nil—, como si fuera un festival, pero le hemos convencido de que Emma no es Alizia y que suficiente tendrá con concentrarse en el árbol como para tener que estar preocupándose por si lanza un rayo a los más pequeños.

—¿Entonces? —insiste Victoria.

—Castán y un par de personas más estarán en la plaza como testigos —explica el joven—. No he podido hacerle cambiar de opinión. Nadie le teme al peligro por aquí…

—Pues deberían —sisea Cristian.

—Cristian, otra vez no… —Nil le da un golpe en la cadera.

—¿Por qué?

Victoria mira a sus hermanas y estas se encogen de hombros. Claudia chasquea los dedos y frunce el ceño.

—¿De qué habláis?

—De que…

—Por favor, Emma no tiene tiempo para esto. Tenemos que salir ahí fuera ya —las apremia Nil, girando la silla.

—Le he dicho a Nil que, aunque no podáis morir, existen cosas peores.

«Otra vez con esas», piensa Victoria. Está empezando a creer que lo de Cristian es personal. De todos, tal vez sea él quien más miedo tiene a morir y, por eso, cada día se tiene que convencer a sí mismo (y a medio pueblo) de que no es lo más cruel que le puede pasar a un ser humano.

—¿Qué hay peor que la muerte? —pregunta Melanie.

El tono que ha empleado le llama la atención a Victoria. Su hermana pequeña no es de las que acusan. Bueno, en realidad no es de las que hacen absolutamente nada. Es lo más parecido a un fantasma que ha conocido nunca. Lo que resulta irónico, teniendo en cuenta en qué consiste su don.

—Esto, por ejemplo —afirma Cristian, señalando a Nil y Claudia—. La eternidad que nadie ha pedido. La vida en pausa. ¿Es que no os lo parece?

—Sí, es horrible —sentencia Claudia—, pero ¿eso qué tiene que ver con lo que has dicho?

—Nada... —murmura Nil, pero está claro que oculta algo.

—¿Qué es? —pregunta Victoria—. ¿Qué no nos quiere contar?

Cristian le lanza una larga mirada y se pasa la lengua por los labios, en un gesto que parece transmitir duda, aunque seguro que solo lo hace para ganar un poco de tiempo. Victoria no ha dejado de pensar ni un segundo en su actitud dentro de la cueva. Y ojalá fuera solo eso lo que no se puede quitar de la cabeza. La respiración de Cristian junto a su boca, el tacto de los músculos de su pecho cuando cayó sobre él, sus susurros en el oído.

Aparta los pensamientos de un plumazo. Melanie no se fía de él y ella tampoco, da igual lo que le diga el cuerpo. El cerebro sabe más.

—Ya os lo dije. Las brujas también pueden encontrar un destino peor que la muerte. —Cristian señala a Emma con la cabeza—. No sabemos si las consecuencias de encontrar esa esencia pueden llevarte a ese plano intermedio del que os hablé. Y en cuanto a los vecinos... Ese lugar no es exclusivo de las brujas, los humanos también podemos no ir al... —hace una pausa y los mira uno a uno—, al cielo.

Victoria suelta una risa seca que no había previsto. Emma casi se atraganta con el bollo y pone su mejor expresión de incredulidad.

—¡Tócate las narices! Nil, ¿estás seguro de que vuestro cura se marchó? Porque a lo mejor ha vuelto disfrazado...

Desde que se ha despertado esa mañana, Emma ha estado muy triste, así que al menos Cristian la ha ayudado a volver a ser un poco ella misma.

Melanie, que hasta ahora no había abierto la boca, se empieza a tocar el flequillo, inquieta.

—¿El cielo? ¿Existe?

—¿Por qué no iba a existir? —pregunta Cristian.

—¡Por favor! —Emma se levanta y extiende el brazo—. Esto de aquí es real. La maldición es real. Soy la primera a la que le gustan los chistes, pero esto no hace ninguna gracia.

—¿Y si no es un chiste...? —duda Melanie—. Quiero decir, si todo esto ha resultado ser cierto, ¿por qué el cielo no?

—¡Porque cuando la gente se muere, se muere, Melanie! —Emma bufa y parece a punto de tirarse de los pelos—. Mamá se murió. Las abuelas se murieron. Y yo voy a morir como no salgamos ahí fuera e intente provocar una tormenta, que, por cierto, suena tan absurdo que me dan ganas de ponerme a chillar.

—Ya lo estás haciendo —dice Claudia entre dientes. Después se pone en pie y mira a su hermano—. A mí me da igual que el cielo exista o no, solo quiero descansar en paz.

—Pero ¿no es el cielo el lugar en el que por fin podemos descansar en paz? —pregunta Melanie—. O sea, tiene que haber algo que diferencie el más allá de Finestres, ¿no? Porque si no lo hay... esto sería una especie de cielo.

—Esto es un infierno —responde Claudia entre dientes.

—Y ese mundo intermedio será peor —insiste Cristian.

Al final Claudia suspira.

—¿Y qué es ese lugar? ¿Qué posibilidades hay de que la magia de la bruja roja nos haga acabar ahí?

Nil tiene la mirada culpable. Se lleva los dedos a las sienes y suspira.

—Cristian tiene la teoría —dice, al tiempo que lo mira con el ceño fruncido—, porque es solo una teoría sin fundamento, de que es posible que la magia de las hermanas Lanau pueda hacernos daño de verdad.

El silencio que provocan sus palabras es extraño. Claudia se cruza de brazos.

—¿Estás diciendo que cualquiera de estas podría matarme y ya está?

A Victoria no se le pasa por alto que hay algo de esperanza en sus palabras.

—No, lo que está diciendo es que es posible que la magia de Emma os mate, pero que, por culpa de la maldición, no podáis avanzar. Os perdáis para siempre en ese limbo incomprensible —explica Cristian.

—Entonces la única diferencia entre ese lugar, esto y el supuesto cielo es que nos creamos que este último es genial —dice Emma.

—No se trata de creer —murmura Cristian por lo bajo, pero no parece cómodo y hace un gesto con las manos, cansado.

—Lo siento, Cristian, pero se trata cien por cien de creer.

Victoria no es creyente, ni mucho menos practicante, pero siempre pensó que, si llegaba el día en el que ya no le quedaran más opciones ni esperanza, acudiría a la religión. Y, sin embargo, la noche en la que casi la ahogaron, no había dios ni rezos en su mente, solo un miedo horrible y unas ganas tremendas de volver atrás en el tiempo y arreglar las cosas. Melanie, que siempre ha creído en esos asuntos, parece preocupada.

—Bueno, da igual. —Claudia interrumpe la discusión de la que Victoria se había evadido—. Si yo desaparezco, me importa poco. Pero... nadie ahí fuera merece un castigo peor que haberse quedado atrapado en Finestres tantos años, si es que existe esa posibilidad. Ya os lo he dicho, puedo hacer lo mismo que la Noche de las Ánimas, usar un glifo para protegernos de la bruja roja. —«¿Cuándo nos va a empezar a llamar por nuestros nombres?», piensa Victoria—. De esa forma, su poder no nos podrá hacer daño. Castán y los demás pueden observar desde la zona protegida. ¿Contento, Cristian?

—¿Cómo voy a estar contento si dices que no te importa desaparecer, Claudia?

La chica frunce todavía más el ceño y niega con la cabeza. Y sin mediar palabra, sale de la panadería y deja un silencio pesado que nadie más es capaz de llenar.

Victoria no sabe cuánto tiempo pasan ahí sin moverse ni decir nada. Solo sabe que Cristian no le quita los ojos de encima, quemándola con sus iris, como si esperara que ella dijera algo; que, como las otras veces, soltase su opinión sin más. Y no piensa darle el gusto, porque la preocupación por Emma ya es más que suficiente. No necesita replantearse sus creencias.

Al final, Emma se levanta y se lleva los dedos a la mejilla, donde las líneas de la marca ya le cubren parte de la cara.

—Vamos —dice—, deseadme suerte.

Antes de que Victoria pueda reaccionar, Melanie ya está abrazando a Emma. Así que ella se queda a un lado y la observa. Sabe que está aterrada y que, después de la reacción en la cueva, solo finge que es más fuerte de lo que realmente siente que es.

Lo que tampoco se le pasa por alto es que Nil también mira a su hermana, con los mismos ojos que ella: los de quien teme por la vida de alguien que le importa mucho.

La noche en la que Emma perdió el control, Victoria apenas se fijó en lo que hacía Claudia. Estaba igual de nerviosa, pero entonces la confusión ganó la batalla. Ahora siente lo mismo, pero no quiere perder detalle de lo que hace la chica, que se coloca en la plaza y, con los ojos cerrados, se corta la palma de la mano sin mostrar dolor. Claudia camina a paso lento y va dejando caer gotas de sangre al suelo, apenas visibles. Cuando ha dado la vuelta alrededor del árbol, Victoria deduce que ha dibujado un círculo cerrado. Después, Claudia se mira la palma de la mano y con el dedo índice traza una línea del pulgar a la muñeca. Y, finalmente, termina con el gesto de rezar.

Fuera del círculo, esperan el alcalde, la anciana llamada Marisa y un hombre de mediana edad. Son los testigos. Los que van a decidir si lo que haga Emma allí los convence de que no hay que matarlas para ser libres.

—El glifo ya está completo —dice Claudia—. Será mejor que nos quedemos fuera y Emma se ocupe de esto sola.

Algo más lejos, Cristian asiente.

Nil parece dudar un poco más, pero, con un largo suspiro, se echa hacia atrás con la silla y espera con las manos sobre las rodillas.

—No quiero dejarte sola —susurra Melanie, lanzándose otra vez a los brazos de Emma—. Llevo mucho tiempo pensando que tenías la culpa de muchas cosas y maldiciéndote, pero ahora siento…

—No pasa nada, Mel. —Emma le devuelve el abrazo—. Esto es pan comido. No me voy a morir. Y si eso pasa, estamos de suerte, porque tu poder es hablar con los muertos. Y con lo aburrido que tiene que ser haberla palmado, seguro que tener una conversación contigo es de lo más entretenido.

Melanie se ríe por lo bajo, pero Victoria ve la lágrima discreta que se limpia con el dorso de la mano. Si Cristian tiene razón, será difícil que Melanie pueda hablar con ella, incluso con su don. Ahora es su turno. Se acerca a Emma y la coge del brazo, el mismo en el que está la marca.

—Ten cuidado y no hagas tonterías.

—Suenas igual que cuando éramos adolescentes...

—Pues espero que me hagas más caso que entonces.

La atrae hacia ella y entierra la cara en su cuello.

—Gracias, Vic —dice en un susurro.

Y, así, Emma les da la espalda y cruza la línea invisible que ha marcado Claudia. Su cabello rojo brilla con la luz de la mañana cuando se coloca delante del árbol encorvado.

—¿Crees que lo va a conseguir? —pregunta Melanie a su lado.

—Claro que sí. Es la persona más cabezota que conozco.

Melanie se apoya en su hombro y Victoria le da un apretón suave en la mano.

—¡Que empiece ya! —dice el alcalde, algo más apartado—. ¡Que llegue la tormenta!

No le ven la cara a Emma, pero Victoria tiene claro que acaba de cerrar los ojos para concentrarse. Para buscar, como dice ella, el «milagro de Emma». Espera que sea capaz de encontrarlo.

Al principio tiene sus dudas. El cuerpo de Emma permanece inmóvil, solo con los brazos extendidos hacia delante. Pasan los segundos, luego los minutos y nada sucede. El sol brilla sobre sus cabezas; no hay sombras ni nubes que lo amenacen.

—Vamos, Emma... —la anima Melanie en voz baja.

«Vamos, hermana», piensa Victoria.

Y, entonces, una nube tímida pero gris aparece en el cielo. Es la primera, pero viene acompañada de un viento fuerte que al principio es un susurro, pero que poco a poco se va transformando en un aullido que sacude las veletas de los tejados de pizarra y la ropa de Emma, que aguanta estoica en el centro de la plaza.

Pronto aparecen más nubes, ahora negras, y cubren la luz del sol. Está tan oscuro que parece que Emma ha llamado a la noche. Victoria nunca había visto nada así. Si bien las tormentas siempre le generan algo de inquietud, esa tiene una energía tan salvaje que le provoca un temblor incómodo en todo el cuerpo.

—Lo está consiguiendo —dice Melanie a su lado.

Victoria solo espera que a Emma no se le vaya de las manos. Y no puede evitar preocuparse, porque, entre las nubes, empieza a distinguir destellos de luz rota que parpadean y proyectan sombras en la plaza. Concretamente, sombras de las ramas del árbol, que otra vez parecen garras, que en esta ocasión quieren atrapar a los presentes.

Aprovecha para mirar a los demás, pero nadie mueve ni un músculo. El único que parece más nervioso que ella es Nil, que juega con el reposabrazos de la silla, como si quisiera rasgarlo con las uñas.

Otro relámpago.

En el centro de la plaza, el árbol espera ese rayo que debe recibir.

Emma cierra las manos y un trueno retumba en el pueblo.

Llueve. Un chaparrón que confirma que todo está en orden, que puede que Emma lo consiga.

Un relámpago más.

Emma estira los brazos y echa la cabeza hacia atrás en el momento en que el cielo se ilumina y se parte en dos.

El rayo atraviesa el firmamento y estalla en el aire. Y cae. Cae en dirección al árbol.

—¡Sí! —se oye decir a sí misma, por encima del ruido del agua.

Pero entonces algo tira del rayo. Una especie de fuerza invisible que coincide con el grito de Emma.

El rayo cae sobre su hermana y el golpe la lanza hacia atrás con una fuerza brutal. Todo pasa muy rápido, aunque también a cámara lenta. Victoria ve el cuerpo de Emma ponerse rígido en el aire, un segundo antes de estrellarse contra el suelo mojado.

La lluvia sigue cayendo como si estuvieran bombardeándolos y Victoria no oye nada que no sean sus propios pensamientos. Sabe que Melanie ha gritado porque la ve caer de rodillas a su lado. «¿Emma?», se pregunta a sí misma. «¿Em?».

No puede apartar los ojos del cuerpo inmóvil de la chica. El pelo rojo se extiende por la piedra, como si fueran regueros de sangre.

Y, entonces, algo se impone al bullicio de la tormenta. Es el grito de Nil al deshacerse de su hermana, que intenta detenerlo sin éxito. Avanza a toda velocidad hacia Emma. Cruza el círculo de sangre y la silla de ruedas resbala con el agua y cae de lado. Eso no lo detiene para lanzarse sobre Emma y sacudirla por los hombros.

Victoria hace ademán de moverse, de ir a ayudarla, pero entonces otro ruido sordo retumba en la plaza.

Es ella.

Está llorando.

Se desploma junto a Melanie y se lleva las manos al pecho, incapaz de controlar el temblor que se ha apoderado de ella.

No puede ser.

Emma ha fallado.

CAPÍTULO 23

Emma

Emma abre los ojos en mitad de la plaza de Finestres. Lo primero que hace es mirarse el brazo, y comprueba que la marca negra sigue ahí, solo que ahora tiene un brillo fantasmal, sombrío. Igual de fantasmal y sombrío que todo lo demás. Las casas a su alrededor son grisáceas, como si hubieran perdido el color, y tarda un instante en darse cuenta de que está sola.

Ni Victoria ni Melanie.

Ni Nil ni Claudia.

Nadie.

Se pone de pie, porque tiene el recuerdo borroso de haber caído al suelo, pero no sabe por qué.

Se gira y ve algo brillante en el suelo. Es un destello púrpura junto a unas gotitas de sangre. Son las primeras de un reguero suave que la rodea, como si fuera un círculo.

«Es verdad», piensa. «La esencia».

El destello púrpura se mueve y Emma distingue un par de pinzas y una cola larga.

Es un escorpión.

Da un salto hacia atrás, pero el animal no se mueve. Sin apartar la atención por completo del arácnido, se vuelve hacia el lugar en el que el árbol encorvado la vigila, solo que ya no está ahí. En su lugar, otra luz intensa brilla y parpadea como una bombilla mal colocada. Emma no se atreve a mover ni un músculo. No tiene la respiración agitada y el motivo es absurdo: no está respirando. Es imposible, pero juraría que nota los pulmones. Vacíos.

«¿Dónde estoy?».

—Estás ahí —dice alguien.

Es una voz profunda, grave y ancestral que suena en sus oídos como si saliera de dentro de ella misma.

—¿Quién eres?

—Alguien que quiere ayudarte.

Emma gira sobre sí misma y mira hacia el cielo, pero allí sigue sin haber nadie.

—¿A qué te refieres con que estoy ahí? —pregunta. Le sorprende oírse hablar en voz alta.

—Ahí, ¿no te ves?

Y sí, entonces Emma se ve. Está tirada en el suelo, con los ojos abiertos de par en par y el cuerpo rígido como una tabla. Llueve sobre ella, tanto que parece que está llorando desesperadamente. A su lado, Nil le pasa los dedos por el rostro, como si quisiera contarle las pecas. Él sí que llora.

El escorpión se ha movido y ahora está junto a su cuerpo tendido. Le toca la planta del pie con una de las pinzas.

—¿Estoy… muerta?

A lo mejor Cristian tenía razón y está en ese mundo intermedio. Quizá sea Melanie quien esté en lo cierto y se encuentre en el más allá.

«¿El cielo existe?».

—Yo no lo llamaría así —responde la voz—. ¿Has visto a la Muerte?

—A no ser que seas tú, o ese escorpión… no.

—Yo no soy la Muerte. —La voz se desplaza y suena algo más lejos—. Y creo que esa pequeña es tu familiar.

—¿Mi qué?

—Tu compañera, que aparece cuando por fin empiezas a ser una bruja de verdad. Un familiar es la representación del alma de una bruja. Y los escorpiones son muy resistentes y pueden sobrevivir en condiciones extremas.

—Tal vez por eso todavía no he muerto, porque soy como ella. —Emma se agacha junto al animal y este corretea hasta subírsele al dedo. Le tiembla la mano, temerosa de recibir un buen aguijonazo, pero el escorpión hace un ruido suave y se queda quieto—. ¿Qué puede hacer?

—Eso depende de ti. Si eres poderosa, ella lo será. Y un familiar siempre conecta tu alma con la tierra, para que el día de tu final puedas existir en su forma.

Emma, que no puede apartar los ojos del escorpión, se pone rígida.

—¿A eso se refiere la gente, o Cristian más bien, cuando dice que las brujas regresamos a la tierra al morir? ¿Que nos convertirnos en animales?

—Tu alma se convierte en tu familiar —explica la voz—, pero poco queda de ti para entonces.

Ella asiente, pensando en cómo contarles todo eso a sus hermanas o cómo asimilarlo. ¿Ahora las brujas se reencarnan? El escorpión hace un ruido que suena como una puerta vieja al cerrarse.

—¿Y está aquí para ayudarme?

—Yo estoy aquí para guiarte —la corrige la voz—, para ayudarte a encontrar la esencia que buscas.

—¿La esencia? —recuerda de pronto. Ese lugar la desconcierta, como si flotase en el interior de su cabeza—. Se supone que debía lanzar un rayo sobre ese árbol, y he sido tan hábil que me lo he lanzado encima.

Se observa otra vez. «Qué pena», piensa.

—La esencia está ahí, en la luz —dice la voz—. ¿Acaso no la quieres?

Emma vuelve a mirar el lugar en el que el árbol ya no está. Ahora que observa bien la luz, sí que es capaz de distinguir una forma similar a la marca que le apareció en el brazo cuando estaban en la cueva. Intenta recordar lo que había escrito en el libro. Que había que destilar, que si una sensación de euforia...

—«La bruja de los elementos debe estar preparada mentalmente para enfrentarse a las tentaciones».

Eso ponía. Eso dejó escrito Helane Lanau.

Quizá, si intenta coger esa esencia, aparezca un demonio de la lujuria. Al fin y al cabo, ¿qué puede tentar a Emma?

—¿Acaso no la quieres? —insiste la voz.

—No la quiero, no. Pero la necesito.

Emma ayuda a la pequeña escorpión a encontrar el equilibrio sobre el hombro y luego avanza hacia la luz y coge aire, pero da igual porque es como si no lo hiciera. No tiene necesidad de respirar. Si lo piensa, nada puede ir a peor. Si no se atreve, Nil se deshidratará sobre su cuerpo. Sus hermanas tendrán que pasar otra vez por el dolor de ver a alguien morir. Finestres jamás tendrá la paz que merece.

Así que atraviesa la luz con el brazo.

El dolor le perfora la piel y se extiende por todas las partes de su cuerpo marcadas por el rayo.

Emma cierra los ojos, pero el dolor desaparece igual que ha llegado. Y no solo eso, de pronto, Emma siente una suave brisa en su interior. Es parecido a lo que ha experimentado antes, cuando intentaba invocar la tormenta, pero en esta ocasión es ligeramente distinto. La tormenta sonaba como una discusión, un montón de personas chillándole en el oído, pero ahora apenas es un susurro casi íntimo. Un susurro que tira de ella y que la hace avanzar sin tener un destino fijo. De todas formas, caminar en ese lugar es como no hacerlo. Apenas se mueve, igual que pasa a veces en los sueños. Que no avanzas por mucho que lo intentes. Pero allí, al menos, el entorno cambia. Ya no está en la plaza, sino en una habitación de hotel. La recuerda al instante, porque es la que usó en su luna de miel.

David está tumbado en la cama, con la espalda musculosa al aire y la piel tostada después de haber pasado el día en la piscina. Es tan guapo que a Emma se le cae el alma a los pies. Ya casi se le había olvidado, después de tanto tiempo odiándolo.

—¿Ya has vuelto? —pregunta él.

«¿Vuelto?». Fue él quien decidió marcharse porque Emma le resultaba aburrida. Ella, aburrida.

—¿Has probado la barra libre de la piscina? —sonríe David—. Seguro que pronto los arruinas.

Y se ríe. Se ríe y Emma también lo hace, porque con David siempre fue así, hasta que él decidió que no. Hasta que ella se volvió aburrida.

—¿Y si te quedaras aquí para siempre? —pregunta la voz.

—¿Aquí? —Sí, entonces era feliz. Tenía pareja, estabilidad y no temía al futuro. ¿Por qué no? ¿Por qué no regresar a esa parte de su vida en la que todo iba bien?—. No puedo. Debo volver a Finestres. Confían en mí.

¿Confían en ella? Más bien se han visto obligados a hacerlo porque no les queda más remedio.

—¿Qué es este lugar? ¿Quién eres?

La voz se queda en silencio unos segundos que parecen eternos, y al fin contesta.

—Me llaman la Sombra —dice—. Es mi poder sobre el viento quien te habla. El viento arrastra tormentas, pero también buenas palabras y susurros tentadores. Y yo te ofrezco vivir sin preocupaciones.

Emma niega con la cabeza. Esa imagen de David no es real. Quizá lo fue, pero volver a vivir lo que vino después no es muy tentador. No quiere regresar a los días en los que jugaba con el anillo de bodas sentada en el sofá, lamentando no tener ganas de salir a bailar o a dar una vuelta. David la consumía, la agotaba y la convertía en algo que ella odiaba. Y la abandonó. La dejó tirada.

—No, si tengo que llevar una vida fácil, desde luego no será al lado de David.

La corriente de aire, el susurro, se transforma en un suspiro y regresa a su interior. La marca en el brazo palpita y se vuelve blanca durante un instante.

—Si no quieres vivir en el pasado más sencillo, ¿qué te parece si te rindes y abrazas la paz?

La voz regresa, solo que ahora es escurridiza y fresca como un río, y le hace cosquillas en los dedos.

«¿Será el poder del agua?», se pregunta.

David ya ha desaparecido de esa realidad gris y fantasmal, y ahora solo queda ella, delante de un espejo que antes no estaba ahí. No le gusta nada lo que ve en el reflejo: ojeras de cansancio, esa cicatriz que le parte sutilmente la ceja y que es la prueba de que siempre mete la pata por no escuchar. Siempre ha sido la oveja negra de la familia Lanau; desde que tenía quince años y, si lo piensa bien, también ahora. La diferencia es que entonces creyó que la solución era marcharse y ahora no hay lugar al que ir. Además, ¿de verdad puede dejar a Victoria y Melanie atrás?

—¿No puedes? Pero si ya lo has hecho antes.

Sí, el día que se escapó de casa, sin escuchar a las abuelas ni a Victoria, que le insistía en que terminara los estudios. Ahora comprende que el reflejo no le pertenece a ella, sino a la Emma de aquella tarde en la que hizo las maletas y se fue a casa del chico con el que estaba saliendo. Es más joven y tiene tanta confianza que no necesita fingirla. No es la Emma del presente, la que sabe que escaparse supondrá trabajar muchas horas, aguantando desprecios y sintiéndose sola.

—Pero ahora es distinto. Si te rindes, ellas descansarán en paz.

—Debo ayudarlas. Yo no soy así, no las abandonaría nunca si supiera que me necesitan. Ya no soy así de egoísta.

En el espejo, Emma contempla la mirada gris que comparte con Victoria y Melanie. Casi puede imaginar su cara fundiéndose con los rasgos de ellas dos. Nunca ha pensado que tengan parecido físico, pero, visto así, podrían ser la misma persona.

Emma lleva toda la vida equivocándose, así que quizá Finestres sea su oportunidad para cambiar.

—Debo ayudarlas —insiste—. Si quieres darme paz, lo podrás hacer cuando las saque de este lío.

Parece que la voz escurridiza se enfada. El brazo de Emma proyecta una luz azul y, de repente, todo tiembla bajo sus pies y ella cae hacia atrás. Sentada, observa cómo el suelo se abre en dos.

Viento. Agua. Ese debe ser el siguiente elemento: tierra.

Un poco más lejos, una figura delgada se acurruca en una esquina. Tiene el pelo castaño y el rostro delgado, casi hecho de huesos. Emma se acerca a la chica y contiene un suspiro. En brazos de la joven hay una niña de apenas seis años, rubia como un día soleado. Junto a ella, una más pequeña, con apenas cuatro pelos, pero todos ellos de un rojo intenso.

Emma se contempla a sí misma otra vez, en esa versión infantil; se observa sonreír y tocar la barriga de su madre con unos dedos diminutos. No recordaba que su madre fuera tan joven ni que pareciese tan enfermiza.

—¿Cómo se va a llamar la bebé? —pregunta Victoria.

—¿Qué os parece Estela?

¿Esa era la voz de su madre? La había olvidado por completo, como tantas otras cosas.

—Estela es muy feo —dice la niña Emma.

—¿Y entonces?

—María, como la abuela —sugiere Victoria.

—Mejor no. —Su madre acaricia la cabeza rubia de la niña—. Mejor no...

Emma nunca le había dado vueltas al motivo por el que su madre cortó toda relación con las abuelas. Siempre ha pensado que su padre se la llevó sin darle muchas opciones y que las abuelas tampoco hicieron nada por evitarlo. A veces sí que se preguntaba por qué su madre le retiró la palabra a la abuela María, la mujer que le había dado la vida. Lo pensó mucho cuando Melanie nació y tuvieron que volver a España. ¿Tan mal se portó la abuela?

—¿Acaso no abandonaste tú a tu familia? —pregunta la voz.

Sí, porque se sentía incomprendida. Quizá eso también era lo que le pasó a su madre y la diferencia es que no tenía hermanas pesadas que se negaran a renunciar a ella.

—A lo mejor eso es lo que necesitaba tu madre. Tal vez puedas cambiarlo si vuelves atrás.

—Es posible...

—La Sombra de la tierra te ofrece un pasado diferente. Si pudieras avisar de que tu hermana provocará un parto difícil... Si el padre no se hubiera negado a que diera a luz en el hospital....

—Mi padre tuvo la culpa —dice Emma—. Si mamá hubiera ido al hospital, tal vez la habrían ayudado.

Emma se frota el brazo. Si hay un pueblo suspendido en el tiempo, ¿por qué no puede ella viajar al pasado y avisar a su madre? Cierra los ojos y regresan los recuerdos de su infancia, como pequeños destellos. El vuelo a España. La llegada a casa de las abuelas. La primera semana con ellas, cuando la abuela Paz se empeñó en que las verduras estaban prohibidas y solo podían alimentarse de chocolate. Aquello duró apenas tres días, pero hizo que Victoria y ella se olvidaran un poco de que mamá había muerto. Recuerda las trenzas que la abuela Valentina le hacía cada mañana antes de ir al colegio. O cómo fingió ser una cantante famosa cuando la invitó al día de los padres y así nadie le preguntó por qué ninguno de los dos estaba allí. Vuelve en un parpadeo a los arrullos y los abrazos de la abuela María antes de dormir.

Tal vez su madre podría haber hecho todo eso por ella si la situación hubiera sido distinta, pero cambiar el pasado eliminaría todo lo que ya ha vivido.

—No, lo que pasó, pasó. —Emma asiente y recibe otro tirón en el brazo. Esta vez, la luz es marrón. Estaba en lo cierto: era la tierra—. ¿Quién queda? —pregunta en voz alta—. ¿Con qué más me vas a tentar?

Pero la escena ha cambiado solo para regresar al origen. Vuelve a estar en la plaza y su cuerpo sigue tirado en el suelo. Ahora también ve a Melanie y a Victoria. Su hermana pequeña llora abrazada a su hermana mayor. Victoria luce esa expresión que ella cree que no tiene fisuras, pero Emma sabe que está destrozada, perdida como una niña.

—Si no quieres cambiarte a ti misma, si no quieres modificar el pasado o vivir otro futuro, ¿por qué no alteras el presente? —pregunta la voz de la Sombra.

—¿Mi presente?

Algo cálido se cuela en su pecho. No necesita que nadie le diga que se trata de la Sombra del fuego. El calor le sube a las mejillas cuando se encuentra en una tarde nevada. No reconoce la ciudad, pero se trata de algún lugar de Europa. Nil y ella están sentados frente a una plaza enorme en la que la gente va de un lado a otro, con prisa y sin fijarse en ellos. Nil la coge de la mano y le da un apretón.

—¿Me vas a tentar con Nil? —«Qué fácil», piensa—. Es solo un tío.

—Podría serlo, pero veo tu corazón y leo en él una verdad que todavía no comprendes del todo.

—¿De qué hablas?

—¿Todavía no sabes por qué las brujas evitan el amor? ¿Por qué todas nuestras historias acaban mal?

«Nuestras historias», repite Emma en silencio. Busca a la voz tontamente, por inercia, pero sin éxito de nuevo.

—¿Te refieres a por qué las hermanas de Helane la castigaron por enamorarse de ese chico?

—Las brujas solo amamos una vez, Emma —responde la voz—. Una vez y con todo lo que tenemos. Rápido, absurdo e intenso. —Eso le ha pasado muchas veces a ella, pero también a varias de sus amigas. Un flechazo y ya está—. No, sé lo que estás pensando. No es lo mismo. Las brujas podemos jugar con quien queramos, pero el lazo que nos une con nuestro amor es eterno y verdadero. Si ese lazo es común, el sentimiento nos hace más fuertes. Pero, si no nos corresponden, nos rompemos.

—Yo no estoy enamorada de Nil. Lo conocí hace apenas unas semanas —insiste.

—Y aun así has sentido que algo tira de ti cada vez que lo miras, ¿no es cierto?

—Porque es guapo, ya está.

Pero está mintiendo y la Sombra lo sabe. Emma sabe a lo que se refiere la voz. Ha tenido docenas de flechazos en la vida, pero ninguno como el de Nil. No tiene ganas de besarlo (bueno, a veces), ni de acostarse inmediatamente con él o pedirle que la invite a una copa. No desea una noche y un adiós. Todavía no le quiere, al menos no de la manera que ha entendido toda la vida el amor. No, solo presiente el sentimiento. Como una visión de futuro que roza en el presente. Y es totalmente ilógico y tonto, pero es como si entre los dos hubiera un hilo antiguo, invisible, que los arrastra el uno hacia el otro.

—¿Es el destino? ¿Alguna de esas chorradas de la media naranja o el alma gemela?

—Todo eso se lo inventan los humanos para creer que hay algo de magia en sus vidas, pero tú eres una bruja, Emma. No hay palabras en español para definir lo que te ata a Nil, ni tampoco para explicar por qué él te corresponde, cuando las brujas pasamos tantas otras veces por lo mismo pero sin un final feliz. Tú tienes ese privilegio, aprovéchalo.

Y Emma siente algo en el pecho. Algo que todavía no es amor, pero que sabe que lo será.

—¿Es que no te gustaría haberlo conocido en otro lugar? ¿En un mundo en el que el tiempo fluye y tenéis una oportunidad para intentarlo? —insiste la voz.

Emma contempla a ese Nil. Tiene la piel más sonrosada que el Nil que ella recuerda y el pelo un poco más corto. Habla mucho, aunque no alcanza a entender lo que dice.

—Si Finestres escapa de la maldición, Nil y yo podríamos viajar a algún lugar —piensa en alto.

—Pero él quiere morir, igual que Claudia. Está agotado, se nota.

Nil inclina la cabeza y la mira con los ojos marrones que, en esa estampa invernal, parecen todavía más cálidos; un café que no puede beber, sino contemplar. Desde que lo vio por primera vez, Emma no deja de pensar cómo es posible que un par de ojos le recuerden tanto a una tarde de sofá y manta. Nil es un chico que busca con desesperación una risa, pero muchas veces falla estrepitosamente y no es consciente de que la forma más fácil de que alguien sonría es que él lo haga también. Contempla su sonrisa y no puede evitar imitarla.

—¿Y cuál es la forma de estar juntos si él desea la muerte? ¿Tengo derecho a negarle el descanso que tanto desea solo por esa conexión? —susurra.

Emma vuelve a estar en la plaza. Se acerca a su cuerpo, tendido en el suelo. Nil se ha bajado de la silla para atraparle el rostro entre las manos, y le acaricia el pelo. De alguna forma, la escena le recuerda a la de su madre, tirada junto a Victoria y ella, buscando un nombre para su tercera hija. Emma se pone de rodillas y se coloca la mano en la cara también. Luego, mira a ese Nil, más delgado, más enfermizo que el otro. Se pregunta si él también nota esa conexión, si sabe que no son pero que sí serán y por eso le duele tanto.

Quiere acariciarlo, igual que está haciendo él con ella, pero no se atreve.

—Emma, por favor... —dice el chico. Ahora puede escucharlo, igual que el sonido del agua.

—¿Se salvarán todos aun así? —pregunta Emma a la Sombra—. Si acepto esa realidad con Nil, ¿el presente cambiará y la maldición no habrá existido?

No hay respuesta.

—Lo siento —susurra Nil, solo para ella—. Quería salvar a mi hermana, y por culpa de eso...

Emma estira el brazo y coloca la palma de la mano en la mejilla del chico. El escorpión desciende por la manga y se instala en el hombro de Nil, solo que él no lo nota. Lo que sí que parece sentir es la caricia de Emma, porque abre mucho los ojos y suelta un suspiro. «Nil lleva siglos peleando por esto», piensa. «Jamás dejaría atrás a nadie».

—Llevo toda la vida siendo egoísta y metiendo la pata —dice Emma en voz alta, aunque parece que se ha quedado sola en ese lugar—. Si lo que dices es cierto, si Nil es mi «no existe una palabra en español para definir lo que nos une», entonces sé que algo bueno nos espera. A él y a mí. O a los dos juntos. —Y se sorprende deseando que ocurra, que sea esa última opción—. Pero él busca la muerte y yo no quiero hacer más daño a la gente a la que quiero. Prometí a mis hermanas que acabaríamos con esto juntas.

El fuego la atraviesa y una luz intensa lo envuelve todo.

—Emma Lanau, la bruja roja... —dice la voz profunda—. Usa bien la esencia de la tormenta.

Blanco.

Todo es blanco.

Cuando abre los ojos, el rostro de Nil está muy cerca del de ella. No distingue las lágrimas de las gotas de lluvia. Solo sabe que algo se rompe, y no tiene nada que ver con la tormenta que ha invocado antes; es el grito de alegría de Victoria. Emma se aferra al pecho de Nil con fuerza, pero se gira para mirar a sus hermanas.

—Lo he conseguido. Ya os había dicho que esto era pan comido.

Dos pinzas se ocultan en uno de sus bolsillos.

Y, entonces, el blanco se vuelve oscuridad.

CAPÍTULO 24
Melanie

Melanie le acaricia las mejillas pecosas a Emma. Lleva un buen rato sentada al lado de su cama, en casa de la anciana Marisa, pero su hermana no parece tener ganas de despertar. Según dice Marisa, está bien, recuperada de lo que sea que haya ocurrido mientras estaba inconsciente, pero necesita descansar.

La marca del brazo ha desaparecido, y en la mesilla descansa un frasco con una luz brillante y plateada en su interior. La Esencia de la Tormenta. Es lo que Emma llevaba en la palma de la mano cuando despertó en mitad de la plaza; cuando Melanie ya había pensado que tendría que enterrarla también a ella.

—Con lo cabezona que es, seguro que duerme una semana entera —dice una voz a su espalda.

No necesita girarse para saber que se trata de Claudia, que no se ha marchado a su casa desde lo sucedido. Obligó a Nil a irse y «tomarse una tila» y luego ella se encargó de todo lo demás. Es increíble lo estoica que parece siempre, a pesar de ser tan joven. A su lado hay dos personas más: Lucas y la anciana Marisa.

—No tenemos tanto tiempo —responde Melanie—. El alcalde nos dio tres semanas, ¿recuerdas?

—Llevamos trescientos años esperando —dice Marisa—, igual podemos hacerlo un poco más.

La anciana era una de las vecinas que más miedo le daba, y en las últimas horas no se ha apartado ni un segundo de Emma. Ahora le recuerda más a sus abuelas. Las arrugas de las manos le despiertan nostalgia y el olor la transporta a noches más tranquilas.

—¿Sabéis dónde está Victoria? —pregunta.

—Con mi hermano, Cristian y el alcalde. —Claudia se sienta en la silla que hay al otro lado de la cama—. Hay que encontrar la segunda esencia, pero como la primera puso una cuenta atrás en tu hermana, están debatiendo si es mejor esperar a que ella despierte o no.

—¿Y si no soy capaz de hacer lo que el libro de Helane me pida?

—Entonces el sufrimiento de tu hermana habrá sido en vano. —La anciana se acerca para colocar una gasa húmeda sobre la frente de Emma.

Melanie mira a Emma otra vez. Su expresión es de calma total.

—Ya, pero yo no soy tan fuerte como ella o Victoria...

—Sí que lo eres —dice Lucas. Se ha apoyado en la pared y tiene los brazos cruzados. A diferencia de otros días, el pelo rubio no le cae sobre la frente. Se lo ha echado hacia atrás y eso resalta todavía más el peculiar color de ojos que tiene. Melanie no ha tenido oportunidad de hablar con él sobre la noche en la que la visitó. O en la que no. Necesita saber qué fue real y qué sucedió en sus sueños—. La bruja oscura, ¿no?

—Sí, la bruja oscura... —susurra.

—Es solo un nombre —dice Claudia—. Helane tampoco creía ser tan fuerte como sus hermanas y, ahora, ella es la que nos está ayudando a romper la maldición. No voy a intentar animarte, Melanie Lanau, pero ellas no son mejores que tú. Simplemente no lloriquean tanto.

Marisa no rechista, pero Lucas chasquea la lengua, molesto.

—Claudia, siempre tan amable con todo el mundo.

La chica ni lo mira. Que Melanie nunca lo haya tenido fácil para hacer amistades no significa que no sepa leer bien a las personas. Claudia parece complicada, pero la verdad es que es tan sencilla de entender como un libro infantil que te enseña que un plátano es amarillo y una pera verde. Y Claudia está dolida con el mundo y no quiere que nadie le demuestre que hay relaciones que merecen la pena.

—Tú eras amiga de Helane, ¿no? A lo mejor me puedes dar algún consejo cuando tenga que encontrar mi esencia. Conocías lo de los glifos, por ejemplo.

—¿Glifos? —pregunta Marisa, levantando la cabeza—. ¿Eso es lo que hiciste en la plaza? Tu hermano no dijo nada de que fuera brujería. ¿Has vuelto a tontear con ella?

—No tonteaba —gruñe Claudia—. Protegía al pueblo.

—¿Y qué pasa con el precio a pagar?

Claudia frunce el ceño todavía más y desvía la mirada.

—¿El precio a pagar? —pregunta Melanie—. ¿A qué te refieres?

—Brujería que no hacen las brujas —susurra Lucas.

—Alizia Lanau era muchas cosas, y entre ellas, una bocazas. —Marisa arropa a Emma. Ha dicho varias veces que es importante que no coja frío—. Sus abuelas guardaron el secreto de la brujería durante mucho tiempo, pero cuando esa niña empezó a volverse más poderosa, ya no hubo amenaza o peligro que la hiciera callar. Se dedicó a camelar a las muchachas del pueblo para que hicieran lo mismo que ella. Recuerda esto: las brujas nacen, Melanie Lanau.

«Una bruja no se hace, una bruja nace. Pero la brujería no es exclusiva de unas pocas», dijo Claudia de camino a la guarida de las hermanas Lanau.

—Las brujas usan sus dones porque ya han hecho un pacto con la tierra —continúa la anciana—. Siempre regresan a ella. Sin embargo, los humanos no tenemos nada que ofrecer.

—Sangre —dice Lucas—, lo que Claudia da a cambio es la sangre.

—¿Sangre a cambio de magia? —pregunta Melanie.

—Ojalá fuera solo eso. —Marisa niega con la cabeza—. La sangre es la llave para emplear ese tipo de brujería; lo que luego te pida la magia a cambio, depende de lo caprichosa que sea. Y Claudia es una inconsciente usándola sin más.

—Que tu hermana no supiera controlarla y muriera no quiere decir que a las demás nos vaya a pasar lo mismo. —Claudia se levanta de la silla y los fulmina a los tres con la mirada—. Y, además, ¿qué importa lo que me pida a cambio la magia? Estoy condenada de todas formas.

Y sin darles tiempo a replicar, sale de la habitación dando un portazo.

Melanie se queda callada, observando el rostro de Emma otra vez.

—¿Qué te puede pasar si usas esos glifos?

—Me preguntas qué le pasó a mi hermana.

—Solo si usted quiere…

—Ojalá lo tuviera más claro —dice la anciana, pasándose los dedos por el mentón—, pero lo que sí sé es que mi hermana se creyó poderosa y un día dejó de serlo. Le había pedido demasiado a una magia que no recibía nada de ella. Dijimos que un dolor de tripas se la había llevado, pero lo cierto es que algo la consumió. Ya lo ves, bruja oscura, los seres humanos no tenemos mucho que ofrecer en realidad.

Melanie no responde nada. Pero siente en las entrañas que lo que dice la anciana no es cierto: ¿quién tiene más que ofrecer que un humano? Pero, como no sabe cómo llevarle la contraria, al final decide acariciar las mejillas de Emma una vez más y despedirse.

—Volveré luego.

—Yo me quedo un poco más, a ayudar a Marisa —dice Lucas.

La anciana agacha la cabeza y Melanie sale de la habitación.

Desde que encontraron el libro de Helane, Melanie piensa mucho en sus abuelas. Si ellas sabían todo aquello. Si, cuando les dejaron la casa en herencia, sabían que acabarían haciendo algo así de peligroso. En el fondo, desea que no tuvieran ni idea de nada, porque lo contrario la entristece un poco. Y lo peor es que lo ve cada vez menos probable.

Sale de la casa y dirige la mirada hacia el árbol encorvado. No parece distinto al día anterior y, aun así, Melanie nota algo extraño en el ambiente. La magia de Emma, su don, ha dejado una energía parecida a la de las tormentas. El cielo ya no está nublado, pero mantiene un tono grisáceo que le recuerda a los días de lluvia.

—¡Bruja oscura!

Se gira para ver a una pareja de niños que se acercan a ella corriendo.

—Prefiero que me llaméis Melanie —dice, incómoda.

—¿Es verdad que la bruja roja está muriéndose?

—¡Claro que no!

La respuesta no parece gustarles. Se miran el uno al otro y luego fruncen el ceño.

—Pero… ¡mi madre me ha dicho que se va a morir pronto y que luego nos toca a nosotros!

Le ha costado, pero ahora entiende por qué han reaccionado así, decepcionados. Esos niños, que no parece que tengan más de diez años, quieren acabar también con la maldición. Hasta ese momento, Melanie había proyectado el deseo de muerte de Finestres en las personas adultas, pero no se le había pasado por la cabeza que allí hay niños, almas que apenas han conocido lo que es vivir, a pesar de llevar tanto tiempo existiendo en este mundo, y que ven la posibilidad de morir como algo positivo. Y al mismo tiempo, por como hablan y se comportan, no han dejado de ser niños. Niños con deseos y preocupaciones infantiles.

—¿Qué os han dicho vuestros padres que va a pasar?

—Que las brujas Lanau van a romper la maldición y, por fin, podremos irnos de aquí.

—Morirnos, las Lanau nos van a ayudar a morirnos.

Melanie se toquetea el pelo sin darse cuenta. Luego se agacha delante de los niños. Uno tiene el pelo lleno de caracoles y un diente partido; la otra lleva un gorro calado hasta las orejas.

—¿Y eso queréis vosotros también?

—Mi madre dice que sí —responde el niño.

Sin embargo, la niña desvía la mirada.

—¿Y tú?

—Yo... —Juega con los pliegues de su vestido, nerviosa—. La hermana de la señora Marisa hizo muchos viajes antes de morirse. Me contó que ahí fuera los edificios son altos y hay muchos parques enormes y que en los países lejanos la gente tiene lobos de mascota.

Melanie no sabe de dónde se ha sacado eso, pero no puede evitar sonreír con tristeza. Al hablar con Claudia y Nil siempre había pensado que la manera de compensar a Finestres por lo que hicieron las Lanau era ayudarlos a morir, pero ahora que tiene delante a los dos pequeños, se pregunta si esa no es simplemente la solución más sencilla, dentro de lo complicado. Lo ideal sería que esas personas pudieran vivir el tiempo que se les robó.

—¿Cómo te llamas? —le pregunta a la niña.

—Nerea Gascón Escartín.

—Sergio Gascón Escartín —añade el chico, dando un paso hacia delante.

A Melanie nunca se le han dado bien los críos. Es Emma la que parece conectar con ellos a la perfección, pero no quiere dejar la conversación ahí.

—¿Sabéis lo que también hay ahí fuera? —pregunta—. Unos pasteles increíbles. Pero ninguno sabe tan tico como los que hace Claudia. Conocéis a Claudia, ¿no?

—¡La malhumorada!

—La señorita de la panadería —corrige Nerea.

—¿Qué os parece si os invito a un par de pastelillos?

Los dos niños intercambian una sonrisa enorme y asienten al unísono. Melanie los guía hacia la panadería, pero un momento antes de entrar, duda. A través de la ventana ve a Claudia, que ya se ha puesto el delantal y está colocando unas tostadas en un plato. Enfrentarse a ella siempre es difícil.

Abre la puerta y la campanita les da la bienvenida.

La chica levanta la cabeza y relaja el ceño fruncido al ver a los dos niños.

—Te han crecido un par de enanitos, bruja oscura.

—Un par de enanitos que tienen hambre —responde—. ¿Me pones dos pastelillos?

Claudia se inclina sobre el mostrador y mira a Nerea y a Sergio.

—¿Estáis seguros? Estos son pasteles para adultos. A lo mejor os convertís en ranas si los probáis.

—¡Eso es mentira! Mi madre dice que sí que podemos —protesta Sergio.

—Y si nos convertimos en ranas, Melanie nos volverá a convertir en niños —sentencia Nerea.

Claudia ladea la cabeza y cruza una mirada con Melanie, que ahora siente algo cálido en el pecho. Es la primera vez que alguien que no sea Nil la trata como si no quisiera darle una patada en el trasero, o algo peor.

—Bueno, ¿cuál queréis? Que no tengo todo el día.

—¡El de chocolate!

—¡El de vainilla!

Al final, los dos niños se sientan en una de las mesas, con un par de zumos delante y los pastelillos. Claudia se apoya en el mostrador y Melanie la imita desde el otro lado.

—¿Puedo hacerte una pregunta? —empieza a decir Melanie, y como Claudia no responde, se lo toma como un sí—. ¿Cómo era Finestres antes de todo esto?

—El sol brillaba, la gente sonreía y nadie se ponía enfermo. Cantábamos juntos en la plaza, bajo el árbol, que entonces siempre estaba lleno de flores. —Cuando Claudia ve que Melanie empieza a fruncir el ceño, pone los ojos en blanco y suspira—. ¿Qué quieres que te diga, Lanau? El pueblo era normal, la gente discutía y se quería, como en cualquier otro sitio. Nada era especial aquí, si es lo que quieres saber.

—Solo me preguntaba...

—¿Si las hermanas Lanau invitaban a los niños a pasteles? Siento decirte que no. —Claudia se echa el cabello largo hacia atrás y se agacha para sacar una bandeja con unos bollos—. La única más fácil de tratar era Helane, y a veces... En fin, ella siempre decía que tenía que ver con lo de no tener padres, pero Nil y yo tampoco los hemos tenido durante mucho tiempo. Y al menos ella tuvo a sus abuelas, por muy raras que fueran.

«Al menos tuvo a sus abuelas». Sí, así es. Eso es lo que Melanie ha pensado siempre: menos mal que sus abuelas decidieron quererlas. O no lo decidieron, quizá es algo que simplemente haces porque el corazón te lo pide.

—Tú tenías a tu hermano —dice Melanie—. Los hermanos mayores siempre cuidan de los pequeños.

—¿Así son tus hermanas?

—Victoria es... —se interrumpe porque le cuesta definir a Victoria—. Una vez, cuando yo tenía cinco años, me puse con una fiebre terrible. Las abuelas habían salido; era la primera vez que nos dejaban solas y fue porque Victoria insistió mucho en que ya estaba preparada para cuidar de nosotras. Mi hermana dice que yo no paraba de llorar y que tenía las mejillas como tomates. Nos cogió a Emma y a mí de la mano, salimos a la calle y se las arregló para convencer a un taxista de que nos llevara a urgencias sin pagarle nada. Recuerdo poco, pero sé que ella fue valiente y cuidó de mí con tan solo once años. ¿Quién haría algo así?

—¿Y qué pasa con la bruja roja? Parece un desastre.

—Y lo es —afirmó. Emma no podría llevarla a urgencias, la verdad—. Pero Emma fue la que se enfrentó a Óscar Molina porque decía que yo tenía los dientes raros. Que era verdad, pero no tenía derecho a decírmelo a la cara. También les cantó las cuarenta a Íñigo Pulido, a Matilde Peralta... y un listado muy largo de nombres.

Claudia asiente con la cabeza y luego chasquea la lengua.

—Nil es más de darme la lata. Y una vez robó una mazorca de maíz que mis padres no quisieron comprarme —dice—. Si quieres que alguien hable bien de él, creo que deberías preguntarle a tu hermana. Se le cae la baba por mi hermano.

—Juraría que era al revés —murmura Melanie con malicia.

Sabe que a Emma le gusta un poco Nil, pero tampoco sabe cuánto, porque a Emma los hombres casi siempre le gustan un poco. Sin embargo, vio a Nil en la plaza, cuando pensaba que su hermana había muerto, y habría que estar muy ciega para no darse cuenta de que le importa tanto que hasta a ella se le agita un poco el corazón.

Pasa al lado de la mesa de Nerea y Sergio, que se ríen porque la niña se ha puesto dos pajitas entre los dientes y finge ser una morsa. Luego mira a la pared y ese picor incómodo vuelve a instalarse en la nuca.

La primera vez que estuvo allí, también se fijó en ese cuadro. Un retrato de un muchacho y de una chica que, entonces, creyó que se parecía muchísimo a Claudia, pero dedujo que sería alguna antepasada suya. Ahora una idea mucho más coherente le viene a la cabeza cuando lee la fecha de nuevo:

«Febrero de 1694».

—Eres tú —susurra—. La del cuadro. Eres tú.

Claudia asiente y se acerca a ella con los brazos cruzados.

—Nil se empeñó —dice—. No teníamos mucho dinero, pero cuando tuvo el accidente empezó a decir todas esas chorradas de «la vida son dos días, si no hacemos lo que deseamos ahora puede que mañana ya no sea posible». Ya ves, no acertó mucho con lo de «la vida son dos días».

—Estás guapa.

—Bueno, cuando lo miro siempre pienso que habría sido mejor idea que el retrato me lo hubieran hecho solo a mí, porque teniendo a Lucas al lado nadie se fija jamás en mi cara.

Lucas.

El chico de facciones suaves y ojos claros que pensó que era un ángel es Lucas.

—La primera vez que vine aquí, no sabía que era él. —Melanie no puede apartar la mirada de la imagen. Es extraño verlos a los dos en una época tan diferente. Es una de las pruebas más claras de que todo esto es una locura—. ¿Sois muy amigos?

Claudia arruga la nariz y deja caer los brazos a los lados.

—¿Somos? ¿De qué conoces tú a Lucas?

—Del pueblo. Nos conocimos un día en la ermita y me salvó de caer por ese horrible precipicio. Nos hemos visto otras veces. Bueno, como antes, en la habitación de Emma.

Claudia le pone una mano en el brazo y Melanie se gira para mirarla. Los ojos oscuros de la chica la perforan. Parece casi asustada.

—En la habitación de Emma solo estábamos tú, yo y Marisa.

—No, Lucas estaba allí también.

—Lucas no podía estar ahí, Emma. —Claudia hace una pausa y mira a los dos niños, pero ellos siguen a lo suyo—. Es imposible porque Lucas murió poco después de que nos hicieran ese retrato. Lo mataron ellas, las Lanau. Cuando se enteraron de que Helane y él estaban enamorados.

CAPÍTULO 25

Emma

A Emma la despierta un olor agradable y algo suave que le roza la punta de la nariz. Parece que lleva soñando toda una eternidad: sombras grises, recuerdos del pasado, su reflejo adolescente, Nil sobre ella, pidiéndole que no se marche, que no se muera.

Abre los ojos y la luz que entra por la ventana la ciega. Se queja, pero tiene la garganta seca y los labios cortados. Abre la boca, pero la lengua le sabe igual que la tierra que lleva días bajo el sol del desierto.

«¿Qué ha pasado?».

La marca.

La cuenta atrás.

«Mierda».

Invocó al rayo y falló.

No salvó a sus hermanas.

Emma se incorpora en la cama y un latigazo de dolor le recorre la espina dorsal. Se mira el brazo y solo ve la piel rosada y la epidemia de pecas que ha tenido desde que nació.

—Bienvenida, Emma Lanau.

A su derecha, Nil sonríe. Tiene en el regazo un ramo de flores, que le recuerdan a las que llevaba el día que se conocieron. Son blancas y de pétalos suaves. Huelen a lo mismo que la ha despertado.

—¿Nil? ¿Qué ha pasado?

El chico acerca la silla un poco más a la cama de Emma y señala con la mano que tiene libre un frasco que hay sobre la mesilla.

Emma tarda una eternidad en comprender de qué se trata.

—La Esencia de la Tormenta. ¿Cómo…?

Nil le hace un gesto para que deje de hablar, y, por una vez en su vida, Emma obedece. Se queda callada, con las manos en el regazo, y escuchando todo lo que Nil tiene que decir. Su versión es diferente a los fragmentos de memoria que ella conserva. Él le cuenta que el rayo la lanzó por los aires y la dejó sin respiración ni latido. Creyeron que había muerto. Y mientras cuenta su historia, Emma va recordando la suya. El paseo por el mundo gris y las tentaciones. La voz de la Sombra.

—Había alguien conmigo en ese sitio, Nil —susurra—. Una voz.

—¿Y si fue tu conciencia?

—Qué poco me conoces. —Se ríe y le duele la tripa—. ¿Conciencia yo?

Nil también sonríe. Con esa sonrisa bonita que echó en falta cuando lo vio inclinado sobre ella, sujetándola como si fuera una muñeca. Menos mal que ya no está llorando.

—¿Son para mí? —pregunta, señalando las flores.

—¡Uy! No, no. Es que he entrado y había un hombre en la puerta y me ha dicho: «Hoy estás muy guapo, Nil. ¿Quieres unas camelias blancas? ¡Las acabo de cultivar yo mismo!».

Emma hace amago de ir a darle un golpe en el brazo, pero el cuerpo le dice que no y el gesto acaba siendo un movimiento muy ridículo que hace que Nil se muera de risa.

—Dame mis flores —bufa Emma—. Quiero mis flores.

—¿Ahora sí? ¿No prefieres... un taxi?

No, no quiere un taxi, quiere acercarse el ramo a la nariz y fingir que es la protagonista de una de esas series eternas de médicos que echan en la televisión.

—¿Bromeas? ¿Quién querría irse de este pueblo tan acogedor?

—Ja, ja. —Nil le ofrece el ramo y, por fin, Emma lo coge—. Son camelias blancas. Dicen que simbolizan la admiración y el deseo, pero creo que siempre te dicen eso cuando preguntas por cualquier flor.

Emma acaricia los pétalos con la punta de los dedos. Respira hondo y el perfume de las flores se le cuela por la nariz y le baja hasta la boca. Casi puede saborearlas: son dulces, no hay duda. Ahora que recuerda lo que pasó cuando buscaba la esencia, le resulta mucho más fácil llamar al don en su interior. Ahora sabe cómo se siente la tierra y lo que le puede ofrecer. «La Sombra de la tierra te ofrece un pasado diferente». Superó esa tentación, así que ahora la tierra la quiere, la respeta y le ofrece su magia.

Los tallos de las flores se alargan y aparecen pequeños capullos, minúsculos proyectos de camelia que ella hace crecer sin mucho esfuerzo bajo la atenta mirada de Nil.

—No sabía que... podías hacer algo así.

—Ni yo —responde ella en un susurro. El ramo es mucho más grande ahora y solo de mirarlo le dan ganas de sonreír—. Creo que ahora entiendo mi magia. Sé lo que puedo pedir y lo que me va a dar. Es...

—Increíble —completa Nil.

El joven no aparta los ojos marrones de las flores y Emma no puede apartar los ojos de él. Recuerda todo lo que vivió en ese mundo gris y apagado, las palabras de la Sombra, y suspira. «Qué raro», piensa. «Que alguien me diga que me voy a enamorar de ti y me lo crea». Pero es que, dentro del sinsentido, le parece coherente.

Se concentra en esa conexión peculiar y acaba por guiñarle un ojo:

—¿Admiración y deseo?

—Sí, pero ya te he dicho que solo son tonterías...

La abuela Valentina siempre hablaba del significado de las flores. De pequeña, Emma pensaba que se lo inventaba e, igual que ha dicho Nil, notaba que cada vez que preguntaba, le contaba algo ligeramente distinto. Ahora entiende por qué. Las flores, lo mismo que las acciones, significan lo que el corazón de quien te las da siente.

—¿Querías regalarme flores que significaran admiración y deseo?

Nil suelta una risa y un ligero rubor se le extiende por la cara. Emma se contagia y deja el ramo a un lado.

—Gracias por estar conmigo durante todo esto —confiesa. Ha dormido muchas horas y sabe que los sueños se han ido sucediendo uno detrás de otro, y los ha olvidado uno detrás de otro, pero lo que sí recuerda es que la imagen de Nil sosteniéndola estaba presente en muchos de ellos—. Me ayudó a no cagarla.

«A no meter la pata como siempre hago», piensa.

—¿Yo? Si no hice...

Emma niega con la cabeza, rompe la distancia que los separa y le da un beso en los labios. Ha besado a muchos chicos con una risa escondida entre los dientes, pero nunca ha besado a un chico que se la contagiara. Nil la corresponde con un jadeo divertido y le acaricia las mejillas con los pulgares. Es un beso alegre, una emoción que últimamente escasea en su vida. Desea que Nil también sea feliz, al menos en lo que dura el siguiente beso, que es más profundo y le hace cosquillas en la lengua. Se besan, buscándose con las manos. Nil le pone un mechón de pelo rebelde detrás de las orejas, y ella le desordena el suyo con una risa que les da algo de tiempo para respirar. Solo que ella no quiere respirar, solo quiere besar y besar y volver a besar hasta que el perfume de las flores y el dolor de las articulaciones memoricen ese besar y besar, y así, cuando hayan pasado cincuenta años, poder recordarlo todo.

Porque ha besado a Nil a sabiendas de que el tiempo corre a toda velocidad y a ellos ya no les queda mucho. La Esencia de la Tormenta brilla en la mesilla, y si Victoria y Melanie cumplen con su parte, Nil pronto se marchará. Y ella volverá. ¿A dónde? ¿Con quién? No tiene ni idea. Así que, mientras lo decide, o no lo decide en absoluto, quiere engañarse y fingir que va a tener tantos besos de ese chico como le dé la gana.

El sonido de voces la despierta. Lo primero que Emma hace es girar la cabeza hacia la derecha y sonríe al ver a Nil respirando tranquilamente, perdido en algún sueño agradable. Después, se mira el brazo de nuevo: nada. Ninguna marca recordándole que va a morir.

Entonces siente un pinchazo en el costado y suelta un quejido que, por suerte, no despierta a Nil. Entre las sábanas, un pequeño escorpión corretea hasta acomodarse en su regazo.

Es un escorpión con reflejos de cobre viejo en el caparazón, que parecen absorber la luz, y no mucho más grande que la distancia entre su pulgar y el dedo índice. Tiene una cola larga, en una curva perfecta de amenaza; el aguijón, dispuesto a atacar, parece un péndulo diminuto y venenoso.

Pero a Emma no le da miedo. Es inexplicable, pero quiere tocarlo y tenerlo cerca. Le acaricia la cabecita, en la que dos ojos negros y diminutos la miran sin expresión.

—¿Y qué nombre deberías tener?

Pero entonces la puerta se empieza a abrir y Emma esconde al animal en los pliegues de la ropa. Nil se acaba de despertar. Le dedica una sonrisa y él le guiña un ojo; luego estira los brazos y se cruje la espalda. Ha dormido sentado en la silla y con medio cuerpo apoyado en la cama de Emma.

—Madre mía, ya no tengo edad para dormir de esta forma...

—Oye, te he ofrecido tumbarte en la cama —protesta Emma.

—Soy un chico de hace trescientos años, Emma Lanau. No puedo hacer eso si no te casas conmigo.

Emma ya no sabe qué gesto poner para hacerle ver que sus bromas son malísimas, aunque parece que Nil no lo necesita, porque le guiña el ojo otra vez y gira la silla hacia los recién llegados.

Victoria, Melanie, Cristian, Claudia y el alcalde.

—¿Te encuentras mejor? —pregunta su hermana mayor.

—¿No me ves? —Emma se incorpora sobre la cama y mueve un poco las piernas bajo las mantas—. Como nueva.

—La esencia ha sido recuperada. —El alcalde se acerca a los pies de la cama y Emma se fija en él por primera vez. A pesar de ser un hombre de mediana edad, parece mucho más mayor. Tiene la piel morena del rostro arrugada alrededor de los ojos oscuros y cicatrices profundas en el cuello. Una idea tonta se le pasa por la cabeza, pero deja de ser tonta cuando el alcalde coloca la mano en el borde de la cama y Emma distingue más y más cicatrices. Heridas del pasado. «No puede morir, pero lo ha intentado muchas veces y su cuerpo lo recuerda», piensa—. Quiero darte las gracias en nombre de Finestres —sonríe ligeramente—. Nos has demostrado que eres capaz de enfrentarte al peligro para arreglar los errores de tus antepasadas.

Emma querría decirle que no lo hace para compensar lo que hicieran las hermanas Lanau hace trescientos años, que ella pelea por sus hermanas y por la gente que ha sido amable, no por limpiar el nombre de la familia o porque sienta que les debe algo a los vecinos. Si fuera por ella, el alcalde no entraría en el grupo de personas a las que quiere salvar. No desde que decidió lanzarse al vacío para asustarlas. Aun así, se calla y asiente con la cabeza.

—Has pasado dos días en cama, y mientras tanto he estado hablando con tu hermana Victoria sobre cuál es el siguiente paso que dar —continúa el hombre—. Si estás recuperada, queremos que sigáis las indicaciones del libro tan pronto como sea posible. Mientras tanto, yo guardaré la Esencia de la Tormenta.

Emma mira a Victoria, que hace su típico gesto de «luego hablamos», ese que no le gusta nada. No quiere hablar luego, quiere saber qué han negociado en todo ese tiempo.

—¿Ya lo habéis abierto? ¿Sabemos cuál es la siguiente esencia? —pregunta con curiosidad.

—Te estábamos esperando —dice Melanie—. Además, creo que no funciona si no lo tocamos las tres a la vez.

Dicho eso, Melanie coloca el libro sobre las mantas y Nil se hace a un lado para que Victoria pueda acercarse también. Emma mira el objeto con resquemor. La última vez la cosa se puso bastante fea y no está segura de querer pasar por lo mismo. Por desgracia, no les queda otra.

Victoria es la primera en posar la mano sobre la cubierta del libro de Helane. Emma la sigue y, por último, Melanie. Igual que la otra vez, algo frío y agradable le sube por el brazo y se instala en sus entrañas.

Se retiran y Emma pasa las páginas. Cuando lee la referente a su esencia, el frío agradable se transforma en una sensación heladora e incómoda. La ignora y con un gesto brusco, muestra las siguientes indicaciones a todos los que observan:

ESENCIA DEL VELO

Entre el último aliento y el otro lado, existe un mundo que los humanos desconocen. No es ni vida ni muerte. No es luz ni sombra. Es el mundo que existe entre las cosas que fueron y que ya no serán. La Esencia del Velo no se encuentra: ella te encontrará a ti.

Solo una bruja oscura, dispuesta a caminar por el hogar de los muertos en vida y enfrentarse a sus horrores, será una buena candidata.

La Esencia del Velo es sangre sellada con el recuerdo de los que no están. Una vez obtenida, solo un cristal negro podrá contenerla. Solo así el Velo le permitirá regresar.

Melanie las mira con los ojos grises entrecerrados.

—Soy yo, es mi esencia.

Su hermana pequeña extiende la palma de la mano, la apoya sobre la hoja y coge aire. Emma la conoce, pero, aunque no fuera así, el temblor de los dedos cuando dudan un instante sobre el papel es evidente para todos.

Esta vez ya saben lo que viene a continuación, y, aun así, Emma aguanta la respiración cuando las letras empiezan a aparecer.

Un latido ajeno acompaña a la bruja que camina en la sombra.
No es suyo, pero la habita.
El silencio ya empieza a gritar.
Encontrad la Esencia del Velo.
Antes de que el corazón del último amor deje de cantar.
O será demasiado tarde para él.
Y solo quedará el olvido.

Emma lee esas palabras tres veces y, por mucho que lo intenta, no entiende nada. Victoria, enfrente de ella, parece aliviada.

—No tienes ninguna marca, no estás en peligro. ¿Notas algo?

Pero Melanie parece congelada. Su hermana acerca los dedos al papel y sus uñas pintadas de negro rayan las líneas de tinta fresca.

—¿Mel?

—Siento... Es un doble latido. Es como si tuviera dos corazones en el pecho...

—¿El corazón del último amor? ¿A qué se refiere con el Velo? ¿Es un sitio? —Emma tiene tantas preguntas que al final deja de hacerlas.

Es la primera vez que Cristian habla, pero sus palabras cortan el ambiente como si estuvieran hechas de hielo.

—«No es ni vida ni muerte» —repite—. Es el lugar del que hablamos, aquel al que van los que no pueden descansar en paz.

—El Velo... —repite Melanie por lo bajo, con la mano en el pecho—. ¿Donde Helane existe?

—No sé si «existir» es la mejor palabra para definir una especie de purgatorio... —responde Emma.

—Pero ¿y quién es el último amor? —Nil parece igual de confuso que Emma.

Se produce un largo silencio. Melanie niega con la cabeza y cierra el libro. Emma la observa, porque sabe que pasa algo raro; por la mente de su hermana están cruzando unas ideas que no va a compartir con los demás. No le importa, seguro que se lo cuenta más tarde, pero entonces Claudia intercambia un gesto con Melanie y eso ya no le gusta tanto. ¿Desde cuándo tienen la más mínima complicidad?

—Si no hay cuenta atrás para Melanie, tenemos tiempo para averiguarlo. —Victoria coloca la mano en el hombro de su hermana—. Creo que ahora que Emma se ha recuperado, las tres necesitamos descansar un poco.

Melanie no responde. Sigue con los ojos fijos en el libro.

—¿Y no te preocupa la parte en la que la habla de que, si perdemos el tiempo, «será demasiado tarde para él»?

—Es que no sabemos quién es él —sonríe Victoria.

Y entonces, Cristian frunce ligeramente el ceño y sus palabras salen disparadas como dardos.

—Sea quien sea, merece el mismo cuidado que una de tus hermanas, ¿no crees?

Melanie levanta la mano del libro, como si algo la hubiera despertado de un trance. A su lado, la silla de Nil chirría, igual que un animalillo al que han asustado.

Desde que Cristian se presentó en la casa de las abuelas por primera vez, Emma no lo había oído hablar así. Él sacude la cabeza, como si estuviera cansado de mantener una discusión que en realidad parece que no ha tenido lugar, y sale de la habitación dando un portazo. Solo entonces reacciona Victoria.

—Sea como sea, está claro que la esencia tiene algo que ver con el poder de la hermana menor —dice, ignorando la salida de Cristian—. En cuanto al lugar, no parece tan evidente como el árbol de la plaza, pero imagino que, si tiene que ver con ese mundo intermedio, será en...

—El cementerio de la ermita, sí —completa Melanie—. Lo sé.

Otro silencio extraño se instala en la habitación. Emma no es amiga de los momentos incómodos, así que prepara mentalmente algo que pueda cambiar esa atmósfera tan rara que Cristian ha dejado atrás. ¿Será un bombazo si dice que ha besado a Nil?

—Agradecemos la dedicación —dice entonces el alcalde—. Yo opino que deberíais abordar el tema cuanto antes. Si hay que ir al cementerio, iremos. Pero tras lo sucedido en la plaza con la bruja roja, los vecinos me han pedido que transmita mi agradecimiento y de paso me han comunicado sus ganas de hacer un pequeño festejo para celebrar que vamos por el buen camino.

Emma se ríe.

—¿Va a volver a lanzarse desde una torre? Porque si es ese tipo de festejo, creo que paso.

—Teníamos pensado comer, beber y festejar hasta que el cuerpo no pueda más —responde el alcalde con calma—. No hemos tenido muchas ocasiones para hacerlo desde que la maldición llegó y ahora muchos empiezan a ver la luz al final del túnel.

—¿Beber? —Emma está a punto de saltar en la cama—. ¿Una fiesta de verdad?

—Un festejo —la corrige Nil—. No es lo mismo y...

—Yo estoy aquí, Nil. Ni festejo ni festeja, esto va a ser una fiesta en condiciones. Y lo mejor de todo, ¡va a ser una fiesta en mi honor!

Le gustaría que Victoria y Melanie compartieran su entusiasmo, pero la primera tiene los puños crispados y la segunda, la vista fija en la pared, como si quisiera contar los ladrillos.

CAPÍTULO 26

Victoria

Cuando el alcalde Castán dijo «festejo», Victoria no supo qué esperar. Y para ser sincera, no tenía ninguna gana de fingir que se siente agradecida por algo. Sí, da las gracias por tener a Emma con ella y que no le pasara nada, pero sigue pensando que las únicas personas en las que pueden confiar son ellas mismas. No debe olvidar así de rápido que el alcalde y compañía las persiguieron hasta la casa de las abuelas, llevándolas al límite, con la intención de hacerles daño. Ahora falsean una simpatía que podría ser temporal. Si Melanie no consigue la siguiente esencia, está claro que volverán a convertirse en blanco de la violencia de los vecinos.

Y no lo va a permitir.

Si tiene que pasar por encima del alcalde, lo hará.

Si tiene que pasar por encima de Cristian, también.

Victoria está sentada en una silla en la estancia principal del ayuntamiento. No es un espacio muy grande para organizar una celebración y muchos han preferido salir a la calle y sufrir el frío, aunque después de comer tanto y echarse unas copas, parece que nada les hace mella. El ruido de las conversaciones llega hasta allí, ese rincón en el que se ha quedado con la intención de que nadie se le acerque. A Victoria nunca le ha gustado estar sola, pero el mundo siempre ha querido que así sea. No le resulta sencillo confiar en las personas y está claro que los demás lo notan. Sus abuelas intentaron, cuando era pequeña, encontrar el motivo por el que le cuesta tanto tender la mano a otros; a pesar de que Victoria nunca lo confesó, siempre ha tenido claro que está relacionado con sus padres. Una niña tiene que poder fiarse de las personas que la han criado, y a ella los dos la traicionaron muy pronto: su padre la abandonó; su madre se murió. No debería culparla por ello y podría centrarse en el resquemor hacia el primero, pero si es sincera consigo misma, nunca ha querido a su padre lo suficiente como para extrañarlo o echarle la culpa de nada. De adulta, siempre le ha costado abrirse a los demás, por miedo al abandono y el rechazo, de modo que buscar amigos en un pueblo en el que podrían apuñalarla por la espalda no es algo que le parezca posible.

Antes se le ha acercado una chica que la ha llamado «bruja dorada» a la cara y Victoria se ha quedado sin palabras. Ahora mismo, ella es la que menos encaja con Finestres y todo lo que está pasando.

Sea cual fuere la experiencia que tuvo Emma durante la búsqueda de la esencia, el resultado es que se siente mucho más cómoda que antes. Especialmente, con Nil. Ahora están bailando en el centro de la sala. Emma lo lleva de las manos, por supuesto, porque ella tiene que ser la que dirija, pero, de repente, Nil, que tiene un ritmo increíble, la suelta para girar la silla como una peonza y moverla hacia delante y hacia atrás. Emma tampoco baila mal, a pesar de que la música que suena —la que tocan dos hombres con bandurrias y una chica con un cencerro— no es la que se escucharía en un chiringuito de playa en Barcelona.

Luego está Melanie. Sabe que se ha escapado varias veces de la casa desde que llegaron al pueblo. Alguna mañana sale al jardín y se queda sentada entre los hierbajos, sin moverse ni un poco. No intenta interrumpirla porque Melanie es de las que buscan la soledad para sentirse mejor, y ella no quiere alterar la poca tranquilidad que pueda encontrar en una situación como esa. A pesar de que no parece integrarse igual que Emma, esa noche la ha visto desaparecer con Claudia. No sabe qué se trae entre manos con ella, pero sabe que están fuera, sentadas en la plaza.

Y luego está ella, que observa la escena como si flotara en una órbita por encima de todo el mundo. Y hay alguien a quien no le puede quitar el ojo de encima, y ese es Cristian.

Cristian, la única persona en ese pueblo que, como ellas, viene de fuera. El que contó una historia sobre escribir un libro y que apenas reacciona con extrañeza o miedo a cada horror al que se enfrentan. La persona que responde a sus dudas como si fuera un paso por delante. Debe averiguar qué sabe y qué hace ahí. Victoria lleva años aprendiendo cómo detectar y encontrar a criminales, y ahora ya no puede parar de pensar que, quizá, Cristian tenga más en común con Alizia y Anchela Lanau que con ellas. De momento, no va a decirles nada a Emma y a Melanie, porque eso solo generará más caos. Melanie ya sospechó de él y no quiere preocuparla si luego la investigación no lleva a ningún sitio.

Por eso se levanta y lo busca con la mirada. Está apoyado en una pared, con los ojos cerrados y una copa en la mano. Se acerca a él y, cuando apenas los separa un paso de distancia, Cristian abre los ojos y la observa: impasible, distante.

«Sea quien sea, merece el mismo cuidado que una de tus hermanas, ¿no crees?».

No les ha contado a sus hermanas por qué Cristian dijo eso. Mientras Emma se recuperaba, Victoria se reunió con el alcalde Castán y Cristian, que apareció sin estar invitado (y está empezando a creer que es una costumbre suya bastante irritante). En la reunión, el alcalde empezó a mostrar su confianza en el asunto de las esencias. Victoria no se sentía cómoda al lado del hombre, pero al hablar con él de tú a tú, entendió que ser la figura de autoridad en una situación así puede acabar siendo algo desesperante. Está claro que le gusta la idea de las esencias porque, para él, el riesgo no es muy alto. Si ellas fracasan y la maldición no se rompe, solo tendrá que matarlas y comprobar si esa segunda teoría es cierta.

Lo vio en los ojos oscuros del hombre cuando la presionó para que buscaran la siguiente esencia.

—Emma está recuperándose, creo que deberíamos esperar a que descanse lo suficiente —dijo ella.

—Pero si la siguiente esencia sigue la lógica de la que ya tenemos, solo una de vosotras se enfrentará a una prueba. Por lo tanto, no hace falta que esperemos a que ella mejore.

A Victoria le recordó tanto a algunos hombres que había conocido en el trabajo que tuvo que apretar los puños debajo de la mesa para no lanzarse sobre él. Hay una cosa que ella ha tenido muy clara desde que descubrieron lo que ocultaba Finestres: en esa historia hay todo un pueblo que busca morir y tres personas que pelean por sobrevivir. Ella tiene muy claro a quién va a cuidar más, a quién va a proteger y a dar el tiempo de descanso necesario. Y eso es lo que ella quería expresar, pero entonces Cristian intervino.

—Creo que ambos tenéis razón, pero me gustaría que nos paráramos un momento a pensar lo complicado que ha sido para Emma conseguir esta esencia. Estuvo a punto de perder la vida, todos lo vimos. ¿Tiene sentido lanzarnos a por otra esencia sin saber muy bien quién nos está guiando en este camino? Me parece arriesgado e irresponsable.

Victoria se giró hacia él como si la estuvieran grabando a cámara lenta.

—¿De qué hablas? Lo escribió Helane Lanau.

—Solo digo que deberíamos ir con más cuidado. Era una bruja.

El alcalde se tocó una de las profundas cicatrices con el pulgar y miró a Victoria y luego a Cristian.

—Una bruja a la que sus hermanas también mataron —insistió Victoria—. Tenía motivos para querer arreglar todo esto. ¿No has escuchado a Claudia y a Nil? Ellos la conocían bien.

Lo último que Victoria quería era defender a Helane Lanau, pero el plan de las esencias era el único que les daba esperanza de salir de todo aquello con vida. No existía otra manera; no pueden correr por la montaña, no pueden escapar por la carretera y no pueden enfrentarse a más de cincuenta personas cargadas de ira ancestral. No podía permitir que Cristian lo estropease todo.

—No lo dudo, pero seguía siendo una bruja —reiteró él—. Y las brujas mienten.

—Mi hermana Emma casi muere por ayudar a esta gente. —Victoria se puso en pie—. ¿También la vas a cuestionar a ella?

—En absoluto. De hecho, mis dudas nacen a raíz de lo que le pasó a Emma. Creo que seguir las indicaciones del libro es peligroso, para vosotras y para el pueblo. Las brujas tienden a actuar en su propio beneficio. ¿O me vas a decir que estarías metida en todo esto si no fuera porque os jugáis la vida?

«No». La respuesta estaba bien clara, pero Victoria no podía confesarlo delante del alcalde, ni tampoco entendía por qué Cristian la estaba acorralando de esa manera.

—Nosotras tenemos claro que queremos vivir y, para ello, debemos ayudar a Finestres —dijo—. Si Helane Lanau actuaba en su propio beneficio, estoy segura de que la venganza contra sus hermanas era muy importante para ella. Y esa venganza nos servirá para salvar al pueblo.

Cristian frunció el ceño y abrió la boca para decir algo más, pero entonces el alcalde salió por fin de ese estado de meditación extraño y se apoyó sobre el escritorio.

—Jamás me fiaría de una bruja, Cristian, pero Finestres tiene poco que perder. Si las nuevas brujas fracasan, tendremos la oportunidad de sacrificarlas para obtener nuestro descanso. Si eso tampoco funciona... Quizá estemos condenados a sufrir para siempre. Y tendremos que aceptarlo.

—Nadie merece sufrir para siempre, señor alcalde —susurró Cristian.

Pero Victoria no se creyó su actuación. Por eso se levantó y miró fijamente al alcalde.

—Mis hermanas y yo vamos a pelear por su gente, alcalde. Puede creernos o no, pero eso no cambia las cosas. Conseguiremos las dos esencias que faltan, le pese a quien le pese.

En el presente, se acerca todavía más a Cristian con pasos tranquilos. Algo le dice que ese hombre disfruta cuando la gente se inquieta con su presencia. Y Victoria tiene que hacer todo lo posible para ganar esa guerra silenciosa.

—Supongo que te molesta que haya una fiesta para mi hermana —dice, poniéndose a su lado—. Por eso de que en realidad no es de fiar.

—Tú y yo no nos vamos a entender nunca, Victoria —responde él. El tono de voz es frío, casi más que la noche—. Disfruta de tu fiesta.

Y, sin dedicarle ni un segundo, se gira para marcharse.

Pero Victoria no lo va a permitir. Lo agarra del brazo y Cristian se vuelve con los ojos muy abiertos. Victoria se queda inmóvil, con los dedos congelados. El corazón le late muy fuerte y no en el buen sentido. Una gota de sudor frío le cae por la espalda. Quiere apartarse de él. Escapar. Y al mismo tiempo quiere diseccionar cada capa de misterio que lo rodea, entenderlo y destapar todos sus secretos.

—Si querías bailar, solo tenías que pedirlo —sonríe él.

Más rápido de lo que Victoria es capaz de entender, una mano de Cristian se entrelaza con la suya; la otra le rodea la cintura. En un segundo, está girando en mitad de la sala, con el corazón todavía a mil por hora y la respiración inquieta. Los nervios le nublan la vista, la preocupación le cierra la garganta...

«Respira hondo, Victoria», recuerda las indicaciones de la psicóloga. «La falta de aire no es real. Vamos a respirar juntas, ¿vale? Tranquila. Un, dos...».

Cristian ha cerrado los ojos y la va guiando en el baile.

—Uno, y dos, y tres...

Es como si estuviera ayudándola a superar el pánico inexplicable que acaba de apoderarse de ella.

Y, poco a poco, funciona.

Victoria acaba respirando con normalidad y, por fin, con algo de esfuerzo, puede volver a articular palabra.

—¿Por qué intentaste poner al alcalde en mi contra?

Cristian la mira y la acerca más a él. Victoria se encuentra de repente con la nariz pegada a su cuello. El olor de la colonia es más intenso que nunca y se siente como si caminara entre la niebla, como si flotara. La música de las bandurrias ya no se oye, y en su lugar, le parece oír un vals, uno antiguo. Uno que es imposible que suene en la plaza de Finestres. Es elegante, fluido. No, ya no hay bandurrias, solo violines y un piano que marca el ritmo de sus pies. «Un, dos, tres. Un, dos, tres».

—Es de Dmitri Shostakóvich —susurra Cristian.

—¿De qué hablas?

—La pieza que suena en tu cabeza, la escribió Shostakóvich en 1938.

—No conozco a ese hombre.

Cristian sonríe de lado y vuelve a hacerla girar. Victoria se deja llevar, pero solo porque el cuerpo no le permite otra cosa. Se siente atrapada en una tela de araña, observada por cientos de pares de ojos, esperando a ser devorada.

—¿Por qué querías que el alcalde dudara de mis hermanas? —insiste.

—Quería que tú dudaras de Helane Lanau. —La mano en su cintura sube a la espalda.

—¿Y por qué?

—Porque soy investigador. —Sonríe otra vez y Victoria respira hondo—. Siempre dudo de todo hasta que confirmo que estoy equivocado.

—Pues estás equivocado con mis hermanas.

Cristian deja de bailar y el suelo bajo los pies de Victoria parece ahora más duro. Nunca había sentido las baldosas tan claramente. Tiene la sensación de caminar descalza.

—Insisto. No es de tus hermanas de quienes desconfío.

Los labios de Cristian le acarician el lóbulo de la oreja cuando habla. El contacto la invade, la consume, como si él fuera el humo de un incendio, colándose hasta los pulmones. Siente las manos de Cristian en ella, por todo el cuerpo, y por fin se atreve a mirarlo directamente a los ojos. Y Victoria no entiende nada, pero sí lo suficiente como para saber que necesita más tiempo. Hace unas semanas eso no habría sido posible, pero ahora ella es dueña de todos los relojes y no importa que su don le dé miedo, porque quiere o, mejor dicho, desea congelar a ese hombre con ella.

Llama al don y ya no hay Dmitri Shostakóvich ni vecinos ni Finestres. Las hojas de los árboles ya no se balancean. Nadie respira. Nadie salvo ella cuando consigue hablar:

—¿Es de mí? ¿Desconfías de mí?

No espera respuesta, solo encontrar la expresión de piedra de Cristian, afectado por su magia. No es así. Cristian niega con la cabeza y la suelta. Victoria deja los brazos extendidos, como un bebé que reclama atención.

Vuelve a haber bandurrias y risas, carreras de los más pequeños de un lado a otro de la sala.

«¿Es de mí?», repite en su cabeza.

Pero no hay respuesta, porque Cristian se ha desvanecido. Lo busca entre los pocos asistentes que siguen bailando, pero no hay ni rastro de él.

«Mi don no ha funcionado con él».

Y eso despierta una pregunta todavía más aterradora: «¿Quién puede resistirse al paso del tiempo?».

Pero no puede buscar respuestas, porque alguien salta sobre ella. Un par de brazos que se le cuelan por debajo de la cintura.

—¿Dónde te habías metido? —dice Emma en voz muy alta—. Llevamos horas y horas y horas buscándote para bailar contigo.

Nil, que se ha acercado también, sonríe.

—Solo han sido unos minutos, no te creas nada de lo que dice. Ha bebido unas cuantas copas de vino.

—Horas, minutos... El tiempo no tiene sentido. —Emma atrapa a Victoria del brazo—. ¿Dónde estabas?

«Bailando un vals con Cristian. Intentando ser más fuerte. Fracasando en el intento», debería responder. En su lugar, sacude la cabeza.

—Creo que es hora de volver a casa.

—¡No! Quiero quedarme un poco más. —Emma finge el puchero más falso de la historia y señala a Nil—. Este chico no me cae tan mal como te dije que me caía cuando lo conocimos.

—Ya... —Victoria sabe por dónde van los tiros cuando ve a Nil sonrojarse—. Pero este chico necesita descansar, igual que nosotras.

—Pero...

—Es cierto, Emma. Yo ya estoy viejo para trasnochar tanto. —Nil se despide con un gesto.

Tarda un buen rato en convencer a Emma de que no se vaya detrás de él, y otro tanto en encontrar a Melanie en la plaza. Sus hermanas nunca han parecido tan distintas. Emma, demasiado sonriente; Melanie, demasiado taciturna. La noche las ha convertido en sus versiones más extremas y ella es una pelota de tenis que va de un lado a otro.

—Nunca habían organizado una fiesta en mi honor —dice Emma, que avanza la primera, de espaldas, de regreso a la casa—, pero creo que puedo acostumbrarme. Quizá... ¿Una a la semana? Si lo hacen una vez a la semana, me quedo en Finestres.

—Por cómo mirabas a Nil, creo que te quedarías en este pueblo aunque nadie te dirigiera la palabra.

Emma chasquea los dedos y una llama le ilumina el rostro.

—Pensaba que ya no ibas a usar el fuego —dice Victoria.

—No me gusta tener miedo a las cosas —responde Emma—, y especialmente a las cosas que forman parte de mí.

—Pero ¿qué ha pasado con Nil? —insiste Melanie.

La llama se hace más intensa.

—¿Nil? Bueno... —Emma se pasa un dedo por los labios—. Digamos que descubrí algo cuando buscaba la esencia. Y digamos que, si hace otras cosas tan bien como besar..., cien por cien que me quedo en Finestres.

Melanie suelta un grito parecido al maullido de un gato atropellado.

—¡¿Ya lo has besado?!

—¿Cómo que *ya*?

Victoria no interviene en la conversación. Hay un aire adolescente en todo eso que no quiere interrumpir. Es la primera vez que Emma y Melanie hablan de chicos, porque para cuando a Melanie le empezó a interesar mínimamente el cotilleo, Emma ya se había marchado. Le divierte ver cómo Melanie experimenta por primera vez lo que supone hablar de un ligue de Emma. Y es gracioso comprobar que Emma sigue siendo la misma persona que hace diez años.

Piensa en el último hombre que le gustó y la cara de Darío le viene a la mente. En algún momento, pensar en él le dolía. Se sentía mal por no haber sido sincera con él, por haber dejado morir la relación. Ahora ya no siente nada. Se imagina cómo habría sido compartir con sus hermanas esos primeros días en los que se ponía nerviosa cuando él le dirigía la palabra y se pregunta qué habrían dicho si les hubiera hablado de la primera cita, en la que fueron a un restaurante de hamburguesas, se intoxicaron y se pasó el día siguiente sin poder salir del baño. Ojalá hubiera podido compartir las dudas con ellas, haber tenido a alguien en quien confiar.

Es raro. Echar de menos algo que no ha sucedido nunca.

Así que simplemente las mira, disfrutando del momento.

Cuando llegan a la casa, Emma se gira hacia ellas y empieza a rebuscar entre los pliegues de la ropa.

—Tengo algo muy importante que enseñaros. —Se ríe—. Podría sacarme una teta y daros un buen susto, pero no lo voy a hacer. Es algo mucho mejor. Y eso que estoy muy orgullosa de mis tetas.

Victoria gruñe y Melanie se aguanta una risita culpable.

Entonces, Emma extiende la mano y algo pequeño y brillante se yergue sobre ella. Victoria tarda en darse cuenta de lo que es.

—¡¿De dónde has sacado esa cosa?!

—Oye, oye —Emma se acerca el escorpión al hombro y lo deja ahí, como si fuera un complemento más—, que ya tiene nombre. He pensado que Duna le queda muy bien. Como un desierto, ¿no?

Victoria no sabe si Emma va más borracha de lo que pensaba o es que se ha dado un golpe en la cabeza.

—Emma, no sé si te has dado cuenta, pero tienes un escorpión salvaje en la mano. ¡Te puede clavar el aguijón!

—Duna es mi familiar —responde su hermana—. Lo encontré cuando buscaba la esencia. Creo que… —Se queda pensativa—. Creo que es como mi alma. No, espera. Es eso de la tierra…

—¿Qué estás diciendo? —exclama Melanie, que parece encontrar el asunto muy divertido.

A Victoria, en cambio, no le hace ninguna gracia. Lo que le faltaba, una picadura de escorpión venenoso.

—¡Las brujas tienen familiares! Me lo dijo esa voz… Vale, eso ha sonado fatal. Pero os juro que tiene sentido. —Le acaricia la cabeza al escorpión, como si fuera un perro—. Duna no me haría daño nunca, lo puedo sentir. Y la voz… ¿Os acordáis de lo que dijo Cristian? Eso de que las brujas vuelven a la tierra al morir. Pues resulta que sí, pero porque parte de su existencia se traslada al familiar.

Victoria está convencida de que se ha vuelto loca o que el vino la ha dejado demasiado atontada, pero Emma tiene la postura de alguien que habla muy en serio. Y entonces Melanie suelta un gritito.

—¡Los animales de las abuelas! Siempre me preguntaba cómo era posible que la serpiente de la abuela Valentina no se comiese al canario de la abuela Luz o al conejito de la abuela María. ¿Serían sus familiares?

Emma chasquea los dedos en el aire.

—O sea, que la abuela María ahora es un conejito.

—No sé si es exactamente así…

—¿Y por qué nosotras no tenemos un familiar? —pregunta Victoria.

Mira de reojo al escorpión rojizo y solo desea que, si eso es cierto, su animal sea mejor.

—La voz dijo que los familiares aparecen cuando la bruja acepta su existencia y empieza a ganar poder. Se ve que yo soy más poderosa que vosotras dos…

Emma se ríe y gira sobre sí misma.

Que lo de los familiares sea cierto no quita la otra evidencia: está muy borracha.

Pero Melanie no deja de mirar al escorpión.

—Si las abuelas tenían animales, eso quiere decir que Helane y sus hermanas también. —Mira hacia la casa—. ¡Un momento!

Melanie echa a correr hacia la casa y Victoria tira de Emma para que las siga, porque está distraída haciéndole carantoñas al escorpión. Las tres suben al trote por las escaleras y Victoria casi se cae al suelo cuando entra en su dormitorio. Apenas hay luz, solo el resplandor de las estrellas que se cuela por la ventana.

—Mariposas —dice Melanie en un susurro—. ¡Mariposas! Por todos lados y... —Aparta a sus hermanas para volver por el mismo camino y abre la puerta de la habitación de Emma con brusquedad—. ¡Ranas! Toda la pared está llena de dibujos de ranas.

Victoria ya entiende lo que quiere decir. Suelta a Emma, que parece muy contenta por el giro de los acontecimientos, y camina hasta el último dormitorio. Abre la puerta y echa un vistazo a la habitación. No es necesario, porque lleva durmiendo allí desde que llegaron y sabe perfectamente lo que se va a encontrar. La habitación dorada, perfectamente ordenada. Lo hace solo para que Melanie confirme su teoría.

En el papel de pared, la lechuza que lleva vigilándola cada noche las mira con los ojos muy abiertos. Las alas extendidas parecen abrazarlas a las tres.

Melanie se acerca a la lechuza y apoya la palma de la mano en el pico.

—Voy a conseguir esa esencia —dice—. Descubriré qué es lo que provocó que las hermanas de Helane le hicieran eso. Hasta ahora, no he hecho nada y he tenido miedo de todo, pero quiero que sepáis que podéis confiar en mí. Si tenemos que ser brujas, intentaré ser una que pueda protegernos a las tres.

Emma abraza a Melanie por detrás.

—Si yo lo he conseguido, tú también.

—Y es lógico estar asustada —añade Victoria—. Serías tonta si no lo estuvieras.

Melanie asiente.

—¿Podemos dormir en la misma cama?

Victoria quiere negarse, porque necesita estar sola y pensar, pero sus hermanas no le dan tiempo a decir que no. Acaba en su cama, en medio de las dos, con Emma, todavía borracha, totalmente fuera de combate, y Melanie con la cabeza apoyada en su hombro. Al rato se le duerme todo el brazo y siente un cosquilleo desagradable, pero no se mueve. Todas necesitan descansar.

Cuando cierra los ojos, porque ya no puede aguantar la mirada de la lechuza, vuelve al ayuntamiento de Finestres, a Cristian y ella bailando. Todo el cuerpo se le pone en tensión al recordarlo. Hay muchas preguntas para las que no tiene respuesta. No sabe de qué lado está Cristian, no sabe quién es ni qué quiere de ella, pero lo que sí sabe es que al estar a su lado siente algo muy confuso: miedo y paz. Dos emociones que no parecen compatibles y que, sin embargo, existen cuando él la mira. Quiere huir, pero también ofrecerle la mano y bailar otra vez, incluso ahora, que ha confirmado que es alguien con poder suficiente como para resistirse a su don. Por muy débil que sea Victoria, hasta ahora le había funcionado con todo el mundo.

Le acaricia el pelo corto a Melanie y apoya la mejilla en la cabeza de Emma.

Antes de que llegue su turno de encontrar la esencia, debe averiguar qué trama Cristian y así saber si les conviene estar cerca de él o, si resulta ser un peligro, prepararse para defender a sus hermanas.

CAPÍTULO 27

Melanie

—Es un amuleto. Lo hice anoche, y a lo mejor evita que fracases. No es brujería, no te preocupes.

Melanie sabe que lo dice por la pequeña bronca que recibió de la anciana Marisa cuando Emma estaba convaleciente. Claudia no dejará de aplicar lo que Helane le enseñó, pero al menos no usa la sangre para algo como un amuleto de la suerte que, si lo que Marisa dijo es cierto, podría volverse en su contra. Cuando Melanie coge la bolsita de color lila que Claudia tiene en la palma de la mano, palpa algo parecido a unas bolitas y algunos trozos de hojas secas en su interior. Huele a flores.

—¿Has podido hablar con Lucas?

Niega con la cabeza. El chico se ha esfumado sin más. Como si descubrir la verdad lo hubiera espantado.

—Todo irá bien. —Y con eso, se aleja de ella para sentarse a un lado de la ermita.

Melanie observa las gotitas que delimitan el cementerio. Cuando Emma se colocó en la plaza, creyó que el círculo también servía para que nadie pudiera acercarse a ella, pero después de ver a Nil cruzarlo, comprendió que solo era al revés. Es una pequeña cárcel invisible que impedirá que ella haga daño a los demás.

Encierra el amuleto en el puño. Todavía no es capaz de descifrar a Claudia, ni siquiera tras haber pasado la noche entera del festejo hablando sobre Helane y su habilidad para ver a los espíritus. Melanie esperaba haber descubierto algo que le sirviera para enfrentarse mejor a su reto, pero Claudia no sabía mucho más. Le explicó que Helane siempre decía que ningún espíritu se queda por obligación; si no avanza es porque tiene algún asunto pendiente. No sabe si Lucas es consciente de que está muerto o si sabe por qué se ha quedado atrapado allí. Tampoco descartaron la posibilidad de que su existencia sea diferente a la de todo lo que Helane conocía, y que la maldición haya alterado su paso por ese mundo y el de después. Lo único que desea en estos momentos es sobrevivir a la búsqueda de la esencia y poder hablar con él de nuevo. Ahora que sabe que Helane y él eran los enamorados de las leyendas, tiene un nudo en el estómago que se hace cada vez más fuerte.

—¿Estás bien? —pregunta Emma. Ya lo ha hecho unas cincuenta veces y parece que quiere que Melanie le diga que no—. ¿Sigues notando ese latido?

—Sí, pero no te preocupes.

—Es que tienes la cara blanquísima, Mel...

—Es su cara habitual. —Victoria le pone una mano en el hombro—. Aunque tengas que hacer esto sola, en realidad no lo estás, ¿vale? Si nos necesitas...

—Chicas, estoy bien. —No miente. Necesita esa prueba—. He pasado muchas horas en cementerios intentando hablar con los muertos...

Sus hermanas no dicen nada, pero le dedican otra mirada de preocupación antes de marcharse también.

Sola, Melanie respira hondo. Igual que la otra vez, solo el alcalde Castán y un par de personas más del pueblo están presentes. La anciana Marisa le hace un gesto con la cabeza. Al menos también tiene el apoyo de esa desconocida. Siempre acaba haciéndose amiga de la tercera edad. Por supuesto, Nil no se ha perdido la ocasión, y Cristian está solo, con los brazos cruzados y completamente inmóvil, como si fuera un árbol más.

Melanie intenta no perderlo de vista, y sabe que Victoria hace lo mismo. Si el olfato policial de su hermana ha detectado a ese hombre, eso quiere decir que, quizá, la voz que ella oye tiene razón. Cristian oculta algo y, sea lo que sea, perjudicará el plan tarde o temprano. Y no puede permitirlo.

Echa un último vistazo a su alrededor, con la esperanza de ver la cabeza rubia de Lucas por algún lado, pero al final se da por vencida. Abre el bolso que lleva colgado al hombro y saca su walkman. Se pone los cascos con cuidado y apenas le tiemblan los dedos cuando reproduce la cinta.

Otra vez, el sonido frenético de Nirvana. Si cierra los ojos, puede verse en el dormitorio que compartía con Victoria y Emma, ojeando revistas en las que Emma había recortado las caras de los famosos que más le gustaban para pegarlas en las carpetas del instituto. El recuerdo y la música la ayudan a concentrarse. La canción le taladra los tímpanos cuando se pone de rodillas delante de la tumba vacía de Helane Lanau. No tiene la certeza de que ese sea el lugar adecuado para buscar la esencia, pero un pálpito le dice que debe ser así. Y en la brujería, parece, los pálpitos y la intuición son buenos indicadores.

No recuerda que lloviera la noche anterior, pero la tierra está húmeda y huele a lo que todo el mundo imagina que debe oler un bosque. Melanie clava los dedos en el suelo y suspira al sentir el frío.

«Solo una bruja oscura, dispuesta a caminar por el hogar de los muertos en vida y enfrentarse a sus horrores, será una buena candidata».

—Estoy dispuesta. Dispuesta a caminar por el Velo.

Ni siquiera sabe qué es ese lugar, solo lo teme por lo que ha escuchado de Cristian, pero está convencida de que es ahí adonde debe ir. Si existe la más mínima posibilidad de conocer a Helane Lanau, la tiene ahí delante. Y lo necesita. Necesita hablar con ella y preguntarle muchas cosas. Y necesita salvar al dueño de ese corazón.

«Concéntrate».

Emma le contó que, cuando llamó a la tormenta, pronto sintió algo diferente. Ahora, Melanie está muy atenta, a ver si experimenta lo mismo. Araña la tierra y repite la frase una y otra vez:

—Estoy dispuesta. Dispuesta a caminar por el Velo.

—Estoy dispuesta. Dispuesta a caminar por el Velo.

—Yo, la bruja oscura, estoy dispuesta. Dispuesta a caminar por el Velo.

La música de Nirvana suena más fuerte. El golpeteo de la batería trastoca el ritmo de los dos corazones de Melanie, que empiezan a bombear sangre mucho más rápido, casi demasiado. Le duele el pecho y quiere arrancárselo de cuajo. Los latidos se superponen.

—Yo, la bruja oscura, estoy dispuesta. ¡Dispuesta a caminar por el Velo!

Apenas ha terminado de hablar cuando todo a su alrededor cambia. Ya no hay cementerio, los dedos ya no acarician la humedad de la tierra y ya no lleva los cascos puestos. Melanie está de rodillas en un bosque desconocido, junto a un arroyo de agua cristalina. Lo único que sigue con ella es el amuleto de Claudia, así que se lo guarda en el bolsillo, por si acaso.

Los árboles son altos y la luz se cuela entre las hojas, proyectando formas irregulares en la hierba. Por culpa de todo lo que lleva sucediendo desde que llegaron, no se había dado cuenta de lo mucho que echaba de menos el calor del sol. Es reconfortante y le da ganas de quedarse ahí sentada y descansar.

«¿Esto es el Velo?», se pregunta en silencio. Desde que Cristian dijo que Helane Lanau existiría en ese lugar, ella se ha preguntado cómo sería. Cada noche, al cerrar los ojos, imaginaba qué estaría sintiendo la bruja. Si es que podía sentir algo en ese camino entre la vida y la muerte, una especie de purgatorio sin salida. Un infierno a medias. Sin embargo, el arroyo fluye tranquilo y ella se siente en paz. Es difícil pensar que ese bosque esconde algo oscuro.

Emma habló de una voz que la guio durante la búsqueda de la esencia, pero Melanie no escucha a nadie. Está sola, ella y los latidos. Ella y los dos corazones.

Si no está equivocada, son el suyo y el de Lucas. El corazón del último amor de la bruja oscura. De Helane.

Melanie se pone en pie y empieza a caminar, siguiendo la dirección del arroyo.

Avanza y avanza, y le sorprende no sentir ningún cansancio aunque le parezca que lleva caminando horas y horas. Espera que el cielo oscurezca y la luna ocupe el lugar del sol, pero la luz no cambia. No es más naranja, ni rosácea, solo brilla y brilla, como una lámpara.

En algún momento, Melanie se detiene. No por cansancio, sino porque le resulta desesperante no saber hacia dónde está yendo o si es posible llegar a algún lugar diferente. Tiene la sensación de que nada cambia, que el arroyo es igual en todas partes y que ha visto la misma roca con forma de caracol unas veinte veces.

Decide sentarse junto a un árbol y descansar de no estar cansada.

Se le cierran los ojos y el agua se convierte en un arrullo que la hace quedarse dormida poco a poco.

Cuando se despierta otra vez, tarda en recordar dónde está. Unos dedos suaves le acarician las mejillas y, al abrir por fin los ojos, se encuentra con un par de iris plateados bajo unas pestañas espesas y oscuras. Al principio cree que se está mirando a sí misma en un espejo, pero entonces encuentra las diferencias evidentes: una nariz más afilada, un lunar en la mejilla, unos labios carnosos que ella desde luego no tiene. No se está contemplando en un reflejo, es otra persona. O alguien similar a una persona, porque la rodea un halo azulón.

—Melanie…

Conoce esa voz.

Sabe quién es esa chica. Lo sabe porque la ha visto antes, en el cuaderno de dibujo de Lucas, en el sueño extraño que tuvo tantas noches atrás. En sus pensamientos cada vez que cierra los ojos y está sola.

—Helane Lanau —dice, reconociéndola.

—Por fin reaccionas —responde la bruja—. Te habías quedado dormida y estaba empezando a preocuparme.

Es verdad, estaba dormida y soñaba que descansaba y nadie perturbaba su calma. Estaba tan relajada que ha deseado no despertar de nuevo.

—Exacto —dice Helane, como si hubiera escuchado sus pensamientos—. El Velo te ofrece serenidad y quiere que sucumbas a ella. No podemos dormir aquí, si quieres seguir con vida. O, en mi caso, si quieres persistir.

Persistir.

«Qué palabra tan extraña».

—¿Qué es el Velo?

—El lugar para los que no están vivos, pero no se han ganado el derecho a descansar en paz. —Le ofrece una mano para ayudarla a ponerse en pie y Melanie la atrapa. Está fría, como si le perteneciera a un cadáver—. Un lugar para los que nos hemos quedado en medio.

—El purgatorio.

—Le puedes dar el nombre que tú desees, si eso te ayuda a entenderlo. No sé de qué purgatorio hablas, aquí solo existimos los enemigos de la Muerte. No nos permite quedarnos en el mundo de los humanos para resolver nuestros problemas ni nos concede la paz final. Aquí solo vagamos de un lado a otro, preguntándonos qué hemos hecho para ser diferentes.

«Esto confirma que Helane no volvió a la tierra como el resto de las brujas».

—Te quedaste en el Velo —susurra.

—Me lanzaron a él —la corrige. El tono de voz es suave, no alberga rencor ni nada parecido—. Anchela y Alizia… Me gustaría saber qué ha sido de ellas.

Melanie no dice nada. No puede creer que Helane, la persona que ha vivido en su mente desde que llegaron a Finestres, se encuentre ahí, hablando y con una posible respuesta a todas las preguntas que se le han pasado por la cabeza.

«Y la esencia, debo encontrar la esencia».

Helane tira de ella, camina hacia el arroyo y mete los pies descalzos en el agua.

—Está fresca —le sonríe.

La bruja avanza por el agua y Melanie la sigue, pensando que ha sido una tonta por no hacerlo ella antes. Lo único que se le había ocurrido era seguir el cauce del río, pero no cruzarlo.

Cuando llegan al otro lado, el ambiente que respira es similar. La luz es la misma, los árboles igual de altos y la hierba tan fresca como si acabase de llover.

De espaldas, el cabello negro de Helane es tan largo que le roza la parte baja de la espalda. Lleva un vestido de seda oscuro; el tipo de ropa que Melanie imaginaría para un hada. Todo en Helane es etéreo y algo fantasioso. Se mueve ligera, como si flotara sobre la hierba, y sus gestos son suaves y planeados. La bruja la guía por el bosque y no la suelta en ningún momento. Su presencia le ha hecho olvidar el doble latido del corazón, pero, si cierra los ojos, Melanie vuelve a oírlo con claridad.

Durante un rato, teme haber caído de nuevo en el mismo bucle que antes, pero poco a poco empieza a notar los cambios a su alrededor.

Menos árboles. Más luz. Y al fondo, una casa que no es la de las abuelas en Finestres, pero se parece muchísimo.

—Melanie —la llama Helane. No sabe cómo conoce su nombre. La bruja tampoco le ha preguntado cómo sabe ella el suyo—, ¿cuál es tu propósito aquí?

—Debo encontrar la esencia del Velo —responde sin pensárselo dos veces—, la que nos ayudará a romper la maldición. ¿Te acuerdas? Lo dejaste escrito en…

—… mi libro —completa ella.

—Mis hermanas y yo estamos intentando conseguir las tres y así poder…

Helane le suelta la mano.

—¿Son de fiar?

—Son mis hermanas.

—Eso no es lo que te he preguntado.

Observar a Helane es como haber encontrado a una hermana perdida. Es más menuda que ella y parece más joven. Es como Melanie había imaginado que sería su hermana pequeña, si la hubiera tenido. Sin embargo, la expresión de su rostro es madura, casi como la de una anciana.

—Estamos luchando juntas para salvar Finestres —insiste—. Ellas cuidan de mí, claro que son de fiar. Mi hermana Emma consiguió la Esencia de la Tormenta.

Helane asiente y la coge de la mano otra vez.

—¿Es la bruja roja?

—Sí, ella…

—¿Y el corazón? —Helane la interrumpe—. ¿Sabes de quién es el corazón que llevas en el pecho?

Latidos, dobles.

—Antes de que el corazón del último amor deje de cantar —recita Melanie—. Lucas, tiene que ser el de Lucas. —Los ojos de Helane se apagan—. ¿Le va a pasar algo malo? ¿Qué debo hacer?

—Lucas fue asesinado por mis hermanas la misma noche que lanzaron la maldición sobre Finestres. Si todo hubiera sido normal, la Muerte se lo hubiera llevado o le habría permitido resolver sus asuntos, regalándole un poco más de tiempo. Sin embargo, el don de Anchela provocó que la Muerte no tuviera poder sobre él. Todas las esencias tienen un precio, ese es el juego de la Sombra. Si no encuentras la esencia, el alma de Lucas se perderá para siempre en este lugar.

—¿Qué debo hacer? —insiste.

—Sígueme.

Helane avanza hacia la casa del bosque. Se queda parada en la puerta y levanta el puño en el aire. Parece que duda.

—Lo que vamos a ver ahora forma parte de mis recuerdos —dice la bruja—. Aquí ya no se vive, solo se rememora lo que ya sucedió.

En ese momento, la puerta se abre sola y un olor intenso a bollos recién hechos y café inunda la estancia. Es un comedor. Sentada a la mesa hay una cara que conoce muy bien, la de Claudia: un poco más infantil que ahora, se ríe con las mejillas sonrosadas. Nunca la había visto tan feliz. A su lado, un hombre devora una tostada y, detrás de él, una mujer sostiene una bandeja con bollos. Sabe quiénes son, porque los vio en la plaza aquel día.

Los padres de Lucas.

—Claudia, ¿qué te he dicho de comer con la boca llena?

—¡Perdón, perdón! Es que estos bollos son los mejores, de verdad. Algún día nos tendrá que dar la receta a mi hermano y a mí.

—La receta es un secreto familiar.

Una voz que Melanie conoce baja por las escaleras. La visión de Lucas en esa realidad no es muy diferente a la que ella ha conocido en Finestres: sigue siendo rubio, guapo, con una sonrisa bonita y unas piernas largas. En esa escena, sin embargo, se mueve diferente: con más soltura, con más confianza. Más vivo. Le roba el bollo a Claudia de las manos y se ríe.

—Voy a ir a la ermita a dibujar un rato.

—De eso nada. —Su madre frunce el ceño—. Claudia ha venido para echarte una mano. Hoy te toca limpiar tu habitación, y ya te he dicho que no me gusta que andes por ahí fuera tú solo. Esas chicas Lanau…

—Mamá, por favor. —Lucas pone un puchero—. ¿No te creerás lo que dicen los del pueblo? Solo voy a dibujar un rato. Y cuando acabe vendré a limpiar, te lo prometo.

—Te he dicho que no, Lucas.

—Pero…

La escena se vuelve más oscura y Melanie da un paso hacia atrás, pero se choca con Helane, que la agarra de los hombros con fuerza.

—No dejes de mirar.

—¡Haz caso a tu madre! —El hombre da un golpe fuerte en la mesa y tanto Claudia como Lucas se quedan rígidos.

Pero, aunque el cuerpo de Lucas tema a su padre, su cabezonería parece ser más fuerte, porque frunce los labios y, sin mediar palabra, sale corriendo de la casa con un portazo.

La escena cambia y ahora Lucas está sentado con Helane junto al porche de la casa de las abuelas. La bruja tiene una flor entre los dedos y juega con ella.

—Alizia podría convertir esta pequeña flor en todo un bosque… —se lamenta.

—Yo también puedo hacer eso, ¿ves?

Lucas gira su cuaderno y le enseña un dibujo que hace que Melanie se dé cuenta de algo. «Claro», piensa. «Por eso los dibujos de plantas del libro me resultaban familiares. Porque eran de Lucas».

—¡Brujería! —Esa Helane tiene la voz igual de dulce que la que está al lado de Melanie—. Bésame.

Como si fuera un orden, Lucas deja el cuaderno a un lado y acuna el fino rostro de Helane entre las manos. Los dos jóvenes se besan con una pasión que hace que Melanie se sienta una intrusa. No quiere mirar, pero Helane la obliga a hacerlo.

Las manos de Lucas buscan el cuerpo de la Helane de ese recuerdo y la chica sonríe con picardía. Le dice algo al oído que Melanie no oye, pero poco importa, porque entonces las puertas de la casa se abren y dos figuras hacen su aparición.

La oscuridad se apodera de la escena, que cambia, y de pronto, Anchela y Alizia sujetan a Helane del brazo y tiran de ella.

—¡Lo que haces está mal, Helane! —grita Anchela.

—El amor no está mal —se queja Helane, intentando librarse de ella.

—Ya sabes lo que pasa con el amor en nuestra familia, Helane —la riñe Alizia—. Si ese chico no te corresponde…

—¿Me volveré loca? No hace falta que te preocupes, porque él ya está enamorado de mí. Somos almas gemelas, así que no vais a impedir que estemos juntos.

—Te equivocas, Helane —Alizia se toca el anillo del dedo. Tiene una piedra roja, igual que el de Emma—, eso es precisamente lo que pensamos hacer. Te arrepentirás de esto para siempre.

La escena vuelve a cambiar.

Lucas se agazapa cerca de la ermita y Helane, con un corte en la mejilla del que no para de salir sangre, intenta consolarlo.

—No te preocupes. Te quiero, Lucas. He luchado mucho por nosotros, no voy a permitir que ese par de brujas lo echen todo a perder. ¿Sabes por qué? Porque yo soy mucho más poderosa que ellas y me da igual que le teman al amor, a la locura. Tú y yo estamos destinados a suceder y nadie podrá impedirlo.

La Helane del recuerdo vuelve a besar a Lucas, que parece confundido y tarda en caer en sus brazos. Está tan asustado que solo el contacto de Helane le permite cerrar los ojos y respirar con normalidad.

—Sé lo que pasó después —dice Melanie—. Lo mataron, ¿verdad?

—Eran mujeres crueles.

—¿Qué es lo que pasa con el amor en la familia Lanau? —pregunta, preocupada.

—Las brujas aman con todo su ser, Melanie. Cuando estamos vivas buscamos desesperadamente nuestra otra mitad. Hay algunas que no la encuentran jamás, otras que lo hacen y tienen su final de cuento, pero las que no... El corazón roto de una bruja es lo más peligroso que puede existir.

—Pero ¿no es eso lo que sucede siempre que te enamoras? O eres feliz o te rompen el corazón, no hay más caminos.

—El corazón de las humanas sana, pero el nuestro no —replica la bruja—. Otro regalo que hemos heredado. —Se vuelve hacia ella—. Escucha, Melanie, ahora mismo todo eso no importa. Si quieres conseguir la esencia del Velo, necesitas comprender tu poder. —Helane le clava los dedos en las mejillas y la obliga a mirarla directamente a los ojos—. Las brujas oscuras no solo podemos hablar con los muertos. Podemos apropiarnos de su fuerza, ¿entiendes? La Muerte nos teme. No te olvides.

Melanie asiente, como si no le quedara más remedio. La mirada de

Helane es casi hipnótica. Los iris grises son como pozos de plata líquida en los que desea sumergirse.

—Lo siento mucho —se le escapa. No puede dejar de darle vueltas al tema—, siento mucho que tus hermanas te hicieran eso.

—A veces la sangre no significa nada —responde ella—. Pero tú y yo somos familia, ¿verdad? Así que tienes que confiar en mí. ¿Confías en mí?

—Cla... claro.

—Vamos a salvar a Lucas. —Helane se agacha y coloca la palma de la mano en el suelo—. Ya viene la Sombra, y con ella, las criaturas que habitan en el Velo. Si las vencemos, podrás volver con tus hermanas y salvar al pueblo.

Melanie cierra los ojos. Solo hay oscuridad dentro de ella y dos latidos sincronizados. Uno es cada vez más débil.

«Estoy lista», se dice a sí misma. «Sea lo que sea».

Esa falsa confianza le da las fuerzas para creerse sus propias palabras. Alza la cabeza en dirección a la ermita y entonces lo ve.

Un cuervo de ojos plateados que la mira con la cabeza ladeada.

«La voz dijo que los familiares aparecen cuando la bruja acepta su existencia y empieza a ganar poder. Se ve que yo soy más poderosa que vosotras dos...», dijo Emma cuando les mostró a Duna, el escorpión.

El plumaje del cuervo no es negro sin más; es una mezcla de tonos metálicos que reflejan la luz: azul, verde, morado, como si cada pluma fuera diferente. No grazna, solo la observa.

Melanie extiende el brazo y el cuervo abre el pico en su dirección.

El animal alza el vuelo y Melanie se encoge, asustada por la posibilidad de estar equivocándose, pero, entonces, el cuervo sacude las alas delante de ella y se le acomoda en el hombro. Huele a oscuridad y a estrellas. O, bueno, a lo que ella imagina que huelen la oscuridad y las estrellas.

Tenerlo junto a ella le da el coraje suficiente como para enfrentarse a todo eso. O seguir fingiendo que es capaz de hacerlo, porque cuando las puertas de la ermita se abren y varios ojos brillan en la oscuridad, ya no lo tiene tan claro.

CAPÍTULO 28

Victoria

Han pasado casi cinco horas desde que Melanie se arrodilló en el cementerio, y desde entonces no se ha movido ni un centímetro. Victoria ha cruzado el círculo de sangre de Claudia hace un rato y ha comprobado que todavía respira y está bien. De vez en cuando, su hermana mueve los labios, como si hablara con alguien, pero nada más.

—Yo no tardé tanto —susurra Emma ahora, a su lado—. ¿Seguro que está bien?

—Confiamos en ella.

Pero Melanie es su hermana pequeña. Victoria entiende la preocupación de Emma. La entiende mejor que nunca.

—Ya, pero, hasta ahora, Mel no ha hecho nada especial, ¿sabes?

—Muy típico de la bruja roja pensar que solo ella hace cosas increíbles.

Claudia se acerca a las dos, con Nil a su vera. Los dos hermanos no se han movido de allí, igual que el alcalde Castán. De vez en cuando, algunos vecinos se acercan, pero al darse cuenta de que no hay nada que ver no se quedan mucho y regresan al pueblo.

—Lo único que ha hecho mi hermana desde que llegamos aquí ha sido oír voces. Y no sé cómo eso la va a ayudar si se queda sola e indefensa.

—Tu hermana ha hecho algo más que oír voces. —Claudia sonríe de lado, satisfecha de saber algo que ellas no—. ¿No os lo ha contado?

—¿Por qué no dejas de intentar hacerte la interesante y nos lo dices? —bufa Emma.

—No seas tocanarices, Claudia. —Nil se empuja en la silla y le da un toquecito en el costado a su hermana—. Ella tampoco tenía ni idea hasta la noche del festejo, y si Melanie se lo contó fue porque ni siquiera sabía que había estado haciendo algo especial.

Victoria mira a Nil sin comprender qué quiere decir.

—Vuestra hermana habla con los muertos —dice Claudia—. Igual que hacía Helane. Y si es capaz de conseguir todo lo que Helane podía hacer, deberíamos estar tranquilos.

—Mi hermana llora viendo *La princesa prometida*, no estoy nada tranquila. —La broma de Emma muere en sus labios cuando continúa—: Mi reto fue difícil. No tuve que pelear contra nadie ni invocar llamas ni abrir la tierra en dos, porque todo sucedió dentro de mi cabeza, pero… no fue sencillo. Creo que estas pruebas nos evalúan mentalmente y no estoy segura de que mi hermana pueda enfrentarse a algo así sin más.

Claudia no dice nada, pero Nil apoya una mano amable en el brazo de Emma.

—Muchas veces nos sentimos así con los hermanos pequeños, pero os aseguro que Melanie tiene lo que hay que tener. Las tres, de hecho. Cuando llegasteis al pueblo, tuvimos claro que erais las hermanas Lanau. Melanie, igual que vosotras, lleva dentro todo el legado de generaciones y generaciones de brujas oscuras. Por una vez, eso son buenas noticias.

Victoria desea creerlos, pero ella no ve a una bruja oscura ni a la heredera de ningún legado. Ve a su hermanita pequeña, de la que se había desentendido casi por completo en los últimos años, pero a la que ahora siente que debe proteger. Quizá es eso lo que la lleva a dirigir su atención a Cristian, que ha estado demasiado callado todo ese tiempo, alejado de las conversaciones interesantes. Justo en ese momento, lo ve despedirse del alcalde y entrar en la ermita.

—¿Adónde va Cristian? —pregunta en voz alta.

—Ni siquiera me había fijado en que estaba aquí… —murmura Claudia.

—Voy a ver qué trama —dice Victoria. Su hermana la mira, confundida, pero no es el momento para dar explicaciones—. Si algo cambia en Melanie, avísame.

Emma ni siquiera dice que sí, pero Victoria no lo necesita. Se encamina hacia la ermita y un recuerdo incómodo la hace dudar. La noche del callejón. Cuando siguió al criminal ella sola. Cuando caminó directa hacia la Muerte, ofreciéndose en bandeja de plata.

«Esta vez tendré más cuidado», se dice cuando cruza el umbral y accede al interior. En momentos como ese, echa de menos su arma. El día del funeral la dejó en la comisaría, con su uniforme y todo lo demás, salvo el móvil. No la ha disparado apenas en todos sus años de servicio, pero el peso le daba la confianza para entrar en lugares oscuros y silenciosos. Cuando no oyes nada, imaginas lo peor.

En el interior de la ermita, sin embargo, sí que oye algo. Son los pasos de Cristian, el roce de sus zapatos mientras avanza hacia el altar. Cuando casi ha llegado, se detiene sin más y entrelaza las manos a la espalda.

—Victoria, ¿por qué me sigues?

—Para asegurarme de que no haces nada raro.

Lo oye reírse, pero, como no le ve la cara, quizá se lo haya imaginado. El sonido ha sido similar al del viento que se cuela por los huecos que hacen las veces de ventanas en la pared de piedra. Una especie de silbido incómodo.

—No tengo intención de hacer nada. Ya te avisé de que las brujas no son de fiar y os aconsejé pensar dos veces lo de lanzar a Melanie al Velo, pero nadie me escuchó.

«Lanzar a Melanie al Velo». Cuando lo conocieron, Victoria pensó que Cristian era un apasionado de las historias de brujas y que por eso sabía tanto al respecto. No era tan extraño que alguien que había dedicado su vida al estudio de la brujería supiera más que ellas, recién llegadas y sin tener ni idea de nada. Sin embargo, ahora está claro que oculta un secreto.

—¿Por qué mi don no te afectó el otro día?

Por fin, Cristian se vuelve y se acerca a ella. Si esperaba algo distinto a su habitual rostro impasible, se equivocaba. La única diferencia que nota son los ojos verdes, que despiden un brillo extraño en la penumbra de la ermita. Es una ilusión, pero durante un instante, Victoria los ve rojos, en llamas.

—¿A qué te refieres?

—Lo sabes bien. —Da un paso al frente—. Eres un experto en brujas.

Cristian inclina la cabeza y acorta la distancia entre los dos. Victoria da un paso atrás y se arrepiente. No quiere que él piense que tiene miedo, aunque sea cierto. No es un miedo que Victoria pueda controlar o entender, simplemente está ahí. No tiene sentido. Es irracional.

—Pensé que, si yo tuviera el poder para detener el tiempo, me sentiría muy solo. Y quise hacerte compañía.

Parece una burla, pero, por el tono que usa, es como si hablase totalmente en serio. Como si romper por ella las leyes, tanto las mágicas como las de la física, fuera lo más normal del mundo.

Una caricia cálida se le instala en las mejillas, aunque él no la está tocando.

Victoria roza la piedra dorada que lleva al dedo. Sigue temiendo el don que le ha sido impuesto, pero no es comparable a lo que ese hombre despierta en ella. Así que lo llama, convencida y preparada.

Igual que las otras veces, todo se queda inmóvil. Ni una brisa, ni un sonido, nada. La tela que cubre el altar se ha quedado quieta.

Ha funcionado.

—Tu don es el más increíble de los tres, casi el de una diosa —dice Cristian—, y, sin embargo, nadie es capaz de apreciarlo. Cuando tú eres fuerte, los demás no lo saben.

Victoria no se sorprende esta vez cuando el don no lo afecta en absoluto.

—Claudia dijo que las brujas doradas podían controlar la voluntad de otros —dice. Es algo a lo que le ha dado vueltas en los últimos días—. Imagino que, si no he sido capaz de usar esa parte del don con los demás, contigo será imposible.

—No necesitas un don para controlar mi voluntad —responde él, y luego suspira—. Y la prueba es que estoy aquí, haciendo lo que tú querías. Demostrándote que no soy como los demás.

—Y eso es precisamente lo que me está volviendo loca. ¿Quién eres, Cristian? Si es que te llamas así, claro.

—¿Quieres que me llame de otra manera? —Cristian mueve las manos y el gesto resulta extraño en esa realidad congelada—. Si eso te hace sentirte más cómoda…

—El nombre me da igual, lo que quiero saber es quién eres.

—Ahora el nombre no importa…

Allí en la ermita, Cristian tiene un aspecto tétrico. La poca luz que hay dentro le ilumina las facciones afiladas y los pómulos marcados.

—¿En qué piensas? —pregunta él.

—Dime quién eres. O… qué eres.

—¿Qué soy? ¿Le preguntas eso a todo el mundo?

Victoria intenta mantener la calma, pero Cristian ya está demasiado cerca. No hay dientes afilados, ni ojos rojos como brasas, ni orejas puntiagudas.

—¿Vas a seguir intentando averiguar quién o qué soy?

—¿Eres un demonio? —aventura.

Incluso si controlara el don de obligarlo a decir la verdad, tiene la sensación de que no sería útil tampoco.

—Cuando te conocí, no creías ni en tu propio poder, y ahora crees que soy un demonio…

—No sé si eres un demonio o un humano con malas intenciones. —Victoria lo mira a los labios—. Pero sé que no eres de fiar. Y sé que no te quiero cerca.

—Me pasa con frecuencia. —Cristian se inclina hacia ella y el aroma de su perfume la atonta—. La mayoría de la gente me ignora o se olvida de mi presencia con facilidad. Pero no la gente como tú. Escúchame, Victoria, no soy tu enemigo y, aunque sé que no puedo pedirte que confíes en mí, lo voy a hacer. Puede que las indicaciones del libro de Helane Lanau rompan la maldición, pero es posible que no. No tengo ninguna prueba, pero te lo repetiré hasta que lo entiendas: las brujas no son de fiar. Hasta hace un tiempo, creía que al menos eran fieles a la sangre. Pero ahora ni siquiera estoy seguro de ello.

—Llevo toda la vida sobreviviendo por mi cuenta —dice Victoria—. Y me ha costado mucho darme cuenta de que puedo apoyarme en mis hermanas para que la carga sea más ligera. No voy a dudar de ellas porque un extraño intente convencerme de ello.

Sin que pueda hacer nada para evitarlo, Cristian se echa sobre ella. No la toca, pero, de alguna manera, Victoria siente que está envolviéndola desde los pies hasta la cabeza, como si su cuerpo fuera una capa enorme de oscuridad. Su presencia es tan intensa que casi se olvida de respirar. La nariz de Cristian le roza la mejilla y ella cierra los ojos, incapaz de hacer otra cosa. «¿Por qué no puedo enfrentarme a él?», se pregunta. «Si caigo aquí, nadie se dará cuenta. Desapareceré sin más».

El pensamiento se corta cuando Cristian le habla al oído:

—Confía en tus hermanas, si eso te hace sentir mejor, pero empieza a cuestionar todo lo que tiene que ver con Helane Lanau.

—Sus hermanas la mataron. Si el problema es que ella era igual de horrible, me da igual. Solo quiero salir de este pueblo, y si haciendo lo que dice ese libro lo conseguimos... me importa poco todo lo demás.

—Sigues siendo una egoísta.

—Soy una superviviente —lo corrige.

No puede mover ni un músculo del cuerpo, pero al menos consigue que el cerebro responda con agilidad.

—Todo el mundo cree que lo es —dice él. Le acaricia la mejilla con los labios y Victoria contiene la respiración—. No insistiré más. La próxima vez, será por las malas.

Victoria abre la boca para responder, pero no tiene más palabras. No sabe qué decir y los ojos de Cristian no se apartan de ella, exigiéndole una reacción.

Su respuesta es mover los brazos y apartarlo de ella con las manos. El tiempo vuelve a avanzar.

Y al mismo tiempo, la puerta de la ermita se abre y Emma asoma la cabeza.

—¡Victoria! Es Melanie, ha empezado a convulsionar. No sabemos qué le pasa.

—Mierda.

Mira un instante a Cristian y este solo cierra los ojos.

«Mierda», piensa. Y sale corriendo tras su hermana.

CAPÍTULO 29

Melanie

Escapar. Escapar. Escapar.

Lo único que Melanie quiere es escapar.

Corre por el bosque y le duelen las piernas porque ya no puede más, pero, al mismo tiempo, su cuerpo le pide que siga, que no se detenga. El cuervo vuela sobre ella, graznando. Y aunque no lo entiende, sabe lo que está pidiéndole: que sobreviva. Ha dejado a Helane atrás, pero su voz sigue retumbándole dentro de la cabeza.

«No corras, Melanie. Tienes que demostrarles quién manda».

Pero ella no quiere obedecer. Lo que ha visto poblará sus peores pesadillas durante el resto de su vida, si es que consigue salir de allí.

«¡No tendrás la esencia si no te enfrentas a ellos!».

Pero eso no la hace cambiar de opinión. Porque está sola, y esas criaturas no eran humanas.

«Sí que lo son», dice Helane. «O lo fueron en algún momento. Después vinieron al Velo y se quedaron dormidos. Y eso es lo que les espera a los que se atreven a descansar aquí».

Si Helane no hubiera aparecido para despertarla, Melanie sería una de ellas ahora mismo. Habría fracasado, habría decepcionado a sus hermanas y el pueblo habría estado condenado para siempre.

«Pero no ha sido así», insiste Helane. «Estás viva en el Velo y puedes convertirte en una bruja oscura muy fuerte si haces lo que te digo. Y si fallas, Lucas...».

Lucas.

No puede permitir que Lucas se convierta en algo así.

Melanie se apoya en un árbol y respira hondo. No oye nada, no los ve todavía, pero sabe que la persiguen. No sabría describirlos: sombras con el rostro desfigurado y la piel putrefacta. No han caminado hacia ella, han flotado; porque su cuerpo parecía de humo, con la ropa hecha jirones.

Pero lo peor han sido los ojos.

Brillantes.

Dos bolas de luz azul e incandescente que ardían en esas caras sin expresión. Al mirarlos ha gritado, pero ellos no han respondido, porque tenían la boca cerrada, como cosida con un hilo de color carne. Esos seres no hacen ruido, ni siquiera se han fijado en ella, pero sus cuerpos la han buscado, y su instinto le ha dicho que tenía que escapar y que daba igual lo que hiciera: la iban a encontrar. Corría y escapaba por vivir un segundo más.

—¿Qué son? ¿Cómo puedo enfrentarme a ellos?

Helane aparece a su lado, como si se hubiera escondido al otro lado del tronco del árbol.

—Ya te lo he dicho. Eran personas, pero se quedaron dormidas en el Velo. Ahora se dedican a buscar a las almas perdidas que hay aquí y tratan de convertirlas en lo mismo. No piensan, no hablan, pero creo que sienten, aunque solo sea para sufrir.

—¿Y qué puedo hacer yo?

—Eres la bruja oscura —dice Helane—. ¿Cuándo murió la anterior?

—¿La anterior?

—Tu abuela, la bruja oscura, la pequeña de las tres.

Melanie tarda un instante en entender a qué se refiere: Luz, Valentina y María. Tres mujeres, igual que Victoria, Emma y ella. Igual que Anchela, Alizia y Helane.

—¿Mi abuela María era una bruja oscura?

—Es el legado, la herencia Lanau. ¿Es que no te han contado nada? —Helane tira de ella y se agazapan detrás del árbol para hablar más bajo—. El poder de las tres hermanas siempre se salta una generación y siempre sucede de la misma forma. La madre de las brujas, humana y sin don, debe morir al dar a luz a la más pequeña, y así se crea el vínculo con la muerte. Eres una vida que nació de la muerte, como yo. Una de vosotras tres dará a luz a una niña que morirá al tener a su tercera hija. Ese es el precio que pagamos por el poder que la tierra nos ofrece.

»Y a ti, los muertos, aquellos a los que la Muerte todavía no se lleva porque tienen asuntos pendientes, te obedecen. Y los habitantes del Velo también.

—Yo no sé nada, Helane —susurra—. No soy como tú. He intentado fingir que sí, porque tenemos que salvar a Finestres y regresar a casa, pero no soy lista como Victoria, ni tengo la confianza de Emma.

—No son mejores que tú. —Helane se acerca a ella y Melanie cierra los ojos cuando la bruja brilla más intensamente y se abalanza sobre ella. Algo frío la atraviesa y le revuelve el estómago. Ha sido Helane que ha cruzado a través de ella como si fuera una puerta. Puede que parezca humana, pero su cuerpo no lo es—. Tienes el anillo. El anillo forma parte de la herencia. Y tú, la bruja oscura, eres la más poderosa. Nacemos de la muerte —insiste—, ellas no. Ellas conocen el amor y no quieren que nosotras lo sintamos.

Melanie la mira y lee, en esos ojos grises tan similares a los suyos, una verdad. Esa verdad que ella también siente, la de que casi siempre está sola, la de que nadie la ha querido nunca, nadie salvo las abuelas. Que cuando las cartas le hablan de amor, le muestran un borrón. Que está rota y no pertenece a ese mundo.

—Estabas muy enamorada de Lucas —dice, y se siente tonta, porque es una verdad evidente. La expresión de Helane se contrae y aprieta los puños con fuerza.

—Era y es el amor de mi vida —susurra—, y, ahora, podría convertirse en una sombra del Velo. No puedo permitirlo, fue culpa mía que lo mataran. Si hubiera renunciado a...

—¡No! —Melanie intenta agarrarla de los puños, pero los atraviesa otra vez. Antes la ha tomado de la mano, pero ahora es como si Helane se encontrara en otro lugar—. Claudia me dijo que estabas enamorada de Lucas y él de ti. Que no fue culpa tuya. Ellas fueron crueles, tú solo querías estar con él...

—¿Claudia? ¿Claudia te dijo eso?

—Sí, ella te echa de menos, Helane.

Helane agacha la cabeza y un pequeño temblor le llega a los hombros. Luego se recupera y mira a Melanie. No hay ni rastro de lágrimas, solo una sonrisa confiada.

—Ya vienen, bruja oscura —suspira Helane—, y nos traen algo. Estoy aquí contigo, así que no tengas miedo.

Melanie no quiere que se marche de su lado, pero antes de que pueda decir nada, Helane la abraza por detrás. No está ahí, no hay un cuerpo contra el de ella, pero sabe que no la ha abandonado. Y eso le da el ánimo suficiente como para salir de su lamentable escondrijo y enfrentarse a las sombras del Velo.

Hay cuatro de esos seres. Tienen distintos tamaños y flotan a varios palmos del suelo. El cuervo revolotea delante de ella y abre las alas, amenazador.

Sin embargo, por primera vez desde que ha descubierto la existencia de esas sombras, la atención se le va a otra parte. Y es que, justo delante de ellas, Lucas permanece de rodillas. Tiene las manos entrelazadas y la cabeza gacha.

—¿Cómo...? ¿Qué hace él aquí?

Los brazos inexistentes de Helane se cierran con más presión alrededor de ella.

«Ya te lo he dicho. Lo ha traído la Sombra. Es el precio a pagar por la esencia».

Melanie da un paso al frente, con la intención de acercarse a él, pero entonces una de las sombras levanta la mano. A pesar de que abre la boca, como si un chillido insoportable fuera a salir del interior, no se oye nada y eso lo hace todavía más aterrador.

—¡Lucas, Lucas!

El chico levanta la cabeza y Melanie agradece que la mirada de esos ojos de agua cristalina que conoció en la ermita siga intacta. No hay nada cadavérico en él, nada que lo haga diferente a todas las veces que se han encontrado, y, aun así, siente que es alguien distinto.

—Helane... —susurra—. ¿Eres tú?

En el pecho de Melanie, los dos corazones dan un brinco.

—Soy Melanie, ¿te acuerdas de mí?

—Helane... Escucha, no sé qué les has dicho a tus hermanas, pero tienes que explicarles que yo no... —Lucas se interrumpe y cae hacia delante, apoyando las manos sobre la tierra—. Yo no he hecho nada —lloriquea.

«Está reviviendo sus recuerdos, tienes que hacer que pare», dice Helane, cuya voz dulce suena solo en la cabeza de Melanie.

—¡No sé cómo hacerlo!

Una de las sombras abre la boca enorme en su dirección. Melanie grita al ver cómo la piel se le desgarra y los hilos de carne intentan separarse para crear un agujero por el que emitir algún sonido. La criatura saca las garras y se abalanza sobre ella, como un depredador hambriento.

—¡Ayuda, Helane! —grita Melanie con las manos en la cabeza.

«Maldita seas», gruñe la bruja.

Un frío insoportable le atraviesa el pecho. Todo el cuerpo le tiembla y siente que las rodillas se le van a partir en dos. Las manos ya no le pertenecen, no cuando las alza en el aire y estira los dedos, retorciéndolos hasta que le duelen. El cuervo sacude las alas, inquieto.

«¿Qué estás haciendo?». La voz no sale al exterior porque la boca tampoco es suya.

—Tú me has dejado entrar —dice Helane, que habla por ella—. El Velo es de la bruja oscura. Y ese chico debe volver al mundo de los vivos.

Las sombras niegan con la cabeza y chillan sin sonido otra vez.

—Es humano —responde Helane, como si las entendiera—. Está muerto, pero su corazón sigue en el mundo de los vivos. No le pertenece a la Muerte. Me pertenece a mí.

Melanie intenta zafarse de la presencia de Helane, pero la bruja es demasiado fuerte y no se lo permite. Ni siquiera sabe si nota su resistencia.

—Venid a mí. —Helane sonríe y sacude el pelo negro corto de Melanie como si fuera una melena larga y sedosa. Da un par de vueltas en el sitio, con los brazos extendidos, y se ríe—. Acabad con estas criaturas que no merecen existir. ¡Proteged a vuestra reina! ¡Proteged a mi amor!

Melanie ya no puede hacer nada, así que observa todo lo que sucede a su alrededor como una espectadora. El bosque, hasta ahora silencioso y lleno de luz, se vuelve más oscuro, envuelto en un resplandor verdoso. Oye el murmullo de algo parecido a la seda cuando la acarician y, de pronto, varias figuras esmeralda atraviesan los árboles y rodean a Helane. O más bien a Melanie, a su cuerpo. Melanie contempla rostros desconocidos, pero familiares. Mujeres y más mujeres con las que comparte algo: un lunar, unas orejas más redondas de lo normal, unas cejas muy marcadas, unas arrugas prematuras en la comisura de los labios… Es como si se estuviera contemplando a sí misma en diferentes versiones: algunas antiguas y otras antiquísimas. No conoce a ninguna, pero todas la miran como si la admiraran.

—Las madres Lanau. —Helane danza otra vez y chasquea los dedos en un gesto juguetón—. Poderosas, pero condenadas a permanecer en el Velo para siempre por culpa de un trato injusto. Las madres que ven cómo sus hijas están destinadas a ser las reinas de los muertos. Melanie, aquí está nuestra herencia. Nuestra fuerza.

Por fin lo entiende todo. El Velo, ese lugar al que van las almas en pena, las que no tienen una cuenta pendiente, pero tampoco ganas de vivir la eternidad. Y entre ellas, almas que dan vida a brujas que no conocen el amor.

—Ellas nos protegerán —termina Helane.

Melanie se cubriría la boca si pudiera, pero las manos siguen sin ser suyas. En su lugar, le caen lágrimas por una cara que no le pertenece. A su lado, alguien le pone la mano en el hombro. Una mirada de ojos oscuros, un rostro de pómulos marcados. Le sonríe y deposita un suave beso en su frente antes de unirse a sus compañeras.

—Mamá… —susurra.

Y esta vez sí que es ella quien habla. Su madre, esa madre por la que nunca había llorado, a la que no conoció, a la que mató. La madre que la ha hecho sentir culpable durante años, a la que renunció a querer. Y, de pronto, ese beso despierta un remolino de emociones en ella.

Las madres Lanau se echan sobre las sombras, que ahora son más numerosas y las atacan con uñas y dientes. No son seres mágicos ni poseen armas ni habilidades poderosas para derrotar a esos seres que, quizá en algún momento, fueron como ellas: solo usan su angustia y desconsuelo para hacerles frente. Melanie observa horrorizada cómo una madre agarra a la sombra por la boca y tira de ella hasta partirla en dos con un crujido espantoso. Helane ni siquiera parpadea y la obliga a verlo todo. No hay sangre, y, aun así, la violencia es terrorífica. En el suelo, Lucas sigue de rodillas y sin saber muy bien qué hacer.

—Helane… —sigue murmurando para sí mismo.

Helane se acerca a él en mitad del enfrentamiento. Desgarros, dedos en las cuencas de los ojos, mordiscos y arañazos. Se pone de rodillas y agarra a Lucas de la cara. Le deja un rastro de sangre en las mejillas. ¿Cuándo se ha manchado? No ha atacado a nadie, la piel de las manos debería estar limpia. El chico está llorando y las lágrimas hacen que la sangre parezca un dibujo de acuarela en su piel pálida.

—Mi amor... —Helane lo besa en la frente, luego en las mejillas ensangrentadas y, por último, en los labios—. Te voy a salvar. Ya no queda mucho, ¿me oyes? Hemos esperado suficiente.

Melanie siente una tristeza que no le pertenece a ella. El corazón de Lucas, que habita en su pecho, se queja. Ni siquiera así, notando los latidos del chico, es capaz de comprender el dolor que la pareja vivió tantos años atrás. Un dolor que sigue vivo, mucho más vivo que ellos dos, y que a ella le llega de refilón.

Helane vuelve a besar a Lucas, y aunque Melanie intenta escapar de esa intimidad compartida sin éxito, el beso también le pertenece a ella. Lucas la agarra de la cintura y la abraza mientras busca su boca con ansia. Nadie la había besado así nunca, como si ella fuera el origen de todo oxígeno. De hecho, nadie la ha besado. Sin más. Tiene que recordarse que ese beso no vale, que no es para ella, que el chico de los dibujos bonitos y los ojos de cuento no la quiere a ella, sino a la bruja que se ha metido dentro de su cuerpo. Pero es fácil olvidar. Es muy sencillo cerrar los párpados y ponerle las manos sobre el pecho y acariciarle los hombros y el cuello. Sí, quiere besarle también el cuello. Lo hace. Y Lucas gime ante el contacto. La besa otra vez y no pide permiso para chocar la lengua contra la de ella. Se encuentran y se enredan con deseo.

Pero entonces algo tira de ella. Helane la empuja y Melanie cae de bruces contra el suelo. Se raspa las palmas de las manos y sisea de dolor.

—Cuidado, Melanie —susurra Helane, en su forma fantasmal. Ha salido de su cuerpo y la mira con fiereza—. Cuidado con lo que haces.

En sus brazos, Lucas está inconsciente.

«¿Lo he besado yo?», se pregunta. Y por la reacción de Helane, sabe la respuesta. Ha conseguido retomar el control de su cuerpo solo para apoderarse del beso con Lucas.

A su alrededor, las pocas sombras que quedaban se retiran hacia el bosque. Las madres Lanau se mantienen en un círculo alrededor de los tres.

Su madre vuelve a acercarse y Melanie rompe a llorar como un bebé. Por fin, por fin llora por ella, y le resulta liberador. La mujer lleva algo en la mano, un cristal de color negro, que le ofrece con una sonrisa triste.

—Mamá... —Vuelve a llamarla—. Lo siento mucho, yo no quería...

—Cariño mío. —La mujer le pasa la mano por la cabeza y el pecho de Melanie se encoge sobre sí mismo—. Claro que no fue culpa tuya. Eres mi dulce niñita. Llevo mucho tiempo deseando decirte que no naciste de la muerte. Naciste de mi amor. Y tuviste el amor de tus hermanas y de las abuelas. Siento muchísimo no haberos llevado con ellas... Creía que, si nos íbamos lejos, podría escapar de todo esto. Y me equivoqué.

—Tú lo sabías todo...

—Y quise manteneros a salvo —susurra ella—, pero no fue posible. Así que necesito que cuides de Victoria y Emma. Mis otras dos niñitas... Cuidad las unas de las otras, por favor.

—Por supuesto. —Melanie hace amago de ir a abrazarla, pero Helane se interpone entre ellas y coge el cristal negro.

—Hay que conseguir la esencia del Velo, rápido.

Melanie duda, pero su madre asiente con la cabeza y esa es la señal que necesita para despedirse con un último gesto de la mano y prestar atención otra vez a la bruja, aunque una parte de ella se marcha con la figura que se aleja, como si nunca hubiera estado ahí.

—¿Cómo la conseguimos? —susurra.

Helane tiene un cuchillo en la mano. Se acerca a Lucas y le arranca la manga de la camisa. Es la primera vez que Melanie le ve la piel bajo la ropa, y una punzada de dolor, suyo o del corazón prestado, la paraliza. Lucas tiene cortes verticales y horizontales en el antebrazo. Algunos tienen formas reconocibles, circulares. Son cortes hechos a conciencia, como si tuvieran algún significado. Pero Helane los ignora y le hace un corte más, este horizontal, cerca del codo. La sangre de Lucas brota y la bruja se las ingenia para que gotee en el interior del cristal.

—Aquí tienes —dice Helane, mientras se la entrega y limpia la herida del brazo de Lucas con la palma de la mano. El chico se queja, pero no abre los ojos—, y debes llevártelo contigo.

Melanie se gira, buscando tontamente a su madre, pero ella ya no está. ¿Cómo puede marcharse de allí sabiendo lo que sabe?

—Así es la vida, Melanie —dice Helane—. La Sombra hizo ese pacto y nos condenó a todas, solo porque era débil e incapaz de contener el poder de nuestro linaje en su cuerpo. Ahora que lo sabes, aprovecha tu don para que el sacrificio de tu madre haya merecido la pena.

—Salvaré a Lucas —responde—, y también a toda la gente de Finestres. —Hace una pausa—. Y lo siento mucho.

—¿El qué?

—Que tus hermanas no...

—¿Que no me quisieran? —Helane aúpa a Lucas y se lo cuelga a Melanie al hombro, que se sorprende al notar que no pesa nada—. No importa. Ha pasado mucho tiempo, ya apenas las recuerdo siquiera.

—Y, sin embargo, a él lo sigues amando.

—Claro, porque estamos conectados. —Helane da un paso atrás—. Es hora de volver, Melanie Lanau. Y jamás olvides que los muertos están de tu parte. Los rebeldes que no obedecen a la Muerte son nuestro poder.

Helane mueve la boca, pero Melanie no oye nada. Una luz brillante la ciega y desorienta. El peso de Lucas desaparece y el latido de su corazón también. Ya solo le queda un corazón, el suyo, pero es más consciente que nunca del sonido que le hace en el pecho. Del bombeo rítmico y constante. Sujeta el cristal con la mano izquierda. Está caliente.

Se despierta de golpe.

Sigue de rodillas sobre la tierra del cementerio, pero ya no está sola. Emma la abraza por detrás y Victoria le sostiene la cabeza, tratando de abrirle los ojos.

—¡Respira otra vez! —exclama una de las dos—. ¡Ha vuelto en sí!

—He visto a mamá. —Es lo primero que consigue decir. Alguien le acaricia la cabeza igual que lo ha hecho su madre hace un rato—. Es guapísima. Se parece a vosotras dos.

—¿Está delirando? —Esa es la voz de Emma—. Tenemos que llevarla con Marisa.

—No hace falta... —Melanie levanta el brazo y abre la mano para mostrarles el cristal—. Lo he conseguido, chicas. Tenemos la Esencia del Velo. Y por fin, por fin puedo decir en voz alta que soy la bruja oscura.

Y mientras lo dice, un graznido corta el silencio.

El cuervo sobrevuela la ermita y se queda de pie sobre uno de los salientes de piedra.

Melanie lo observa. Es una criatura elegante y poderosa. Todo lo que ella puede llegar a ser.

Gira la cabeza. Lucas está sentado frente a ella, con el brazo lleno de sangre, y la mira con una intensidad que le revuelve las tripas, pero es… es una sensación agradable. No sabe qué recuerda él de todo lo que ha sucedido en el Velo, pero ella es consciente de que el sabor que le ha dejado en la boca va a ser difícil de olvidar. Eso y el hecho de que el corazón de Lucas le ha pertenecido durante horas. Ha sido suyo y de nadie más.

—Te mataron —dice, y le da igual que sus hermanas piensen que se ha vuelto loca—. No fue en el jardín. Te mataron aquí mismo y por eso vuelves una y otra vez a la ermita. Pero ya tenemos dos esencias, y cuando encontremos la tercera podrás descansar en paz. Cueste lo que cueste, cumpliré el deseo de Helane Lanau como si fuera el mío.

Ahora recuerda lo último que Helane le ha dicho al abandonar el Velo. Su última petición:

—Usa a Lucas. Su sangre abre mis recuerdos y en ellos están las respuestas que buscáis.

CAPÍTULO 30

Emma

Emma entra a la casa y se tropieza con el pequeño escalón que hay, del que ni siquiera se había percatado todas las veces anteriores. Sigue a Melanie, que gesticula y murmura incoherencias, fuera de sí. La ha llamado diez veces mientras corría tras ella desde la ermita, pero su hermana pequeña la ha ignorado todas y cada una de ellas. Lo vuelve a intentar, ahora que ya han llegado al que parece su destino final, pero Melanie solo la mira y sacude la cabeza.

—He sido una tonta, ¡lo tenía delante de las narices! ¡Cómo no nos hemos dado cuenta!

Emma desiste y se queda de pie en el recibidor mientras escucha cómo Melanie sube al piso de arriba a toda velocidad. Ojalá ella hubiera tenido esa energía después de encontrar la Esencia de la Tormenta. No es que le moleste, pero se pregunta cómo es posible que ella acabase hecha mierda y Melanie tenga suficiente estamina como para ponerse a hacer una maratón. Y más cuando ha pasado horas en la misma posición hasta que, de repente, su cuerpo ha empezado a convulsionar. Emma se ha asustado al verla ponerse rígida y sacudir las extremidades. Y ahora que la tiene delante, yendo y viniendo de un lado a otro, se plantea si se lo ha imaginado todo.

Así que mientras Melanie continúa en el piso de arriba, rebuscando y corriendo de habitación en habitación, Victoria llega al trote por el camino. Nil y Claudia la siguen.

—¿Se puede saber qué hace? —Victoria jadea y se apoya la mano en la cadera—. El alcalde ha estado a esto —hace un gesto con los dedos— de pensar que teníamos segundas intenciones. Menos mal que tenía el maldito cristal y he podido dárselo a él porque...

—¿Se lo has dado sin más? —pregunta Emma.

—También tiene la esencia que recuperaste tú, es parte del trato —responde Victoria entrando en la casa—. De todas formas, ¿qué va a hacer sin las tres? ¿Dónde está Melanie?

—Arriba, creo que lo del cementerio la ha vuelto loca de verdad.

—No os preocupéis, yo creo que por fin ha empezado a darse cuenta de quién es —dice Claudia, los brazos cruzados y expresión impasible.

—Tú estuviste con ella la noche de la fiesta —la señala Victoria—, ¿qué narices le dijiste?

—Yo no hice nada. Tu hermana ha despertado por fin, nada más.

—¿Qué le has hecho, Claudia? —Nil pincha a su hermana en el costado y esta da un salto hacia atrás—. No es momento de hacer el tonto.

—¡Que no he hecho nada! Solo ayudé a Melanie a saber quién era la persona con la que lleva semanas hablando.

—¿Cómo que hablando? —repite Emma sin comprender—. ¿Quieres explicarte?

—Tu hermana ha conseguido hablar con...

—Con Lucas —termina Melanie, que acaba de aparecer por la escalera. Lleva algo en los brazos que Emma tarda en identificar: el diario de Helane y las cartas del tarot. Cruza por el pasillo y llega hasta el salón para dejarlo todo sobre la mesa—. Llevo semanas hablando con Lucas, el chico del que Helane se enamoró y al que sus hermanas mataron. Ya sé cómo averiguar qué pasó realmente.

En ese momento la ventana se abre de golpe y el aire se cuela en la habitación. Un par de alas negras entran con el viento y un cuervo se coloca en lo alto de la chimenea. Duna hace un ruido en el bolsillo de Emma, que ya se ha acostumbrado al cosquilleo que el animal le provoca cuando se pasea por su cuerpo.

Es el familiar de Melanie.

Una vez más, se agrupan alrededor del sofá pistacho. A Emma la escena le recuerda demasiado a la noche en la que casi abrasó a sus hermanas. No ha pasado tanto tiempo, y, sin embargo, las cosas han cambiado mucho. Por suerte, para bien. Se sienta en una silla, colocada al lado de Nil, y este le guiña un ojo, pero eso no la relaja en absoluto. Ninguno de ellos hace comentario alguno sobre el cuervo, y eso la lleva a pensar que quizá solo las brujas pueden verlos. En fin, Duna es escurridiza y fácil de esconder, pero la presencia de ese pajarraco es imposible de ocultar. Y eso también explicaría que nadie se quejara nunca de la presencia de los animales de sus abuelas en el piso de Zaragoza.

Victoria y Melanie se sientan en el sofá y Claudia las imita. Al principio hace una mueca, como si le desagradara estar ahí, pero cuando Melanie abre el diario de Helane, su expresión cambia y adopta un gesto que Emma no le ha visto nunca, una mezcla entre nostalgia y tristeza.

—Hacía mucho tiempo que no lo veía —susurra—, aunque no me lo dejaba leer nunca.

—Yo lo he leído entero. —Melanie empieza a pasar las páginas—. Pero hasta hace dos días no sabía que Lucas era el chico del que hablaba Helane, porque en las entradas a las que teníamos acceso nunca dice su nombre. Y hasta hoy no he sido consciente de lo importante que es en todo esto.

—¿A qué te refieres con «las entradas a las que teníamos acceso»? —pregunta Claudia.

Pero Emma, que lleva un buen rato mordiéndose la lengua, estalla:

—¡¿Y eso qué importa?! Victoria y yo hemos pasado diez minutos intentando hacerte reaccionar. ¡Casi te mueres! Te has despertado para decir locuras y luego has echado a correr. ¿Puedes decirnos qué narices te ha pasado? Porque estoy empezando a mosquearme.

Su hermana pequeña la mira y entonces repite lo mismo que ha dicho al despertar:

—He visto a mamá, chicas. A mamá y a Helane Lanau. Y he podido hablar con las dos en el Velo.

Y así, Melanie habla y habla, más de lo que la ha oído hablar en la vida. Cuenta una historia aterradora y Emma intenta creerla, pero todo se va volviendo más y más inverosímil. Las sombras del Velo, esa versión fantasmal de Helane Lanau que parecía estar en todos lados y en ningún sitio al mismo tiempo. Las mujeres unidas por la desgracia convirtiéndose en guerreras para protegerla. No, parecen las alucinaciones de una loca. Pero entonces Melanie empieza a describir a su madre. Y por cómo lo hace, Emma sabe que todo es verdad. Melanie no la conoció, y las fotos no podrían ayudarla a inventar lo que está contando. Cómo describe el beso en la cabeza, que Emma recuerda porque siempre lo pedía antes de ir a dormir. En el sofá, Victoria se limpia una lágrima discreta.

—Has visto a mamá… —repite Emma—. Pero…

—Os ha llamado sus «niñitas» —sonríe Melanie— y me ha pedido que cuidemos las unas de las otras. También estaba arrepentida de habernos llevado a Estados Unidos. Solo quería evitar… esto.

—Niñitas… —dice Victoria por lo bajo.

«Niñitas», piensa Emma. Sí, así las solía llamar. «Es hora de que las niñitas se vayan a dormir», decía. Y luego las besaba. Y cantaba canciones, porque era la única manera de que las dos se durmieran sin protestar.

—Helane está dispuesta a darlo todo para salvar a Lucas y al pueblo —Melanie mira a Claudia—, y se emocionó cuando le hablé de ti.

Claudia no dice nada, sigue con la mirada fija en el diario. Nil, sin embargo, parece más interesado en lo que Melanie tenga que decir.

—¿Lucas está aquí ahora?

Melanie mira a un punto en la habitación y asiente con la cabeza.

—Lo he dejado pasar antes —dice—, la protección también le afectaba a él.

—Dile que siento mucho no haber podido evitar lo que pasó. —Nil aprieta los puños sobre las rodillas. Emma, que está empezando a acostumbrarse a ver ese lado que las bromas no consiguen cubrir, extiende el brazo y le acaricia la mano—. Ni siquiera recuerdo qué hice ese día y eso me atormenta. ¿Cómo es posible que me haya olvidado de algo tan doloroso?

Melanie mueve la cabeza varias veces.

—Dice que no te preocupes, que estar… muerto tiene sus ventajas. Ya no tiene que preocuparse por la ropa que se va a poner o por oler mal.

Se oye una risa y Emma tarda en darse cuenta de que ha sido Claudia. Ella parece igual de sorprendida. Se lleva la mano a la boca y las mejillas se le tiñen de rosa.

—Supongo que todo tiene sus ventajas —concede Nil, pero no relaja los puños.

A veces, Emma olvida que esa historia lleva siendo parte de su vida apenas unas semanas, pero Nil lleva atrapado en ella casi tres siglos.

—Lucas todavía no recuerda mucho de lo que pasó —explica Melanie—. Cree que no llegó a ver a la Muerte aquel día porque la maldición cayó sobre Finestres. Al ser un fantasma, cada día que pasa sus recuerdos son más vagos, tanto que a veces olvida que está muerto. Creo que, si conseguimos romper la maldición, él podrá descansar, igual que todos vosotros. Su existencia es anómala y por eso la Sombra consiguió llevarlo al Velo cuando yo estaba allí.

—¿La Sombra? —pregunta Nil.

—Esa voz que Emma escuchó y que, según Helane, hizo el trato que provoca que las madres Lanau mueran —asiente Melanie—. Todavía no tengo muy claro qué o quién es, pero Helane hablaba de ella como si fuera una diosa.

—Esto es demasiado… —murmura Victoria, y estira el brazo para coger la cajetilla de tabaco que hay sobre la mesa, pero se detiene a medio camino y empieza a mordisquearse un dedo.

Hay un silencio muy largo.

—¡Ah! —Melanie se da cuenta de que nadie más escucha al chico fantasma—. Lucas insiste en que podemos confiar en él.

—¿Y no es eso lo que diría alguien de quien no podemos fiarnos? —insinúa Emma.

—Pero sé que es cierto —replica Melanie—. Tuve el corazón de Lucas en mi interior y sé que no miente. Además, las cartas nos lo dijeron desde el principio y me han seguido mandando el mismo mensaje una y otra vez. ¿Recuerdas? La muerte. Los enamorados. La justicia. Los enamorados son Helane y Lucas. La muerte… porque si arreglamos todo, la gente volverá a morir. Y por fin se hará justicia.

—Son cartas, podrían significar cualquier cosa…

—Si no me crees a mí, ¿qué te parece si lees a Helane y ella te lo cuenta? —Melanie abre el diario por la última página en blanco. Lo han leído muchas veces y no tiene final, por lo que resulta una lectura inútil. Hasta ahora habían pensado que simplemente se aburrió de escribir, o que quizá la convivencia con sus hermanas se estaba volviendo demasiado tensa y decidió no arriesgarse a dejar por escrito algo que la comprometiera.

Pero ahora Melanie cierra la mano alrededor de algo invisible y, bajo la atenta mirada de todos los demás, varias gotas de sangre caen en el papel.

—¿Qué narices...? —Nil abre los puños por fin y busca la mano de Emma.

—Es la sangre de Lucas, actúa como una llave —explica Melanie—. Helane protegió estas páginas para que nadie pudiera leerlas, pero ahora yo puedo. Fue su regalo antes de salir del Velo. ¿Queréis saber qué es lo que pasó exactamente la noche en la que lanzaron la maldición?

Hemos quedado en la ermita de San Marcos otra vez. Nunca dejará de sorprenderme lo bella que es la muralla. No entiendo cómo la naturaleza ha podido crear algo así de la nada. La misma naturaleza que me ha otorgado mi don. Lucas dice que la muralla está ahí para recordarnos que no podemos marcharnos de Finestres, que este es un pueblo que te ve nacer y morir, pero yo no opino igual. La muralla solo marca el principio del mundo, de lo que está por venir. Hoy nos hemos besado y Claudia nos ha interrumpido. ¡Qué vergüenza! Él se ha sentido muy incómodo, pero yo he intentado tranquilizarlo. Claudia jamás nos delataría. Es mi mejor amiga.

Lo saben. Sé que lo saben. Alizia me ha cogido del brazo y ahora tengo la piel con la marca de su mano. La quemadura escuece y duele tanto que quiero empujarla por el acantilado y que deje de respirar para siempre. Es malvada, casi tanto como Anchela. Me ha mirado a los ojos y se ha reído. Tengo miedo, pero hoy mismo iré a por él y nos escaparemos. Claudia y Nil dicen que debería rendirme, que son peligrosas. Pero me da igual. No me atraparán nunca. Soy como una mariposa, como Nébula, y nadie me va a cortar las alas.

No hay forma de salir.

Finestres no me deja marchar.

Anchela tomó mi sangre y estoy segura de que la ha usado para encerrarme en este pueblo para siempre.

Quiero ir hacia Huesca, pero, al tomar el camino, vuelvo atrás una y otra vez. Es su maldita magia, la sé reconocer porque huele como ella: a humo y a un lugar que lleva cerrado demasiado tiempo. Puede que Alizia la haya ayudado, pero no voy a quedarme a comprobarlo. Tengo que romper ese hechizo sin que me descubran y salir de aquí.

Tengo que salir de aquí.

Me he comunicado con las abuelas y me han dicho que existen tres esencias que, unidas, conceden un deseo a las tres hermanas. No suelo fiarme de lo que dicen los muertos, porque tienden a olvidar cosas, pero cuando hablas con brujas muertas es distinto. Ellas permanecen en la tierra, en el barro, en la vida, y por eso recuerdan mejor que los demás. La abuela Sabina está segura de haber oído hablar de ellas: la Esencia de la Tormenta, la Esencia del Velo y la Esencia de la Eternidad, que juntas forman la Esencia de la Sombra. Ella dice que es muy importante que hable con Anchela y Alizia, porque cada esencia debe ser recuperada por una de las hermanas. Lo que la abuela Sabina no sabe es que yo ya no puedo confiar en la sangre de mi sangre. Así que tendré que obtenerlas por mi cuenta. Y cuando lo haga, podré desear que estén muertas. O que nunca hayan existido. O, si tengo un buen día, que mi amor y yo podamos vivir en otro lugar, uno tan alejado de aquí que nadie nos recuerde jamás.

He conseguido la Esencia de la Tormenta. Ha sido sencillo. Si tuviera los poderes de Alizia podría haber llamado al rayo, pero mi paciencia ha sido suficiente. La tormenta natural ha llegado y mi fuerza de voluntad ha conseguido que el rayo viniera a mí. El mundo de las tentaciones no es problema para la bruja oscura. He conocido a la Sombra, un ser que lo controla todo y que no tengo muy claro qué o quién es. Es antigua y siento que todo el poder del mundo podría surgir de ella. Ha intentado convencerme para que renunciara a la esencia, pero estoy convencida de lo que quiero y lo que necesito hacer. La Sombra me ha mostrado diferentes versiones de mí misma, y puede que alguien como Alizia hubiera caído en ellas, pero yo no. Claudia me ha ayudado a guardar la esencia en un lugar seguro, para que mis hermanas no sepan lo que estoy haciendo. Mi deseo está más cerca que nunca.

Por fin he conocido el Velo. La abuela Sabina hablaba siempre de él, pero nunca me contó los secretos que guardaba. Si puedo, no volveré a pisar ese lugar jamás. Es espeluznante y la Sombra me ha mostrado el precio que pagamos las Lanau por ser quienes somos. Hemos hablado un rato y he sentido que había algo que nos unía, aunque es difícil comprender a un ser que no puedes ver ni tocar. Me ha entregado la Esencia del Velo y hemos usado la sangre de una de las madres que allí estaban. No he visto a la mía ni deseo hacerlo. Ella fue la primera que me abandonó y no merece mi amor.

Anchela me ha encerrado en un armario de la casa. Solo la presencia de Nébula ha evitado que perdiera la cabeza. Me ha costado salir, y, cuando lo he conseguido, mis hermanas me han enseñado un dibujo que me hizo él. He sido descuidada y lo han encontrado entre mis cosas. Es un retrato de hace un tiempo y parece que posar para un chico es el pecado más grande que una bruja puede cometer. Yo sé que tienen envidia y que desearían que alguien las pintase como reinas, en lugar de vivir amargadas en este pueblo en el que nadie las quiere.

A partir de ahí, hay tres páginas completamente negras, llenas de rayajos que atraviesan el papel. Y luego tres mensajes casi frenéticos.

La Esencia de la Eternidad es mía. He ganado a la Muerte en su juego del tiempo. Soy más poderosa que Anchela o Alizia. Y voy a conseguir lo que más quiero.

Traidora. Es una traidora. ¿Cómo ha podido hacer algo así? Mi última oportunidad... Me ha condenado para siempre. Claudia, tus huesos nunca descansarán en paz.

Anchela y Alizia tienen las esencias. Y sé que las van a usar para castigarme, pero estoy preparada, voy a pelear.

Melanie se toma su tiempo para seguir avanzando, pero las siguientes páginas vuelven a la normalidad.

No creo que el sol pueda volver a salir en Finestres. Escribo esto mientras me escondo en mi habitación y pienso cómo resolverlo todo, pero creo que mi destino no es otro que la muerte. Después de tanto trabajo, de tanto esfuerzo, Lucas y yo vamos a morir. Mis hermanas saben que estamos enamorados. El mayor crimen de una bruja parece ser este: desear que alguien comparta la mitad de tu corazón el resto de tu vida y ser correspondida. Solo se me ocurre que nos tengan envidia. También sé que Claudia les ha dado las esencias, lo sé porque ella también tiene envidia de lo que Lucas siente por mí. Lo he visto esta mañana cuando ha venido a la casa y ha hablado con ellas. Ya no me queda nadie, pero no voy a rendirme.

Lo han matado. Han matado a mi amor. Al lado de la ermita de San Marcos, donde nos besamos por primera vez, donde me entregó su corazón. Anchela le ha clavado un cuchillo en el pecho mientras Alizia lo sujetaba con una sonrisa. Él ha gritado. Y yo solo he llorado, solo he podido gritar y pedirles que no lo hicieran. La sangre de Lucas ha alimentado el suelo en el que, tumbados, nos prometimos una vida eterna juntos. Me han robado mi final feliz. Anchela ha dicho que me lo he buscado, que un sacrificio era la única manera de que todo volviera a ser como antes. Claudia parecía contenta con lo que ha sucedido: si ella no podía tener a Lucas, yo tampoco. Pero es tonta. Es tonta porque no sabe que mis hermanas no se van a contentar con una víctima. El asesinato de Lucas ha despertado el dolor del pueblo de Finestres, y pronto han acudido a la casa en busca de venganza y del cuerpo de su querido vecino. No saben que no lo van a encontrar, que mi hermana Alizia lo ha quemado con su fuego, que Lucas ya no existe. Que ya solo es una mancha de sangre a un lado de la ermita y un agujero en mi corazón. Lo peor de todo es que he tenido que fingir que estoy arrepentida, que sé que lo que he hecho está mal, que las Lanau nunca abandonan a sus hermanas. Nos hemos resguardado en la casa, que nos protege, y Anchela y Alizia se han vuelto completamente locas. Escribo estas palabras sin saber si podré contar algo más, porque van a usar la Esencia de la Sombra. Hablan de una maldición, de condenar al pueblo que me ha corrompido.

Dicen que un sacrificio no será suficiente. Hablan de desafiar a la Muerte. Y lo que ellas no saben es que la Sombra y la Muerte son amigas, y que estamos jugando con algo peligroso.

Melanie acaba de leer y Emma tiene que apartar la mano del brazo de Nil para que no se la arranque, porque el chico mueve la silla con brusquedad en dirección a su hermana.

—¿Fuiste tú? ¿Tú le dijiste a las Lanau lo de Lucas?

—Yo no… —Claudia sacude la cabeza, pero un par de lágrimas le caen por las mejillas—. Yo jamás habría hecho eso.

—¿No? ¡Pues eso parece! —Nil se acerca al sofá y la silla de ruedas golpea la mesita del café, pero el chico no le presta atención, solo tiene ojos para su hermana—. ¿Cuántos años hace que lo sabes? Que sabes que tú les diste las esencias a las brujas y que por tu culpa estamos así. ¿Y por qué? ¿Solo porque te gustaba el mismo chico que a Helane?

—¡Yo no sabía nada! Y no recuerdo haber…

Claudia se pone de pie. Le tiemblan las manos, y parece darse cuenta, porque las esconde detrás de la espalda, igual que un culpable que oculta las pruebas del crimen que ha cometido.

—Todo esto es culpa tuya —repite Nil—. Mataron a mi amigo, mataron a mi amiga y nos condenaron por tu culpa.

Claudia se limpia las lágrimas. Está completamente perdida; desorientada. Zigzaguea como una borracha, dando tumbos por el salón, y ni siquiera los mira cuando sale y se marcha de la casa dejando la puerta abierta.

—Nil... —Emma hace amago de acercarse, pero él le da la espalda.

—No, lo siento. Necesito estar solo.

Nil también se marcha. Emma ni siquiera sabe cómo se las arregla para bajar él solo por el escalón de la entrada, pero sabe que ayudarlo solo empeoraría las cosas, así que se queda callada, de pie en mitad del salón, donde el diario de Helane Lanau todavía permanece abierto sobre las piernas de Melanie.

—Aquí hay mucha información que procesar —dice Victoria, lógica, tan entera que da miedo—, y el hecho de que fuera culpa de Claudia no cambia las cosas para nosotras. Hay una maldición y tenemos que romperla. Y ahora sabemos que Helane encontró las esencias antes, así que podemos hacerlo otra vez. Ella lo hizo sola, nosotras estamos juntas.

El cuervo aletea y se agarra al hombro de Melanie, que no parece notar el dolor cuando le clava las patas en la clavícula.

Emma intenta apartar el revoltijo de emociones que tiene en el estómago ahora mismo. Claudia no es la amabilidad en persona, pero... ¿Delatar a tu amiga a unas brujas locas? Es exagerado. Y luego está Nil. A lo mejor es egoísta por su parte pensar algo así, pero ¿alguna vez van a tener un momento de normalidad? Piensa en lo que le dijo la Sombra, en la historia del amor y las Lanau, y lo une a lo que ahora sabe de Helane.

—¿Cómo es posible que un romance inocente acabase en algo tan cruel? —pregunta, dejándose caer en el sofá—. ¿Habría sido igual si Helane no hubiera sido una bruja?

Melanie la mira y asiente con entendimiento.

—¿Tú también lo sabes? Lo de que las brujas solo aman una vez. Lo de la locura.

—La Sombra me dijo algo al respecto.

No quiere confesar que lo que le dijo exactamente fue que Nil y ella estaban destinados a suceder. A lo mejor eso es lo mismo que pasó con Helane y Lucas, y no querría seguir el mismo camino que ellos.

—¿De qué estáis hablando? —pregunta Victoria.

Se lo cuentan, y la cara de su hermana pasa por diferentes fases: comprensión, duda y, finalmente, ¿alivio?

—Y seguramente por eso las abuelas vivían solas —concluye Melanie—, para no arriesgarse.

—En el amor siempre hay algo de riesgo —murmura Emma—. A veces es perder dos meses de tu vida o que te rompan el corazón o arrastrar unos cuantos traumas, pero siempre hay algo que perder. Lo importante es que lo que ganas lo compense. Y evitar a los gilipollas, claro.

—Eso ahora no importa —dice Victoria—. Nosotras no estamos viviendo una historia de amor, estamos peleando por sobrevivir.

No le llevan la contraria. Solo se quedan calladas. Emma se distrae con los movimientos del cuervo, que no para de picotearse las plumas.

—¿Ya le has puesto nombre? —pregunta.

—He pensado en llamarlo Poe.

—¿Poe? ¿Qué narices es Poe?

—Edgar Allan Poe. —Melanie parece escandalizada—. ¿Nada? ¿No sabes quién es?

—Seguro que un actor no es —se ríe Emma.

Pero la risa deja paso a un silencio solemne y pesado. Melanie suspira y vuelve a leer el diario en silencio, hasta que llega a una parte que decide compartir con ellas de nuevo.

—«La Esencia de la Eternidad es mía. He ganado a la Muerte en su juego del tiempo». ¿Creéis que se refiere a la Muerte de verdad?

Victoria se encoge de hombros.

—Sea lo que sea, debo enfrentarme a ella cuanto antes.

Emma piensa en el libro de Helane. Con las prisas, todavía no han mirado qué prueba deberá superar Victoria. La Esencia de la Eternidad suena más peligrosa al saber que tendrá que vérselas directamente con la Muerte.

—Chicas —Emma las llama y Victoria y Melanie levantan la cabeza hacia ella—, siento mucho que no estuviéramos unidas durante estos años. Leer esos fragmentos me ha hecho darme cuenta de que solo sentía que no os necesitaba porque tenía la seguridad de que, si estaba en apuros, me echaríais una mano. Siento haber sido tan egoísta.

—Siento haberme alejado, siento haber sido tan dura —dice Victoria.

—Siento no haber tenido valor para pediros que volvierais —termina Melanie.

Emma está sentada entre las dos. Igual que el día que la albacea las llevó allí, son tres y ocupan el mismo espacio, pero todo ha cambiado. Entonces, luchaban por no tocarse, por escapar las unas de las otras. Ahora, entrelazan las manos y el contacto las hace sentir mejor.

CAPÍTULO 31

Melanie

Melanie descansa sentada en la plaza del pueblo, bajo el árbol encorvado en el que Poe cabecea, y juega con las cartas del tarot. El roce le produce una sensación agradable, familiar. Hace buen día, el sol por fin ha conseguido colarse entre las nubes y puede que, por primera vez en la vida, lo busque para entrar en calor. Es noviembre, así que cualquier ratito al sol es bienvenido.

En el interior del ayuntamiento, Victoria habla con el alcalde. En algún lugar, Emma ha quedado con Nil para comentar lo sucedido el día anterior con su hermana e intentar que la perdone.

Una presencia cálida se sienta a su lado.

Melanie está intentando acostumbrarse a que aparezca de repente.

—Helane tenía razón cuando dijo que los fantasmas olvidan las cosas —dice Lucas—. No sabía que estaba muerto, Melanie. Te lo juro. Y es absurdo, porque eres la primera persona con la que hablo en trescientos años, pero mi cabeza no era capaz de…

—No te preocupes.

El chico se frota el brazo, ahí donde el corte reciente brilla por encima de los demás. Melanie no se contiene y le coloca la mano sobre la piel.

—¿Sabes qué son?

—Brujería, glifos —asiente él—. Alguien usó mi cuerpo y mi sangre con algún fin. Igual que hace Claudia con…

Se calla. Y Melanie sabe por qué. Seguro que teme que ella piense que Claudia también está implicada en algo así.

—Llevo mucho tiempo queriéndote preguntar algo. —Como él no dice nada, Melanie continúa—: ¿Tú viniste a la casa de las Lanau en mitad de la noche? ¿Recuerdas que fuimos juntos al cementerio y me enseñaste tus dibujos?

Lucas se aparta los mechones dorados de la frente. Ladea la cabeza ligeramente y juega con los bordes de la chaqueta vaquera.

—Melanie, me cuesta mucho recordar o situar las cosas en el tiempo.

No le gusta la respuesta. Aquella noche fue importante y especial. Las bromas en el jardín, el paseo hasta la ermita e incluso la sensación de proximidad que sintió cuando le enseñó los dibujos en el cuaderno le sirvieron para considerar a Lucas como alguien cercano. Si él no se acuerda...

Le agarra el brazo con los dedos. Lucas no se mueve, pero nota que se pone rígido.

—¿Y recuerdas todo lo que pasó en el Velo? —pregunta Melanie.

Lucas la mira de reojo y esboza una mueca rara. De todo el horror que experimentó, el beso que compartieron es a lo que más vueltas le ha dado desde entonces. Es absurdo que sucediera; y es absurdo que se avergüence, pero no puede evitarlo.

—¿Es posible que la haya olvidado? ¿Que haya olvidado que Helane y yo...?

Melanie frunce el ceño.

—Hablaba de ti y de mí.

Los chicos y ella nunca han ido de la mano. En el sentido literal de que jamás ha cogido de la mano a ninguno y en el sentido de que nunca los ha entendido o nunca la han entendido a ella. Ha imaginado muchas veces cómo sería tener novio, pero a los veinticuatro ya está empezando a darse por vencida. Tampoco es muy exigente, solo quiere que alguien le preste un poco de atención y la escuche cuando habla. Se ve que es tan poco exigente que ni siquiera puso «vivo» en los requisitos.

—Lo recuerdo, Melanie —asiente él—, y no quiero que te ofendas, pero me gustaría olvidarlo. O sea, no quiero olvidar... Ya me entiendes.

—¿Sabías que Claudia estaba enamorada de ti? —pregunta, cortante.

—Sí. —Agacha la cabeza—. Antes de que llegaras al pueblo, esto era muy aburrido. Creo que me despertaba e intentaba hablar con alguien; cuando no me respondían, recordaba mi muerte. Y luego se me olvidaba otra vez. Algunos días me sentaba junto a Claudia en la pastelería y la escuchaba hablar con Nil. A él no le contaba nada sobre mí, pero esa chica habla mucho sola. Y tiene una caja en su cuarto con... Bueno, creo que yo no debería hablarte de esto.

—¿Y por qué os hicieron ese cuadro? —En el recuerdo de Helane que vivió en el Velo, Claudia estaba en la cocina de los padres de Lucas y no parecía que fuera una situación excepcional. La chica se sentía cómoda y ellos con ella, hasta el punto en que discutían sin preocuparse de que estuviera delante—. ¿Erais muy amigos?

Sabe que suena como una acusación, pero las palabras salen una detrás de otra, sin filtro ni remordimientos.

—Te acabo de decir que no recuerdo muchas cosas, Melanie. No sé nada. Pero, si te soy sincero, aunque ya no tengo olfato, sí que me acuerdo del perfume de Claudia. Es raro, ¿no?

—Quizá erais muy buenos amigos y con lo de Helane...

—Tal vez.

—¿No recuerdas...?

Parece boba, insistiendo tanto, pero necesita saberlo todo. En el diario, la versión de Helane está clara, pero ¿y la de los demás? ¿Cómo vivió Lucas todo el proceso? ¿Sabía desde el principio que las brujas eran peligrosas?

—Pensar en Helane es doloroso —dice sin más.

Melanie desiste. Da golpecitos a las cartas del tarot con los dedos. Ha hecho una nueva tirada esa mañana. El mismo resultado.

—¿Dónde está tu libreta? ¿Ya no quieres acabar tu novela? Podrías escribir la historia de una escritora que se enamora de un fantasma...

¿Enamorarse?

Melanie se pone roja y un punto muy concreto en el pecho le duele. Similar al pinchazo de una aguja en el hueco entre la uña y el dedo. Después de lo que dijo Helane en el Velo, lo último que desea es enamorarse, no ser correspondida y caer en la locura. Prefiere estar sola para siempre.

—Yo no estoy enamorada de un fantasma.

—¿Y quién hablaba de ti? —Lucas da un salto para ponerse en pie—. Solo fabulaba.

—Pues deja de fabular. —Melanie guarda las cartas en el bolso—. Tengo que hablar con Claudia. ¿Quieres venir?

—Yo sí, pero no sé si ella querrá que yo esté.

—Bueno, si no le digo nada, no se dará cuenta.

Cuando entran en la panadería, la campanita no suena. Alguien la ha dejado sobre una de las mesas. Lo primero en lo que Melanie se fija es en el espacio libre que hay en la pared de la derecha, justo donde el cuadro de Lucas y Claudia llevaba cientos de años. Ahora solo hay una marca limpia, el recuerdo del marco que ya no está. Le extraña que la chica no esté detrás del mostrador, pero pronto oye ruidos al otro lado de la puerta que nunca ha cruzado y que sabe que lleva a la vivienda de los hermanos.

—No creo que te vaya a recibir bien —la avisa Lucas con cierto retintín. Él también tiene la mirada puesta en el hueco en la pared, con una mirada que parece... ¿triste?

—Me da igual —responde Melanie secamente.

Claudia no se ha portado bien con ella desde que llegaron, pero cuando se enteró de que Melanie veía fantasmas y que había conocido a Lucas, pasó dos tardes con ella. A veces en silencio, otras recordando algunas de las cosas que hacía o decía Helane, ofreciéndole algo de consuelo. No lo había esperado de ella y sabía que era su manera de ser amable. No quiere desconfiar de las palabras de Helane, pero necesita conocer la versión de Claudia antes de juzgar. Sobre todo, porque fue culpa suya que leyeran el diario en voz alta la otra noche. Podía haberlo revisado antes, pero metió la pata.

El pasillo de la trastienda es corto y estrecho. La fría pared es de piedra y todas las puertas están cerradas. Melanie no quiere cotillear, así que avanza, guiada por el ruido. Este la lleva hasta una habitación pequeña en la que hay una cama deshecha repleta de cosas. Hay cajas, modelitos que ahora ya no le dan envidia e incluso un par de botas llenas de barro que lo están manchando todo. Junto a un taquillón, todos los cajones abiertos: gafas de sol, bolsos, revistas de hace unos años y que para ella no significarán nada de nada, pero que Melanie recuerda muy bien. Juraría que hasta reconoce alguno de esos números de la revista *Súper Pop*. La abuela Valentina pegaba las páginas de sexo para que no las leyeran y a ella solo le interesaban los crucigramas.

—¿Claudia?

Por cómo se gira, no la había oído llegar.

—¿Qué haces tú aquí?

Tiene la cara roja, igual que los ojos, y Melanie se pregunta si es posible que no haya parado de llorar desde la noche anterior.

—¿Te encuentras bien?

—Lárgate. —Claudia se limpia la cara con la mano y le da una patada a un montón de libros. Como Melanie no mueve ni un músculo, la chica insiste—: En serio, no quiero ver a nadie.

—Hazle caso —dice Lucas—, es obvio que quiere estar sola.

—Que alguien pida estar sola no significa que lo necesite —replica, convencida.

Se da cuenta de su error cuando Claudia se limpia todavía con más furia y le lanza lo primero que pilla, que resulta ser un zapato de plataforma. Se ha dado cuenta de que Lucas también está allí.

—¡Largaos los dos!

—Claudia, quiero ayudarte. —Melanie da un paso al frente, cuidadosa—. Por favor...

—¿Ayudarme? Estoy harta de vosotras. Y de mi hermano y del pueblo. ¡Y de mí! —Claudia coge un montón de papeles, los arruga y los aplasta contra el suelo.

Melanie espera callada. A su lado, Lucas se acerca a Claudia y toca con el dedo los papeles. Todavía no entiende bien lo que él puede hacer o no. Es un fantasma, pero no puede atravesarlo como hizo Helane en el Velo. A veces es imposible saber que no es de carne y hueso, que, de hecho, en parte fue lo que impidió que ella sospechara que no estaba vivo; otras, en cambio, su cuerpo pierde color, opacidad.

El chico suspira.

—Son cartas —dice, mirando a Claudia y luego a Melanie— de amor.

—No las leas —responde Melanie.

Claudia observa su alrededor, desconfiada, coge los papeles y los trocea sin miramientos. Le parece mentira que la persona a la que ha conocido esas semanas sea la misma que tiene delante. Y sin embargo…

—¿Cuántos años tienes, Claudia?

—¿Qué?

—¿Cuántos años tenías la noche de la maldición?

La chica sigue destrozando las hojas de papel, pero al final responde:

—Diecinueve.

Melanie recuerda que a los diecinueve todavía era una adolescente perdida que no sabía qué hacer. Las abuelas nunca la presionaron para que supiera el camino que debía seguir; no la obligaron a estudiar en la universidad o ponerse a trabajar, y aunque eso evitó que sintiera una presión sobre los hombros con la que no habría podido lidiar, también hizo que le resultara difícil ver a los demás crecer mientras ella seguía fingiendo ser una niña. Recuerda que a esa edad deseaba con todas sus fuerzas estar más cerca de las chicas de quince que salían del instituto que de las de veinte que trabajaban en el supermercado debajo de casa. Deseaba que la época de escribir canciones de desamor (que solo se basaban en sus películas y libros favoritos) en los cuadernos de clase no quedara tan lejos. Por mucho que hayan pasado cientos de años, Melanie está segura de que Claudia sigue atrapada en la cabeza de una casi adolescente, y eso explica muchas cosas.

—Lucas dice que no te culpa por lo que hiciste —miente. El chico se encoge de hombros—, así que tú no deberías hacerlo tampoco.

—No quiero tu estúpida compasión, Lanau. Ni la suya, díselo a ver si le queda claro.

—Por una vez en la vida, hay alguien más pequeño que yo a quien puedo aconsejar —murmura, y se sienta a su lado, en el suelo. Tiene que apartar otro montón de papeles que intenta no cotillear—. No tengo una hermana menor a la que cuidar, y aunque tú me odies y me hables como si fueras diez años mayor que yo… me da igual. He visto cómo lidiaba Victoria con los berrinches de Emma, así que necesito que sepas que no nos vamos a marchar hasta saber que estás mejor.

Claudia parece a punto de escupirle en la cara.

—Hablas igual que Nil. Bueno, igual que Nil antes de que me odiara.

—Seguro que Nil no te odia.

—¿Y tú qué sabes?

—No lo sé, pero es tu hermano mayor. —Melanie se abraza las rodillas—. Mis hermanas llevaban años apartándome de su lado, y ahora mira cómo estamos. Sé que las quiero muchísimo, aunque me haya pegado media vida pensando que me odiaban o que yo había hecho algo mal.

—Hice que mataran a Lucas, Melanie. —Es la primera vez que la llama por su nombre y eso le provoca cierto calor en el pecho—. ¿Ves esas cajas? Están llenas de páginas en las que alguna vez escribí lo mucho que me gustaba. Tengo dibujos suyos. Una flor que, según pone en una tarjeta, me regaló por mi quince cumpleaños. Todo aquí son recuerdos de Lucas. Hasta ayer, pensaba que era un buen amigo, un segundo hermano mayor y que por eso lo guardaba todo con tanto afán, pero ahora... El cuadro lleva colgado en la panadería desde el primer día. ¿Y si mi obsesión violenta sigue viviendo en mí? ¿Cómo pude hacer que lo mataran solo porque no me quería? ¿Cómo pude condenar a Nil y a los demás a este horror?

Se derrumba y se tapa la cara con las manos. Melanie no sabe qué decir, así que le coloca la mano en el hombro. Está temblando.

Lucas pasea por la habitación y roza las posesiones de Claudia con los dedos. Algo en él parece diferente también.

—Anchela y Alizia mataron a Lucas y a Helane —le recuerda Melanie—, y tú eras demasiado joven como para darte cuenta de lo que estabas haciendo...

—Eso no justifica el daño que hice —susurra—. Ahora tengo claro que no merezco seguir aquí. Debería ir a ese lugar, al Velo.

La imagen de las sombras del Velo vuelve a la cabeza de Melanie. Las bocas selladas que intentaban abrirse, el silencio aterrador, los ojos vacíos. Va a replicar, a decirle que ni se le ocurra pensar algo así, pero entonces Lucas aparece a su lado. El chico se coloca detrás de Claudia y le pone la mano en la cabeza.

Y Melanie siente que algo tira de ella.

Una luz la envuelve y un segundo después se traslada al cuerpo de Lucas, que brilla como una estrella. Claudia no parece ver nada de eso, pero abre mucho los ojos y se lleva la mano a la cabeza. Piel con piel. La chica roza los dedos de Lucas y él abre la boca sin creérselo.

—Estoy…

—¿Lucas? —Claudia llora otra vez—. ¿Te estoy sintiendo?

Melanie asiente y comprende que es su momento de hacerse más pequeña, apartarse como está acostumbrada a hacer, aunque no le apetezca mucho. Se pega a la cama y observa la escena, que tiene algo de tierno, casi mágico y también triste. Claudia coge la mano de Lucas y él cierra los ojos. La chica se disculpa, dos, tres, hasta diez veces, y el chico solo niega con la cabeza.

—No pasa nada —repite él constantemente.

Las heridas del pasado se cierran un poco. Y mientras Melanie observa, el picor incómodo regresa a su cuello.

«No todo el mundo merece el perdón», dice la voz.

Melanie ya la reconoce, como si fueran amigas.

«Pero él la ha perdonado, no está en mi mano decidir si eso es lo justo o no», responde.

Eso no parece gustarle a la voz, que abandona la conversación.

Cuando el brillo se apaga, el don de Melanie deja de hacer efecto, la conexión se rompe y Claudia se limpia con la manga y se acerca a ella. El abrazo la pilla por sorpresa.

—Gracias —dice junto a su mejilla—. Helane no era capaz de hacer esto, creo. Muchas gracias.

—Nil te perdonará. Lo sabes, ¿no?

—Lo sé —lloriquea—, pero no quiero ser mala persona. Solo me gusta fingirlo.

Melanie se ríe y Claudia se aparta de ella, el ceño fruncido y unos pucheros que la hacen parecer todavía más niña.

—Entonces dile cómo te sientes, sin hacerte la dura. A mí me funciona, aunque luego me llamen llorona. —Melanie rebusca en el bolsillo y saca el amuleto que Claudia le dio—. Toma, hizo que volviera de una pieza.

Claudia lo acepta y se quedan sentadas, juntas. Lucas se deja caer un poco más lejos y observa los trozos de papel rotos y los recuerdos desperdigados por el suelo. Poco a poco, va recolocando los trocitos de papel hasta formar uno más grande. Melanie toma nota mental de hacerle más preguntas después, aunque duda que consiga aclararle nada. Cree que hay algo que se le escapa de la relación entre Lucas y

Claudia. Es posible que fuera un amor no correspondido, o que Claudia tenga razón y al principio fueran como hermanos. Sea como sea, Lucas quería mucho a Claudia, porque su cuerpo reacciona a ella. Puede que los recuerdos se hayan desvanecido, pero la carne recuerda. Sabe que Victoria tiene razón y que esa no es una historia de amor, que lo único en lo que tendría que estar pensando es en escapar de allí y borrar todo lo malo que les ha sucedido desde que llegaron, pero ha caído en esa historia hasta lo más hondo. Y no va a parar hasta que comprenda por qué acabó como acabó.

—Voy a hacer lo que sea para salvar a los vecinos —dice entonces Claudia—. Incluso si Nil me perdona, tengo que darlo todo. Ya leíste el diario; es posible que el caos se apodere de todo cuando usemos las esencias. Entonces yo haré lo que tenga que hacer.

Melanie ve fuego en los iris de Claudia. Y no solo eso, ve sangre.

Lucas hace una mueca y vuelve a cerrar los ojos. Tiene expresión de dolor.

—Lo haré —repite Claudia—, esta vez lo haré.

CAPÍTULO 32

Emma

ESENCIA DE LA ETERNIDAD

Un ingrediente que no nos pertenece. La Muerte guarda numerosos relojes de arena y cada uno de ellos marca el tiempo del que humanos y brujas disponemos. La Esencia de la Eternidad será un grano robado de tu reloj de vida.

Solo una bruja dorada, una que sea capaz de someter las leyes de nuestro mundo, podrá robarla. En el refugio donde el pasado está grabado, el futuro deberá ser cuestionado.
Los susurros de la Muerte son fríos y sibilinos,
pero solo aquella que haya desafiado a la llamada Parca
alguna vez podría mirarla a los ojos como a una igual.

Una vez que la esencia esté en sus manos,
deberá envolverla en terciopelo dorado.

Emma cierra el libro de Helane y se recuesta en el sofá. Pasa los dedos por el terciopelo azul y suspira. Son casi las dos de la mañana y sigue sin poder dormir. Arriba, Victoria y Melanie están KO y no quiere despertarlas, porque llevan semanas sin descansar. Victoria ya estará suficientemente preocupada por lo que se le viene encima y Melanie… Emma duda que se recupere pronto de lo que vivió en el Velo. La ha escuchado hablar sola un buen rato y supone que lo hace con el chico fantasma, Lucas. Incluso sin saber nada del legado de sus abuelas y todo el asunto de la brujería, Emma habría puesto la mano en el fuego a que si alguien en la familia iba a hacerse amiga de un fantasma asesinado trescientos años atrás, esa sería Melanie.

—¿Tú qué opinas, Duna? ¿Crees que vamos a salir de esta?

El escorpión emite un bufido y agita el aguijón.

—Ya, yo opino igual.

Cuando se oyen varios golpes en la puerta, Emma deja a Duna en una de las macetas, que sabe que le gusta mucho, y se levanta para abrir.

Y allí está su propio chico fantasma.

Nil luce unas ojeras espantosas. Tiene pinta de no haber dormido en años y, aunque seguro que ha estado llorando, no lo va a admitir. Lo ayuda a pasar, sin decir nada, y espera a que él sea quien dé el paso de empezar la conversación. Lo hace transcurridos unos minutos de silencio pesado.

—Vengo de hablar con Cristian —dice. Juega con los dedos, trazando líneas en la palma de la mano derecha—. Buscaba a alguien que me dijera que tengo que retirarle la palabra a mi hermana, pero solo me ha dado motivos para perdonarla. A veces parece un cura en el cuerpo de un...

—De un tío que saldría en la portada de *Vogue* —completa.

—No sé qué es *Vogue*. —Hace una pausa. La información le llega como si consultara una enciclopedia—. ¿Una revista de moda? Bueno, seguro que sí.

—No quiero que pienses que yo también soy medio monja por darte este consejo, pero creo que Cristian tiene razón, y hay más motivos para perdonar a Claudia de los que tienes para odiarla lo que te queda de vida, que... Bueno, que igual tampoco es mucho.

—¿Cómo puedo perdonarla? Mató a mi amigo, mató a Helane... Era su mejor amiga. Y me lo ha ocultado todo este tiempo.

—Ella dice que no lo recuerda. —Emma no sabe por qué le saca la cara a Claudia—. Y si tú tampoco recuerdas muchas de las cosas que sucedieron, creo que podrías darle el beneficio de la duda.

—Pero ¿cómo va a olvidar algo así?

Emma no tiene respuesta para eso. Al menos, ninguna que sirva de consuelo o ayuda, pero lo intenta.

—Porque todo esto es una locura. —Emma se acerca a él y se agacha para ponerle los brazos sobre las rodillas—. El día que me marché de casa me sentí la chica más libre del mundo. Tardé menos de un año en arrepentirme, pero el orgullo me impidió regresar y pedir perdón. Es de humanos equivocarse, y sé que estás pensando que irme de casa no es lo mismo que delatar a tu amiga porque el chico que te gusta se va a fugar con ella, pero, si lo piensas un poco, estoy segura de que Claudia no sabía que las hermanas de Helane los matarían. ¿Quién se habría imaginado eso? —Nil no responde, ni siquiera la mira—. Creo que no podemos ser racionales ahora mismo —susurra, y lo coge de la mano.

—Entre chiste y chiste, yo lo intento.

—Pues te volverás loco.

—A lo mejor eso es lo que me pasa, que ya lo estoy.

Emma se levanta un poco y se inclina para besarlo en los labios. Nil le pasa los dedos por el pelo y le abre la boca con suavidad. No está acostumbrada a que la manejen, así que se aparta, disfrutando del sonido de protesta que él deja escapar.

—Pensaba que después del primer beso me invitarías a cenar —bromea.

—Mi madre me enseñó a ser un caballero —sonríe Nil—, pero, como eres una chica del futuro, pensaba que todo sería más fácil.

—¿Por quién me has tomado? Soy una mujer que disfruta de una cena a la luz de las velas y necesito como mínimo tres citas antes de dejar que me desabroches el sujetador.

Nil, que ha empezado ese juego, se sonroja hasta las orejas. Emma se alegra de haber cambiado la dirección de la conversación.

—Sin embargo... —Vuelve a besarlo—. Creo que tú y yo no tenemos tiempo para tres citas, así que tendré que cambiar mis reglas.

—Si lo piensas —Nil le devuelve el beso—, ya hemos tenido tres. El día que me preguntaste dónde encontrar un taxi. La noche en la que casi quemas vivas a tus hermanas. El día que un rayo casi te partió en dos. Espera, ¿la noche que cuidé de ti en casa de la señora Marisa también cuenta?

—Dormir no cuenta. —Emma le da un toquecito en los labios con el dedo—. Y estoy segura de que las otras tampoco han sido citas.

—Entonces tendrás que cambiar las reglas.

Se vuelven a besar y, esta vez, Emma no tiene intención de hacer que las cosas vayan más lentas o de detenerlas. Quiere todo lo contrario. Por eso se aparta de él y recula hasta dejarse caer en el sofá. El día ha sido soleado, pero ahora la lluvia lleva un buen rato arañando los cristales con dedos insistentes. Es un sonido agradable, que acompaña al de las ruedas de Nil cuando se acerca más a ella. Con un movimiento rápido y ágil, se cambia al sofá y este cruje bajo su peso.

—Ojo, que igual tiene más años que tú —dice Emma—. Es una reliquia.

—Si este sofá que huele a vieja es una reliquia, entonces... ¿yo qué soy?

—Alguien que debería callarse un rato.

Emma lo empuja sobre el sofá y lo besa de nuevo, pero ahora con suavidad. Y solo una vez. Le aparta el pelo oscuro de la cara para mirarlo a los ojos. No tener electricidad ofrece algunas ventajas, como crear una atmósfera romántica en mitad del caos más grande del universo. La luz ilumina las facciones jóvenes de Nil, su nariz recta y algunas pecas que le salpican las mejillas. Emma siente que todo el calor que el otoño ha robado se ha concentrado en el interior de su cuerpo. Se relaja sobre el pecho de Nil y apoya la cabeza en el lugar exacto en el que tiene el corazón.

—Es raro.

—¿Que puedas escuchar mis latidos? —pregunta él, divertido.

—Sí, no sé. —Emma lo mira—. Es agradable que haya algo normal en todo esto.

—Sí, es agradable sentir algo normal después de tanto tiempo.

«Sentir». Todavía no tiene muy claro qué siente por Nil. No se atreve a llamarlo amor, por muy claro que la Sombra tuviera su futuro, pero sabe que cuando le acaricia el brazo y hace movimientos lentos con el dedo sobre su piel, la calma la invade. Y también las ganas de besarlo hasta quedarse dormidos. Y como Emma nunca ha sido de las que van en contra de los propios deseos, se lanza.

Lo besa despacio a veces y con urgencia otras. Intentan encontrar una postura cómoda en ese viejo sofá, pero es difícil, así que acaban riéndose y bromeando cuando Emma está a punto de caerse de bruces. Al final, se queda medio recostada sobre él, con una mano en el pecho y la otra detrás del cuello. Nil le pasa el brazo por la cintura y a Emma le sorprende lo familiar que le resulta el gesto.

—Nunca pensé que besaría a una bruja roja —susurra él contra la coronilla de Emma.

—¡Eh! —Emma le propina un golpe en el pecho—. No me llames así. No lo soporto.

—¿Sabes? En realidad, la mayoría de los vecinos no tenía ni idea de que las Lanau eran brujas. De haberlo sabido, habrían llamado a la justicia ordinaria para que las mataran muchísimo antes. Solo pensaban que eran extrañas. Nosotros guardamos el secreto de Helane mucho tiempo, así que hasta que lanzaron la maldición la gente no empezó a llamarlas así.

—Pues Melanie dice que Helane no paraba de llamarse a sí misma la «bruja oscura».

Nil ladea la cabeza.

—¿De verdad? A lo mejor se le ocurrió a ella y también me había olvidado de eso. —La besa en la comisura de los labios—. Ahora lo único que me importa es no olvidarme de esta noche.

Emma siente un estremecimiento en la piel cuando los dedos de Nil se deslizan por debajo de su jersey. La acaricia despacio, como si tuviera miedo de descubrir algún secreto bajo la tela.

—Me aseguraré de que recuerdes cada segundo de esto —susurra Emma.

Y sí, pretende que esa noche sea inolvidable. Hunde la cara en el pecho de Nil y él la busca todavía más, la desnuda y ella lo desnuda a él. Se encuentran en diferentes puntos del cuerpo: la boca, el pecho, la pelvis, las piernas entrelazadas. El viejo sofá vuelve a crujir, pero esta vez nadie bromea ni le presta atención. Afuera, la tormenta sigue atacando, como si supiera lo que está por venir, pero ahora mismo a Emma no podría importarle menos. Necesita un instante para poder sentirse mejor, para querer en lugar de sufrir.

CAPÍTULO 33

Victoria

Otro día oscuro en Finestres. Victoria recoge los platos que acaba de lavar con un agua tan fría que le ha dejado los dedos rojos. Tarda un poco en sentirlos de nuevo, pero cuando lo hace coge el móvil del trabajo. Lo dejó allí el primer día, sobre la encimera de la cocina, y no ha vuelto a prestarle atención desde entonces. Es un cacharro de lo más inútil, pero cada vez que lo ve de reojo, se pregunta qué estará sucediendo fuera del pueblo. ¿El tiempo se habrá detenido? ¿Seguirá avanzando como antes de que llegaran a Finestres? Si es así, cuando vuelva ya puede buscar un nuevo trabajo. Se plantea si alguien estará preocupado por ella. Como mínimo, espera que Darío la haya echado un poco de menos. Si se pone en lo peor, imagina que solo su casero se habrá dado cuenta de que no está.

—Victoria. —La voz de Emma llega desde la entrada de la cocina. Se gira y la ve de pie, con la mirada dudosa. A su lado, Melanie sigue con las cartas del tarot en las manos, como si las tuviera cosidas a los dedos, y el maldito cuervo vigilándola desde una esquina. No se ha separado de ese animal desde que apareció—. El alcalde ha llegado. Y viene con Cristian.

No le ha contado a ninguna de sus hermanas lo que pasó con Cristian en la ermita. Se lo diría, pero no sabría cómo explicarles el presentimiento que la invade cada vez. Sabe que Emma quiere atosigarla a preguntas, pero, por primera vez en su vida, su hermana está siendo discreta, y ella también lo va a ser, porque sabe que la noche anterior Nil no volvió a su casa y que Emma tampoco subió al dormitorio.

—No deberíamos dejar que pasen —dice Victoria.

—¿En serio? —Emma entra en la cocina y se sienta en uno de los taburetes. Apoya el codo en la encimera y la mejilla en la palma de la mano.

—La casa es el único sitio al que casi nadie puede entrar —responde—. Estamos muy cerca de llegar al final de todo esto, no quiero más disgustos.

—Pero es el alcalde —dice Melanie—, ¿no deberíamos confiar en él?

—No, teníamos que colaborar con él —la corrige Victoria—. En ningún momento hemos hablado de confiar en nadie.

Victoria está nerviosa. Los nervios la convierten en la persona que sus hermanas no soportan y que ella no consigue cambiar; por eso prefiere que la dejen tranquila, hasta que consiga gestionar bien lo agobiada que se siente. Lo último que quiere es pasar por otro ataque de ansiedad delante de ellas, así que respira hondo mientras la voz de Cristian sigue repitiéndose en su cabeza; sus advertencias, las dudas que despertó en ella. «¿Y si tiene razón?», se ha preguntado docenas de veces. Es alguien capaz de resistirse a su don sin pestañear siquiera. Seguro que podría haberle hecho daño todas las veces que han estado a solas y no ha sido así. Pero ¿qué otra opción le queda? Se han lanzado a la piscina con lo de las esencias y ahora ya no hay vuelta atrás. Si lo que Melanie leyó en el diario de Helane es cierto, cuando tengan las tres, podrán pedir un deseo. Solo tiene que asegurarse de ser ella quien lo haga y no Castán. Cristian se empeña en que desconfíe de las brujas cuando ese hombre plagado de cicatrices es mucho más sospechoso. En todas las reuniones que han tenido ha dejado bien claro que la integridad y el bienestar de sus hermanas no forman parte de sus planes. Y ella comparte la misma filosofía. Va a pelear por las suyas, no por los demás. Le importa poco que Cristian crea que eso es egoísta.

—¿Sigues sin fiarte de ellos? —pregunta Emma.

—¿Cómo puedes fiarte tú tanto? —Y ahora sí, Victoria pone su mejor expresión acusadora. Quiere que su hermana sepa que está al tanto de lo que se trae entre manos con Nil—. Sé que habéis hecho buenas migas con ese par de hermanos, pero solo se han acercado a nosotras porque nos necesitan.

Melanie cierra los dedos alrededor de las cartas hasta que se arrugan un poco.

—Y nosotras a ellos.

—Puede ser, pero somos nosotras las que nos arriesgamos cada vez. —Victoria se pone de pie y deja el móvil sobre la encimera de nuevo—. Dentro de un par de días ya ni recordaremos a estas personas. Con un poco de suerte, todo esto parecerá una pesadilla.

Emma hace amago de ir a decir algo más, pero cambia de idea y se marcha de la habitación. Melanie niega con la cabeza.

—No todo es blanco o negro, Victoria.

—Soy policía, claro que sí. —Pasa a su lado—. A diferencia de Emma, yo no me he involucrado sentimentalmente con alguien destinado a desaparecer. Y a diferencia de ti, no creo que todo esto sea personal.

No necesita ver la cara de Melanie para saber que eso la ha molestado. Pero Victoria sabe muy bien lo que está haciendo. Hasta ahora, ha permanecido detrás de sus hermanas, pero su momento ha llegado. Sabe bien lo que es sentarse a mirar, no necesita que sientan pena o miedo por ella.

—A veces no pasa nada por contar con la ayuda de otros.

Es todo lo que Melanie dice antes de que Victoria salga de la cocina.

Como bien ha dicho Emma, el alcalde y Cristian se encuentran en el jardín. No hay ni rastro de Claudia o Nil, así que esta vez no habrá círculo de sangre. No importa, porque Victoria supo perfectamente, desde el primer momento que leyó el libro de Helane, dónde debía encontrar la esencia. «En el refugio donde el pasado está grabado, el futuro deberá ser cuestionado».

La casa de las abuelas.

Donde todo empezó.

Así que da igual que Claudia no esté para hacer su numerito, nadie podrá entrar allí sin que ellas se lo permitan, y eso incluye al alcalde y a Cristian. También a Marisa, que llega del brazo de un par de personas del pueblo. Le suenan de haberlos visto por ahí, y por eso se sorprende cuando Melanie sale corriendo de la casa y se acerca a ellos como si los conociera de siempre.

Victoria se queda parada en el porche, observando cómo Melanie coge a la mujer de las manos y esta se las estrecha. Alcanza a escuchar palabras sueltas: «Lucas... Sí... Él está bien...», y eso le vale para deducir que son los padres del chico muerto.

Apoyado en el porche, Cristian la mira, como si esperase que fuera a detener el tiempo otra vez para que solo existan ellos dos. Como si fuera a cambiar de opinión en el último momento. No puede renunciar a las esencias, a la única oportunidad de salir de allí.

No.

Imposible.

—Voy a encontrar la Esencia de la Eternidad —anuncia en voz alta, para que todos la escuchen—, y lo haré dentro de la casa de mis abuelas.

—He traído las otras dos —dice el alcalde mientras levanta una bolsa—. Cuando la tengas, me la darás y...

—No. —Victoria niega con la cabeza—. Cuando la tenga, tú me darás las otras dos y yo me encargaré del resto. Mis hermanas y yo.

—Ese no era el trato.

—El trato era encontrar las esencias y romper la maldición —dice Victoria—, y eso vamos a hacer. Nosotras hemos confiado en vosotros, ahora debéis hacer lo mismo.

—Eso...

—Acepta, Castán. —La anciana se ha separado de la pareja y señala a Victoria con un dedo huesudo—. Y tú... si piensas que puedes engañarnos, estás equivocada. La maldición es poderosa, y si deseas algo diferente a lo que has prometido, no se romperá. Y no te podrás marchar, ni tú ni tus hermanas.

—¿Y eso cómo lo sabes? —Victoria no tiene intención de traicionar a nadie, pero no soporta que una extraña le diga lo que puede o no puede hacer.

—Porque las hermanas Lanau eran tan poderosas que el corazón se me salía del pecho cada vez que hablaba con una de ellas. Y, sin embargo, tú no eres más que una niña. La mayor de tres niñitas.

«Niñitas», igual que decía su madre.

—Cuando tenga la Esencia de la Eternidad y arregle todo esto, haré que te tragues tus palabras.

—Ojalá. —La anciana se retira y agacha la cabeza.

Victoria busca el apoyo de sus hermanas, pero Emma no está por ningún lado y Melanie la observa como un alma en pena, aún dolida por su comentario.

«Genial», murmura para sí misma.

—Pues ya está —gruñe y se da media vuelta, pero entonces algo tira de ella. Siente como si unos dedos se le cerraran alrededor del brazo, pero, al darse la vuelta, comprueba que no tiene a nadie detrás. La persona más cercana a ella es el alcalde, que sujeta la bolsa con ambas manos. Los mira uno a uno y acaba en Cristian, que frunce el ceño en su dirección. Mueve los labios y dice «no lo hagas». Pero ya está cansada de ese juego—. Lo voy a hacer. Voy a recuperar la esencia, porque es la garantía de que todo esto se va a resolver y no voy a dudar solo porque alguien que podría ser un peligro todavía mayor me diga que me lo piense dos veces.

Toda la atención se posa en Cristian, que parece irritado. Siempre guarda las apariencias delante de todos y, como bien dijo, pasa desapercibido con facilidad, así que Victoria se sorprende cuando descruza los brazos y camina hacia ella. Se queda a un centímetro de su cara.

—Voy a pedirte una vez más que confíes en mí.

—¿Por qué debería hacerlo?

—Dice alguien que ha creído ciegamente las palabras de una bruja.

—Al menos sé que ella es una bruja, ¿qué eres tú? —escupe.

—No lo hagas, por favor.

Esa súplica no sirve de nada.

Victoria da un paso atrás y, para su sorpresa, Cristian se lanza hacia ella. Años de entrenamiento sirven para que lo esquive y se cuele en la casa. Una vez en el recibidor, ya no hay nadie que pueda detenerla. Ni siquiera esos ojos verdes que, si no fuera porque es imposible, juraría que brillan con el amago de un llanto contenido durante mucho tiempo.

—¿A qué ha venido eso de ahí fuera? —pregunta Melanie.

Su hermana pequeña ha entrado corriendo tras ella.

—Nada, Cristian está loco.

—¿A qué se refería con lo de no confiar en él? ¿Es que te ha dicho algo?

—No es una persona normal, ¿vale? Creo que es un demonio o algo así. —Victoria hace un gesto, como si quisiera apartar una mosca de delante de sus narices cuando Melanie pone cara de estar alucinando. Vale, ella tampoco cree en los demonios, pero si existen, ese hombre tiene que ser uno—. Ya lo dijiste tú, no hay que fiarse de él.

—Sí, pero...

—Sabíamos que hacer esto era arriesgado desde el principio. Emma lo empezó y yo lo acabaré.

Tras un momento de duda, Melanie asiente y se acomoda en el sofá.

—Me voy a quedar aquí, por si acaso.

Victoria cierra los ojos y el corazón le da un pinchazo. No quiere que Melanie tema por ella, no desea que pase por lo que ella ha pasado dos veces.

—¿Quiénes eran esos dos de ahí afuera?

—Los padres de Lucas —responde al momento, confirmando sus sospechas—. ¿Sabes? Antes trabajaban en la panadería que tienen Claudia y Nil.

Si Melanie espera que haga algún comentario al respecto, se equivoca. Victoria coloca la baraja del tarot sobre la mesa del café y se sienta en el suelo con las piernas cruzadas. Le han echado las cartas muchas veces, pero ella solo lo ha hecho un par. Aquella vez que la abuela María se empeñó, mientras Melanie estaba en un campamento, y esa otra en la que Emma no sabía con qué chico ir al cine a ver *Indiana Jones*. Se inventó la lectura y solo le dijo lo que ella esperaba escuchar: que debía ir con él y pedir el menú con las palomitas dobles.

Victoria alcanza una vela y la enciende con una de las muchas cerillas que han estado gastando durante esas semanas. La coloca a un lado y la vela chisporrotea, proyectando una sombra extraña sobre el mazo que descansa sobre la mesa. Victoria lo coge y suspira. Está muy gastado. Melanie lo ha usado hasta la saciedad de una forma casi enfermiza.

Con un gesto rápido, empieza a colocar las cartas boca abajo.

Melanie se pone de rodillas, justo enfrente de ella, y la observa con atención. Cuando todas están colocadas sobre la madera, Victoria mueve la mano por encima de ellas.

—¿A qué estáis jugando? —Emma asoma la cabeza a la habitación. No se le ha pasado el enfado, porque sigue teniendo una arruga horrible entre las cejas y, cuando se acerca a ellas, se queda sentada sobre el brazo del sofá en lugar de arrodillarse a su lado. Deja a Duna en una de las macetas y el escorpión levanta las pinzas hacia Poe, en el que Victoria ni siquiera se había fijado, y que dormita cerca de la ventana.

—Creía que Victoria iba a echar las cartas, pero solo está haciendo el tonto.

—Estoy comprobando algo —protesta. Pasa la mano por encima de una de las filas, y un presentimiento le pide que levante una de las cartas de las esquinas—. Los enamorados.

Sigue haciendo lo mismo y levanta una segunda carta.

—Y ahora saldrá la justicia —dice Melanie al reconocer el dibujo— y después la muerte. Lo he hecho cientos de veces.

Victoria no responde. Hace amago de ir a levantar justo la del centro, pero entonces cambia de idea y aplasta la palma de la mano sin pensarlo mucho. Al levantar el brazo, la carta se le ha quedado pegada a la piel. Ella no la ve, pero por la expresión de sus hermanas, sabe qué ha salido.

—Es la muerte, ¿verdad?

Asienten.

Las mismas respuestas que recibieron la primera vez al llegar a Finestres. Las mismas que han guiado a Melanie durante esas semanas.

La llama de la vela tiembla.

A la entrada de la casa, los ojos del alcalde están fijos en ellas. Victoria busca a Cristian entre los presentes, pero parece que ha desaparecido.

«Mejor», se dice a sí misma. No puede distraerse.

No tiene ni idea de lo que está haciendo, pero levanta una carta más.

El fondo es negro y un dibujo dorado se perfila como si alguien lo hubiera cosido con un hilo.

La primera en reaccionar es Melanie.

—¿Qué es esa carta?

Pero Victoria niega con la cabeza, ignorándola. Levanta otra más y el resultado es el mismo. Un fondo negro con un reloj de arena en él.

Emma masculla algo entre dientes y Victoria sigue dándoles la vuelta a todas las cartas de la baraja que quedan, hasta que allí solo están las tres que marcan el destino y un montón de cartones negros con reflejos de oro.

El reloj de arena.

El tiempo.

La Esencia de la Eternidad.

Melanie estira la mano hacia ella, como si quisiera acariciarla, y Victoria no se aparta. Deja que su hermana le roce la mejilla con la punta de los dedos. Emma también se agacha junto a ellas.

—Buena suerte, Vic.

Victoria sopla y la vela se apaga, dejando la habitación en total oscuridad. O quizá no, porque sigue siendo de día, pero da igual, porque ella ya solo puede ver negro.

CAPÍTULO 34

Está débil. Ha pasado demasiado tiempo expuesto a la maldición y siente que todo hace mella en sus huesos, o en los huesos de los que se ha apropiado. Le duelen las articulaciones y lo que hace mucho habría sido sencillo, ahora le cuesta tanto que resulta vergonzoso.

La casa de las Lanau es una fortaleza, y no puede entrar, pero una de ellas, aunque no se dé cuenta, está a punto de salir de los terrenos, a un lugar en el que sí puede moverse con confianza.

Las brujas siempre han sido un problema, pero las Lanau son de las peores. La barrera que protege el lugar lleva fortaleciéndose tantos siglos que se arrepiente de no haberla derribado cuando todavía era capaz.

«En algún momento, solo tenías que pedirlo y yo te dejaba pasar», dice una voz profunda.

Sonríe de lado.

—¿Y no podrías dejarme entrar una vez más?

«Eso ya no me corresponde a mí. Te advertí que deberías haber conseguido que confiaran en ti y ella ha sido más lista que tú».

—Si yo tengo razón, el linaje de las Lanau puede que desaparezca. Las reglas que tú misma escribiste dejarán de existir.

«Si tiene que ser, será».

Por supuesto. Si tiene que ser, será. Así funciona el tiempo y así son las vidas de los humanos. Un pequeño destello en la suya, una existencia tan breve que no tiene tiempo de recordar sus rostros ni sus nombres. Y, aun así, cuando llega el final siempre los despide como si los conociera de toda la vida. Y, aun así, siempre hay excepciones.

—Esta última partida se juega en mi terreno —dice—. No permitiré que se lleve la esencia.

«Es una bruja dorada. Lo hará y lo sabes».

Suspira porque sabe que la voz tiene razón.

—¿Por qué no te maté cuando todavía podía hacerlo?

«Porque la naturaleza de la Muerte es amar».

La voz desaparece igual que ha llegado.

Victoria Lanau acaba de entrar al lugar en el que nadie debe entrar. Ya cometió el error de permitir que Helane Lanau le robara una vez. No habrá una segunda.

CAPÍTULO 35

Victoria

El diario de Helane había sido bastante explícito en cuanto a las otras esencias. Muy poco útil, teniendo en cuenta que ya las habían conseguido, pero sobre la Esencia de la Eternidad no había dado muchos detalles. Eso significaba que, o bien no había sido nada complicado, o bien había sufrido tanto que no había querido que nadie fuera testigo de ello. Había algo en Helane Lanau y sus palabras que a Victoria le recordaba a sí misma en sus peores momentos. El complejo de inferioridad con sus hermanas era más que evidente, y, aunque Victoria jamás se ha sentido así con Melanie y Emma, sí que lo ha vivido en el trabajo, sobre todo rodeada de hombres que siempre, por ley, iban a hacer todo mejor que ella. Daba igual que los informes más detallados fueran los suyos o que el disparo más certero saliera de su pistola; siempre se quedaba atrás. Chocaba contra un muro invisible que, seguramente, Helane también había sentido cuando era más joven y sus hermanas más poderosas.

Victoria intenta despejar la mente y centrarse en lo que tiene delante. Sabe que Emma no abandonó la plaza, pero se sumergió en una sucesión de escenarios que solo existían en su cabeza; en el caso de Melanie, su cuerpo se quedó en el cementerio, pero ella, o parte de ella, viajó al Velo. Y en su caso…

Está claro que se encuentra sentada en una sala de espera, quizá de un banco, donde los trabajadores no levantan la cabeza de sus asuntos. Van trajeados, manicura perfecta e, incluso en la distancia, puede oler el perfume caro. Es imposible que todos usen el mismo, pero su olfato le dice lo contrario. Y, además, no es un olor que le resulte nuevo. Es familiar, pero no consigue identificar a qué le recuerda. Todos se esconden detrás de unos cristales transparentes y el único sonido que se oye es el de los sellos que van poniendo sobre las hojas de papel y el tictac de un reloj gigante que hay a su espalda. Es dorado y le llama la atención que no tenga números y que las agujas no parezcan seguir el ritmo de los segundos. Se mueven más rápido, más lento, sin sentido alguno.

Victoria parece ser la única que no forma parte del personal, pero nadie hace ningún comentario ni le presta atención.

Así que espera.

Espera hasta que el reloj ha dado una vuelta entera y, como nada ha cambiado, decide levantarse y acercarse a uno de los mostradores en los que una persona escribe en un papel. Se queda muy quieta, pensando que la otra va a reaccionar a su presencia, pero no detiene su tarea. Espera más y más, hasta que al final decide hablar:

—Hola, ¿podría indicarme dónde están los servicios?

La persona levanta la cabeza con lentitud y se la queda mirando de arriba abajo, como si le estuviera haciendo un escáner de los pies a la cabeza.

—¿Qué tipo de servicios?

La pregunta la desconcierta, pero no tiene tiempo para darle una respuesta porque su atención cambia a una pareja que justo entra en ese momento en la sala. A la empleada no parece preocuparle que la haya ignorado y vuelve a sus asuntos.

Las dos nuevas trabajadoras llevan una carpeta cada una, y Victoria tiene que mirar dos veces a la de la izquierda para darse cuenta de que ya la conoce de antes.

Laura, la albacea.

—Pero qué… —Corre hacia ella—. ¡Disculpe!

La albacea levanta la cabeza y se queda congelada un instante. Lo mismo que tarda en coger a su compañera del brazo y susurrarle algo al oído. La otra sale disparada, dejando únicamente el sonido de los tacones a su espalda.

—Señorita Lanau —la reconoce—. ¿Qué hace usted aquí?

—¿No debería preguntarle lo mismo?

La albacea no dice nada. Mira el reloj que hay en la pared y sigue andando como si el encuentro no se hubiera producido.

—¡Oiga! —Victoria va tras ella—. ¿Adónde cree que va? ¡Le estoy hablando!

—Estoy ocupada, señorita.

—Me da igual. —Victoria la agarra de la muñeca y la obliga a mirarla. La albacea hace un gesto de dolor—. ¿Qué hace aquí y por qué nos abandonó en Finestres?

—Yo no...

—¿No qué? —Tira de ella, pero la mujer consigue liberarse.

Solo en ese momento Victoria se da cuenta de que la manga del traje de la albacea se ha quemado y una marca igual a la palma de su mano la ha pintado de rosa oscuro, la piel en carne viva. «¿Yo he hecho eso?», se pregunta. Y en voz alta dice:

—¿Quién es usted... y qué es este lugar?

—Este lugar no es para las brujas —murmura la albacea, y baja la vista a la herida—. Tiene que marcharse antes de que Ella la encuentre.

Las luces de la sala parpadean y todo se vuelve negro. Es un segundo, y cuando la luz regresa, nada ha cambiado.

—No me voy a ir a ningún lado —insiste—. Usted nos dejó en ese pueblo, ahora deberá acompañarme a encontrar lo que busco. ¿De acuerdo?

—No puedo darle lo que busca.

—Sí que puede. —Victoria la vuelve a atrapar del brazo y la albacea lloriquea de dolor—. No sé por qué, pero parece que le duele que la toque, así que, si estoy en lo cierto y este lugar es lo que creo que es, necesito que me acompañe a encontrar mi reloj. Y la dejaré en paz.

—Eso es imposible.

La Esencia de la Eternidad es un grano robado
de tu propio reloj de vida.

—Eso lo decidiremos cuando me lleve hasta él.

—Se lo juro, señorita Lanau. —Tironea, pero Victoria no la suelta—. Nadie puede ver los relojes de la vida. Nadie.

Pero sabe que no dice la verdad.

Helane Lanau consiguió la Esencia de la Eternidad y, por lo tanto, encontró el suyo y robó un grano de su interior. La albacea miente, y Victoria lo sabe porque está nerviosa y no deja de mirar hacia los lados, como si quisiera que alguien acudiera en su ayuda. Victoria no entiende por qué el resto de los trabajadores no han movido ni un dedo, pero no piensa molestarse en encontrarle sentido a eso tampoco.

—Si no me lleva hasta mi reloj, la próxima vez la tocaré en la cara —dice Victoria, después de soltarla.

La albacea se muerde el labio y contempla la herida del brazo, que ahora es más profunda, como si alguien hubiera puesto un hierro ardiendo sobre él.

—Está bien —dice al fin—. La llevaré hasta su habitación, pero, si lo que hay allí le hace perder la cordura, no me haré responsable.

Caminan por un pasillo larguísimo, uno que le recuerda a los de la cárcel, solo que, en lugar de haber barrotes, hay puertas de un blanco inmaculado con un número en ellas. La albacea la mira de reojo varias veces, quizá esperando una reacción, pero Victoria siente más confusión que otra cosa. No sabe qué va a encontrar en su habitación. Imagina un reloj de arena en mitad de una sala enorme y vacía. Uno al que le quedará más o menos arena en función del tiempo que le quede de vida. ¿Está preparada para ver si su tiempo ya casi se ha acabado? ¿Cómo reaccionará si apenas quedan unos granitos?

—¿Por qué nos dejó en Finestres? —pregunta cuando se cansa de caminar en silencio.

—Me lo pidieron.

—¿Quién? —No hay respuesta, así que Victoria pregunta algo a lo que lleva dándole vueltas desde que Emma descubrió que estaban atrapadas—. ¿Cómo se marchó del pueblo? ¿Y cómo entró? Usted no pertenece a la maldición.

—Me ayudaron.

—¿Quién? —pregunta otra vez—. Escuche, si hay alguien tan poderoso como para esquivar la maldición, necesito saberlo.

—No hay nadie... —La albacea se para en seco—. Ya no hay nadie, señorita Lanau. La maldición nos preocupa desde que se lanzó hace cientos de años. ¿Entiende lo que ha supuesto para nosotros que haya un pueblo entero atrapado en el tiempo?

—La verdad es que no —murmura—. Sigo sin saber quién es usted o qué es este sitio.

—¿Cómo no se ha dado cuenta ya? Esta es la casa del tiempo, señorita. —La albacea señala a su alrededor—. Cada puerta corresponde a un año del mundo humano tal y como lo conocen. Y dentro, todos tienen su pequeña estancia. El tiempo debe acabar para casi todos. También para usted, y si el orden natural se altera, todo empieza a ir mal.

—Y por eso necesito ir a mi habitación —concluye Victoria—. Si consigo un grano de arena de mi reloj, podré romper la maldición.

—Como quiera, señorita.

La albacea sigue su camino y Victoria duda. Esperaba que le llevara la contraria un poco más. Sin embargo, no se queja y la sigue.

Esta vez, cree que pasa casi media hora. Quizá una hora entera hasta que la albacea se detiene otra vez. Delante de ella hay una puerta en la que lee un número grabado:

1963

Es su año de nacimiento. Al menos sabe que no la está engañando.

La albacea extiende la mano y el brazo le tiembla un poco a causa de la herida que Victoria ha provocado. Coloca la palma sobre la puerta y esta cede.

Para sorpresa de nadie, al otro lado solo hay más y más puertas.

—El paseo va a ser largo, señorita Lanau. Tiene suerte de que aquí tengamos todo el tiempo del mundo.

Tendrán todo el tiempo del mundo, pero Victoria siente que su energía va disminuyendo poco a poco, igual que si estuviera convirtiéndose en una viejecita. Sabe que no es así porque de vez en cuando se mira las manos, esperando verlas arrugadas y con manchas. Pero no, son las de siempre.

Los pasillos que hay tras el año 1963 son más estrechos que los anteriores. A cada lado hay una puerta más alta que tiene un símbolo encima de ella que Victoria no entiende y que no consigue descifrar, por mucho que lo intente. Había esperado los meses de nacimiento, pero eso sería absurdo, porque ¿cuántas personas nacen cada segundo? ¿Cuatro? ¿Cinco? Solo de pensarlo se marea. Demasiadas vidas. Demasiadas muertes. Y todo sucediendo al mismo tiempo.

Conforme avanzan, la temperatura baja y a Victoria le castañean los dientes.

—Yo nací en febrero, ¿cómo es posible que tardemos tanto?

La albacea se detiene y la mira. Tiene los ojos tan oscuros que casi puede verse reflejada en ellos.

—Pero usted es una Lanau —dice, como si eso lo explicara todo—. La puerta está allí.

Esta vez, la albacea le señala el pasillo a la izquierda, pero no se mueve.

—¿No viene conmigo?

—No tengo permiso para entrar en esa habitación.

Victoria no tiene tiempo, irónicamente, de discutir con ella, así que le da la espalda y corre hacia la dirección que le ha indicado. Al girar la esquina, se le escapa una pequeña exclamación de sorpresa. A diferencia del resto de las puertas, la suya es blanca y dorada por los bordes. No tiene ningún símbolo extraño, solo un reloj analógico que hace tictac, pero sin números, como el que había en la habitación en la que ha aparecido.

Se acerca y coloca la mano sobre el dibujo.

No sucede nada.

—Que la puerta se abra a su dueña no quiere decir que lo haga sin pedir nada a cambio.

Victoria se da la vuelta a toda velocidad y, tontamente, se coloca en pose de defensa, la que le enseñaron en la academia. La voz no pertenece a la albacea y la persona que tiene delante no se parece en nada a ella.

Es alguien que lleva una capa blanca hasta el suelo, con una capucha que proyecta una sombra que le impide verle el rostro. Pero no hace falta, porque sabe que se han visto antes. En el piso del último asesinato por el que la llamaron el día que la abuela María murió. Al lado de la marquesina del autobús. La misma presencia que la envolvió con una alucinación horrorosa en la que el cristal y su mano se quedaban pegados y ella tiraba y tiraba, agonizando. Lo recuerda a la perfección. Ojos como brasas, aliento helador. Se lleva los dedos al cuello, donde la marca del estrangulamiento escuece como nunca antes. Miedo. Calma. Miedo. Calma. Miedo.

—¿Quién…?

La persona (o lo que sea esa presencia) da un paso al frente y Victoria no se mueve. No porque no quiera, sino más bien porque el cuerpo no le responde.

—Te dejaré entrar si es lo que deseas —dice la presencia—, pero a cambio tengo que pedirte un favor.

—¿Qué… favor? —tartamudea.

Se acerca todavía más y Victoria se encoge como un pajarillo.

—Quiero que me ayudes a entrar a la habitación de Helane Lanau —dice.

—¿Tú no puedes?

—La selló cuando me robó. Solo la sangre de su sangre puede abrirla.

Victoria traga saliva. Los labios del ser son gruesos, suaves y algo familiares. La lógica le dice que no puede ser un hombre ni una mujer, simplemente es. Existe ahí, delante de ella, aunque desearía que no fuera así.

«Tiene que marcharse antes de que Ella la encuentre», ha dicho la albacea.

Pues ya lo ha hecho.

La tiene delante.

—¿Cómo sé que puedo fiarme de ti? —pregunta.

Los labios forman una mueca divertida. Si no fuera imposible, juraría que está a punto de reír.

—¿Y por qué no?

—¿Cómo podría fiarme de la Muerte?

—Porque seré muchas cosas, Victoria, pero no se me puede acusar de que mis intenciones no sean claras.

CAPÍTULO 36

Siente el miedo de Victoria sin hacer esfuerzo alguno. A lo largo de su existencia ha conocido a muchos humanos y la mayoría se asustaban al verle aparecer. Otros, abrían los brazos con agradecimiento. Es difícil conocer a los humanos cuando están vivos, pero jamás olvida el rostro y la historia de aquellos a quienes se lleva. Les dedica el tiempo que necesitan, se sienta junto a ellos y los escucha llorar o suspirar aliviados. Esas son las tres emociones que más despierta en las personas: miedo, tristeza y calma.

Las brujas no son así.

Ellas nunca le pertenecen, ni vivas ni muertas, y, por eso, rara vez le temen o guardan respeto. Después de lanzar la maldición sobre el pueblo, Alizia tuvo solo una hija, y esa hija fue madre de tres niñas. La primera generación Lanau que creció lejos de Finestres y que renunció a su naturaleza. El arrepentimiento por lo que habían hecho provocó que el linaje de brujas más poderoso se distanciara por completo de su origen. Para cuando llegaron Luz, Valentina y María Lanau, apenas quedaba ya nada de lo que antaño fueron. Las tres criaron a brujas muy distintas a todas las que había conocido hasta el momento. Seguramente sean el primer trío de Lanau que no saben absolutamente nada sobre su legado. Las más humanas de todas. Las más débiles. Y quizá por eso decidió que, si había una solución para romper la maldición de Finestres, ellas debían ser la llave para conseguirlo. Y por eso hizo que la albacea les entregara ese testamento falso, las guiara hasta el pueblo y les entregara los anillos. De esa forma podría supervisarlas, controlarlas y manipularlas, pero las subestimó.

La brujería se sostiene sobre la creencia de que, si quitas, te quitan. Y las hermanas Lanau le robaron mucho a la gente de Finestres. Mucho tiempo que no les pertenece. Le alegra saber que no ha errado haciendo que las Lanau regresen al pueblo, pero sí duda de la solución que ellas creen haber encontrado.

«Temes que te hayan engañado», dice la voz de la Sombra.

«¿No es lo que siempre hacéis? Las brujas y vuestros juegos para saliros con la vuestra. Así te libraste de mí hace mucho tiempo», responde en silencio, para que Victoria no escuche nada.

«No es fácil engañar a la Muerte, ni siquiera para una Lanau».

«Por eso me pregunto qué pasó exactamente hace trescientos años. ¿Qué clase de brujería puede hacerme olvidar a mí? Y Victoria me va a ayudar a averiguarlo».

«Tu problema es que no puedes aceptar que tres niñas sin conocimiento de este mundo y un par de humanos malditos hayan encontrado la solución al problema que te lleva atormentando tanto tiempo».

«¿Por eso le diste la esencia a la bruja roja?».

«Se la merecía».

«¿Igual que se la merecía Helane Lanau?».

«No me juzgues, tú tampoco has tomado muy buenas decisiones».

«Yo las encerré en Finestres. Este es mi plan».

«Claro». Una risa clara suena a su alrededor, como si la Sombra estuviera bailando en círculos. «Lo de las esencias fue cosa tuya. Victoria está aquí porque tú querías que fuera así», dice con sarcasmo.

Sisea para hacerla callar. Sabe que tiene razón y que ese no es su plan original. Pero no importa, porque si las esencias no son la solución, lo van a averiguar pronto. El camino es largo, pero parece que Victoria ya se ha acostumbrado a esos pasillos. Es una bruja peculiar y una humana muy extraña. El miedo la consume, pero sigue avanzando hacia delante, movida por una fuerza incomprensible. La joven se detiene delante de una puerta.

1674

—¿Cuántos años tenía Helane Lanau cuando la mataron sus hermanas? —pregunta Victoria.

—La maldición se creó en 1694.

—Eso no es lo que he preguntado...

Pero sabe que Victoria no se atreve a decir nada más. La mira y la bruja se aparta. Otra sacudida de terror le recorre el cuerpo. Huele su miedo, como un depredador. Pero hay algo más. Los ojos grises de Victoria la observan con curiosidad, con anhelo.

Y por encima de todo, debe evitar ese sentimiento.

—La puerta está por aquí —dice sin más.

Y funciona, porque Victoria le da la espalda y sigue avanzando.

La puerta de Helane Lanau es la que más veces ha visitado y la que jamás ha podido cruzar, no desde que esa bruja se coló allí dentro. Es negra, como la de todas las brujas oscuras que llegaron antes que ella y las que lo hicieron después. Negra con rebordes plateados, igual que la de Melanie, en un pasillo muy alejado. Puertas distintas para marcar la diferencia, para recordarle que, por un estúpido trato, no son suyas; que, aunque sus recuerdos descansen en el mismo lugar que los de todos los demás, siguen siendo independientes.

—No lo entiendo —susurra Victoria—. Melanie dijo que Helane estaba en el Velo. ¿Cómo puede tener una puerta?

—No tiene nada que ver —responde—. El tiempo no pertenece a la Muerte ni a las brujas, por mucho que algunas lo consigan domar ligeramente. El tiempo es y ya está. Y lo que hay detrás de esa puerta no es el alma de Helane Lanau, es su reloj, vacío porque ella se quedó sin tiempo. En cada grano habrá recuerdos que hasta ella misma olvidaría mientras estaba viva. Este lugar no es un panteón, es un museo de sus memorias.

Victoria asiente, aunque no parece muy convencida.

—¿Qué tengo que hacer?

—Sangre.

—¿Qué?

—La puerta se selló con sangre Lanau y espero que se abra de la misma forma.

—¿Y si no funciona?

—Te acompañaré a tu habitación y podrás llevarte lo que quieras —dice—. Dame la mano.

La bruja duda. Está nerviosa. Se coloca el cabello rubio detrás de las orejas y se muerde el dedo, preocupada. Al final extiende la mano para que pueda atraparla. Sabe que está atenta a lo que se oculta bajo la capa, bajo las mangas, si son dedos humanos o los de un esqueleto los que la van a tocar. Sea como sea, no dice nada cuando le acaricia la palma de la mano con la yema del dedo índice. Traza una línea que se convierte en un hilo rojo de sangre, igual que si un filo la hubiera cortado. Victoria se queja en silencio y, cuando deja de tocarla, levanta la mano.

—La puerta —le pide.

Victoria obedece. Esperaba que fuera más salvaje, más contestona y que le llevara la contraria, pero imagina que ella todavía no se ha dado cuenta de que se conocen más de lo que cree.

Al roce de la piel de Victoria Lanau, la puerta se abre.

El interior es angosto y oscuro, pero eso no impide que vea con claridad lo que hay dentro.

—No... —La angustia se le escapa por la boca, como un hipido que no puede controlar.

—¿Dónde está... el reloj? —pregunta Victoria.

La vitrina, rota. Los cristales, esparcidos por el suelo. El pilar negro en el que debería encontrarse el reloj, vacío.

—No puede ser...

Se acerca y pasa los dedos por los cristales, manchados de sangre seca. «¿Qué demonios hiciste, Helane Lanau?».

Escucha a la Sombra removerse inquieta una vez más.

«Puede que tengas razón, querida Muerte. Creo que mi herencia, mi legado, va a llegar a su fin».

Sin embargo, perder de nuevo no es una opción. Puede que Helane se haya llevado el reloj, pero su sangre es todo lo que necesita para abrirle los ojos a Victoria.

—No se va a salir con la suya —gruñe.

Toma a Victoria de la mano y se la aplasta sobre los cristales rotos. La joven se queja cuando las diminutas partículas le arañan la piel, como cientos de mordiscos minúsculos, y, aun así, su atención no está puesta en la sangre que se mezcla con el cristal. La está mirando, y tarda un instante en darse cuenta de que la capucha se le ha caído y que su verdadera apariencia no puede ser percibida por la chica, por mucho que sea una bruja. Así que, el rostro que ella está viendo ahora es el de...

—Cristian —susurra, un segundo antes de que todo empiece a dar vueltas.

CAPÍTULO 37

Victoria

Pensamientos. Pensamientos que suceden demasiado rápido como para que Victoria los procese todos de golpe. El accidente del callejón. Los ojos como brasas. El miedo. La calma. El aroma de Cristian. Su contacto. Todo ese tiempo sabía que le sonaba de algo y no alcanzaba a saber de qué.

Y ahora ya lo entiende.

Es la Muerte.

Cristian es el disfraz de la Muerte, la misma Muerte que fue a por ella aquella noche y que la ha estado vigilando desde entonces, esperando cualquier desliz para llevársela.

El remolino de emociones en el que Victoria se ha convertido gira tan rápido como su existencia, que ya no se encuentra en la habitación del tiempo de Helane, sino en un lugar que conoce mucho mejor. La casa de las abuelas en Finestres. En concreto, en el salón. Al principio cree que ha vuelto a su realidad, pero las dos figuras que están de pie no son Emma ni Melanie. Llevan ropa antigua y el pelo suelto, enredado. El de la pelirroja tiene hojas y flores entrelazadas con los suaves tirabuzones. Cuando una de ellas se gira, Victoria tiene que tocarse la cara para cerciorarse de que no es un reflejo. Esa mujer se parece muchísimo a ella, igual que una madre se parecería a una hija, y la que hay al lado es clavada a Emma cuando no tiene un peine a mano.

—Llegas muy tarde, Lena.

«Lena».

—¿Y qué?

Es la primera vez que Victoria ve a Helane Lanau, pero no es como se la imaginaba. Por lo que Melanie le contó, creía que se parecería más a su hermana, pero lo cierto es que es una versión casi cadavérica de ella. Los huesos de la cara se le marcan y los ojos grises casi se funden con el color de la piel, blanca y enfermiza. Es pequeña, como una especie de muñeca de brazos largos y delgados. Lleva un vestido negro, manchado y desgarrado por la parte de los pies. Cuando sonríe, tiene un hueco en el lugar que debería ocupar uno de los colmillos.

—¿Estabas otra vez con ese humano? —pregunta la mujer parecida a ella: Anchela.

—¿Y qué? —repite.

No parece muy preocupada por lo que digan sus hermanas mayores. Camina con ligereza y se tira en un viejo somier que ocupa el lugar en el que ahora está el sofá. Helane se cruza de brazos y sonríe, retando a las otras dos.

—La brujería no se usa para cambiar el corazón de nadie, Lena —dice Alizia, la del pelo rojo—. Si alguien ve las marcas de ese chico... Si él mismo recuerda lo que le has hecho...

—Ay, Alizia No he hecho nada, ¿vale? Solo hemos hablado. Es guapo y muy interesante. ¿Es que nunca os ha gustado un muchacho?

Anchela y Alizia se miran y suspiran.

—Ya sabes lo peligroso que es amar para nosotras.

—Sí, sí, lo sé. Solo os puedo querer a vosotras.

—Las abuelas insistieron mucho en esto, Lena. —Anchela se cruje los nudillos, provocando un sonido desagradable—. Si por lo que sea ese chico no te corresponde, tú...

—Por suerte para ti, él está enamorado también de mí. —Helane salta del somier—. Dice que tengo una sonrisa bonita.

Alizia suelta una pedorreta y sacude el cabello rojo antes de cruzarse de brazos.

—¿Cuando está en sus cabales o cuando lo manejas como a una marioneta?

Eso no parece gustarle a Helane, que se lleva un dedo a los labios y luego hace un gesto brusco con la mano.

Algo invisible abofetea a Alizia, que, aunque se queda callada y con gesto ofendido, no dice nada; es Anchela la que se acerca a su hermana pequeña y la agarra del brazo.

—Saca a tus fantasmas de esta casa, Lena. Y como se te ocurra ponernos la mano encima otra vez, no dudaré en tomar medidas.

Helane no replica, pero frunce el ceño.

—¿Me oyes? —insiste Anchela.

—Claro como un arroyo, hermanita.

«Un momento». Victoria mira a Cristian, pero es un gesto absurdo, porque no ha formulado ninguna pregunta y duda que tenga la respuesta que ella busca. Y es que no es la primera vez que Victoria vive esa escena; o más bien, es la primera vez que la ve, pero no la primera vez que la lee. Y la recuerda de una manera totalmente distinta.

La escena se funde en humo púrpura y es sustituida por otra similar.

Anchela está sentada en la mesa del salón y, enfrente de ella, Helane parece aburrida. Las cartas del tarot extendidas por la superficie, una vela que ilumina el rostro de las hermanas. Alizia camina por la habitación y enciende otras velas con la punta del dedo.

—No sé por qué tienes que echarme las cartas otra vez —protesta Helane.

—Porque las almas perdidas necesitan ver su futuro con más frecuencia —responde su hermana mayor.

Victoria también reconoce esa escena. Está en el diario de Helane.

—No estoy perdida.

—Ese chico te vuelve tonta.

—Ese chico me da la vida.

Anchela aporrea la mesa y le da la vuelta a la carta que hay debajo. Al otro lado de la habitación, Alizia habla:

—La muerte, otra vez.

—La muerte —repite Anchela cuando descubre la carta y allí aparece el dibujo de un esqueleto a caballo—. Siempre te sale la muerte.

Helane pone los ojos en blanco y Victoria ya sabe lo que va a pasar. Lo recuerda muy bien: ahora va a sacar la carta de los enamorados, y después la de la fuerza.

Pero se equivoca.

—La sacerdotisa —sonríe Helane—, por supuesto. Sigo evolucionando como bruja y cada vez soy más poderosa.

—O puede que quiera decir que estás empezando a perder el control y consumirte por el egoísmo —dice Alizia, que se ha acercado a la mesa.

Anchela le da la vuelta a la tercera carta, y Victoria ya no se sorprende cuando el resultado no es el que esperaba.

—El sol —dice la hermana mayor.

—Unidad, equilibrio entre el hombre y la mujer. Placer —sonríe Helane.

Pero Alizia vuelve a intervenir. Con un gesto rápido gira la carta para que el sol quede boca abajo delante de Helane.

—Soledad, futuro enturbiado. Infelicidad —dice con gesto serio.

—¿Qué insinúas, Alizia?

—¿Qué tramas, Helane?

Helane se levanta y sale de la habitación. Sus hermanas no hacen nada para evitarlo, y Victoria la sigue de cerca. Si no recuerda mal, ahora es cuando Helane debería ir al pueblo a hablar con su mejor amiga, que luego resultó ser Claudia, pero quizá eso tampoco sucedió exactamente así. Cuando pone los pies fuera de la casa, una sensación de familiaridad se apodera de ella.

—¿Vas a seguirla? —pregunta alguien a su lado.

Cristian vuelve a tener el mismo aspecto que el día que se conocieron. Lleva su jersey de cuello redondo y sus pantalones crema de corte recto. Pero ya no la engaña, ya no puede ocultar su verdadera naturaleza. Esa que no tiene ojos verdes humanos, sino rojos, un rojo sangre que quema al mirarlo.

Se estremece antes de coger aire y preguntar lo que necesita saber:

—Fuiste tú el que nos encerró en Finestres, ¿verdad? —susurra—. Tú mandaste a la albacea y estás detrás de todo.

—Sí y no. —Cristian habla con voz suave, pero eso no hace que Victoria se relaje ni un poco—. Pero no es momento de hablar de eso, Victoria. Helane se va. Tienes que seguirla.

—¿Por qué? Ya te he dado acceso a la habitación, ¿por qué no me das mi esencia y me dejas ir?

—Porque Helane es una mentirosa, pero no me vas a creer si no lo ves con tus propios ojos.

—¿Qué es lo que tengo que ver? Si sabes que ha mentido, ¿por qué no me lo dices tú?

La Muerte, o Cristian —Victoria prefiere seguir pensando en él como Cristian—, hace una mueca de disgusto.

—Porque cuando usó la Esencia de la Sombra, alteró la memoria de todos, incluida la mía. Porque sé que miente, pero no sé qué parte de la historia no es cierta. Y tengo la sensación de que, si descubrimos qué ha cambiado de nuestros recuerdos, sabremos cómo debería terminar todo esto.

Y Victoria querría no creerlo, porque, ¿quién confía en la Muerte? Pero después de lo que acaba de ver, no le queda más remedio que seguirla camino a Finestres.

Encuentran a Helane parada junto a Claudia, que es la misma persona a la que conoce, salvo que viste ropa vieja y lleva el pelo oculto bajo un pañuelo de color granate. Está arrodillada junto al lavadero y frota una camisa blanca con fuerza.

—No puedes discutir constantemente con ellas —dice Claudia—, y te lo digo yo, que no paro de discutir con Nil.

—¡Es que es frustrante! —Helane se agacha junto a su amiga—. No me entienden. Menos mal que existes tú. ¿Cómo está tu hermano?

Claudia se queda muy quieta. Deja la ropa mojada, se limpia el sudor frío de la frente y, luego, se pasa el dedo por la palma de la mano, donde una cicatriz suave va desde el dedo pulgar al índice.

—Mejor —asiente—. Ya sale de casa. Y el otro día se puso en pie, aunque la señora Marisa dice que lo suyo no es cuestión de tiempo.

—Está vivo, ¿no? Hicimos lo correcto.

Las chicas se miran con cariño, y Victoria se alegra de ver que algo es como ella había imaginado, aunque no entiende del todo a qué se refieren. ¿Al accidente de Nil y sus padres en la torre? Sea lo que sea, Claudia acaba por sonreír. Pero si cree que esa es su sonrisa más genuina, se equivoca, porque en ese momento a la chica se le iluminan los ojos marrones y levanta el brazo en el aire con tanta fuerza que parece que se le va a salir el hombro.

—¡Lucas!

Victoria se gira como si la hubieran atraído con un imán. A su lado, Cristian se pone rígido y susurra un «presta atención», al que ella quiere responder que ya no tiene más sentidos para dedicarlos a lo que está sucediendo. Entonces, el chico llega hasta Claudia y Helane, mostrando una sonrisa confiada.

Es muy guapo. Ya lo sabía, por todo lo que le había contado Melanie, pero verlo en persona es distinto. Parece un actor de cine interpretando un papel que no le pega mucho; el de jovenzuelo que se dedica a sacar a las ovejas al campo para aprender a ser pastor. El pelo claro le cae a los lados y los ojos azules tienen unas pestañas espesas y tan rubias que parecen imposibles. Sonríe mucho y, a diferencia de la de Helane, su dentadura es perfecta. Tenía que ser un afortunado, teniendo en cuenta la época.

—¡Baja la voz, baja la voz! —Lucas coge a Helane de los hombros, que se sonroja un poco. Se oculta tras su espalda, agazapándose, a pesar de que su cuerpo pequeño no es muy buen escondite—. Me he escapado, mi padre quería mandarme todavía más tareas.

—Deberías ayudarlos —lo reprende Claudia—. Ellos te dan de comer. Y te dejan vivir en su casa.

—Soy su hijo, Claudita. —Lucas se queda sentado en el suelo y le da un golpecito a Claudia en la nariz, que suelta una risa suave—. Me lo deben…

—Como mi hermano te escuche decir eso, te dará una paliza. Eres un vago.

—¿De quién te crees que me he escapado? Nil debería estar descansando, no hablando con mi padre de hacer pan. Creo que él tendría que heredar el negocio mientras yo viajo por todo el mundo pintando paisajes.

—No le gusta tanto hacer pan. —Claudia recoge el último montón de ropa que le quedaba por quitar del lavadero y lo echa a un cesto de mimbre—. Solo está ahí para pasar tiempo contigo.

—¿Qué le voy a hacer? Soy irresistible para los miembros de tu familia.

Concentrada en la conversación, Victoria no se ha dado cuenta de que Helane se ha alejado de los dos chicos. Solo un toque en el hombro de Cristian la hace girarse y ver la figura de la joven, que se pierde en el camino de vuelta a la casa de las abuelas. Y aunque le encantaría quedarse en la plaza y seguir escuchando, sabe que allí no está lo importante. Deja a Claudia y a Lucas riéndose como si…

«No. Es imposible», piensa.

—¿Lo es? —pregunta Cristian a su lado.

Victoria se apresura para alcanzar a Helane, que ha tomado el camino de la ermita. Más o menos a mitad del recorrido, se desvía hacia la izquierda y se interna en los árboles. Se mueve con una confianza y una facilidad tremendas, y a Victoria le cuesta seguirle el ritmo, pero cuando lo consigue y la mira a la cara, un malestar extraño se le instala en la tripa. La expresión de Helane es oscura, tiene el ceño fruncido y la boca torcida en un rictus de rabia. Si todavía le quedaba la más mínima duda de que esa chica no se parece a Melanie, queda resuelta.

La bruja aparta unos arbustos de un manotazo y sisea de dolor al mirarse la palma. Un corte profundo dibuja una línea perfecta en la piel. La ve sonreír.

Helane vuelve a caminar con esa gracia que tenía en el recuerdo de la casa, cuando casi bailaba por el salón. Entre risas, pasa la mano por los árboles, dejando un fino rastro de sangre sobre la corteza. Cuando la herida ya no da más de sí, Helane rasca con la uña y la hace más grande y profunda, hasta que sangra otra vez, y sigue repitiendo el proceso.

Cuando se cansa, cae de rodillas y ríe y llora a la vez. Da puñetazos a la tierra húmeda y hunde los dedos en la mugre para luego mancharse la cara con ellos. Así hasta que se pone rígida y levanta la cabeza. Victoria sigue la dirección de su mirada, pero no es capaz de ver a nadie más.

—Soy la bruja oscura —dice Helane—. Soy dueña de los muertos, no es posible que algo así se me resista.

Al lado de Victoria, Cristian permanece pensativo. Es evidente que Helane está hablando con alguien que no pertenece a su mundo. ¿Algún fantasma?

—¿Tú también vas a avisarme de las consecuencias de que mi amor no sea correspondido? Lucas me ama. Que otras antes que yo sucumbieran a un corazón roto no quiere decir que yo vaya a ir por el mismo camino. Soy más que la bruja oscura. Soy Helane Lanau. Y puede que mi poder no sea el mejor de los tres, pero la fuerza no tiene nada que ver con eso. Dar todo por sentado es de débiles, luchar por lo que deseas es de vencedoras.

Después de eso, Helane se queda en silencio, escuchando a la otra persona.

—¿Sabes con quién habla? —le pregunta a Cristian.

En ese mundo de recuerdos, el miedo que siente hacia él se ha ido suavizando ligeramente. Pero eso no significa que no tenga las palmas de las manos pegajosas o que no le tiemble un poco la voz cada vez que habla.

—Creo que sí.

—¿Con quién?

Cristian la mira. Ojos rojos. Victoria hace ademán de llevarse la mano al cuello, pero él la detiene. Nota sus dedos fríos cuando él la agarra con cuidado de la muñeca.

—Debería haberte llevado conmigo aquel día, Victoria —dice en un susurro, pegado a su boca—. Tu corazón dejó de latir. El oxígeno no te llegaba al cerebro cuando te encontraron.

«Morí», piensa. «Entonces era verdad, morí aquella noche».

—Pero... —Traga saliva. La garganta le duele como si miles de cuchillos la atravesaran—. ¿Por qué no lo hiciste?

—Porque te necesitaba.

El aliento de la Muerte es cálido, no frío como ella esperaba. Victoria siente que algo tira de ella, algo que ya ha experimentado antes en todos sus encuentros; una sensación casi animal, instintiva, que le pide que se rinda a él, aunque su cabeza le diga que huya. Por un instante, el primero gana, y Victoria intenta acortar la distancia entre ambos.

—No puede ser —murmura él, dando un paso hacia atrás—. Victoria, tú y yo no podemos entendernos. Así quedó acordado y así será.

—¿Acordado?

—Te lo dije una vez: hay cosas peores que la muerte. —Le suelta la muñeca y le da la espalda—. Vivir dentro de esa maldición es una de ellas. No siempre soy el malo de los cuentos, ¿sabes? Tengo que suceder. Soy natural, Victoria. Igual de natural que el miedo de los seres humanos, e igual que la calma que todos notan cuando me siento junto a ellos a charlar antes de que todo acabe.

Por primera vez, Victoria sabe a qué se refiere. Esas palabras dan sentido a la mezcla de sentimientos que ha estado experimentando desde que lo conoció. Ese miedo, como a saltar de un puente sin sujeción y esa paz cuando caes, caes y el viento te sacude el pelo y te acaricia la cara.

—Los humanos solo culpan a la muerte cuando se quedan —continúa él—. Y en cuanto a vosotras... Tú tienes el don que me complementa, que me reta una y otra vez. Te lo dije en una ocasión: «El Tiempo no puede avanzar sin la Muerte, pero la Muerte no puede llegar sin el Tiempo». Tú tampoco puedes escapar del destino final, pero caminas al margen del tiempo igual que yo. Tú lo detienes, yo lo hago avanzar. Por eso te sientes atraída por mí, por eso te horrorizo a partes iguales. Esa es la herencia de la bruja dorada.

—¿Temer a la muerte?

—Desear controlarla —la corrige— y no ser capaz de hacerlo.

Quiere hacer más preguntas y estira el brazo para atraer a Cristian a su lado, pero la escena vuelve a cambiar y el nuevo escenario los separa.

Helane ya no está en el bosque, sino en la plaza del pueblo. Parece más calmada y ya no hay rastro del corte de la mano. Se ha recogido el pelo negro en un moño y parece una persona totalmente distinta. Con un gesto rápido, se alisa un vestido que, aunque oscuro, parece más bonito que los otros que ha llevado hasta ahora. Tiene una mariposa bordada en el hombro.

Helane sonríe y saluda a algunos vecinos. Luego se acerca hasta la panadería, que tiene un aspecto muy distinto al que Victoria recuerda. No hay puerta ni una campanita para anunciar que alguien ha llegado. Las paredes son de piedra, decoradas con diferentes utensilios de cocina y flores secas. «Así sería antes de que llegáramos nosotras. Antes de que todo se adaptara a nuestro presente», piensa. En el centro, una gran rueda también de piedra descansa sobre un eje de madera envejecida. La rueda está parada en ese momento, pero Victoria distingue los surcos profundos, como cicatrices, que evidencian su uso. Imagina el sonido del agua que daría vida a ese antiguo molino de aceite, pero ahora hay un silencio absoluto. Helane también parece notarlo porque se detiene delante de la rueda y coloca el dedo encima antes de continuar su camino.

Cruza una puerta algo destartalada y se queda inmóvil.

Cuando Victoria y Cristian se acercan, descubren el motivo.

Al fondo del pasillo hay otra puerta, abierta, que da al exterior, al jardín trasero de la casa. Se escuchan los pájaros, pero también dos risas suaves.

Helane se acerca, silenciosa y con el rostro impasible. Ahora más que nunca parece un fantasma, una muñeca inspirada en una viuda negra, que se desliza hasta un punto ciego desde el que puede ver sin ser vista. Victoria, acostumbrada a la lógica de esos recuerdos, se asoma al jardín para observar mejor.

Allí, Claudia sonríe en brazos de Lucas.

El chico le roza la punta de la nariz con el dedo índice y luego le acaricia las mejillas.

—No sabes la bronca que me ha caído en casa —dice él—. Mi padre encontró mis dibujos.

—¡No!

—Intenta explicarle a alguien que tiene harina en vez de sangre en las venas que las docenas de dibujos de tu cara que había en mi cuaderno no significaban absolutamente nada.

Se ríen y se funden en un beso profundo que se supone que nadie más tiene que ver.

Desde su escondite, Helane Lanau aprieta los puños. Cuando los abre, se ha dejado marcas con las uñas, algunas tan profundas que son pequeños cortes, medialunas rojas.

—Quiero casarme contigo, Claudia —dice de pronto Lucas, como quien comenta que acaba de empezar a llover.

Claudia, que nunca muestra otra expresión que no sea la de apatía o enfado, se sonroja hasta las orejas y tartamudea cuando responde:

—¿Tú... y yo? ¡Pe... pero si somos unos críos!

—Me enamoré de ti antes de que se nos cayeran los dientes de leche. —El chico la besa en los labios—. O eso pensaba, porque en realidad he tenido que besarte cientos de veces y conocerte mejor para saber que no tenía ni idea de lo que era el amor y que ahora ya lo sé. Y que también sé que quiero compartir el resto de mi vida contigo.

Victoria empieza a unir las piezas del puzle. Si Lucas estaba enamorado de Claudia, ¿a quién pertenece la historia de amor que Helane escribió en su diario?

Mira a la bruja, que parece más pequeña que nunca, pero mucho más peligrosa. Los ojos, plateados, hierven con furia.

—Tenías razón —se vuelve hacia Cristian—, nos engañó. Y si mintió sobre esto, ¿cómo sabemos que no nos está engañando con lo de conseguir las esencias?

Parece que la Muerte se aguanta la risa, aunque lo hace con amargura.

—Vaya.

—¿Qué pasa?

—Creo que es la primera vez desde que soy lo que soy, y desde que las brujas existen, que una de ellas me da la razón.

—Todavía no. —Victoria niega con la cabeza. Puede que todo el asunto de Lucas fuera un juego adolescente, un enfado pasional que no tiene nada que ver con el enfrentamiento con sus hermanas—. Quiero saber qué pasó. Necesito descubrir cómo lanzaron la maldición y por qué.

Cristian le tiende la mano y Victoria la observa un segundo antes de atraparla.

Saltan a otro recuerdo, en este caso uno que Victoria no ha leído, pero sí escuchado. En la historia que Claudia contó la Noche de las Ánimas.

CAPÍTULO 38
Melanie

Me encanta la casa de las abuelas. Si pudiera, sería lo único que conservaría de este pueblo. Adoro mi habitación, y, por suerte, Anchela me ha dejado decorarla a mi gusto. Cubrí todo con madera y luego con papel. No se me da muy bien dibujar, así que un día que mis hermanas tenían que viajar a Huesca, le pedí a él que me ayudase. No entiendo cómo es capaz de replicar la naturaleza con tanta facilidad. Creo que me estoy enamorando cada vez más.

Melanie ha leído las entradas del diario tantas veces que casi se las sabe de memoria, hasta el punto de que las palabras son como tatuajes que ya no distingue de su piel. Esa es una de las primeras páginas, una que queda muy lejos del drama de las últimas. Victoria sigue en el salón, tendida sobre las cartas del tarot. Las percibe, desperdigadas por la mesa. La llaman, para que las use una vez más, a pesar de que el resultado seguirá siendo el mismo.

Emma ha encendido la chimenea; con un poco de leña y su habilidad para invocar las llamas, ha sido pan comido. Se ha quedado en el sofá de color pistacho con Nil, controlando que todo vaya bien. Eso le ha dado la excusa de subir al dormitorio, a leer y leer, atrapada en Helane y su historia. Todavía no entiende del todo o, mejor dicho, no entiende en absoluto por qué la obsesiona tanto, pero es un sentimiento profundo que no puede doblegar. Así que lee y lee, como si esas páginas manoseadas fueran su novela favorita.

Lucas está tumbado en la cama y ella lo mira de reojo constantemente. Está pensativo, habla poco y en los últimos días desaparece y regresa sin dar explicaciones, sin que parezca consciente de que cada vez es más fantasma y menos persona. Y eso no le gusta. Como dirían sus hermanas, «Melanie cree en ese tipo de cosas», así que está segura de que ese cambio de actitud se debe a que el final se acerca. Y no está preparada.

Poe descansa en la cabecera, muy cerca de Lucas, y él le acaricia la cabeza de vez en cuando. Es el único que parece ver al cuervo, aparte de Emma y Victoria.

—Las mariposas las pintaste tú —le dice para llamar su atención, y él se incorpora en la cama con ojos brillantes, pero Melanie tarda un instante en darse cuenta de que no es por su comentario, sino por la persona que da un par de golpecitos en la puerta antes de entrar: Claudia—. Oh, hola. Nil está abajo.

«Échala», dice la voz.

—Lo sé, pero sigo sin estar preparada para hablar con él. —Claudia se sienta a su lado—. Esta mañana se ha comido el bollo de crema que le he dejado para desayunar, así que algo es algo... —Mira el diario—. ¿Sigues con eso?

—¿Es una tontería pensar que las páginas en blanco se van a llenar con algo más? Cuando usamos la sangre de Lucas, descubrí tantas cosas...

—¿Por qué te interesa tanto el pasado? —la interrumpe Claudia—. Cuando no había una maldición, yo solo pensaba en el futuro. El pasado es aburrido, el futuro es excitante.

—Pero... Lo que le pasó a Helane fue injusto —replica Melanie—. Y por eso me interesa tanto averiguar qué fue exactamente y así decidir cómo vengarla. Aquello marcó el destino de todos vosotros. Y el de nosotras. Necesito...

—¿Has dicho «vengarla»? —pregunta Claudia, negando con la cabeza—. Solo necesitas que tu hermana mayor logre encontrar esa esencia y marcharte de aquí, Melanie. Vuelve al mundo exterior y recupera tu vida. Aquí no hay nadie ni nada para ti.

Melanie se encoge en el sitio. Claudia no suele tener cuidado con las palabras que usa, pero ahora no parece tener la más mínima idea de que le ha atravesado el corazón con una lanza afilada. ¿Cómo no va a haber nada ni nadie allí? Mira a la chica, que se ha convertido en una amiga; una un poco peculiar, pero una amiga al fin y al cabo. Mira a Lucas.

«Él está ahí para ti, Melanie. Ella quiere apartarte».

—Seguro que todavía tienes muchas cosas que hacer con tus hermanas —está diciendo Lucas—. Y con lo graciosa que eres, seguro que encuentras a un chico igual de gracioso que no esté muerto.

Melanie levanta la cabeza y se encuentra con el cielo. O con los ojos de Lucas, más bien. Ha dicho que es graciosa. Nadie la había llamado «graciosa» jamás. Ella siempre ha sido la «rarita», la «taciturna» e incluso «Miércoles Addams» para Emma y los vecinos. Pero nunca «divertida», nunca «qué ganas de pasar el rato contigo, Mel».

«Entonces ¿él también quiere que me vaya o no?», piensa.

«No. Solo dice eso porque Claudia está delante».

Y Melanie sabe que es verdad, así que se recompone y hace lo que le pide el cuerpo: le da un abrazo a Lucas. Le olisquea el cuello y lo estrecha con fuerza para que sepa que no quiere marcharse, que la maldición puede romperse y ellos pueden seguir viéndose. Que para algo es la bruja oscura. Mira de reojo a Claudia y, al encontrarse con su expresión confundida, cae en la cuenta de que ella no ve a Lucas y que su intención no tiene mucho sentido así. Llama a su don y la reacción es instantánea.

—¡Dios Santo! —Claudia se lleva las manos a la boca—. ¡¿Lucas?!

Poe agita las alas y revolotea hasta un rincón, molesto por el grito. Por su parte, Melanie frunce el ceño cuando Lucas se aparta de ella y le da la espalda. No esperaba esa reacción.

—¿Me ves otra vez?

—¡Claro que sí! —Claudia gatea por la cama y Lucas va a su encuentro.

Melanie se levanta. La vena del cuello se le pone tensa y parece a punto de explotar. El corazón se le marchita un poco. Se aparta hasta que la espalda le toca la pared.

«¿Lo ves?», dice la voz. «No ha cambiado nada. Me lo robó a mí y ahora que sabe que tú también le quieres, te lo va a robar a ti».

Desde que regresó del Velo ha sabido a quién le pertenecía la voz que la ha estado guiando desde el principio.

«Helane», la llama.

«Siempre he sido yo, Melanie. Cada vez que escuchabas una voz amiga en esta casa, era yo. Cuando te llevé hasta mis cartas del tarot y te ofrecí tu don de la forma más directa posible. Cuando te avisé de que Cristian no debía entrar. Siempre era yo».

«¿Y cómo…?».

«No hay tiempo para eso. Necesito que hagas una última cosa por mí. Ya no me queda mucha fuerza. He aguantado en el Velo todo este tiempo porque necesitaba que llegarais a Finestres para romper la maldición, pero a cada segundo que pasa tú eres más fuerte y yo estoy más y más cerca de convertirme en polvo y desaparecer».

«Tiene que haber una manera…».

«La hay, pero no para salvarme a mí. Es una forma de salvar a Lucas, pero no va a ser fácil, ¿me oyes?».

—Melanie, ¿me oyes? —pregunta Claudia—. ¿Crees que podrías conseguir que los padres de Lucas lo vieran?

«Está detrás de la pared. Justo bajo la mariposa con el ala rota. Mi querida Nébula. Lo escondí antes de que mis hermanas se vengaran de mí. Necesito que lo cojas. No dudes. Si dudas, puede que Lucas no tenga otra oportunidad. De todos los asuntos sin resolver que me quedan, darle una vida al chico que perdió la suya por mí es primordial. ¿Lo harás, Melanie?».

Melanie siente una energía nueva. Una fuerza que le impregna el cuerpo y la mueve sin que ella lo piense demasiado. Existe una manera de salvar a Lucas. Puede devolverlo a la vida.

—¿Melanie? —Lucas le pone una mano en el hombro, pero ella ya no le presta atención.

Poe aparece a su lado, le pellizca el brazo con el pico y Melanie lo espanta de un manotazo. Se gira hacia la pared y acaricia el dibujo de la mariposa. Algo palpita ahí dentro. Lo sintió desde que llegó a la casa, pero siempre lo había asociado al latido del corazón de sus hermanas o al de ella. Sea lo que sea, va muy rápido.

Pum, pum.

Casi doble.

Pum, pum, pum, pum.

Poe suelta un graznido y le clava las uñas en el hombro, pero Melanie ya no siente nada. No le duele. Araña el papel de pared y lo rasga sin pensarlo dos veces.

—¿Qué estás haciendo? —Claudia intenta detenerla, pero Melanie la aparta. No cree que Claudia quiera quitarle a Lucas, porque, de hecho, él no le pertenece. Es de Helane. Y de nadie más. Pero está claro que no ha superado lo que sentía hace trescientos años ni lo hará nunca. Lucas es de Helane. Sí, igual que el día es luz y la noche oscuridad—. ¿Melanie?

Detrás del papel hay una placa de madera incrustada en la piedra. Es como una caja fuerte, solo que no tiene cerradura.

«Tendrás que usar la llave que todas las Lanau heredamos al nacer».

Al nacer.

La sangre.

Melanie se mira el dedo índice y cierra los ojos. Se muerde hasta que los dientes perforan la carne y la sangre brota, caliente y con un sabor metálico que le impregna la lengua.

—¿Qué haces? —Lucas la agarra del brazo.

—Salvarte —responde, tirando con fuerza para recuperar el control de la mano. La sangre le resbala por el dedo—. Esta es la forma, Lucas. Helane lo sabía. Ella dejó algo para ti aquí dentro.

—Melanie...

Poe aletea tan bruscamente que una de sus plumas sale disparada por la habitación.

—Vamos a salvar al pueblo, pero te daré una segunda oportunidad. —Melanie pinta la madera con el dedo—. Es lo que te mereces. Vivir.

—Melanie.

—Vive, Lucas.

La madera desaparece como si nunca hubiera existido y revela un espacio en la roca. En él hay un tarro enorme de cristal transparente, dividido en tres secciones.

—Estoy muerto —susurra él—. Melanie, ¡estoy muerto! Los muertos no vuelven.

—Melanie, por favor. —Claudia tira de ella. Seguro que ya ha visto lo que hay ahí oculto y quiere impedirlo. No quiere que salve a Lucas—. ¡Eso es...!

Un corazón.

Es un corazón y luego otro más. Un corazón que palpita, y otro que también. Y entre ambos un reloj de arena detenido en el tiempo, igual que Finestres.

«Eso es, Melanie», dice Helane. «Por fin lo has encontrado. El corazón de Lucas. Y por fin es nuestro, sin condiciones».

Melanie coge el tarro de cristal y sonríe satisfecha.

De repente, un grito la libera momentáneamente del estado de trance que le produce la voz de Helane. De rodillas, Claudia respira como si el oxígeno del planeta no fuera suficiente como para mantenerla con vida.

—Solo es el corazón de Lucas, Claudia —la tranquiliza Melanie—. No pasa nada. El otro es el de Helane.

—Melanie, ni se te ocurra tocarlos. —Lucas intenta detenerla, pero cuando se dispone a atraparla con las manos, lo único que consigue es atravesarla. Es la bruja oscura, los muertos hacen lo que ella quiere. Y no desea que la toque o la interrumpa—. Por favor...

—Es el corazón de Lucas porque... —Claudia solloza y se lleva las manos a la cara—. Acabo de recordarlo todo. La bruja del cuento... No era un cuento, Melanie. Eran mis recuerdos.

«¿Qué?», se pregunta en silencio.

Y la voz de Helane suena justo a su lado.

—Ay, Melanie. Lo que Claudia quiere decir es que esa historieta que te contó la Noche de las Ánimas era su propio recuerdo. Yo la hice olvidar todo lo que pasó y la muy tonta se pensó que era un cuento de niños. Hice que todos lo olvidaran y os regalé recuerdos nuevos. —Helane, con la misma apariencia fantasmal que en el Velo, le quita el tarro de las manos—. Este es mi corazón, y este es el de Lucas, la noche que se lo arranqué del pecho para que me perteneciera por siempre.

Melanie quiere resistirse, pero los ojos plateados de Helane la dominan como si la estuviera hipnotizando. Ya ha pasado por eso una vez. Todo el cuerpo se le pone rígido y ya no siente los dedos. La bruja se mete dentro de ella, dentro de las extremidades y la boca y los oídos, hasta que ya no puede respirar. Se ahoga. Oye a Claudia llorar y a Lucas intentar calmarla. Pero ya es tarde. Mira a Poe, que, aunque está aterrado, intenta acercarse a ella.

Helane extiende las manos hacia delante, se mira los dedos y los mueve en el aire, acostumbrándose a ellos. El anillo de ónix brilla tímidamente.

—Oh, me había olvidado de esta baratija inútil —susurra, y le da golpes descuidados con la uña.

Melanie quiere llevarle la contraria, decirle que el anillo lo empezó todo. Que, al ver la joya en los dedos de sus hermanas, se sentía más cerca de ellas que nunca, aunque no tenga poder, aunque no sea mágico.

Pero no puede.

Porque Helane no solo se adueña de su cuerpo, también de su conciencia.

Y Melanie deja de ser.

TERCERA PARTE

Noviembre de 1993

CAPÍTULO 39

Victoria

«Érase una vez una chica que estaba muy muy enamorada. Solo tenía dieciséis años».

Así había empezado Claudia su historia de miedo en la Noche de las Ánimas.

Una historia en la que la protagonista caminaba con su enamorado por el bosque y entonces aparecía una bruja y le robaba el corazón. A Victoria le había parecido el típico cuento para asustar a los niños; una especie de *Hansel y Gretel* en el que la bruja tiene la nariz enorme y una verruga muy fea en la punta.

Ahora no tiene tan claro que fuera invención de Claudia. Ni tampoco que ella fuera consciente de lo que les estaba contando.

Vuelve a ser espectadora de la vida de Helane. No ha pasado mucho tiempo desde el último encontronazo de la bruja con Claudia y Lucas, pero es fácil darse cuenta de que está bastante desmejorada. En sus otros recuerdos, Helane es una chica casi adolescente, de ojeras profundas y huesos marcados. Ahora, esas ojeras parecen dos pozos negros sin fondo y la clavícula amenaza con rasgarle la piel, igual que las astillas cuando partes una rama en dos.

Está agazapada tras unos setos, en el bosque. Victoria no reconoce el lugar, pero oye el ruido de un arroyo, y recuerda que Nil mencionó que de pequeños solían jugar por allí, cerca del escondite de Helane.

—¡Podríamos ir a Francia, Claudia! Estamos muy cerca de la frontera, solo tenemos que cruzar. ¿Es que no has oído los rumores? Allí hay pintores, escritores y músicos por las calles. ¿Cómo será vivir en la gran ciudad?

—Pon los pies en la tierra, Lucas. ¿Cómo vamos a ir a Francia? Hablan de otra forma. ¿Cómo los vamos a entender?

—¡Aprenderemos!

Dos figuras aparecen por el camino. Un chico rubio, de sonrisa bonita, lleva de la mano a una chica de pelo castaño y mejillas sonrosadas. Lucas y Claudia. Felices, como un par de novios que se han escapado para poder tener intimidad. Él le hace una reverencia y le da un beso en el dorso de la mano.

—¡Mi señora! —Lucas pone acento, pero no se parece en nada al francés. Lo más probable es que jamás haya oído a nadie hablar el idioma—. ¿Me concedería el honor de bailar conmigo?

—Deja de hacer el tonto…

—¿Debería pedirle la mano antes a su familia? ¡Qué estúpido por mi parte!

Lucas se ríe y, de pronto, la pareja baila con pasos torpes entre los árboles, sorteando las raíces. Victoria mira de reojo a Cristian. Le sorprende verlo sonreír.

—¿Arrepentido? —le pregunta—. De matar a ese chico, digo.

—¿Yo? —Cristian cambia su expresión a una tirante—. Victoria, yo no mato a las personas.

—Es justamente lo que haces.

—Los humanos matan a otros humanos —responde—. Las brujas matan a los humanos y hasta a otras brujas. Yo no maté a ese chico, ni tampoco a tu madre o a tus abuelas. Sé que vosotros, los vivos, me odiáis, pero lo único que yo hago es acompañaros de un lado a otro. Lamento si ese es un viaje que te da miedo hacer.

Victoria frunce los labios. Los humanos matan. Lo ha visto con sus propios ojos. Lo vio en la chica con la aguja clavada en el brazo. Lo vio en el reflejo de la mirada del hombre que le cerró la garganta aquella noche en el callejón.

Esa capacidad de matar es humana. Es de humanos matar a otros, de hacerse daño a una misma, de llenar de dolor a los que se quedan vivos.

Jamás va a dejar de temer a la muerte. Como ha dicho Cristian, es natural, es humano, y aunque ahora también sea una bruja, durante treinta años solo ha sido carne.

—¿Pudiste hablar con mi madre? Cuando murió.

En el camino, Lucas besa a Claudia en los labios y ella le echa los brazos al cuello. Helane se rasca el brazo hasta dejarse unas marcas rojas. Victoria se fija en que lleva las manos vendadas.

—No, lo siento —baja la voz—. Ella formaba parte del trato.

—¿Qué trato?

—El de las Lanau. Ya lo has visto, solo almaceno vuestros recuerdos, pero vuestras almas descansan en otro lugar. En la tierra, en tu caso. En el Velo, en el de tu madre.

«Justo lo que dijo Mel».

—¿Con quién hiciste ese trato?

Cristian parece dudar. Se agacha junto a Helane, que rechina los dientes con tanta fuerza que parece un animal salvaje.

—Te quiero —dice Lucas.

—Yo también.

Cristian suspira.

—Hice el trato con la primera humana de la que me enamoré. —A Victoria le da un vuelco al corazón. «La primera»—. Una mujer muy peculiar que vivía en Córdoba, aunque había viajado desde el norte, ni siquiera sé cómo había llegado hasta allí o por qué. Tenía muchos amantes, aun a sabiendas de que eso podía costarle la vida. Flirteaba con quien sabía que no la delataría y se colaba como una sombra en los archivos más importantes de las bibliotecas, como la de Medina Azahara. Allí estudió cuando no tenía permitido hacerlo y fue, poco a poco, descubriendo que era diferente a los demás. Era lo que entonces llamaban *sahirah*.

—¿Una bruja?

—Una hechicera capaz de controlar el tiempo y los elementos, que tonteaba con los muertos. Por supuesto, más pronto que tarde, llegó el día en que la descubrieron y la castigaron con la muerte. Como te puedes imaginar, cuando la tuve delante… no pude… Era muy poderosa, Victoria. No había visto a una humana así en toda mi existencia. Y no podía dejar que su don se echase a perder.

—¿Dejaste que viviera?

—Le revelé mi identidad y huimos a este mismo lugar, a Finestres. Aquí siguió creciendo como bruja y sin envejecer ni un día. Me mantuve a su lado sin excepción. Fiel a ella. La observaba todo el tiempo y de vez en cuando, ella me prestaba también atención a mí. Y una noche sin más, decidió que había llegado su momento de morir. Yo me negué, pero ella tenía muy claro lo que deseaba. Dividió su corazón en tres, como lo haría una madre con tres hijas. Decía que el poder la había convertido en algo que no deseaba, que lo ideal era compartirlo. Enterró el órgano en la tierra y a cada parte le otorgó un don. Hicimos un trato: yo no me llevaría nunca a sus herederas y, a cambio, ella se convertiría en una criatura inmortal, para poder existir junto a mí. Pero me engañó. La humanidad se le había quedado pequeña, así que pidió mucho más. Condenó a parte de su descendencia: las madres Lanau irían al Velo y pasarían toda la eternidad allí, sufriendo en soledad. A cambio de ese sufrimiento, ella podría convertirse en un ser superior. Una Sombra que vagaba como la diosa que se había creído y observaba a sus hijas, a sus herederas.

«Sombra», repite Victoria en su cabeza.

—La única mujer que jugó con la Muerte y ganó. O así fue hasta que llegó... Helane Lanau —termina Cristian.

Victoria, muda, se vuelve hacia Helane. Parece muy pequeña, muy irrelevante como para compararse con la Sombra. Y, aun así, cuando la ve ponerse de pie, sabe que el final está cerca y que lo que va a presenciar no va a ser agradable.

Claudia y Lucas dan un brinco al verla.

—¡Lena! ¡Qué susto!

Los besos se acaban de golpe. Claudia se aparta de Lucas. ¿Sería su relación un secreto? ¿Estaba al tanto de los sentimientos de su amiga y no quería herirla?

—¿Qué haces aquí, Helane? —La expresión de Claudia es tensa, las comisuras de los labios tirantes.

—Mis hermanas... —Helane se ríe con sequedad—. Son malas, ya sabéis que son muy malas...

—¿Te han hecho algo? —La actitud de Claudia cambia de golpe cuando ve las vendas en las manos de su amiga—. ¡¿Qué te han hecho?!

—¿Esto...? —Helane levanta las manos—. No, esto no lo han hecho ellas. Es un pequeño truco, Claudia. ¿Es que ya no recuerdas lo que te enseñé? La sangre es una moneda de cambio poderosa.

Lucas mira a las dos chicas, confundido. Claudia niega con la cabeza.

—Ya te dije que no quería volver a hacerlo.

—¿Y por qué no? —pregunta con una sonrisa—. ¿Es que no te ayudé con lo del accidente?

—Sí, pero...

—Nil sobrevivió. —Helane ladea la cabeza—. Aunque no usamos suficiente sangre.

Ahora, Claudia parece más asustada que preocupada. Atrapa a Lucas de la manga y tira de él.

—Vámonos.

—No, no. —Helane levanta la mano llena de vendas y, como si tuviera control sobre los cuerpos de los chicos, ninguno da un paso más—. Mis hermanas se han enterado de todo y no voy a permitir que te lleves a Lucas.

—¿De qué estás hablando?

—Les has contado lo de las esencias, ¿verdad? —Los ojos plateados de Helane le recuerdan a la noche en que Emma perdió el control. Plata líquida, al borde de derramarse por la esclerótica—. ¡Era mi única oportunidad! ¿Y por qué? ¿Me tienes envidia?

—Has perdido el control... —Claudia suelta a Lucas y enfrenta a su amiga, aunque por el temblor de sus rodillas, es obvio que sigue asustada—. Les conté lo de las esencias porque sé lo que tramas. Dijiste que era para escapar de ellas, pero no es verdad. Estás perdiendo la cabeza. Sé que quieres hacerle algo a Lucas y no lo voy a permitir.

—Eres estúpida.

La mano de Helane sale disparada hacia la mejilla de Claudia y el bofetón resuena en la quietud del bosque. Lucas, que hasta ese momento parecía congelado y tan perdido como la propia Victoria, se pone entre las dos.

—No la toques otra vez, Lena.

—Lucas... —Helane baja los brazos y empieza a llorar—. Me han hecho cosas que no te puedes ni imaginar. Y solo... solo porque te quiero, ¿entiendes? No pueden soportar que estemos enamorados, ni ella tampoco. No aceptan nuestros sentimientos.

Lucas traga saliva e hincha el pecho con un largo suspiro.

—Lena, yo no estoy enamorado de ti. ¿Cuántas veces te lo tengo que repetir? Te quiero, sí. Pero solo somos amigos. Nada más.

Helane apenas parpadea. Se rasca los brazos y las vendas caen lentamente al suelo, desvelando unos dedos deformes, llenos de quemaduras y cortes recientes.

—Nos besamos el otro día. En el porche.

—¡Me besaste tú! —protesta Lucas—. Y yo te aparté.

—Todavía podemos irnos, Lucas —insiste, y busca con los dedos heridos los pliegues de la camisa de Lucas para desvelar la piel del muchacho. Numerosas cicatrices se cruzan—. ¿Lo ves? Estamos enamorados.

Para sorpresa de Victoria, Claudia aparta a Helane de un empujón. Acaricia el torso de Lucas, que parece incómodo.

—¿Qué es esto, Lucas?

—Ella… No está bien, Claudia. Yo no…

—Son las marcas de nuestro amor —dice Helane.

—¡Le has hecho algo! ¿Qué te ha hecho, Lucas? —Claudia mira al chico con una súplica lastimera pintada en los ojos.

—No lo sé, yo…

—¿Te lo repito? Son las marcas de…

Pero no termina la frase, porque Lucas se cierra la camisa y parece que se hace más pequeño cuando dice:

—No, Lena. Yo no estoy enamorado de ti. Estoy enamorado de Claudia.

Silencio.

Cristian susurra un «lo sabía».

—¡Mentiroso!

La bruja se tira al suelo y chilla como si alguien le hubiera empezado a arrancar la piel a tiras. Lucas hace amago de agacharse junto a ella, pero Claudia lo detiene.

—Tenemos que irnos —susurra—. Lucas, es peligrosa.

—Pero…

—Mi amor, no hace falta que te portes bien con ella. —Helane suelta un suspiro y en un movimiento que no es humano, se levanta y se lanza a los brazos de Lucas, errática y macabra—. Desde el primer día que me miraste supe que estábamos hechos el uno para el otro. —Le pasa un dedo por la mejilla y luego por el cuello. Así hasta remangarle el brazo y mostrar el resto de los cortes y cicatrices—. He tenido que usar un poco de ese poder que a mis hermanas no les gusta para poder tenerte más cerca, pero ya no será necesario. Hemos sufrido suficiente. Ellas no quieren que te ame, pero me tienen envidia porque hay una estúpida norma que dice que es peligroso que nosotras nos enamoremos. Pero yo, que nací de la muerte, solo puedo amar. ¿Me entiendes? Te quiero, Lucas. He luchado mucho por nosotros, no voy a permitir que ese par de brujas lo echen todo a perder. ¿Sabes por qué? Porque yo soy mucho más poderosa que ellas.

—Lena, por favor... —Él intenta apartarla—. Quiero ayudarte.

—Encontraré una manera de que estemos juntos, te lo prometo.

Los ojos azules de Lucas se abren de par en par en el instante en que la mano de Helane le atraviesa el pecho como si estuviera hecho de papel. Victoria grita horrorizada, pero nada es comparable al chillido de Claudia, que parte el bosque en dos.

«El corazón. La bruja le robó el corazón al chico. Le introdujo la mano en el pecho y se lo arrancó. Y él ni se movió. Ni siquiera gritó».

Lucas cae al suelo como un muñeco; su pecho vómita sangre que pinta la hierba de carmesí.

—Su corazón es mío, Claudia —dice—. Siempre ha sido así.

—¿Qué... has hecho?

—Shhh... —Helane extiende la mano que tiene libre y la coloca en el pecho de Claudia—. Oh, vaya. ¿Se te ha roto el corazón? Lo siento, pero no podía ser el mío. Tú lo superarás.

Claudia se tira junto al cuerpo de Lucas y busca su rostro con las manos, llorando sin parar. Victoria quiere dejar de mirar, porque esa Claudia no se parece en nada a la que ella conoce. La versión actual está rota; una muñeca dolida y resentida. Ahora entiende por qué, incluso si sus recuerdos están velados.

—Usaré la esencia hoy mismo —dice Helane. Le da un beso al corazón y este le deja sangre en los labios—. Lucas y yo estaremos juntos y tú vas a olvidar todo lo que te unía a él. Pensaba que ya no te necesitaba, querida amiga, pero creo que todavía puedo usarte una vez más.

—Lucas... —llora Claudia—. Vuelve, por favor.

—No seas ilusa. —Helane se agacha junto a ella y le acaricia la mejilla, dejando un rastro rojo que parece el dibujo de una sonrisa falsa—. Claro que va a volver. Pero, cuando lo haga, no sabrá quién eres y tendrá toda la eternidad para amarme a mí, como siempre debió ser.

El recuerdo se emborrona y Victoria se lleva las manos a la cabeza. Un pinchazo de dolor le cruza la sien.

—¿Qué está pasando?

Cristian la atrapa por la cintura y ella no rechista. Se pega a él porque ya no hay nada más a lo que agarrarse. Flotan en la nada, en una luz demasiado intensa como para abrir los ojos.

—Creo que algo ha cambiado en tu mundo.

—¿El qué?

Justo ahora que iban a descubrir qué pasó realmente la noche de la maldición.

Cristian sacude la cabeza.

—Es imposible.

—¿El qué? —repite, y lo mira a los ojos verdes como si allí fuera a encontrar la respuesta. El iris se vuelve sangre y ella sigue temiendo, porque es carne. Pero no huye, porque también es bruja, es tierra—. ¿Qué ha pasado, Cristian?

—Es… Helane. Es imposible, pero creo que vuelve a estar viva.

CAPÍTULO 40

Emma

Emma observa cómo Duna rebusca en la tierra de la maceta. Cada granito que lanza con las pinzas le parece un grano de arena en uno de los numerosos relojes que hay dibujados en las cartas del tarot. El tiempo avanza demasiado rápido y le preocupa que Victoria se quede sin él.

Nil está a su lado, junto al brazo del sofá. Lo mira de reojo y lo compara con la primera vez que lo vio semanas atrás. Está igual de guapo, tiene la misma nariz recta y atractiva, los mismos labios besables. Y, sin embargo, lo que provoca en el interior de Emma es totalmente distinto. Ahora tiene la certeza de que la Sombra no se equivocaba. Está preparada para quererlo. El problema es que ya no hay días, ya no quedan oportunidades ni momentos.

Estira la mano y roza la de él.

—¿Estás preocupada? —pregunta sin mirarla.

—Vivo preocupada desde que llegué aquí —responde.

Se gira hacia ella y sus ojos se encuentran por fin. Hay una calidez en ellos que la lleva a una tarde de otoño, a un café recién hecho y al aroma de un bollo de canela. Se inclina y le da un beso en la punta de la nariz, porque no toca hacer nada más. Ese sofá pistacho ya es testigo de lo que el cuerpo de ambos puede llegar a hacer. Ya se lo recordarán más adelante. «¿Habrá un más adelante?», se pregunta otra vez.

—Nil —lo llama—, ¿qué va a pasar?

—Espero que tu hermana consiga esa esencia, la verdad. Otra opción me parece un drama.

—No, me refiero a nosotros. ¿Qué va a pasar con nosotros?

Qué tonta. Qué infantil y boba preguntando algo así en una situación como esa. ¿A quién le importa lo que sienta Emma? Ya lo aprendió cuando buscó la Esencia de la Tormenta. No hay espacio para los sueños tontos como las citas al pie de la torre Eiffel, las cenas en los restaurantes más exóticos de Londres o una entrada de pista para un concierto de Nacha Pop.

—Emma, yo...

Sabe qué quiere decir ese «yo». Quiere decir «soy un chico de hace tres siglos, quiero morir, ¿qué parte de mi historia no has entendido?». Y ella quiere responder «pero es que siempre se me ha dado muy mal escuchar cuentos y no puedo soportar la idea de decirte adiós, porque llevas poco tiempo en mi vida, pero sé que quiero más. Mucho más».

—No pasa nada —dice en su lugar, y sonríe, triste—. Lo entiendo.

—Pero...

Y no hay «pero» que valga, porque, de repente, algo rechina en la habitación y los dos giran la cabeza hacia Victoria. Ella no se ha movido, pero las cartas sí. Cartas que vuelan a toda velocidad, que se barajan solas. En mitad del caos, el color negro de la baraja cambia, como si alguien estuviera arañando la superficie para ver qué hay debajo. Y lo que hay es sangre. Sangre que chorrea y que empapa el papel y también la mesa.

—¿Qué...?

Victoria levanta la cabeza como si el cuello fuera un muelle. Jadea y abre los ojos; al principio su mirada está desenfocada, luego se fija en ellos dos.

—¿Estáis bien? —pregunta mirando a su alrededor—. ¿Qué ha pasado?

—¡¿Que qué ha pasado?! —Emma señala la mesa y Duna le salta al pecho—. ¡Mira!

Victoria se echa hacia atrás al verse las manos llenas de sangre y la moqueta empapada de rojo oscuro.

—¡Melanie!

Es la voz de Claudia, que llega amortiguada desde el piso de arriba. Melanie baja corriendo por las escaleras y se detiene un instante en la puerta del salón. Emma está a punto de llamarla para que se acerque, pero los ojos de su hermana le impiden hacerlo. El gris se ha extendido hacia la esclerótica, igual que una gota de pintura de color al mezclarse con la blanca. Se fija en lo que lleva en las manos, una especie de forma roja palpitante que le provoca malestar en el estómago.

Sea lo que sea eso, no tiene tiempo para averiguarlo porque Melanie las ignora y sale al jardín.

Tras ella aparece Claudia, y, justo inmediatamente detrás, un chico alto de pelo rubio con el pecho empapado de sangre.

—¡¿Lucas?! —exclama Nil a su lado.

Emma no tiene tiempo de detenerlo cuando se impulsa con los brazos. Las ruedas de la silla resbalan y Nil está a punto de caerse, pero el recién llegado también ha corrido hasta él y llega a tiempo para sujetar los reposabrazos y hacerle recuperar el equilibrio.

—¡¿Me ves?!

—Sí, joder, sí.

Los dos chicos se funden en un abrazo que deja la pechera de Nil manchada de rojo. Lo que inicialmente a Emma le había parecido una mancha de sangre, en realidad es algo mucho más macabro. El pecho de Lucas está abierto en canal. El lugar en el que debería encontrarse el corazón es hueco, unido pobremente por tiras de carne desgarrada y huesos rotos.

—¿Qué...?

—¡No hay tiempo! —Claudia entra en el salón como un vendaval. La sangre también le mancha la cara y las lágrimas le corren por las mejillas—. Melanie está fuera de control. Ha tocado esa cosa y... El... El corazón de... —respira profundamente cuando Lucas se acerca a ella y le pone una mano en el hombro—. Es el corazón de Lucas. Tiene el corazón de Lucas. Y creo que... el de Helane también. Tiene el corazón de Helane Lanau.

—Pero ¿qué dices, Claudia? —pregunta Nil.

Ni ella misma lo tiene muy claro. Le tiemblan las manos y está tan nerviosa que las palabras que suelta no son coherentes.

—Había un reloj oculto en la pared —dice entonces Lucas. Tiene la voz suave, distante. Aunque es evidente que no está vivo, lo parece—. En realidad, dos corazones y un reloj. Y creo que Helane escondió todo allí cuando se lanzó la maldición.

—¿Helane? Pero yo creía...

Emma mira a Claudia sin comprender, y esta niega con la cabeza. Sin embargo, no es ella la que responde sino Victoria, que se está limpiando la sangre de las manos en los pantalones.

—Helane no quiere ayudarnos. ¿Recuerdas cuando dijiste lo peligroso que podía ser para una bruja no ser correspondida? Pues parece que es cierto. El corazón roto de una bruja solo trae locuras. —Victoria rebusca en el bolsillo y extiende la mano para mostrarles un saquito de terciopelo dorado—. Hace trescientos años, Helane le arrancó el corazón a Lucas y desde hace unas semanas ha estado metiéndose en la cabeza de Melanie sin que ella se diera cuenta. Esto es lo que busca, lo necesita para pedir un nuevo deseo.

«Lo ha conseguido», piensa Emma. Y, sin embargo, esta vez no hay euforia ni alegría. Se gira hacia la ventana e, igual que hizo la Noche de las Ánimas, observa el jardín con desazón. Allí, Melanie y el alcalde Castán hablan. Él sostiene la bolsa con las dos esencias, muy pegada al pecho, como si fuera un bebé al que proteger.

—Hay que detenerla —dice, volviéndose hacia los demás—. Decidme que tenemos algún plan, que sabéis cuál era el punto débil de Helane.

Pero las miradas sombrías que recibe le dicen suficiente. Claudia esconde la cara en las manos y las ruedas de Nil hacen crujir la madera cuando avanza con la silla hasta su hermana. Le acaricia la cabeza y ella se echa a llorar sobre su hombro.

Lucas da un paso al frente y Emma intenta concentrarse en sus facciones y no en la herida abierta del pecho. No quiere desmayarse de la impresión.

—Yo sí que sé cuál es su punto débil —dice en voz baja—. Por desgracia, creo que se ha convertido en una bruja muy poderosa. Por suerte para vosotras, su punto débil sigo siendo yo. Y quiero que me uséis para acabar con ella. Hace trescientos años cometí el error de sentir pena por ella, de querer ayudarla, pero después de lo que os ha hecho a todos... Ya morí una vez; la segunda será como quedarme dormido.

—¿De qué estás hablando? —Claudia levanta la cabeza. Se ha frotado los ojos con tanta fuerza que un par de pestañas solitarias se le han quedado pegadas a las mejillas húmedas—. ¿Por qué le íbamos a dar lo que quiere? Ahora estoy segura de que nos manipuló para que consiguiéramos la Esencia de la Sombra y así estar contigo para siempre.

—Entonces hay que engañarla para que crea que voy a ir con ella —insiste Lucas—. Todos nuestros recuerdos están alterados. También creíamos que sus hermanas la asesinaron, pero…

—Pero seguramente tampoco fuera así —completa Victoria—. No lo sé con certeza, pero es posible que la maldición sea cosa suya.

Un ruido desgarrador, como de dos mitades que se separan con esfuerzo, interrumpe la conversación. Victoria y Emma se acercan a la ventana y la abren para ver y oír mejor.

En mitad del jardín delantero, la masa rojiza flota por encima de la cabeza de Melanie mientras ella sujeta al alcalde del cuello de la camisa.

—¡No te las daré! —protesta él.

—Creo que no me has entendido —responde Melanie—. No te he pedido permiso.

Con la mano que le queda libre forma un puño y atraviesa el estómago del hombre, que abre los ojos y la boca con sorpresa. La sangre salpica como un fuego artificial gore y Melanie deja caer el cuerpo con desdén, igual que si fuera un trozo de ropa vieja.

La señora Marisa se encoge sobre sí misma y los padres de Lucas la sujetan para tranquilizarla, a pesar de que parecen igual de aterrados que ella.

—Esta línea no podréis cruzar —canturrea Melanie, usando la sangre de Castán para marcar la hierba—, pues ni a mí ni a nadie debéis molestar.

Termina lo que parece un hechizo similar al que ha realizado Claudia cada vez que iban en busca de una esencia. Y Emma entiende por qué. Las acaba de encerrar en un círculo todavía más pequeño que la cárcel que supone Finestres. Nadie puede ayudarlas. Están solas.

—Tengo dos peticiones. —Melanie continúa con una sonrisa y mete la mano en la bolsa para hacerse con su contenido. El botecito con la Esencia de la Tormenta y el cristal que contiene la sangre del Velo—. La primera es que tú —señala al padre de Lucas— vayas a buscar a la gente del pueblo. Quiero tener público hoy. Y la segunda es que vosotras —se vuelve hacia la ventana del salón—, queridas herederas, salgáis aquí ahora mismo y me deis la Esencia de la Eternidad.

—¿Y qué pasa si no lo hacemos? —pregunta Emma con más valor del que le queda.

—Que os obligaré.

El suelo tiembla y Emma se agarra a la ventana, buscando el origen de la vibración. Eso hace que no vea la liana llena de pinchos que sale disparada hacia ella y se le enrosca alrededor de la cintura. Los bordes afilados se le clavan en el torso y los brazos cuando una fuerza sobrenatural la levanta por los aires y la lanza a ras del suelo. El cuerpo de Emma levanta los hierbajos, que le raspan la piel y se le pegan al pelo. Cuando por fin se detiene y consigue abrir los ojos, Helane está de cuclillas delante de ella. A su espalda, la liana danza, amenazadora. Es el poder de los elementos, el de la bruja roja.

Su hermana le ofrece una mano amigable, pero Emma sabe que esa no es su Melanie. Los ojos grises no tienen la amabilidad y el calor que siempre encuentra en ellos, incluso cuando no lo está buscando. No hay inocencia ni esa admiración que siempre la ha hecho sentir mejor.

Solo hay horror.

Y odio.

—Voy a sacar a mi hermana de ahí, maldita bruja.

—Me gustaría verte intentarlo.

Helane chasquea los dedos y la liana rompe otra de las ventanas de la casa. Los cristales salen despedidos por la hierba y varios se clavan cerca de las piernas de Emma. En el interior de la casa se oyen gritos, pero cuando Claudia, Victoria y Nil salen, parecen ilesos.

—¿Ves? Al final todo el mundo me hace caso. —Helane sonríe—. Nuestro linaje era el más poderoso de todos y mira en qué os habéis convertido... No podéis vencerme, porque este cuerpo es el de vuestra hermanita pequeña y todo lo que me hagáis a mí, se lo haréis a ella.

—Mel es más fuerte que tú —dice Emma, incorporándose. Los pinchos no se le han clavado muy profundos, pero las heridas le escuecen bajo la ropa—. Lo único que tenemos que hacer es quitarte esas esencias y estarás acabada.

—O yo quitaros la vuestra.

Con un siseo similar al de una víbora, Helane se abalanza sobre ella. Emma clava los dedos en el suelo y la tierra fresca la saluda como a una vieja amiga. Duna sale del interior de su ropa y mueve las pinzas cerca de ella. Ahora que el escorpión está a su lado, siente que es más fuerte.

Abre la puerta que la conecta con la tierra. Esa que ha usado más de una vez para hacer crecer pequeñas flores, pero en esta ocasión no pide flores, pide pinchos, aliagas y enredaderas. Las llama para que la ayuden a detener a Helane.

El suelo se abre y dos rosales crecen hasta las piernas de la bruja: los pinchos se le clavan en las pantorrillas, igual que han hecho con ella antes, y le provocan un grito de dolor. Emma tiene que contenerse para no retirar el ataque, porque esa es la voz de su hermana pequeña. Esa a la que se ha prometido proteger.

—¿Eso es todo? —Helane agarra el grueso tallo del rosal con ambas manos y tira hasta que lo arranca de la tierra. La sangre le corre por las palmas—. La sangre nunca me ha asustado.

Emma maldice. No puede llamar al fuego: no es seguro y podría hacer daño a Victoria o a los demás, igual que la Noche de las Ánimas. Y no solo eso, podría perder el control y quemar el bosque, el pueblo entero. Que los vecinos no puedan morir no quiere decir que no puedan sufrir. Y si lo que Cristian dijo es cierto y existe la más mínima posibilidad de que esa gente acabe en el Velo por su culpa, debería andarse con mucho cuidado. Los ojos se le van al cuerpo destrozado del alcalde y una bola de inseguridad se le instala en el estómago cuando ve al resto de los vecinos llegar por el camino, liderados por el padre de Lucas. Los ojos que la Noche de las Ánimas le pusieron los pelos de punta, ahora no son más que expresiones aterradas. Para ellos, Melanie los ha traicionado. Las tres lo han hecho.

—Por fin. —Helane se gira hacia los recién llegados—. Siento mucha nostalgia al ver todo esto. Es una lástima que vosotros no os acordéis.

«¿Y un rayo?», se pregunta Emma. Eso mataría a Melanie. «El hielo», piensa. Pero no hay agua cerca. «¿Y si llamo la del arroyo?». Está demasiado lejos.

¿A quién pretende engañar? Es un bebé de los elementos.

Duna la mira y chasquea las pinzas.

Arena.

Tierra.

Emma hace un esfuerzo e imagina que el suelo se convierte en arenas movedizas que atrapan el cuerpo de su hermana sin dañarla demasiado.

Helane no deja de sonreír cuando empieza a hundirse y la arena se le pega a la piel llena de heridas.

—¿Ya está? Es como jugar con una niña...

Emma se queda sentada, agotada, con Duna en el regazo. Ni siquiera se ha dado cuenta de que Victoria y Nil han llegado a su lado.

—Vete de aquí, Nil —le pide—. Márchate o esa bruja te hará daño a ti también.

—Ooohhh... —Helane se lleva un dedo a la boca. No parece preocupada por estar sumergida hasta las rodillas. Pero ¿qué más puede hacer? No puede arriesgarse. No con Melanie de por medio—. ¿Estás enamorada de Nil? ¿Y es correspondido? —Los ojos completamente grises brillan con un destello peligroso—. ¡Qué bien! Y me alegra ver que existir tanto tiempo te ha ayudado a usar ese cacharro con una habilidad impresionante. Claudia, ¿qué te parece? Al final nuestro hechizo no fue tan mal.

Claudia, que está de pie, sola y con la mirada perdida, reacciona al oír a su amiga decir su nombre.

—¿De qué hablas?

—¡Ay! Maldita sea... Este asunto de los recuerdos es un lío, ya no sé lo que sabes y lo que no. —Helane suspira y, sin apenas esfuerzo, se libra de la trampa de Emma—. Creo que se me fue de las manos.

—Ya recuerdo que mataste a Lucas. Lo sabemos todos.

—¿Y recuerdas que el día del accidente de la ermita me pediste que usara la sangre para salvar a tu familia? ¿Recuerdas que nos reunimos en el cementerio? ¿Recuerdas lo que hicimos?

—Yo...

—Nil —Helane le dedica una mueca amable que se parece más a los gestos de Melanie—, habrías muerto igual que tus padres por culpa del derrumbamiento, pero Claudia y yo usamos tu sangre para pedirle a la tierra que te salvara. Y funcionó. Deberías darme las gracias. Y a tu hermanita. Te quiere mucho.

Nil gira la silla hacia Claudia.

—Claudia, ¿qué hiciste?

Su hermana no parece conocer la respuesta. La magia del olvido, la que Helane ya no parece tener intención de mantener, se desvanece poco a poco y más recuerdos aparecen.

—Usé la brujería contigo, Nil —susurra Claudia con cuidado—. Yo quería salvar a papá y a mamá también, pero no fue suficiente. Desde ese día no he dejado de pensar en qué es lo que di a cambio de que te salvaras. ¿Acaso la maldición fue culpa mía? —Empieza a jugar con los dedos de las manos—. Y es cierto, yo la delaté. Yo les conté a sus hermanas que estaba buscando unas esencias, pero te juro que no fue por celos. Jamás habría imaginado que todo acabaría de esta manera. No me odies, por favor —suplica.

Nil niega con la cabeza y coge a su hermana de la mano, para que deje de retorcerse los dedos. Emma lee el dolor en el rostro de Nil. Al menos ya no hay decepción. Puede imaginar lo que está pensando: que ha fallado como hermano mayor, que debería haberla protegido mejor. Que duele mucho no hacer las cosas bien. Emma siente lo mismo cada vez que mira a Melanie. A Helane. Se pregunta por qué no se dio cuenta de que la obsesión de Melanie con el pasado de Finestres no era normal. Creyó que solo se trataba de su habitual curiosidad.

—Todo eso es cierto —dice Victoria a su espalda—. Pero Claudia solo delató a Helane porque sabía que quería usar la esencia para desear que su amor por Lucas fuera correspondido. —Su hermana señala a Helane con un gesto de desdén—. Llevabas tiempo usando la magia de sangre con él, metiéndote en su cabeza para que te deseara. Y, aun así, no funcionaba. No podías soportar que él quisiera a otra. Y encima a tu mejor amiga. ¿Por qué no eras tú? Más fuerte. Más madura. Más guapa. —El rostro de Melanie se contrae. Helane sonríe, pero esta vez es una mueca incómoda. Victoria continúa—: Toda la vida detrás de tus dos hermanas. Más fuertes. Con más talento. Más bellas. Y ahora una humana sin dones volvía a ser mejor que tú. Volvían a quererla en lugar de a ti.

—Vaya, vaya... —Helane echa un vistazo a su alrededor, como si buscara a alguien. Emma se fija en que Lucas no ha salido de la casa. A lo mejor se ha vuelto invisible otra vez. Tampoco ve a Cristian por ninguna parte—. ¿Y quién te ha dicho todo eso? ¿Dónde estás, Muerte? Tú le has contado esas tonterías, ¿verdad? ¿Cómo lo has hecho? Te quité los recuerdos que me convenían. Me llevé el reloj delante de tus narices.

Nadie dice nada. Victoria ni siquiera parpadea y Emma tampoco. Nil y Claudia siguen de la mano.

Entonces, una de las ventanas de la casa se abre de golpe y un par de alas negras salen disparadas.

Poe.

El cuervo suelta un graznido y planea en círculos encima de ellas.

—Un cuervo —dice Helane—. ¿El de Melanie? ¡Qué sorpresa! Ahora será mío. Nunca me gustó mucho mi estúpida mariposa.

Poe sigue dando vueltas, cada vez más rápido, graznando como un loco.

Emma guarda a Duna otra vez en la manga y se pone de pie al lado de Victoria.

—Lena, ¿sabías que los cuervos nunca olvidan una cara? —pregunta alguien.

Helane y Melanie comparten expresión. Ojos plateados brillantes. Mejillas rosas.

—Lucas —lo reconoce—, ¿has venido conmigo?

Emma gira la cabeza y la garganta se le cierra al ver el estado en el que se encuentra el chico. Antes parecía un humano con una herida horrible en el pecho. Ahora tiene la piel gris, el pelo casi blanco y los ojos traslúcidos. Como un cadáver movido por hilos invisibles.

Encima de la cabeza de Helane, uno de los corazones se hace más grande, como un pulmón que se hincha al respirar.

—Poe nació de la voluntad de Melanie de salvarme en el Velo. ¿Ya no te acuerdas? No se separó de ella en ningún momento, salvo cuando la poseíste sin su consentimiento.

—Ella me pidió ayuda. Un cuerpo es como esta casa: si me invitan, yo entro. Y si no llego a hacerlo, habríamos muerto allí, mi amor.

—Te equivocas. —Lucas extiende el brazo y el cuervo baja en picado hasta posarse en él con firmeza. Emma teme que se lo parta en dos—. Yo ya llevo muchísimo tiempo muerto. Desde que me arrancaste el corazón para quedártelo.

—Tomé lo que ya era mío, Lucas... —Helane ignora a todos los demás y se acerca hasta él. Le coloca una mano en el pecho, o más bien, en el boquete ensangrentado que lo sustituye. Poe picotea el aire, molesto—. Yo también morí. Mis hermanas me asesinaron la noche que lanzaron esa maldición.

—¿Acaso eso es cierto? ¿Te mataron ellas?

Helane chasquea la lengua.

—Es una forma de hablar —admite—. Me trataron mal, me negaron lo que yo más quería y, cuando el deseo estaba a mi alcance, me lo arrebataron todo. Ellas me mataron apartándome de ti, Lucas.

—Te arrancaste el corazón —susurra él.

—Pero los dos hemos vuelto. Eso es lo que le pedí a la Sombra. Regresar. Volver cuando tuviera un cuerpo digno con el que ajustar cuentas en este maldito pueblo. Guardé tu corazón junto al mío y mi alma en esa casa. La tuya, por desgracia, se quedó en este... —lo señala con pena— aspecto fantasmal. Pero eso va a cambiar. Yo ya tengo un nuevo cuerpo y es perfecto. Una bruja oscura, como yo.

—¡Lucas! —solloza Claudia—. ¡Hazlo!

—¿Hacer qué? —gruñe Helane—. Claudia, hazte un favor y desaparece para siempre. ¿No te cansas de estar en medio? Un deseo más y yo me podré quedar dentro de Melanie para siempre. Y tú, Lucas —le acaricia la cara con ternura—, podrás quedarte con el tuyo.

—¿El... mío?

—Claro, tonto. —Helane se ríe y, esta vez, su mirada se para en una persona que Emma no había esperado. Y, aun así, es una persona a la que ha estado vigilando todo el tiempo, dispuesta a lanzar rayos y centellas delante de él si la situación lo pedía. Nil, que ha soltado la mano de su hermana y parece muy confundido—. ¿Por qué crees que obligué a Claudia a hacer ese hechizo de sangre y salvar a su hermano? Porque la posibilidad de que mis hermanas lo arruinaran todo era muy alta. Necesitaba un seguro. Y la muerte de Nil habría sido un desperdicio. Será tu recipiente ideal, mi amor.

Cuando Helane se lanza hacia delante, directa hacia Nil, Emma grita y extiende el brazo. Duna salta en la misma dirección, como si la pequeña escorpión pudiera hacer algo para interrumpir a la bruja oscura. Desesperada, sin pensar en el peligro que puede acarrear, llama al fuego. Una llamarada cruza el aire y, descontrolada, navega directa al cuerpo de Melanie.

«No», piensa. «No, no, no. No quería hacer eso».

Se oye un golpe y Emma abre los ojos.

Una estela dorada separa a Melanie de Nil, que está tirado en el suelo. A su lado, las ruedas de su silla giran y giran sin parar.

Y lo que Emma creía que era una estela, ahora se revela como un hurón. Un hurón del tamaño de un oso adulto, que cubre a Nil con la cola y le muestra los dientes afilados a Helane.

Una mano aparece a su derecha y Emma la atrapa sin dudar.

Victoria, que siempre tiene el aspecto de alguien que podría hasta dominar un tsunami, lleva el pelo rubio suelto, enredado en el flequillo, hecho un desastre. La ropa llena de sangre se le pega al cuerpo. Los ojos plateados brillan tanto como el anillo dorado que lleva en el dedo.

—¿Cómo...? —pregunta Emma.

—No voy a dejar que esa bruja haga más daño. —Victoria señala a Lucas, que se ha quedado con el cuervo en el brazo, tan congelado como los vecinos—. ¡Lucas! Haz lo que tienes que hacer.

Solo entonces, Lucas vuelve en sí. Poe le da un picotazo en el brazo y el chico asiente. Al mismo tiempo, el hurón empuja a Melanie, la tira contra el suelo y la inmoviliza por los brazos con las patas. Los dos corazones y el reloj ruedan entre los hierbajos.

—¡Maldito bicho!

Lucas aprovecha para agacharse junto a ella.

—Quise entenderte, Lena. Y traté de protegerte, pero has ido demasiado lejos —dice—. Tenías razón. Los fantasmas siempre desean tener un cuerpo, pero resulta que el de Nil no me gusta mucho. Así que me vas a dejar entrar en el que has tomado prestado. Y luego voy a devolvérselo a su propietaria.

—¡No!

Pero es demasiado tarde. Poe grazna una vez más y sale volando. Lucas se convierte en un destello plateado. El cuerpo de Melanie convulsiona sobre la hierba.

CAPÍTULO 41
Melanie

Los sentimientos de Helane se mezclan con los suyos. Mucha ira. Mucho resquemor. Mucha falta de amor. Los recuerdos de su antepasada también se funden con los suyos; algunos que tiene grabados a fuego y otros que ya había olvidado. Vuelve a ver a su madre, a sus abuelas, a Anchela, a Alizia, a Lucas... Flota en mitad de la nada, en una especie de habitación en la que hay dos ventanas.

«Mis ojos», piensa.

Se asoma y ve la expresión horrorizada de Claudia. También la de Lucas, que por algún motivo ahora ya no tiene el aspecto de un muchacho normal y corriente. La piel pálida y grisácea se le resquebraja, los pómulos parecen los de un cadáver consumido por el paso del tiempo. Aunque, sin duda, lo peor es el pecho ensangrentado, el boquete en el lugar en que algún día hubo un corazón. Una mezcla de carne deshilachada y huesos. Lo único que prevalece son los ojos claros, casi blancos. Llenos de luz. Unos ojos que la miran con súplica.

Pero es demasiado tarde.

Melanie ya no puede hacer nada, por mucho que golpee y grite y se resista. Ni siquiera Poe parece darse cuenta de que ella sigue ahí.

Ellos solo ven a Helane.

Helane, que le ha invadido el cuerpo poco a poco y sin que ella se diera cuenta. A través de la voz fue colándose en su mente y, al final, Melanie ya no era Melanie, solo un reflejo de Helane, una marioneta preparada para ser usada en el momento adecuado. Ahora se pregunta si todo lo que ha sentido en las últimas semanas ha sido real o no. El amor por sus hermanas, el cariño hacia Claudia o Nil, la atracción hacia Lucas... ¿Todo ha sido un engaño? ¿Una ilusión? No para de darle vueltas al hecho de que, cuando permitió que Helane la poseyera en el Velo, le estaba entregando las llaves de su cuerpo. ¿Por eso regresó tan segura de sí misma? ¿Porque ya era mitad Melanie mitad Helane?

«Mierda», susurra sin voz.

En el jardín, Helane habla con el alcalde. Melanie no quiere escuchar nada y tiene que cerrar los ojos cuando ve cómo su mano atraviesa el cuerpo de Castán y le retuerce las entrañas hasta dejarlo inmóvil.

Ahí es cuando se evade por completo, incapaz de ver sufrir a todos por su culpa. Oye voces lejanas, escucha los lamentos y, sobre todo, soporta la voz de Helane dentro de su cabeza, como si estuviera gritándole al oído.

—Voy a sacar a mi hermana de ahí, maldita bruja.

Emma.

Melanie abre los ojos y mira por las ventanas. Emma, de pie, con el pelo ondulado suelto y aire salvaje. Su hermana alza los brazos, como si estuviera levantando algo que pesa mucho, y entonces el suelo se abre a los pies de Helane. Melanie nota que eso no le hace mucha gracia. Helane no esperaba que Emma pudiera hacer algo así con el poco conocimiento que poseen de los dones. Pero lo que Helane no sabe es que Emma, convirtiéndose en una bruja de la naturaleza, no debería haber sorprendido a nadie, porque siempre ha sido capaz de adaptarse con una naturalidad inhumana. Igual que esas flores que rompen el asfalto en las grandes ciudades. Como las malas hierbas que nunca conseguían arrancar de la fachada de la terraza en el piso de las abuelas. Emma es como ese árbol que se mantiene intacto en mitad de un incendio devastador. No existe un reto al que ella no se enfrente sin pensar que lo va a conseguir. O así es como la ve Melanie, como la hermana mayor valiente. Como una llama en la oscuridad.

Emma sonríe y le brillan los ojos plateados. «¿Así somos desde fuera?», se pregunta Melanie.

Siempre había pensado que las brujas darían miedo. Al convertirse en una, se dio cuenta de que nada la hacía más especial que a cualquier otro ser humano. Sin embargo, al ver a la bruja roja abriendo la tierra en dos, con ese pequeño escorpión tan fiero como ella agitando las pinzas en el aire, comprende por qué la humanidad ha querido acabar siempre con ellas. Emma es terrorífica.

Y le alegra saber que está de su parte.

Igual que cuando era pequeña y la defendía de los matones.

Como aquel día que la castigaron sin cenar porque no quería comerse las acelgas y Emma le llevó una tableta de chocolate a su cuarto y se la comieron debajo de las sábanas.

«Vamos», intenta animarla. «¡Tú puedes!».

Pero Helane es fuerte y no hay ningún signo de que crea posible perder esa batalla. La pelea sigue y la bruja utiliza las palabras para hacer daño. Melanie contiene el aliento cuando Lucas aparece junto a Poe y, de nuevo, intenta romper los muros del interior de su cabeza, destrozarlos para poder salir de allí y reunirse con el cuervo, que, aunque majestuoso, también parece asustado.

Pero nada funciona.

Y cuando Helane se lanza hacia Nil, Melanie comprende que ya no hay salvación, que de verdad han perdido.

Emma grita y una llamarada sale disparada en su dirección. Melanie contempla el fuego y desea que la golpee, que haga daño a Helane y por lo menos sus hermanas puedan escapar.

Pero el fuego no llega nunca.

Un resplandor dorado se cuela en la visión de Helane. Melanie intenta encontrar una explicación, confusa, y entonces ve un par de ojillos rojos que la contemplan con seriedad. Un hurón del tamaño de una bestia, que parece bañado en oro, protege a sus amigos.

—¡Lucas! Haz lo que tienes que hacer.

—¡No!

Siente como si alguien le tirara de cada centímetro del cuerpo. Del pelo, de los brazos, de las piernas e incluso del alma. Tiran, tiran, y ella no sabe en qué dirección ir, como si la hubieran atado a un potro y fuera víctima de la Inquisición. Quiere gritar, pero no puede. Y cuando ya ni siquiera procesa el dolor, un cuerpo pesado cae sobre ella.

—Perdón, perdón… —dice una voz que conoce muy bien—. ¿Estás bien? ¿Melanie?

Melanie.

Sí.

«Sí, soy yo», quiere decir.

Lucas la ayuda a levantarse y Melanie se sorprende al comprobar que tiene piernas y brazos. También una boca para hablar.

—¿Qué…?

—Menos mal que estás bien. —Lucas vuelve a estar vivo, vuelve a presumir de mejillas rosadas y labios carnosos—. Tengo que sacarte de aquí.

—Lo siento, lo siento muchísimo. Me engañó, me engañó sin que me diera cuenta y…

—Melanie —la interrumpe y la mira bien a la cara—, he poseído tu cuerpo, pero yo soy un simple fantasma y ella es una bruja. No aguantaré mucho.

—Pero… —Melanie mira por las ventanas y el pecho se le hincha al ver a Victoria de pie, con su melena rubia perfecta hecha un desastre y la ropa empapada de sangre. Parece asustada, pero mantiene los brazos abiertos e intenta respirar para mantener la calma. A su alrededor, los demás parecen estatuas—. Mi hermana ha detenido el tiempo.

—Eso es —Lucas la toma de la mano—, pero no podrá hacerlo para siempre. ¿Cómo lograste romper el vínculo con Helane la otra vez?

—Pues… —Melanie enrojece—, porque te besó y pensé que yo también quería hacerlo. En realidad, solo era su deseo de besarte, y yo me contagié. Pero eso no va a volver a funcionar.

Lucas maldice por lo bajo. Se lleva la mano al pecho, al lugar exacto en el que debería estar su corazón.

—Lo siento mucho, Lucas —susurra—. Sé lo que te hizo. Yo pensaba que estaba ayudándote a encontrar a la chica que te gustaba.

—En realidad, lo has hecho —sonríe él.

Melanie mira a través de los ojos que ahora son de Helane. Claudia está sentada en la hierba junto a Nil, cerca de Emma. Los dos hermanos se aprietan las manos con fuerza. Un chico que solo está vivo para salvar a un muerto. Una chica con el corazón roto.

Un corazón roto.

Nada ni nadie se mueve, solo Victoria, que parece cansada y a punto de perder el control. Melanie piensa en los dones que han recibido. En Emma peleando hasta caer rendida, en Victoria dándole tiempo para pensar. ¿Y ella? ¿Qué puede hacer ella? Piensa en cada palabra que le ha dicho Helane, cada pizca de lógica sobrenatural que ha recabado en las últimas semanas.

Y tiene un plan.

—Tenéis que hacer que Helane entre en la casa —dice.

—¿Qué dices? Lo que tienes que hacer es volver a ser tú.

—No. —Melanie niega con la cabeza—. Ya sé lo que vamos a hacer, Lucas. —Se toquetea el flequillo, nerviosa—. Pero para que funcione tienes que volver ahí fuera y pedirles un favor a mis hermanas.

—¡No! ¿Sabes lo que nos ha costado que pudiera entrar?

—Sí, y si no lo hubieras hecho, jamás habría pensado que teníamos una oportunidad.

Lucas se cruza de brazos.

—No, he venido aquí a devolverte tu cuerpo.

—Y así será —asiente Melanie, sonriente. «La casa es para las tres, es lo que pone en el documento y así será»—. Así será.

Lucas no parece entenderla porque la mira como si estuviera loca. Victoria ya apenas puede mantenerse en pie.

—Melanie, cuéntame lo que vamos a hacer porque empiezo a ponerme un poco nervioso.

—Engaña a Helane una vez más. Hacedla entrar a la casa Lanau, y cuando esté allí... —Melanie se muerde el labio, nerviosa—. No sé cómo, pero vais a tener que darle los anillos.

—¿Los anillos de tus hermanas?

—Sé que no es fácil, pero creo que es la única forma.

El chico suspira.

—Espero que no estés equivocada, Melanie Lanau.

—Yo también lo espero —susurra cuando Lucas desaparece y el tiempo congelado vuelve a avanzar.

CAPÍTULO 42

Victoria

Helane se remueve en el suelo y logra quitarse al familiar de Victoria de encima. El animal se echa hacia atrás y regresa junto a ella, como si la conociera de toda la vida. Y lo cierto es que, cuando Victoria coloca la mano sobre su pelaje y lo siente suave como una caricia, le parece que es verdad, que siempre ha estado con ella.

—¿Eso ha sido tu don? —Helane se ríe—. Sois patéticas.

Victoria siente unas manos alrededor de la cintura y apenas distingue a Claudia cuando la ayuda a levantarse. Ella es la única que no parece a punto de desmayarse. Nil permanece sentado junto a Emma, que se frota los dedos, dolorida. El fuego lanzado sin control le ha quemado ligeramente las yemas y el chico intenta calmarle el dolor con caricias.

Y no hay ni rastro de Lucas.

«¿Hemos fallado?, se pregunta. Y solo se le ocurre una cosa: «Cristian, ¿hemos fallado?». Es imposible, nadie vence a los deseos de la Muerte, y él quiere tanto como ellas que la maldición caiga. «¿Dónde te has metido? No me puedes dejar...».

Sola.

—Venga, maldita Lanau... —gruñe Claudia obligándola a ponerse de pie—. Eres una bruja. ¿Es que no te queda ningún as en la manga?

—Me estáis hartando —dice Helane, que se ha recuperado.

Lejos de mostrar enfado, la expresión en la cara de rasgos suaves de Melanie está muy cerca de la euforia. Chasquea los dedos y los dos corazones vuelven a flotar encima de ella, enredados con el reloj. Tanto tiempo esperando y por fin lo ha conseguido... Va a tener su deseo.

La Esencia de la Eternidad arde en el bolsillo de Victoria. ¿La matará para quitárselo?

Pero entonces Helane ladea la cabeza y sonríe con calma.

La figura de Lucas aparece junto a Helane. La sangre gotea en el suelo.

—Tienes suerte de que te quiera más que a mi vida —dice Helane con voz dulce pero un rictus en el labio—, porque nadie me traiciona y se va de rositas.

Lucas agacha la cabeza a la vez que Poe regresa para quedarse muy quieto en su hombro. Los ojos del animal parpadean un segundo y luego se vuelven blancos.

Emma suelta un juramento a su lado.

—No sé por qué te duele tanto. —Helane toma a Lucas del rostro y lo besa. Es un beso largo, en el que la bruja intenta casi absorberlo, convertirlo en carne de su carne. Y para sorpresa de Victoria, y también de Claudia, que deja de intentar levantarla y cae de rodillas a su lado, Lucas se lo devuelve. Le acaricia el rostro y la besa con tanta intensidad que es fácil olvidar que no son un par de enamorados—. Me deseas —susurra Helane—. Siempre lo he sabido. Y ahora, ve a buscar lo que es nuestro.

Lucas se vuelve hacia sus amigos, hacia Claudia. Tiene expresión culpable. El chico también parece querer pedirle perdón a Victoria cuando se acerca y la mira.

De cerca, Lucas huele a bosque quemado. Poe sigue inmóvil encima de él y eso no puede ser una buena señal para Melanie. El chico extiende la mano, de piel grisácea, con los brazos llenos de marcas y cortes.

—Corre —susurra por lo bajo—. Corred a la casa otra vez.

—¿Qué...?

—Melanie tiene un plan, corred y dadle los anillos a Helane.

—Lucas, quítale la esencia ya —exige Helane.

«¿Has hablado con Melanie?», quiere preguntar. «¿Estás de nuestra parte?». Victoria cubre el bolsillo con la mano.

—¡Jamás! —protesta Victoria—. No pienso darte nada.

—¿No lo entendéis? Sois brujas principiantes. Es imposible que me derrotéis sin estar juntas. Sin Melanie no sois nada. —Helane vuelve a insistir—: Lucas, la esencia.

—Vamos... —suplica Lucas.

Y Victoria, a pesar de que todo su ser le dice que no, confía y obedece. Confía en Melanie. Se levanta y echa a correr hacia la casa, sin mirar atrás, gritando el único nombre que necesita ahora mismo.

—¡Emma! ¡Ven!

No la ve, pero la oye ponerse en pie y echar a correr entre quejidos hasta el porche.

—¡Sois una verdadera molestia! —resopla Helane, y avanza hacia la casa, pero antes se gira hacia Nil—. Y tú vienes conmigo.

El cuerpo de Nil flota en el aire y, aunque el chico intenta resistirse y arrea un puñetazo y hasta un puntapié, algo invisible lo inmoviliza.

—Dadme la esencia, habéis perdido, maldita sea.

Pero Victoria ya está en el rellano y no está dispuesta a entregar nada. Emma la coge del brazo, temblando, y juntas se sostienen la una a la otra.

—¿Por qué haces esto? —pregunta Victoria—. ¿Por qué haces tanto daño?

Helane se encoge de hombros.

—Yo solo quiero lo que es mío.

Llega por fin al porche y abre los brazos, como si quisiera abrazar el hogar de las Lanau.

Victoria se prepara para amordazarla y darle los anillos, aunque nada de eso tenga sentido para ella, pero entonces un grito la interrumpe.

—¡Lucas nunca ha sido tuyo, maldita harpía! ¡Es una persona y no le pertenece a nadie!

Claudia es un borrón de pelo marrón y sangre. Un borrón de pelo marrón y sangre que lleva un cuchillo en la mano. El mismo que ha usado todas las veces para hacerse cortes en las manos. El mismo que llevaba la noche en que Victoria creyó que las iba a matar.

La reacción pilla a Helane por sorpresa, que recibe el impacto de Claudia por la espalda. Las dos caen, cruzando la puerta de entrada, hasta el recibidor. Victoria ve el filo brillar por encima de la cabeza de Melanie y se levanta como puede para impedir que Claudia haga daño al cuerpo de su hermana. Intenta detenerlas, saliendo al porche y tirando de Claudia, pero esta patalea y la aparta.

Y entonces lo ve de reojo.

A Cristian.

Junto a una sombra que se alarga hasta el infinito.

«La Sombra, la primera Lanau», piensa.

La Muerte ya no va vestido como en los recuerdos de Helane. Vuelve a ser un hombre atractivo y elegante. Victoria le implora con la mirada y él le devuelve el mismo gesto.

«Consigue que Helane salga de tu hermana y haremos nuestra parte», dice.

—Claudia, ¡para! —grita Nil. La voz le sale ronca y estrangulada. Algo invisible le cubre la boca para que no hable.

—¡Claudia, Claudia! —Lucas sujeta a su amiga de la muñeca y evita que le clave el cuchillo a Melanie en el pecho.

Victoria aprovecha para entrar otra vez en el recibidor y quitarle el arma a Claudia, que suelta un grito de desesperación. Bajo ella, un destello de miedo cruza el rostro de Helane, que, por primera vez, ha temido que su nuevo cuerpo sufra un daño mortal.

Victoria inmoviliza a Claudia por detrás cuando Lucas la suelta, como ha hecho tantas otras veces en su trabajo. Solo que la chica no reacciona como los detenidos. Los criminales dan patadas, pero ninguno llora. Nadie gime ni busca el cuerpo de Victoria para darle un abrazo y seguir llorando. De pronto la tiene encima de ella, sollozando como un bebé que ya no sabe qué más hacer.

—¡Ya está bien! —Helane se levanta.

Claudia le ha hecho un corte en la cara y le sangra la mejilla, pero no parece importarle. Recupera los corazones y avanza hacia el salón, mientras el cuerpo de Nil, rígido, continúa flotando detrás de ella.

—¡Lucas, ven! —chilla Helane por encima del hombro.

Lucas pasa junto a Emma y luego se agacha un segundo al lado de Claudia.

—No llores más, por favor. Y confía en mí.

Y se marcha.

Emma llega a su lado con los ojos húmedos.

—¿Qué te ha dicho ese maldito fantasma? —pregunta—. ¿Estáis bien?

—Que no llore más —susurra Claudia. Mira a Victoria con los ojos rojos—. Dame mi cuchillo.

—No puedes atacar a Melanie, ¿me oyes?

—Esa ya no es Melanie. Esa bruja me rompió el corazón, y ahora es mi turno de destrozar el suyo.

CAPÍTULO 43
Emma

Parada en la puerta del salón, Emma desearía tener el poder de viajar atrás en el tiempo. Concretamente, a una hora antes, cuando Victoria dormitaba sobre la mesa y Melanie subía por las escaleras para pasar tiempo a solas. Si la hubiera detenido, habrían recuperado la esencia a tiempo y nada de eso estaría pasando. No habrían perdido a Melanie y Nil no estaría acorralado en una esquina, con la espalda contra la pared y el cuello tan rígido como si alguien invisible lo sujetara por las extremidades. Emma no sabe cuándo ha dejado de pelear, cuándo se ha quedado inconsciente, pero ha recuperado el aliento al ver que el pecho se le movía.

De espaldas, Helane podría ser Melanie. Pero sus gestos no son familiares, no son inseguros como los de su hermana. Son erráticos e impredecibles. Se roza la mejilla ensangrentada y pasa el dedo por la pared, justo encima de la chimenea, con una risita. A un lado de la habitación, los dos corazones flotan en el aire. Sobre la repisa, las dos esencias descansan una al lado de la otra: la Tormenta, el Velo.

Falta la Eternidad.

—Al final os voy a tener que matar... —La bruja suspira—. ¿No lo entendéis? Por culpa del trato que hizo nuestra estúpida antepasada hace siglos, las hermanas Lanau no pueden hacer nada si no son tres. Cuando la Sombra dividió sus poderes, nos condenó a la debilidad. Estáis perdidas.

—Tú también eres solo una.

—Pero yo derroté a mis hermanas —sonríe—. ¿No has visto lo bien que se me da tu don? —Helane chasquea los dedos y una llama negra chisporrotea en el aire—. Soy como tú, pero mejor.

«Así que lo de antes no era un truco. Les quitó los poderes a sus hermanas».

—¿Cómo lo hice? —pregunta Helane, como si le hubiera leído la mente—. Cuando das algo grande a cambio, la recompensa es mayor.

Duna está tan nerviosa como ella. El pequeño escorpión está frío contra la piel de Emma y no deja de retorcerse. Todavía le queda mucho camino para aprender a comunicarse con su familiar, pero empieza a entender que sus emociones son muy parecidas. Algo suave le roza la mano y se da cuenta de que son los dedos de Victoria, que intenta tranquilizarla. El hurón ha entrado a la casa con ella y ha adoptado el tamaño de un perro mediano.

—Nuestro poder no tiene nada que ver con los dones —dice su hermana mayor—. He visto tus recuerdos y he visto lo penosa que eras y lo mucho que te gustaba mentir. Hasta escribiste ese diario con tus invenciones y locuras. Y sigues siendo igual. No tienes a nadie, pero nosotras estamos juntas en esto.

—Seguís sin ser tres.

—En eso te equivocas. —Claudia sujeta el cuchillo con fuerza y apunta con él a Helane—. Fue muy estúpido por tu parte hacerme inmortal, Lena. Porque tú no lo eres.

—¿Ya has dejado de llorar? —Helane las ignora y se acerca a la mesita del café, donde las cartas del tarot están desperdigadas. Emma recuerda la sangre que las empapaba cuando Victoria ha regresado de su búsqueda de la esencia. Ahora vuelve a ser una baraja normal, como cuando la encontraron. Helane las olisquea y se acerca la carta de los enamorados al pecho—. ¿Os ha sido de utilidad mi baraja? ¿Os sirvió mi tirada? La muerte, porque yo la derroté y me reí en su cara. Los enamorados, porque Lucas y yo estamos destinados. La justicia, porque siempre me he merecido más de lo que se me ha dado. Es una lástima que no exista un bufón en el tarot, porque vuestras caras ahora mismo son muy graciosas.

Helane rebusca hasta que encuentra las tres cartas para enseñárselas. Como si Emma no se supiera ya esos malditos dibujos de memoria.

—Tenía que asegurarme de que mi plan salía bien, ¿sabéis? Y no es fácil, teniendo en cuenta que llevo cientos de años encerrada en el

Velo. Pero bueno —suspira—, tenía que condenarme a mí misma para que todo funcionara. Y he hecho buenos amigos. —Señala con la cabeza a Nil—. Las sombras del Velo son seres repugnantes, tienes suerte de no poder verlas.

Emma lo entiende por fin: fantasmas. Dios sabe cuántos fantasmas estarán sujetando el cuerpo de Nil para que no pueda escapar. «¿Y cómo puedo atacar a un fantasma?», se pregunta, nerviosa. Victoria le da un apretón. Están juntas en eso. Todo saldrá bien si están juntas.

—Siempre tuve claro que necesitaba el cuerpo de una bruja oscura. Y eso me daba miedo, porque temía que fuera muy complicado engañarla, pero vuestra hermana es tan tonta... —Helane acaricia las cartas—. Aparte de mi corazón, dejé fragmentos de mi alma en estas para poder comunicarme con ella. Las brujas oscuras podemos conectar con el más allá al rozar objetos que alguna vez pertenecieron a los muertos, ¿sabéis?

Emma piensa en todas las veces que ha visto a Melanie con las cartas del tarot en la mano y maldice por lo bajo.

—Y luego está Lucas... —Helane mira al muchacho—. Sabía que Melanie se enamoraría de ti si la hacía verte como yo te veía a ti. Un ángel sin defectos. Un humano de piel rosada, hermoso como un querubín. —Lucas frunce los labios, pero no dice nada—. No te enfades, mi amor. Tienes cierto encanto desagradable ahora mismo, pero pronto tendrás un cuerpo nuevo.

—La Muerte ya sabe lo que hiciste, Helane —la amenaza Victoria—. Sabe que le robaste el reloj y sabe que le pediste a la Sombra que alterara los recuerdos de todos. Y si nosotras caemos, Cristian se ocupará de ti en el instante en que pongas un pie fuera de esta casa.

«¿Cristian?», piensa Emma.

—¿Ah, sí? —Helane hace pedacitos la carta de la muerte y se la mete a la boca, masticando con fuerza hasta que se la puede tragar—. Mi alma sabe fatal —se queja—. Escucha, Victoria... Derroté a tu novia la parca hace muchos años, cuando yo no era más que una simple bruja novata. ¿Qué te hace pensar que no le tengo preparado un destino especial esta vez? Los humanos no soportan la idea de morir, ¿verdad? Así que yo voy a darles lo que quieren. Voy a pedirle a la Esencia de la Sombra que la muerte deje de existir, y me obedecerá, porque así son las reglas. La maldición de Finestres se extenderá al resto del mundo. Y por fin seremos felices.

—Estás loca —murmura Emma.

—Hablas igual que Alizia. —Helane termina de comerse las otras dos cartas y se pone en pie de un salto—. Al final sí que compartimos sangre, ¿eh? A veces os miro y las veo a ellas... Igual de ridículas. En fin, me he cansado de esperar.

Victoria le suelta la mano a Emma. O más bien, algo empuja a su hermana contra la pared y la alza en el aire.

—¡Suéltala!

—No.

Victoria patalea, presa del pánico total. La mira, le pide ayuda como nunca antes lo ha hecho, y Emma reacciona. Reacciona como un volcán. Las llamas acuden a ella sin siquiera llamarlas. En esa misma habitación, perdió el control. Ahora, desea saber lo que debe hacer. Dirige el fuego con el dedo índice y un fogonazo golpea a ese algo que sujeta a Victoria del cuello. Esa cosa grita tan alto que la pueden oír a la perfección.

Victoria cae al suelo con un jadeo incontrolable. Emma se agacha junto a ella y la mira a los ojos.

—Estoy aquí, Vic.

—Gra... gracias.

Le acaricia el brazo. No sabe de dónde nace ese terror, pero sí sabe que no quiere dejarla sola.

—Qué bonito... —se burla Helane—. Ojalá mis hermanas me hubieran cuidado así. Gracias. —Tiene la Esencia de la Eternidad en la mano.

Justo en ese momento, se oye un golpe y Emma se gira asustada. Nil está en el suelo. Su habitual expresión amable se ha convertido en una mezcla de asco y enfado. Las marcas sucias, como de moho, le manchan las mangas de la camisa y le provocan una arcada.

—Eres duro de pelar —admira Helane, y alza la mano para hacer un gesto errático con los dedos.

El anillo de Melanie brilla, ónix tan oscuro como la nada, cuando usa su poder para que las sombras del Velo vuelvan a inmovilizar a Nil contra la pared. El chico escupe un par de insultos y vuelve a enfrentarse a sus captores invisibles.

Emma se aguanta las ganas de lanzar más llamas sobre esas criaturas y abrirse paso entre mordiscos para ayudar a Nil. Es la mano de Victoria la que la detiene una vez más.

—El anillo, Emma —susurra.

—¿Qué?

—Creo que ya sé cuál es el plan de Melanie. Helane tiene que tocar los anillos.

—¿Y cómo lo hacemos?

Claudia protesta a su lado con un sonido casi animal.

—Voy a hacer lo que tendría que haber hecho entonces —dice—, y cuando lo haga, más os vale pegarle esos malditos anillos a la piel de esa bruja hasta que le queden marcas.

Claudia cruza el salón, dándole una patada a la mesa del café. Las cartas del tarot restantes caen desperdigadas por el suelo, sin predecir nada. Empuja a Helane con el hombro y se detiene delante de Lucas, que la mira con una adoración casi imposible. Entre la sangre y la suciedad, una lágrima cae por su mejilla.

—Tú no le perteneces a nadie —dice Claudia.

De puntillas, lo besa en los labios. Es un beso suave, que acompaña de una caricia tierna que recorre la mejilla grisácea de Lucas. Desde su posición, Emma ve a una muchacha besar a una estatua. Al menos hasta que los brazos del chico se relajan y caen a los lados, como si le pesaran un mundo. Entonces, Lucas se inclina todavía más y la besa como si el tiempo se agotara.

Al verlos, Emma piensa que nadie la ha besado así jamás. No como si temieran resquebrajarla, como si ya no la fueran a besar nunca más.

—¡No! —grita Helane a la vez que Poe vuelve en sí y suelta un graznido insoportable—. ¡Apártate de él!

Victoria se quita el anillo y Emma le entrega el suyo.

—Tienes que usarlo otra vez, Vic —dice—. Lo último que tenemos es tiempo. Lo sabes, ¿no?

El hurón ronronea a su lado y Victoria asiente lentamente.

Emma le da un último apretón. El hurón se hace un poco más grande y salta sobre Helane, placándola un segundo antes de que esta llegue hasta Lucas y Claudia. El cuerpo de la bruja golpea el reloj de pared, que se estampa contra el suelo con un estrépito de madera y metal rotos. El hurón la arrincona y le impide moverse.

Lo último que Emma ve antes de que Victoria use su don es a su hermana colocar un anillo en cada mano de Helane.

Luego el tiempo se detiene.

CAPÍTULO 44

Melanie

En el instante en el que los dedos de Helane rozan los anillos de Victoria y Emma, el don de Melanie se despierta en un pequeño rincón de su mente, un punto de luz envuelto en la oscuridad de la otra bruja.

Melanie sabía que no sería fácil, que el poder de Helane es inmenso y que ella es una pequeña hormiga atrapada en la red de una araña, inmóvil y sin margen de acción. Pero incluso el insecto más diminuto puede sobrevivir si tiene algo de ayuda. Y Melanie siente que, a diferencia de Helane, ella no está sola. La visita de Lucas ha servido para que esté consciente, incluso en esa oscuridad que se le pega a la piel, que la comprime como lo harían las paredes de un castillo hinchable a punto de reventar.

El punto de luz es diminuto y le cuesta no perderlo de vista.

Lo bueno de los insectos más pequeños es que es fácil no tenerlos en cuenta. Obsesionada como está, Helane no le presta atención. Ya la ha derrotado, no necesita preocuparse por ella. Y por eso Melanie se arrastra por una trinchera de oscuridad, se aferra con uñas y dientes a su mente, a su existencia y a todo lo que la mantiene viva.

Y consigue rozar el punto de luz.

Una suave caricia.

El vínculo con los anillos se establece y la mente de Melanie viaja por diferentes momentos.

Por suerte, esos anillos han pasado mucho tiempo encerrados en la bolsita en que los encontraron. Ni sus abuelas ni las abuelas de ellas supieron de su existencia. Ahora Melanie comprende que la magia no está en ellos, son solo un símbolo de la familia Lanau y de todo aquello a lo que renunciaron Alizia y Anchela cuando salieron de Finestres para no volver. Ellas dos fueron las últimas que los llevaron.

Y es a ellas dos a quienes llama, igual que si estuviera sola en mitad de un bosque infinito intentando hacerse oír.

En cualquier otro escenario, comunicarse con otras brujas sería imposible, pero Melanie confía en el poder de la casa. Confía en su herencia y en la sangre de su sangre. De modo que, para ella, solo es casi imposible.

Las llama por sus nombres y apellidos y se desgarra la garganta que ni siquiera tiene para que les llegue su mensaje. Puede que ella no sea fuerte, que la casa no sea suficiente, pero hay algo que juega muy a su favor: la venganza.

Helane traicionó a sus hermanas y rompió un pacto milenario.

Y ahora tiene que pagar por ello.

Melanie se arrodilla en el suelo y una ranita da saltos hacia ella. Es de color rojizo y parece venenosa, pero extiende la mano para que se le suba encima. En algún árbol de ese bosque imaginario, una lechuza dorada la contempla con los ojos muy abiertos.

—Necesito vuestra ayuda —dice.

—Nosotras ya no somos más que lo que ves, bruja oscura.

—Seguís siendo brujas —insiste ella—. Helane os robó los dones, pero vuestra sangre es la mía y la de la Sombra. Volvisteis a la tierra al morir y eso significa que todavía queda algo dentro de vosotras que podemos usar para acabar con Helane.

—Lena... —murmura la rana.

—Helane —susurra la lechuza—. Maldita desagradecida.

—Quiere acabar con la muerte y romper nuestro linaje. Tenemos que detenerla —insiste Melanie.

—¿Y qué podemos hacer nosotras, bruja oscura?

—Seguís siendo sus hermanas. Y sé que con vuestra ayuda puedo echarla de mi cuerpo.

La lechuza revolotea y aterriza justo a su lado. Los ojos del animal son plateados y parece que guardan cientos de recuerdos.

—Lo haremos, bruja oscura —asiente la rana—, pero con una condición.

—¿Cuál?

—Que no haya piedad para ella. Que no vuelva a la tierra.

—Pero eso...

—Es nuestra condición.

Melanie asiente. Sabe que Helane se lo merece, que la paz ya no es una opción para ella. Que ni siquiera el Velo es un castigo suficiente. Que solo le queda la nada.

—Acepto —asiente—, pero antes necesito saber algo. Necesito saber qué pasó realmente la noche en la que lanzasteis la maldición.

—¿Lanzamos? Siempre fue ella, bruja oscura. La maldición nunca fue nuestro castigo para Finestres. Helane deseó a la Sombra lo indeseable: nuestros dones. Con las tres habilidades juntas podría lanzar la maldición ella sola. Pero, a cambio de tanto poder, debía ofrecer algo y ese fue su envoltorio. Su carne —explica la lechuza.

—Debía morir —añade la rana—. Helane debió haber entregado su vida a cambio de todo lo que pidió, pero en lugar de eso se arrancó el corazón y el alma, y dejó ambas cosas a salvo en la casa. Engañó también a la Sombra y eso acabará con ella.

—¿Y vosotras os marchasteis?

—¿Qué otra cosa podíamos hacer? Nos fuimos de Finestres y juramos no volver. Pero, igual que mi hija no escapó a su destino y murió al dar a luz a su tercera hija, vuestro regreso estaba destinado a suceder —susurra la rana—. Al fin y al cabo, la única certeza que tiene el ser humano es que la Muerte siempre acaba su trabajo. Y en Finestres todavía le queda mucho por hacer.

CAPÍTULO 45

Victoria

Victoria nota que está al límite cuando la vista se le empieza a emborronar. Las piernas le flaquean y, por mucho que el hurón de pelaje dorado parezca decirle «aguanta» con la mirada, ella cae de rodillas y el tiempo vuelve a fluir.

Los quejidos de Nil se convierten en un grito de sorpresa cuando los fantasmas lo sueltan y vuelve a caer de bruces al suelo, al lado de Emma, que, con el fuego en las manos, se lanza a su lado intentando protegerlo de la amenaza invisible. Lucas y Claudia se separan, aunque él no la suelta, como si temiera que fuera a desvanecerse en cualquier momento.

Melanie parpadea y se incorpora lentamente. Victoria está preparada para todo, para descubrir el odio ancestral de Helane otra vez, pero cuando su hermana la mira y ve que sus ojos son normales, sabe que vuelve a ser ella misma.

—Mel… —susurra.

Melanie la detiene con un gesto de la mano. El pecho le tiembla, igual que si un alien quisiera escapar de ella. Pero no hay monstruo allí, sino un humo negro que escapa de los poros de la piel de su hermana y que forma un remolino en el centro de la habitación. Mariposas negras revolotean sin rumbo, perdidas en un viento que las arrastra de un lado a otro.

«Las brujas oscuras podemos conectar con el más allá al rozar objetos que alguna vez pertenecieron a los muertos, ¿sabéis?», había dicho Helane. Y, ahí, Victoria habría comprendido el plan de Melanie: usar los objetos más antiguos que tienen. Los anillos. Unos anillos que pasaron mucho tiempo en los dedos de las brujas y que, cuando Helane las traicionó, acabaron en segundo plano. Y Cristian los guardó. Y la albacea se los entregó a ellas el mismo día que llegaron a ese pueblo.

Melanie ha provocado que Helane salga de su cuerpo. Y dado que la bruja perdió el suyo hace mucho tiempo, es difícil saber qué es lo que queda de ella y qué es lo que puede hacer ahora o no.

—¡Las esencias! —grita Melanie—. ¡Tenemos que usar las esencias antes de que...!

—MELANIE. —Una voz profunda que sale del remolino inunda la habitación—. ¿Cómo te atreves a traicionarme?

—¿Cómo te has atrevido tú?

El remolino sigue girando hasta que toma forma humana. Hay brazos muy delgados, piernas llenas de heridas, un rostro huesudo y de ojos profundos.

Helane Lanau.

Más hueso que carne.

Y, a su lado, una figura de pelo dorado y otra de cabellos rojos como el fuego.

Anchela y Alizia.

Así que Melanie lo ha conseguido. Ha hablado con ellas.

—Malditas seáis —escupe Helane—. Yo os quité los poderes y os eché de este pueblo. ¡Debí mataros!

—¿No tuviste suficiente con fingir tu muerte? —pregunta Anchela—. ¿Qué clase de monstruo se arranca el corazón a sí misma?

—Rompiste la promesa de nuestro legado —añade Alizia.

Victoria observa la escena como si fuera un sueño extraño y sin sentido. Los cuerpos de las dos brujas son apenas siluetas en el salón y, aunque las distingue casi tan claramente como al resto, la diferencia está en sus rostros: sus facciones se emborronan, como los personajes de fondo de un cuadro impresionista. Existen más en la tierra que en ese plano, a diferencia de Helane, que se aferra a ese mundo con uñas y dientes.

—Las sombras del Velo se han ido —dice Melanie—. Las he expulsado yo, la bruja oscura.

—¿Tú? —Helane frunce el ceño—. Me habrás echado de tu cuerpo, pero sigo siendo la bruja oscura. —Le muestra el saquito dorado que le ha quitado a Victoria. Incluso después de haberla expulsado del cuerpo de su hermana, ha conseguido guardársela—. Y sigo siendo más fuerte.

Apenas ha terminado de hablar cuando estira los brazos y dos cuchillas de hielo salen disparadas. Una golpea a Melanie en el hombro, cortándole la piel. La otra se clava a escasos centímetros de Victoria.

Como respuesta, una llamarada cruza la habitación y golpea el pecho de Helane.

Un olor a carne podrida quemada inunda la habitación.

—¿Te ha dolido? —pregunta Emma, que ahora que ya no tiene que contenerse, parece dispuesta a todo—. Porque eso es justo lo que quiero. Ahora puedo hacerte a la brasa.

Los espíritus de Anchela y Alizia gritan al mismo tiempo que Helane. Es un chillido horroroso que a Victoria le perfora los oídos y la obliga a tapárselos. A sus pies, el hurón se le enreda en las piernas. Es tan pequeño como un hurón normal y corriente. Nadie diría que hasta hace un momento parecía un mastín.

Helane se mueve rápido, como la sombra que es, y se lanza hacia la chimenea, con la intención de hacerse con las otras dos esencias, pero se golpea con una barrera invisible y cae hacia atrás.

—¿Qué…?

—Cometiste un error al enseñarme a usar mi sangre. —Claudia les muestra un corte en la palma de la mano—. Gracias a ti, pude salvar a mi hermano, sí. Y gracias a ti, voy a condenarte y volverlo a salvar.

—Maldita seas…

Otra llamarada cruza la habitación y se estampa en la pared, dejando una marca negruzca sobre la piedra.

—He fallado a propósito. —Emma sonríe.

Después, se acerca a Victoria y le ofrece la mano. A su derecha, Melanie hace lo mismo. Victoria se alegra muchísimo de verla, de poder mirarla a los ojos y encontrar su inocencia. Es ella quien les devuelve los anillos.

—Nuestras abuelas nos cantaban una canción que creo que conoces muy bien, Helane —dice Melanie—. Esa que dice «En el silencio de la noche oscura, una voz susurra, profunda y segura».

—«Canta un embrujo antiguo, de tinieblas y muerte, que el eco del destino acepta al recibir un cuerpo inerte» —sigue Emma.

—«La luna, pálida y fría, observa callada, y siempre se asegura de que a ti, mi niña, no te pase nada» —completa Victoria.

Helane se ríe.

—«Pero el embrujo se cumple, la muerte se apaga» —dice Anchela, que flota a varios centímetros del suelo.

—«La eternidad ha llegado y la vida se alarga. La luna, pálida y fría, observa callada» —añade Alizia, mientras cierra los ojos y los puños.

La bruja oscura chasquea la lengua.

—Que sí, que «la luna, pálida y fría, observa callada, y siempre se asegura de que a ti, mi niña, no te pase nada».

—Te equivocas. —Melanie señala a Anchela y Alizia con el mentón—. Ellas me han dicho cómo acaba esta nana. El final que, después de lo que hiciste, la Sombra cantó para ti.

—¿De qué hablas?

Melanie aprieta con fuerza los dedos de Victoria y ella los de Emma.

—«La luna, pálida y fría, observa callada. Y arrepentida se asegura de que tú, mi niña, te sientas abandonada».

Helane se carcajea.

—¿Crees que una tonta canción me va a detener? —Vuelve a intentar cruzar hasta la chimenea y, esta vez, su brazo atraviesa la barrera—. Soy demasiado fuerte para vosotras.

Helane cruza al otro lado y las dos esencias brillan frente a ella, esperando a su nueva dueña. Con una sonrisa irregular, hace ademán de ir a coger la Tormenta, pero una mano le sujeta la muñeca.

—Se acabó, Lena —dice Lucas.

—«¡La luna, pálida y fría, observa callada! ¡Y arrepentida se asegura de que tú, mi niña, te sientas abandonada!».

En el otro extremo de la habitación, Claudia alza el brazo por encima de la cabeza y lo baja a toda velocidad.

Clava el cuchillo en el corazón de Helane. Y no contenta con atravesarlo de lado a lado, lo apuñala una y otra vez, salpicándose de sangre, llenándose los brazos y el pecho de un rojo oscuro y ponzoñoso.

Helane chilla y la casa chilla con ella. Se da cuenta de su error demasiado tarde. De que, al echar a Melanie a los fantasmas, los dos corazones que durante tanto tiempo ha protegido han quedado abandonados en el suelo. Las paredes vibran y el suelo tiembla bajo sus pies.

—«¡La luna, pálida y fría, observa callada! ¡Y arrepentida se asegura de que tú, mi niña, te sientas abandonada!» —siguen gritando por encima del caos.

Y Victoria entiende por fin de qué habla esa canción de cuna.

Del dolor de las hermanas Lanau cuando perdieron a su hermana pequeña. Un dolor que ella no desea vivir jamás.

En el silencio de la última noche de Finestres, Helane, consumida por su corazón roto, invocó el poder de la Esencia de la Sombra. Cantó un embrujo antiguo, un deseo de muerte para ella misma. Se arrancó el corazón, igual que había hecho con el de Lucas, y lo escondió en la casa. Y la luna, la Sombra, igual que sus hermanas, veló por ella, la protegió.

Pero entonces Helane se enfrentó a su sangre. Pidió a la Sombra lo único que ella jamás le habría perdonado: tener los tres dones. Arrebatarles a sus iguales el poder para convertirse en una bruja independiente. La eternidad llegó, la maldición de Finestres comenzó.

Y la Sombra, pálida y fría, engañada, siguió observando, pero dejó de proteger a su niña, a su descendiente, y decidió castigarla. Y devolverle a la Muerte lo que siempre había sido suyo: el derecho a llevársela.

—¡Nunca volverás! —grita Claudia, con el rostro lleno de lágrimas y sangre—. ¡Se acabó!

Helane sigue gritando, pataleando e intentando zafarse, pero entonces otro par de manos la inmovilizan por las rodillas.

—Se acabó —repite Nil.

Helane sacude la cabeza, desesperada.

Lucas la mira fijamente, con la frialdad que ella misma creó el día que le vació el pecho y le arrancó la humanidad. Con la ayuda de Nil retiene a la bruja hasta que, lentamente, la forma de Helane se va consumiendo, convirtiéndose en una masa deforme y negra, que suelta una última súplica antes de estallar en pedazos y manchar las paredes y a ellos.

Lucas abre la mano y del interior emerge una mariposa negra y diminuta.

La casa sigue temblando y cruje sobre ellos.

—¡Hay que salir de aquí! —grita Melanie.

Lucas ayuda a Emma a sujetar a Nil por las axilas y los tres avanzan hacia la entrada. El fantasma se gira en el último momento hacia Claudia, que tiene el corazón de Helane a los pies, destrozado. El reloj de arena resquebrajado, los granos desperdigados por el suelo. El corazón de Lucas sigue intacto, en la palma de su mano. Claudia niega con la cabeza y lo mantiene cerca de ella cuando echa a correr hacia la entrada para ayudarlos a salir.

Victoria y Melanie se miran. La mariposa sigue ahí, buscando una manera de escapar. Los fantasmas de Anchela y Alizia esperan, pacientes.

—Les he prometido que no descansaría en paz —dice Melanie.

Y a ella solo se le ocurre una cosa.

—Cristian —lo llama—, eres bienvenido aquí.

Una corriente de aire frío entra por la ventana y levanta las cartas del tarot que había por el suelo, mezcladas con las astillas del reloj de pared, y vuelca el sofá pistacho. Nada es como cuando llegaron. La sangre pinta cada rincón de lo que en algún momento les pareció un espacio acogedor. Todo está a punto de terminar.

Cristian atrapa a la mariposa entre las manos y la sostiene por las alas, mirándola muy de cerca.

—Perdiste el derecho a vivir mi eternidad, Helane Lanau —susurra—. Ya no hay tierra para ti, ni tampoco descanso eterno o dolor en el Velo. La nada te espera. Y allí ya no encontrarás a nadie que pueda salvarte.

La Muerte separa las alas del insecto y el cuerpo cae como una colilla al suelo, inmóvil. Poco a poco, adquiere un tono grisáceo.

—Gracias. —Anchela inclina la cabeza hacia Melanie y Victoria—. Y gracias a vosotras por recuperar nuestro legado. Las hermanas Lanau siempre son tres, y nuestro poder reside en nuestros lazos. No lo olvidéis.

—Nuestras abuelas nos lo decían siempre —dice Melanie—, y creo que por fin lo hemos entendido.

Los dos fantasmas les dedican una pequeña reverencia y sus cuerpos se desdibujan hasta que allí no queda nada.

Victoria observa lo que queda de Helane, temerosa de que resurja una vez más en una forma todavía más horrorosa.

—¿Ya está? —pregunta por encima del ruido de la casa, que parece que se está viniendo abajo.

—Todavía no —responde Cristian.

Se gira hacia la chimenea y vuelve con algo en las manos. Se agacha al suelo y recoge la bolsita dorada.

—Las esencias.

—Creo que os toca pedir el deseo, pero Emma está fuera. Y seguro que los vecinos querrán presenciarlo.

Es Melanie la que las recoge y se las guarda junto al pecho, como si fueran lo más valioso del mundo. Son lo más valioso del mundo ahora mismo.

Su hermana sale corriendo y Victoria la imita, pero lo hace de espaldas, observando la figura de Cristian en mitad del salón. Él la mira y ella se para en seco.

«Hice el trato con la primera humana de la que me enamoré».

«¿Dejaste que viviera?».

—¿Por qué me dejaste vivir? —pregunta a voz de grito.

Cristian deja caer los hombros. Un trozo del suelo del segundo piso se derrumba a escasos centímetros de donde se encuentra.

—¡¿Por qué?! ¿Porque me necesitabas? ¿Porque era la única forma de romper la maldición?

Cristian se mueve a una velocidad que ni los ojos de Victoria ni su cabeza pueden entender. En un parpadeo lo tiene delante de ella, alto y atractivo. Los ojos ya no son verdes: son rojos, los que lo definen, los que lo identifican como lo que es.

La Muerte.

—Porque alguna vez yo también fui humano, y los humanos siempre cometéis los mismos errores.

Y la Muerte la atrapa de la mandíbula y tira de ella para besarla. Y es un beso helador; un beso de rayos y tormentas, de torbellinos y desastres. Es un beso que la consume y devora sin control. Con los ojos cerrados, los pies ya no le tocan el suelo, flota en el interior de una casa que llega a su final. Flota mientras piensa la mayor tontería del mundo: que Cristian tiene los labios demasiado suaves para ser la Muerte. Que debería oler a cementerio o a hospital, pero en realidad huele a algo que ella quiere y desea.

—Salva a esas personas, Victoria —dice con los labios pegados a los de ella.

—¿Nos volveremos a ver cuando todo esto acabe?

—La mayoría de la gente querría que la respuesta a esa pregunta fuera no.

—Soy una bruja —sonríe ella—. Me gusta tontear con la Muerte. O eso me han dicho siempre las cartas del tarot.

La vuelve a besar, y esta vez lo hace a la vez que la empuja hacia atrás. Ya no hay tiempo para ellos. El techo del salón se derrumba. Victoria camina de espaldas, unida a él hasta que el frío del jardín le revuelve el pelo.

El beso se ha terminado.

Se vuelve y allí la esperan Emma y Melanie.

Ha llegado el momento.

CAPÍTULO 46

Melanie

Los vecinos las reciben con miradas desconfiadas. Sobre todo cuando Melanie aparece con las esencias en los brazos. Irónicamente, Esteban, el hombre que impidió que murieran de hambre nada más llegar, alza un palo en el aire y la apunta con él.

—Ni un paso más, bruja.

—Soy yo —susurra ella. Y se da cuenta de que es una tontería decir algo así y que ni siquiera la habrán oído, y sube la voz—. ¡Soy Melanie! Vuelvo a ser yo, os lo juro.

Pasa a explicarles todo lo que ha sucedido, desde el principio. No está obligada, pero siente que se lo debe. Y para probarlo, pasa la mano por encima de las manchas de sangre del alcalde, las que Helane usó para levantar una barrera entre los vecinos y ellas. Y siente que la restricción desaparece.

—¿Y por qué deberíamos creerte? —grita el padre de Lucas, que es quien sujeta a Castán en los brazos. El pobre hombre sigue teniendo un boquete del tamaño de una ciruela en el estómago.

—No es Helane, papá.

Un grito se oye entre los presentes y una mujer menuda cruza el jardín delantero a toda velocidad y se lanza a los brazos de Lucas. Melanie observa cómo madre e hijo se reencuentran y da las gracias por haber recuperado su cuerpo antes de que se vieran por primera vez. Cuando Helane tomó el control, tuvo el mal gusto de no preocuparse por la apariencia de Lucas. Pero ella no podía permitir que sus últimos momentos entre los suyos fueran físicamente desgarradores. Ya tienen suficiente con todo lo demás.

—Mi niño, mi niño —llora la mujer, sin soltarlo.

El padre de Lucas también se reúne con su hijo y, tras un instante de tensión, se une al abrazo. Claudia se hace a un lado y Melanie se fija en que intenta limpiarse toda la sangre que lleva encima. Como si a alguien le importase eso ahora. Ella misma tiene la ropa manchada y un corte en el hombro, que le escuece horrores.

Sin embargo, nada duele tanto como lo cerca que ha estado de perder a sus hermanas. Observa a Victoria salir de la casa, con expresión compungida, pero de una pieza. A su espalda, la herencia de sus abuelas, de todo su legado, se derrumba como si fuera de cartón. Se pliega sobre sí misma, el tejado aplastando todo lo que hay debajo. Las camas, las decoraciones viejas, el sofá pistacho. El diario. Las cartas del tarot.

«Que les den a las cartas de Helane Lanau».

—¿Cómo lo hacemos? —pregunta Victoria cuando llega a su lado.

Junto a ella, el hurón se apoya sobre las patas traseras, interrogante.

—Como hemos hecho todo hasta ahora. —Emma se une a ellas—. Improvisando un poco y esperando que la suerte se ponga de nuestra parte.

Melanie coge aire y le entrega a Victoria la Esencia de la Eternidad. A Emma la Esencia de la Tormenta. Y ella coge el vial de sangre con cuidado. La sangre de Lucas. Le duele pensar en todo lo que su amigo ha perdido por culpa de Helane. Incluso por su culpa.

—¿Y ahora qué? —Emma mira a izquierda y derecha, esperando, quizá, que el mundo se abra en dos.

Pero no es así.

Un resplandor casi imperceptible y plateado flota sobre ellas. Si no fuera imposible, Melane juraría que se parece a…

—La luna —susurra Emma a su lado.

Una luna diminuta, del tamaño de un puño, que desciende hasta quedarse a la altura de los ojos. Pequeña. Blanca. Una recién nacida. No tiene rostro, pero algo les dice que lleva mucho tiempo esperándolas.

Emma es la primera. Saca el frasco y lo abre. La Esencia de la Tormenta vibra cuando quita el tapón y esta emerge en forma de humo plateado. Melanie aprecia el olor a lluvia desde su posición. Su hermana estira los dedos, manchados de carbón y sangre, como si deseara acariciar la esencia una vez más.

Es el turno de Melanie.

Con cuidado y un cariño infinito, destapa la Esencia del Velo. Encuentra la mirada expectante de Lucas, junto a sus padres. Ojos claros. Agua. Paz. Tiene que hacerlo por él. Sacude el frasco y las gotas rojas desafían a la gravedad y se mezclan con el humo de Emma.

Y, por último, Victoria.

Su hermana mayor abre el saquito de terciopelo dorado con el mismo cuidado con que alguien cuida de un bebé. Vierte el contenido en la palma de la mano y Melanie se sorprende al ver que allí solo hay un grano de arena. Dorado, luminoso. Victoria suspira y lo deja ir para que la luna se haga con él.

Las tres esencias se unen, absorbidas por la luna sin rostro.

Entonces, Melanie siente que todo cambia. O quizá había estado tan pendiente de la pelea y el horror que ni siquiera se había dado cuenta de que el cielo está despejado. Hace un segundo no habría sido capaz de asegurar con certeza si era de noche o de día.

Los árboles bailan.

El viento sopla.

Y ellas se toman de las manos.

Melanie mira a sus hermanas a los ojos y, sin decirse nada, las tres saben lo que deben hacer.

—Nuestro deseo es que la maldición se rompa —dicen a la vez—. Que Finestres pueda morir. Que descansen en paz.

El viento se detiene.

Algo invisible se quiebra en el aire. Como un cristal antiguo roto en mil pedazos.

Entre los presentes se oyen murmullos.

Marisa es la primera en reaccionar y señalar a la figura vestida de blanco que se yergue entre los vecinos y ellas.

Las tres brujas permanecen en el círculo, aún tomadas de las manos, viendo cómo la luna parpadea una última vez y desaparece.

La figura se quita la capucha y muestra un rostro que Melanie conoce muy bien. Los ojos verdes, la mandíbula marcada, la nariz recta. La expresión seria pero amable.

Cristian.

Nota un apretón fuerte en la mano.

Victoria contiene la respiración. Tienen muchas cosas que contarse todavía. Sin embargo...

Emma las suelta y se lleva la mano al pecho.

—Nil...

Al otro lado del jardín, la mirada café del chico está puesta en la de su hermana y Melanie sabe lo que debe hacer. Se hace a un lado y la deja ir.

Claudia y Lucas, que están junto a Nil, se toman su tiempo para despedirse. Claudia le da un beso en la mejilla a su hermano que parece durar una eternidad. Seguramente porque Melanie ve a Emma sufrir, cambiar el peso de un pie a otro y mordisquearse los labios. Está histérica y eso la hace reír.

Finalmente, Lucas y Claudia se despiden y se acercan a ellas. Melanie los observa y, aunque siente que la semilla de celos que Helane plantó en ella todavía no ha desaparecido del todo, solo puede alegrarse de verlos juntos por fin.

—Melanie. —Claudia extiende la mano—. Muchas gracias por todo.

—Yo no...

—Tú sí —la interrumpe—. Si pudiera quedarme en Finestres un poco más, te regalaría mis mejores pastelillos. Gracias por ser una buena amiga. Me alegra que fueras tan pesada y siguieras insistiendo.

Melanie, que lleva toda la vida sintiéndose sola, no puede evitarlo y se lanza a los brazos de Claudia. La estrecha con fuerza a pesar de las quejas e intenta que ese gesto diga todo lo que ya no puede decir con palabras.

Cuando se aparta, Lucas las está mirando con una sonrisa.

Justo en ese momento, Poe pasa por encima de sus cabezas y se posa en uno de los árboles cercanos.

—Creo que le he gustado —dice Lucas.

—Otro más a la lista —bromea ella.

Es una broma a medias, con la que intenta tapar todo lo que se ha roto en las últimas horas entre ellos. Todo lo que ella ha estropeado.

—Melanie, gracias por todo. —Le pone la mano en la cabeza y Melanie se traga el nudo que le ha aparecido en la garganta—. Ahora que todo ha pasado y que por fin recuerdo cada detalle de lo que sucedió, puedo responder a la pregunta que me hiciste en la plaza aquel día. Sí, recuerdo haber ido a buscarte a tu casa y recuerdo el paseo hasta la ermita. Sé que te enseñé los dibujos.

—Las decenas de dibujos de Helane...

—Eran dibujos de Claudia —la corrige él—. Helane era mi amiga y me equivoqué al pensar que podía resolver su problema yo solo.

—Es por... —Melanie traga saliva—. No quiero justificarla, pero, por lo que dicen, una bruja con el corazón roto es...

Peligrosa. Aterradora. Violenta.

«¿Yo soy así también?».

—Tienes el corazón intacto, Melanie. —Claudia le da un apretón en el brazo—. Y eres una buena persona.

—Y espero que nos visites —añade Lucas—. Si ser amigo de una bruja que puede hablar con los muertos tiene una ventaja es precisamente esa.

Ahora sí, la calma la invade y por fin consigue devolverles la sonrisa.

—Lo prometo. Iré a veros. Y espero que Claudia me haga pastelillos.

—No prometo nada.

Se despide de ambos con un gesto de la mano y regresa junto a Victoria, que se ha echado a un lado para dejarles intimidad. Su hermana le pasa el brazo por los hombros mientras observan a Claudia acercarse a Nil una vez más y darle un beso en la mejilla. Lucas y él se dan un abrazo larguísimo.

Y, después, la pareja se planta delante de Cristian. Una larga espera que por fin acaba. Él los mira y asiente con la cabeza.

—Sabes que ellos son la prueba de que no tienes que estar sola, ¿no? —dice Victoria—. Que ahora que la abuela María se ha ido, seguro que llega gente nueva a nuestras vidas.

—Lo sé —asiente—. Y sé que esto es lo correcto. Que tengo que estar feliz.

—No tienes que estarlo, pero lo serás.

Melanie sonríe y casi no llora cuando Claudia y Lucas caminan hacia una luz tan bonita que no aparta la mirada hasta que sus siluetas desaparecen.

CAPÍTULO 47
Emma

«Demasiado rápido».

«Todavía no».

«Todavía no puedo decir adiós».

Emma cruza el pequeño jardín como si fueran los cien metros lisos. Ya nada importa. Ni los gritos de alegría. Ni la identidad de Cristian. Ni Duna emitiendo sonidos molestos en el interior del cuello de su camisa. Y por supuesto, da igual que su cuerpo ya no pueda más.

—¡Nil! —Se lanza sobre él y casi caen los dos al suelo, silla incluida. Y menos mal que el chico tiene reflejos y la sujeta por los brazos, porque ya han tenido golpes y caídas para una vida entera.

—Emma...

—Nil, no puedes irte todavía —lo dice tan rápido que suena como «Nilnopuedesirtetodavía», pero él la entiende porque estira la mano y le acaricia la mejilla—. En serio, no puedo permitirlo.

—Emma...

—¡No quiero oírte! Porque sé que esto es lo que más deseas en el mundo. Joder, llevamos semanas jugándonos... Bueno, nosotras llevamos semanas jugándonos la vida para que esto salga bien. No soy tonta. Sé que quieres morir, pero creo que sería todavía más tonta si te dejara hacerlo, ¿no?

Nil la mira con ternura.

—Emma, ¿puedes callarte un segundo y escucharme?

Emma se agacha, abatida, y se apoya en las rodillas de Nil.

—Eh, Emma. Mírame.

—No quiero... —murmura, pegada a la tela de su pantalón.

—¿Por qué?

—Porque sé lo que me vas a decir. Sé que me vas a rechazar y no quiero ver tu cara cuando cierre los ojos a partir de mañana y recuerde que ya no estás.

Emma nota los dedos de él en el pelo.

—¿De verdad crees, a estas alturas, que lo que yo quiero es morir?

Emma parpadea, sorprendida, y levanta la cabeza para mirarlo.

—¿Qué? —susurra en voz baja—. ¿Cómo no vas a querer que esto acabe?

Nil le pone la mano en la barbilla y le hace un gesto para que se acerque más a él. Emma, que por una vez en la vida no quiere dirigir, sino que la calmen y le hagan todo más fácil, se deja.

—Y así era. Hasta que llegaste tú. Yo ya estuve a punto de morir una vez y mi hermana usó la brujería para salvarme. Si ahora me rindo, ¿no estaré desperdiciando la oportunidad que me dio?

A Emma le da un vuelco el corazón. Repite las palabras de Nil como una niña, como si así las fuera a entender mejor.

—Pero ¿y Claudia?

—Ya me he despedido de mi hermana.

—Pero ¿cómo vas a quedarte? ¿Cómo...?

—Solo tiene que pedirlo.

Una voz se acerca a ellos. Una voz serena y familiar. Una que han oído muchas veces.

—Cristian...

Él asiente, y sus ojos, ahora rojos, los observan con calma.

Nil se yergue en la silla, con los músculos de los brazos tensos.

—¿Tengo elección?

Cristian asiente.

—Todos aquí la tienen. —Cristian señala a las personas que no avanzan hacia la luz, sino que esperan a un lado del jardín—. La maldición que os robó el tiempo fue culpa mía. La muerte es una puerta que todos debemos cruzar, pero siempre cuando nos llega el momento. Y el tuyo, Nil, todavía no ha llegado. Puedes quedarte, aunque no sea para siempre. Solo hasta que yo tenga que hacer mi trabajo. Y entonces volveré y te llevaré conmigo.

Nil mira a Emma. No dice nada y, por un momento, el corazón de la bruja se olvida de latir. «Está dudando», piensa. Así que simplemente lo mira, lo mira como si fuera la primera vez. Esperando que no sea la última.

—Quiero vivir junto a ti, Emma.

Y ya no espera más. Recorre la distancia que los separa y lo besa. Nil responde con la misma urgencia. Por primera vez, Emma tiene la certeza de que, pase lo que pase, todo dependerá de ellos dos, y no de una maldición, de una condena o un conjuro. No le importa si el amor es complicado para las Lanau, porque querer a Nil es lo más sencillo del mundo.

La presencia de Cristian se aleja y Emma se abraza a Nil, que se ríe y la besa una vez más en la nariz, en cada peca que tiene en la cara.

—¿Vamos a buscar uno de esos taxis que tanto te gustan?

—Creo que prefiero dar una vuelta. Me han dicho que por aquí hay unas flores preciosas y me apetecería preparar un ramo y dárselo al chico que me gusta.

CAPÍTULO 48

Victoria

La primera vez que Victoria Lanau creyó que un cadáver podía estar vivo solo tenía cinco años. Desde entonces, empezó a temer a la muerte, preocupada por si la acecharía entre las sombras, hasta el punto en que ya no vivía, solo escapaba de algo que no entendía. Perder a su madre cuando solo tenía nueve años no ayudó.

La muerte es tristeza, es horror, es vacío. No hay nada peor.

Ahora, cuando ve a la gente de Finestres darle la mano a Cristian y desvanecerse, sabe a qué se refería él cuando insistía en que hay muchas cosas peores. Si crees en algo, morir es solo el principio. Si no crees en nada, morir es el final. Lo que Victoria no había entendido nunca es que, independientemente de eso, y precisamente porque tiene fecha de caducidad, la vida es extraordinaria y debe disfrutarla sin preocuparse de cuándo acabará.

Es una bruja, las normas de la vida humana no se aplican a ella, pero no piensa perder más el tiempo en un trabajo que la hace agonizar o en relaciones que solo la hacen sentir peor. No va a malgastar ni un segundo más sin sus hermanas.

Su hurón le acaricia la pantorrilla con la cabeza y ella decide cogerlo en brazos. Nunca le han gustado los animales, pero es tan suave que podría incluso dormir con él.

Observa cómo Melanie se despide de los padres de Lucas, que son de los últimos en marcharse junto con Marisa y el alcalde Castán, que ni siquiera les da las gracias por todo lo que han hecho. Y a Victoria no le importa, porque por primera vez su hermana tiene una sonrisa en los labios y los vecinos también. Cristian les ha dado la opción de quedarse, y los que han dicho que sí charlan a la entrada del jardín.

Cerca de la casa, o lo que queda de ella, Emma se abraza a Nil, sentada en su regazo. No quiere interrumpir. Tienen mucho que discutir.

«Le dije que te hiciera caso, que lo tenías todo bajo control».

Es la primera vez que Victoria escucha esa voz, pero sabe a quién le pertenece.

La Sombra es invisible a sus ojos, pero sabe que la tiene al lado.

—Si te soy sincera, no he tenido ni idea de lo que estábamos haciendo desde que Cristian le pidió a esa albacea que nos trajera al pueblo.

«Pues no lo parecía».

—Es mi don —dice—. Bueno, mi otro don.

Ha controlado el tiempo dos veces ese día y duda que lo vuelva a hacer pronto. Es un poder extraño y peligroso, y, después de todo, ella solo quiere vivir tranquilamente.

«Gracias por respetar mi herencia. Supongo que ahora estoy en deuda con vosotras».

—Me vale con que no vuelvas a aparecer en mi vida —responde secamente—. Ni en la de nadie que me importe.

La Sombra no tiene cuerpo ni cara, pero Victoria es capaz de sentir su hostilidad cuando pronuncia las últimas palabras.

«Que esté en deuda con vosotras no quiere decir que no sea una criatura más poderosa de lo que tú ni siquiera puedes imaginar».

—Lo que sé es que tus ansias de poder han provocado que decenas de generaciones de mujeres Lanau acaben en un lugar espantoso. Tu egoísmo contaminó a Helane y la condicionaste para que desconfiara de sus hermanas y empezara a tontear con la sangre.

«No sé de qué hablas».

—«Dar todo por sentado es de débiles, luchar por lo que deseas es de vencedoras» —recita—. ¿Te suena?

El silencio prevalece durante unos minutos eternos en los que Victoria observa con calma cómo Cristian habla con un par de niños de Finestres que no quieren ir con él. Sabe que aquel día, cuando Helane habló con alguien invisible en el bosque, la Sombra estaba allí.

«Serás una bruja dorada poderosa, Victoria Lanau. Pero no te engañes, la Muerte es la Muerte, y tontear con ella puede traer grandes desgracias».

—Eso lo descubriré por mi cuenta —sentencia—. Y ahora, lárgate. No quiero volver a oírte nunca.

La Sombra gruñe y su presencia desaparece poco a poco.

Le acaricia la cabeza al hurón, detrás de las orejas redondas, y el animalillo ronronea de felicidad.

Victoria mira a sus hermanas. Emma y Nil avanzan hacia la salida del jardín. El cabello pelirrojo de su hermana se mece con el viento cuando ella misma lo invoca. Algunas hojas muertas de los árboles más cercanos flotan hasta quedar atrapadas en el pelo de Nil y ella se parte de risa.

En el otro extremo, Melanie abraza a los dos niños pequeños, que le toquetean los mechones mal cortados con cuchillas de afeitar. Les hace cosquillas y ellos se ríen.

Y, por último, Cristian. Cristian, que la observa en la distancia, con los ojos, fuego y llamas, únicamente en ella. Igual que aquella noche en el callejón, solo que esta vez ella es capaz de sostenerle la mirada. Es él quien la aparta al final, con expresión serena.

El hurón le hace cosquillas con los bigotes cuando Victoria gira el cuello para echar un último vistazo a la casa de las Lanau, su herencia. O parte de ella. El tejado se ha desplomado y el desván y el segundo piso han aplastado toda la estancia inferior.

Chasquea la lengua.

Se ha dejado el estúpido móvil en esa cocina.

TRES MESES DESPUÉS

Febrero de 1994

CAPÍTULO 49

Emma

Melanie aparca el coche a la entrada del pueblo. El viaje no ha sido como la última vez; la carretera es un camino eterno de tierra y piedras entre árboles y más árboles. Tantos que en más de una ocasión se han preguntado si estaban siguiendo el camino correcto.

Y sí, Finestres sigue allí, donde lo dejaron.

Pero no como lo dejaron.

La maldición que mantenía el pueblo intacto y lo hacía evolucionar dentro de su tiempo inmóvil dejó de hacer efecto en cuanto ellas la rompieron.

—¿Estamos preparadas para esto? —pregunta Melanie, llenando de aire los pulmones.

Poe, que las ha seguido volando, sale disparado sin mirar atrás. De sus tres familiares, él es el menos apegado, a pesar de que Melanie siempre intente llevarlo a todos lados.

—No creo que lo estemos nunca —responde Emma—, así que había que hacerlo cuanto antes. Como una tirita.

A su lado, Victoria sonríe y se mete las manos en los bolsillos. Desde que dejó su trabajo, está más relajada. Les contó el encontronazo en el callejón y Emma la animó a empezar de cero. Volvió a Zaragoza, igual que ella, y ahora está en paro, pero nunca la ha visto con la piel tan suave ni la expresión tan relajada. A sus pies, Canela se estira y bosteza. Lleva dormida todo el camino.

—Sigo flipando con que le pusieras Canela a tu hurón. No sé, te pegaba más algo como Aurum, Elio…

—¿Por qué?

—Porque eres una persona seria, Vic.

—Y Canela es un nombre adorable para un hurón —replica ella.

—Sobre todo cuando tiene el tamaño de un oso pardo.

Victoria le da un empujón, sonriendo.

—Vamos allá.

No había manera de que la vuelta a Finestres no despertara tristeza en ellas. No fueron ni dos meses, pero cada hora pareció eterna. Se dieron prisa por resolver el asunto y no eran conscientes de que, en el exterior, el tiempo nunca avanzó para ellas. Habían estado fuera solo un par de días. Las plantas de Melanie no se habían muerto, el bote de pepinillos que Emma había dejado en el piso de su amiga en Barcelona seguía cerrado y nadie se había fumado la cajetilla de cigarrillos que Victoria había olvidado en la comisaría.

Caminan por la calle principal y las casas en ruinas se suceden una tras otra. Algunas ni siquiera existen. La de la anciana Marisa, donde Emma descansó tras encontrar la Esencia de la Tormenta, ya es solo un montoncito de piedras. Igual que el ayuntamiento, del que no queda nada. O el árbol, que ya no existe.

—¿No os da la impresión de que es como si nos lo hubiéramos inventado todo? —pregunta Emma.

Pero las tres saben que no es así. Y lo saben cuando cruzan la panadería de Nil y Claudia y cotillean su interior. O cuando siguen el camino de tierra hasta la ermita de San Marcos, donde la construcción todavía resiste, a diferencia de la torre.

Melanie se pasea por el cementerio y se queda sentada un buen rato en un punto en el que no hay nada, pero que Emma recuerda muy bien. Lo contempló durante horas cuando su hermana viajaba por el Velo: ahí estaba la tumba vacía de Helane. Se alegra de que ya no haya ni rastro de ella y prefieren invertir el tiempo en contemplar la inmensa muralla natural que divide las montañas.

Eso no ha cambiado.

Sigue siendo impresionante, como una metáfora de la barrera que separaba a la gente de Finestres del resto del mundo.

Su última parada es la casa de las Lanau. En el fondo, Emma esperaba que la brujería hubiera mantenido el hogar intacto. Durante el viaje en coche había deseado que el porche, el sofá pistacho o las habitaciones pintadas de colores siguieran allí. Pero sabía que era imposible. Se derrumbó casi por completo cuando pelearon contra

Helane y ahora ya no se reconocen ni las paredes. Ni la valla ni el porche.

Nada.

—Esperaba algo diferente —admite.

Melanie apoya la cabeza en su hombro y la coge de la mano. A su izquierda, Victoria entrelaza los dedos con los suyos, en un apretón muy similar al que ella le regaló en el salón que una vez existió en el mismo punto en el que ahora permanecen de pie.

Los pájaros trinan en los árboles. El viento sacude las hojas.

Emma suelta a sus hermanas y estira los brazos por encima de la cabeza.

—Tengo tanta hambre que podría comerme un jabalí.

—Seguro. —Victoria suelta una pedorreta—. Rechazaste mi estofado en Nochebuena. No te lo perdonaré jamás.

Emma se ríe y se lleva la mano a la tripa. Duna emerge de la manga de su abrigo y corretea entre sus dedos.

—Es que el médico me ha recomendado que empiece a comer mejor. O, bueno, creo que dijo que empiece a comer por dos.

Sabe lo que hace cuando suelta la bomba. Sabe que Victoria se va a llevar las manos a la boca y que Melanie va a empezar a tocarse el flequillo como si quisiera arrancárselo.

—¡¿Estás embarazada?!

—Y solo lo sabe Nil —asiente—, y ahora vosotras.

—Pero… —empieza a decir Victoria, con su mejor cara de preocupación.

En el suelo, el hurón corretea nervioso.

—Lo sé. —Emma se encoge de hombros—. Sé que la personita que tengo dentro puede convertirse en una madre Lanau. —Mira a sus dos hermanas, que tienen los ojos plateados clavados en ella—. Pero, si eso pasa, no pienso preocuparme por nada.

—Pero el Velo es horrible y… —dice Melanie, que busca las palabras sin encontrarlas.

—Sí, pero esa niña va a tener una madre increíble. Y unas tías extraordinarias. Unas tías que fueron capaces de acabar con una maldición centenaria y a la que la mismísima Muerte les debe una. O sea, Cristian es casi de la familia.

Eso último lo dice mirando a Victoria, que se sonroja hasta la nariz.

Melanie y Emma se ríen y las tres vuelven a cogerse de las manos. Juntas, todo tiene solución.

Respiran el aroma de Finestres una vez más antes de marcharse.

EPÍLOGO
Claudia

Una suave brisa le revuelve el pelo. Sentada en el borde del risco, Claudia observa las montañas y la muralla natural de Finestres, y ya no imagina qué habrá más allá. Habrá lo que ella sea capaz de imaginar, lo que ella quiera. Cierra los ojos y disfruta de la calma hasta que una presencia se sienta justo a su lado. Huele igual que lo recordaba: a tantas cosas dulces que ni ella, que lleva casi tres siglos haciendo pasteles, puede enumerar. Huele a amor. Y a todo lo que ha deseado desde que apenas levantaba un metro del suelo.

El chico le coloca el pelo detrás de la oreja y la mira en silencio. Claudia contiene la respiración cuando reconoce el rostro de Lucas con el tono de piel que siempre ha tenido: tostado por el sol, salpicado de pecas doradas y con un rubor en las mejillas propio de los vivos. Él le acaricia el mentón y ella suspira al sentir el calor. No sabía que al morir podría encontrar algo que no fuera el frío más devastador. Durante todo el tiempo que deseó el fin de la maldición, temió que lo que hubiera después fuera todavía peor. Y, a pesar de todo, peleó por conseguirlo, porque cualquier cosa era mejor que vivir en una realidad en la que su corazón roto no podía arreglarse.

—Estás muy guapa —dice Lucas—. Ni siquiera la maldición me hizo olvidar lo bonita que eres.

—Eso lo dices para que no me enfade contigo por olvidarte de mí —bromea.

Pero Lucas niega con la cabeza, la toma de las mejillas y le acaricia la piel con el pulgar.

—Ni muerto me olvidé de ti, Claudia —susurra—. Puede que Helane me arrancase el corazón, pero mi cabeza eras tú, tú, tú, tú a todas horas. Iba a visitarte y me sentaba en un rincón de tu dormitorio sin entender por qué contemplarte me dolía tanto. Te veía leer esas cartas de amor y me preguntaba cómo era posible que alguien como yo no hubiera querido estar con alguien como tú.

Claudia sonríe.

Y es una sonrisa feliz, algo que ya había olvidado que existía.

—Supongo que ni con el corazón roto pude borrarte de mi mente. No sé cuántas noches he pasado mirando el cuadro de la tienda.

—Te hablaba y no me respondías.

—Ojalá hubiera podido oír tu voz.

Lucas se inclina y la besa en los labios. ¿Cuánto tiempo ha pasado desde que lo hizo la última vez, cuando ambos vivían? Demasiado. Demasiado dolor, sangre y miedo. Y ahora son ellos dos, solos en el lugar que los vio crecer, el que los vio morir. El punto más alto de Finestres, en el que ella posó para él, en el que juntos soñaron con ir tan lejos que nadie los encontrara. Le devuelve el beso como puede, porque tiene tantas ganas de besarlo que el cuerpo se olvida de funcionar. Le pasa los brazos por los hombros y lo abraza, lo apretuja contra ella, sintiendo el latido de su corazón. Están muertos, pero lo oye a la perfección.

Y bombea por ella. Por los dos. Por lo que está por venir. Por todo el tiempo robado que poco a poco podrán recuperar.

Se aparta y lo mira a los ojos. Azules, como el día más claro, el verano más brillante. Le quita un mechón rubio de la frente y sonríe otra vez.

—Te quiero, Lucas.

—Y yo —dice él, también sonriendo—, y estoy muy feliz de tener toda la eternidad para repetírtelo. Te vas a acabar cansando de mí.

—Nunca.

Se funden en un beso que dura lo que duran los besos en la eternidad. Mucho o poco. ¿Qué más da? Claudia está acostumbrada a que el tiempo no avance y, aunque siempre ha deseado que no fuera así, en esa realidad es distinto.

«Es la calma de los muertos», le dice una voz.

Es una voz grave que no conoce, y, a la vez, sabe a quién le pertenece.

Sonríe.

Cristian nunca le cayó demasiado bien y ahora entiende por qué. Solo ahora, cuando todo lo demás queda atrás, puede empezar a verlo como lo que es.

La Muerte.

Esa a la que Claudia, como humana, temió. Esa a la que, como víctima de la maldición, anheló. Y esa a la que ahora aprecia como a una vieja amiga.

—Quiero dar un paseo —dice—. Descubrir qué secretos hay en este más allá.

Lucas la besa en la nariz y se levantan.

Dejan atrás la ermita y, por primera vez en mucho tiempo, Lucas y Claudia están en paz.

AGRADECIMIENTOS

Pocas veces tengo tan claro cómo empezar esta parte. Y pocas veces tengo tan claro cómo y por qué empecé una historia. Gracias, Jordi, por abrirme las puertas de la agencia, ahorrarme tantos problemas y conseguir que cada idea que se me pasa por la cabeza tenga un hogar. Gracias por llamarme aquel día que iba de camino a Barcelona y decirme: «he tenido una idea y creo que tú podrías hacerlo genial». No sé si lo he hecho genial, pero aquí estamos, y espero que las hermanas Lanau estén a la altura de lo que te hacen sentir las hermanas Halliwell.

Gracias a mi padre, porque esta no es la historia de brujas que siempre te digo que estoy escribiendo, pero es otra historia de brujas. He intentado que las leyendas y cuentos que siempre nos has contado queden un poco reflejadas aquí. Y puede que, si esta novela se hace mundialmente famosa, de repente los pueblos como Finestres ya no estén condenados a desaparecer.

Gracias a mi madre, porque, aparte de brujas, esta historia tiene mucho de *Embrujadas*. Yo no tengo nostalgia de los noventa, porque apenas me acuerdo de ellos, pero gracias a ti he podido ver y conocer muchas series de entonces. Escribir *Herederas de sombras* ha sido como volver a esas tardes en las que ponías las reposiciones y no dejabas de decir que te gustaba «más el demonio guapo que el soso del ángel».

Gracias a todas mis compañeras autoras. Este año he vuelto a reconectar con muchas de vosotras y cada segundo que compartimos es tan valioso para mí que, irónicamente, no tengo palabras. Bueno, sí las tengo: gracias por seguir peleando por vuestras historias, por trabajar duro y sin descanso para crear arte y cultura, por soportar lo insoportable y por crear espacios en los que todas nos sentimos bienvenidas.

Gracias a Marta Becerril, mi editora. Sé que a veces soy una persona insufrible (soy como una *magical girl*. Nos conocimos en mi primera transformación y ahora que me he transformado unas cuantas veces, en lugar de poder *enchantix* tengo el poder de ser muy plasta), pero quería darte las gracias por seguir confiando en mí y en lo que escribo. Ya sabes que pienso que tus ideas son maravillosas y que algún día conseguiremos hacer algo que brille muchísimo. Más incluso que nuestras niñas de la Liga del Zodiaco. ¿Serán estas brujas? En cualquier caso, estaré feliz pase lo que pase.

Gracias a mis amigas y a mi familia. No doy nombres, pero ya sabéis quiénes sois. Vuestro apoyo sirve muchísimo. Alba: lee esta novela, que tiene la cubierta muy chula. No puedes estar en huelga de no leer mis cosas hasta que se publique *yasabesqué*, porque es posible que no suceda en la vida.

Gracias a quien tiene este libro en las manos. No sabes lo difícil que es (o igual sí) que esto haya sucedido. Entre los cientos y cientos de libros que podías elegir, has decidido llevarte este y leerlo hasta el final (o quizá solo estás leyendo los agradecimientos, en ese caso, eres una persona un poco peculiar, pero te lo agradezco igualmente) y eso significa muchísimo para mí. Gracias por leerme.

Y por último, como dijo Úrsula Corberó en los Ondas a mejor actriz: «Gracias a mí. Me lo dedico a mí por ser tan trabajadora, tan valiente y tan maja».